SPECIAL SHORT STORIES
短篇集
THE CURIOUS CASES OF MY NEXT LIFE AS A NOBLEWOMAN
転生令嬢と数奇な人生を
かみはら
Kamihara
イラスト しろ46
Shiro46
早川書房

The Curious Cases of
My Next Life as a Noblewoman:
Special Short Stories

by

Kamihara

Illustration
★
しろ46

Book Design
★
早川書房デザイン室

転生令嬢と数奇な人生を　短篇集

Contents

書店限定特典SS

外伝

後日譚

転生令嬢と数奇な人生を 短篇集
登場人物紹介
モーリッツ
(アーベライン)
ライナルトの
親友兼帝国金庫番。
バッヘム家宗主。
ライナルトに近寄る者は
誰でも嫌う。
エル・クワイック
カレンの親友で同じ転生人。
才気溢れる本物の天才魔法使い。
カレンに自らを殺させた。
ライナルト
オルレンドル帝国皇帝。
皇位簒奪の挙に及ぶなど
基本人でなしだが
カレン限定で思いやりを見せる。
カレン
オルレンドル帝国次期皇妃。
紆余曲折の末に
ライナルトと婚約した。
トラウマが多い。

エミール
キルステン家次期当主で
カレンの弟。上の兄姉が
全員王族のパートナーとなった。
無自覚たらしの
側面がある。
ニーカ
たくさんの逸話を持つ
オールマイティ軍人。
ライナルト、モーリッツと
軍学校の同期で親友。
レーヴェ
宰相ヴァイデンフェラーの息子。
特殊な体質と気弱さのせいで
友達がいなかったが……。
ヴェンデル
コンラート家次期当主で
カレンの義息子。
思春期に突入した
難しい年頃。

書店限定特典ＳＳ

All is well that ends well（終わりよければすべてよし）

主《あるじ》の婚姻相手として白羽の矢が立ったのは、平々凡々な少女である。生い立ちはいくらか特殊であり置かれた環境だけなら同情の余地はあるが、少女個人を見るなら、これといって特徴もない人間だ。面白みの欠片《かけら》も感じられないが、ライナルトの配下たるモーリッツにしてみればこのあたりが妥協点だ。不服といえば家柄が物足りないが、よくよく考えれば格下程度が丁度《ちょうど》良い。どうやら上の人間に逆らう気概もないようだし、周囲の人間に悪意を吹聴している様子もないからだ。

ライナルトは事あるごとに縁談を蹴《け》っていた。身軽でありたかったためであり、あとは単純に伴侶といった存在に意義を見出せなかったのが理由だ。

「婚姻は不要だと断り続けていたが、とうとう逃れることも難しくなってきたか。仕方がない、せめて当たり障《さわ》りのない相手を選ばせてもらおう」

「……よろしいのですか、経歴に傷がつくことになりますが」

「不思議なことを気にするな。私の過去など元より傷だらけだろうに」

ライナルトが言えば、モーリッツがあからさまに顔を顰《しか》めた。彼なりに主を気にかけているのは一目瞭然、その心遣いに主は苦笑を漏らした。

「気にするなと言っている。それより兄上だが、私が家族を持ったところで顧《かえり》みるはずがないというのに、余程《よほど》この国に縛《しば》り付けたいのだろうな」

「お言葉ですが、いままでライナルト様に領地の一部を運営させ、女や財産を融通していたのは、ファルクラムに留め置くための処置の一環でございます。これらに意味がなかったと気付かれたからこそ、此度《こたび》は強引にでも話を進めたのでしょう」

「……あれで策を講じていたと？」

「はい。我が主のお心を揺らすには不十分でしたな」

この会話をローデンヴァルト侯ザハール、すなわちライナルトの兄が聞けば咎《とが》めただろうが、生憎《あいにく》この場にいたのは彼の腹心のみだ。

きっとライナルトが帝国に拘《こだわ》りを持っているのを兄は感じ取っていたのだ。弟の後ろ盾を武器の一つとしているザハールにとって弟の婚姻は最後の手段であり、国王に相談すると彼に逃れられない鎖を望んだ。さらに間の悪いことに、もう一つの国にはファルクラムに溶け込むための隠れ蓑《みの》として家庭を持つことを望まれていた。ここで断っても角が立つと縁組を受けたが、相手に関しては慎重になった。

候補は多数挙がっていたが、親の言いなりや強気な娘は除外された。友人が多いのも候補から外れる。性格が外向的過ぎるのも当然なしだ。口煩《くちうるさ》いとどこから話が漏れるかわからない。

最終的に妥協したのがキルステンの次女だった。

こうして「数多《あまた》の女性を振り続けたローデンヴァルト家のライナルト」が唯一望んだ女性がカレンとなるのだが、ローデンヴァルト侯としても、キルステンと血縁関係になるのは歓迎だった。国王お気に入りの側室と繋《つな》がりが持てるし、弟の選択はまさに渡りに船である。懸念があるとすれば姉が妹に甘いくらいだろうが、政略に口を出すなら別途策を講じれば良い。

ともあれ地味な印象ではあるが、モーリッツにすればとある地方の、上品さの欠片もない貞操観念が脳細胞と共に死滅した女よりは余程ましだ。

肝心の娘と会ったのはそれからしばらく後だったが、大方の予想通り、少女はライナルトに萎縮《いしゅく》していたと彼らの目には映った。再び貴族に舞い戻り、しかもこれ以上ない良縁が待っているとしたら少女は喜び縁談を受けるだろう。

ライナルト不在の折、このように己《おのれ》の考えを述べたモーリッツにニーカが言った。

「お前、そうやって自分を無理矢理納得させるの得意だよな」

「無理矢理ではない、その時できる最善を尽くしているだけにすぎない」

憤懣《ふんまん》やるかたないが、こうなってはキルステンの小娘を主の妻として迎えるだけだ。どうせ自分は嫌われるし、できるだけ近寄らぬよう尽くすのだ。

この場には昔馴染《なじ》みのニーカしかいない。私事においてはお互い気の置けない関係だからか、彼女も葡萄《ぶどう》酒を持ち込みグラスを傾《かたむ》けている。

「お前こそよかったのか。ライナルト様に妻ができるとは、つまり……」

「なんの話だ？」

この日に限って酒を持ってきたニーカ。その先は言わすまいと穿《うが》たれた言葉にモーリッツは唇《くちびる》を結んだ。

言うな、と暗に請われたのなら差し出口は控えるべきなのだ。

「……まぁいい、とにかくあまり暴走しないよう抑えてくれ」

「当たり前みたいに私に押しつけるよな。そういうのは家令や侍女に言ってくれ」

「無論そちらも選定中だが、お前のところから護衛を送るはずだろう」

「女が多いからそうなるだろうが、言っとくが私のところの人間も大概強面《こわもて》だぞ」

「同性というだけで印象は違う。とにかくローデンヴァルト侯は確実に人を送ってくる。あの男から宛てがわれた使用人に手綱《たづな》を握らせるな」

ニーカに求めるには無理難題だが、それでも断らないのは、ライナルトの下《もと》では年頃の少女がくつろげる環境が整っていないことを知っているからだ。それにローデンヴァルト侯に少女を任せてはどのような思想教育を施されるかわかったものではない。いくらか考えて、部下に丁度いい年頃の娘がいたことを思い出した。名はエレナといい、少々口うるさいが腕の立つ子だ。持ち前の明るさと実力は折り紙付きだから期待は裏切らない。

「余計なところまで気を回しすぎなんだよ。元から雇ってる使用人だって多いんだ。もう少しライナルトを信用しろ」

「もしものことがある。そのような些末事《さまつじ》にまで気を回させる必要はない」

「言ってろ。……まったく、ザハールもザハールだ。数少ない身内とまでこんなところで競わねばならんとは、ライナルトが不憫《ふびん》でならん。せめて優しい子だとありがたいな」

「今度はその娘がライナルト様を害さねばいいが」

「市街で暮らしてたんだろ。服だって大分控えめだったし、良い子そうだし欲も強くなさげだ」

「年頃の娘が突然権威を手にすれば、どう変わるかなど想像に容易《たやす》い」

「本当にお前ってやつは……」

もしここに噂の本人や、彼女を知る人間が座していたのなら、「あり得ない」と首を振っていただろう。当の「未来の憐《あわ》れな婚約者殿」はライナルトに気があるどころか、逃げ出す算段をしているなど彼らは知る由《よし》もない。

そのためこの縁組は断られるはずがないと彼らは考える。今後についていくらか話し合いを進めたのだが、ここまでがカレンとライナルトの一度目の出会い後の話だ。

次に彼らが少女の話題を出したのはサブロヴァ夫人邸で二度目の邂逅《かいこう》を果たしてからだ。

少女に外套を貸して別れた後のニーカとばったり出くわしたエレナは、敬愛する上司がなんともいえない表情をしていると目敏《めざと》く近寄った。

「先輩、上着はどうされたんですか」

「ちょっと人に貸してな。……なぁ、エレナ」

「はい。なんでしょう先輩」

従順にニーカの言葉を待つ後輩。その顔をしばらく眺めると「なんでもない」と早足で部屋に戻った。

「いかんいかん。危うく言ってはならないことを口にするところだった」

ライナルトの婚姻相手が本当に良い子そうだから少し複雑だった。……なんて口にしてしまえば、あの娘のことだからニーカの本心を悟ってしまう。エレナはいまでこそヘリングのおかげで控えめだが、ことニーカの話題になれば目の色を変える。今後任せる仕事を踏まえれば決して聞かせたい話ではないし、ましてニーカ自身知らしめたい想いでもない。

「まして、なぁ。モーリッツめ、あいつが言うのもちょっとお門《かど》違いだぞ」

彼女はこの立場が良かった。

確かにライナルトに対し友情以上の感情を抱いている。だがそれはモーリッツが誤解している感情ではない。少なくとも本人はそう信じている。

「キルステン家のカレン嬢か。ライナルトの感触も悪くなかったし、案外いい組み合わせなんじゃないか……？」

帰り道モーリッツの機嫌が悪かったのは、おそらく同じ感想を抱いたためだ。

「ライナルトがあんな風に笑ったのはいつぶりだったっけ」

少女は知らないが、彼女らの主は久方ぶりに穏やかな微笑みを見せた。彼らと居るときが心安まらないとは言わないが、仕事柄気を張らないとならない場面が多い。今回はそのいずれとも違う雰囲気を纏《まと》ったライナルトに、ニーカは少なからず驚いた。平穏と縁遠かった彼に、たとえ一時《いっとき》でも安らぎをもたらしてくれるのなら、この縁組も存外悪くはないと改めて感じるのだ。

「彼女の気持ちはさておき、ライナルトを優先するあたり、私も大概だがね」

カラリと笑い、新しい外套を取ると仕事へ戻ったが、事態がこの予想を更に上回ったのはそれからしばらく後の話だ。

なにせ忘れがたい出来事が起きた。

何を隠そうモーリッツ・アーベラインこと本名モーリッツ・ラルフ・バッヘムが何年かぶりに我を忘れたのだ。


「我が主との婚約を断った、ですと?」

意味がわからない、と。そう言いたいのはわかる。しかし彼ともあろう人間が呆然と、我を忘れた無知な童《わらべ》の如《ごと》く口をぽかんと開け放しにしたのだ。彼の同僚であり友人でもあるニーカは数年ぶりに、副官においては、初めて上官の人間らしい反応を見た。

──あのアーベラインが感情を露わに驚いた。もしこの場にライナルトがいなければ、そんな馬鹿な、と冷静さを欠いた発言をしていただろう。ライナルトもモーリッツの反応がおかしかったようで、にい、と口角をつり上げた。

「そうおかしな話だろうか。断られる可能性は充分にあった」

「ニ……」

「嘘でも冗談でもないぞ。そろそろ現実を認めておけ。顔が面白いことになってるから」

ニーカとて露骨な笑みを隠せなかった。なにぶんこの同僚が表情を崩すのは珍しい。なれ合いを好まず、皮肉しか口にしないぶん、いまの姿が痛快だ。

「それで、どうされますか。キルステンには苦情をいれるおつもりで?」

とはいえからかってしまってはあとが面倒だ。楽しむのは心の内だけに留めて口を挟《はさ》んだ。質問は彼女の領分を超えているが、ニーカが問う分には誰も咎めない。それだけライナルトや、モーリッツと馴染みの仲なのだ。

意を問われた主は楽しげに肘《ひじ》を立てた。

「そうだな。一言二言だけ添えて、あとは放っておこう」

「文句はローデンヴァルト侯に任せると」

「黙っていても嫌味が飛ぶ。得意な者に任せるさ」

どのみちこの話は反故《ほご》になる。相手がコンラート辺境伯となれば、彼の兄と言えど手を出しがたい。普通の人は知る由もないが、ローデンヴァルトとてコンラートを相手取るのは手間なのだ。

「しかしコンラート辺境伯とは、これはまた因縁めいたものを感じる。あのご老体とはいつか話をしたいと思っていた」

「辺境伯に興味を抱くのは結構ですが、関わるのはお止めください。いらぬ噂を招きます」

ようやく立ち直ったモーリッツだが、彼の懸念は無駄に終わった。

「いや、それでいい」

主の言葉をうまく解釈できなかった。

しばしの沈黙はさらなる言葉を引き出したのである。

「周囲には私がカレン嬢に気があると誤解していてもらおう」

などと言い出した。これにはモーリッツより、ニーカの理解が早かった。

「あのご令嬢も可哀想《かわいそう》に……」

「おそらく世間一般的には私の方が憐れな男だ。どの道、もう都にはいないと聞いているし、本人に噂は届くまい」

「確かにそれなら今後縁談が入っても断りやすくなるでしょうが……」

「黙っておけばサブロヴァ夫人が勝手に誤解してくれるはずだ。婚姻はなくなった、これからの縁組は断りやすくなる。良いこと尽くめで、あの令嬢には逆に感謝したいな」

わかりやすく上機嫌になるから、呆《あき》れてしまったくらいだ。災厄に等しい縁組で、ここまで幸運を得た例も珍しいのではないだろうか。僅《わず》かではあるが、地方に嫁いでいった少女に同情を禁じ得ない。

「……しかしライナルトと離れられたのはよかったのかもしれないな。これからこいつの周りは動乱しか起こらないだろうから」

僅かな安堵《あんど》を抱いたけれど、今後その少女が主に深く関わってくることになるとは思いもよらない、ある一幕であった。

彼のみぞ知る

正直に言ってしまうと、あまり可愛くない娘だと思っていた。

「あたし、この間収納が間違ってるって怒られたんだけど、あんたたち誰が苦手よ」

「オレは旦那様かな。レスリーが掃除で怒られたって言ってたし」

「ばーか。あんたは知らないだけで、あの子はサボり癖があるのよ。どうせまた横着したに決まってるわ。……まあ、旦那様は潔癖なところがあるけど、本家の人間みたく変なことで怒ったりはしないわよ」

「そういやぁエミリーは元気かな。推薦されたけど、本家には行きたくないってごねてたじゃん」

「なんだかんだで要領いいからうまくやってるわよ。大旦那様に媚び売ったのが運の尽きね。あそこはとにかく本家がなくなったらやっていけないって思ってる人だもの」

「……本家なんてなくても旦那様達ならやっていけると思うんだけどなぁ」

「お貴族様のことなんてあたし達にはわかんないわよ」

使用人同士、年の近い世代が集まる機会を得た昼下がりだった。その日は芋《いも》を使うからと、全員に芋の皮むきが命じられたのだ。

黙って仕事をしろと言われたが、料理長だって本気で言っていない。同年代の少年少女が集まれば自然とお喋《しゃべ》りに発展しようというものだ。キルステン家には年若い使用人も多かった。

「僕はエミール坊ちゃん。変なところで拘りが強いから面倒」

「あーあの子、なっまいきよねー」

「それもいまのうちだろ。奥様付きのイオラさんは大変だけどさ」

けらけらと笑う彼らだが、この程度は悪口にもならない範疇だ。それでも唯一アルノーの名前が出てこないのは、ここに彼付きの乳兄弟がいて共に芋籠を囲んでいるためだった。

「アヒムはどう、誰かいる？」

キルステン一家は総出でピクニックだった。いつも長男の傍《かたわ》らにいる少年は暇《いとま》をもらい、そして特にやることがなかったので黙々とナイフを動かしている。

この面々の中では一家に好遇されているアヒムだが、浮いているわけではない。彼らに疎《うと》まれることなく交じっている点もそうだし、この質問には淀みもなく即答だった。

「カレンお嬢さん」

アヒムの答えに全員が「ああー」と頷《うなず》く。

「なんかなー……大人ウケはいいけどわかりにくいっていうか……」

「こう、悪いわけじゃないんだけどな」

他の子達も似た反応で、しかしどこが気に食わないとは言えずにぼやく。

「……可愛くないわけじゃないんだけどね。むしろいい子よ、うん」

「僕は苦手だな。旦那様達は可愛がってるけど、口数少ないし何にも言わないよね」

「そりゃあ自分のお子だもの、可愛いに決まってるし賢いに越したことはないわよ。イオラさんたちもかわいいかわいいって言ってるけど、あんなこと思ってるの大人だけよ」

アヒムがなにもいわなくても勝手に盛り上がってくれるから、自然と言葉も少なくなる。同時に「やはり皆も思ってたんだな」と安堵感も得ていた。

そうだ、キルステンの次女カレンが可愛くないわけではない。容姿でいえば断然恵まれているし、やや表情の起伏が少なめだが感情だってある。両親や兄姉を慕《した》っているし、弟の面倒見もいい。使用人に乱暴を働くわけでも雑に扱《あつか》うわけでもない。時々突拍子もないことはやらかすが、基本的には『いい子』に分類される娘であった。

それでも全員が不得手だと納得するだけの理由がある。

「不気味なんだよね」

アヒムの気持ちを誰かが代弁した。大人達は気付かない、子供だからこそ気付ける認識だ。ひととおり雑談に花を咲かせると解散したが、アヒムは溜息を隠せない。

「不気味ってか、あのお嬢さんどうも苦手なんだよな」

そしてアルノーほど可愛いとも思えない。近くにいると観察されている感覚が拭《ぬぐ》えないのだ。

「あ、アヒムだ」

言ったそばからこれだ。後ろからかけられた声に一度瞑目し、そして表情を整えて振り返る。

「こんにちはお嬢さん。みんなでお出かけしてたんじゃあないですか」

「さっき帰ってきたのよ。父さん、急なお仕事が入ってしまったんですって」

「ありゃあ、それは残念でしたね」

「本当よ。せっかくお弁当持っていったのに」

「じゃあ坊ちゃんも帰ってきてますよね。いまはどこに？」

「部屋よ。勉強するんですって」

「ありゃあ、それじゃあおれが行っても無駄かな」

「アヒムはお休みになったから呼ばないって言ってたし、行っても追い返されるだけよ」

「そっか。で、その手に持ってるものはなんですか」

一抱えほどもある分厚く大きな本。それを両手に抱えた少女は鼻の穴を膨らませて胸を張った。

「父さんの書斎から借りてきたの。ファルクラム以外の国について載ってる書物よ」

「へえ、外の国に興味があるんですか」

「ちょっとだけね！」

ちょっとどころの話ではないと知っているが、適当に愛想《あいそ》笑いですませたのはアヒムなりの処世術だ。

「帰ったら今度着ていく服を合わせるって奥様が言ってませんでしたっけ」

「え、う、うん。でも気が変わっちゃった。明日でもできるし、また今度ね」

こういうときの笑顔は愛らしい。妙に慌てたのを不審に思いながら別れたが、その後、少女が慌てだしかった理由が判明した。遭遇したのは同じく屋敷で働いている母とその友人の女性だ。二人はアヒムを見かけると、これから出かける旨を伝えたのだが、そこにアヒムは投げかけた。

「奥様からカレンお嬢さんの服を合わせてくれって言われてなかったっけ」

「ああ、それね。お嬢さまが突然本を読みたいって言いだして、それどころじゃなくなったのよ。どうしても今日読むんだってごねるから、奥様も明日でいいって」

「普段はあんまりそんなこと言われないから、余程読みたいんだろうって、ねえ」

苦笑しきりの二人だが、外に遊びに行けるのが楽しみなのは明らかで、本心じゃないのはすぐに伝わった。

「旦那様の急用がなかったらもっと帰りが遅かったんだろうし、よかったんじゃない」

「そんなこと言っちゃ駄目よアヒム。あたし達は旦那様に仕事をもらってるんだから」

「あはは。でもお嬢様のお陰で予定が潰れなくてすんだのも事実だわね。ほんと我が儘《わまま》に感謝よ」

おかげで二人は上機嫌だが、この言葉で納得した。あのお嬢さんは本心で言ったのではない。二人の休息を潰さないために自分から「我が儘」を言って使用人の予定を守ったのだ。鼻につく感情を取り繕《つくろ》いながら二人を見送った。

これがカレンが気に入らない理由だ。

きっと大人達には言っても伝わるまい。同じ子供だから少女の不自然さは不可解なのだ。アヒムの周りには年少の子達もいるけれど、その子らはもっと子供らしい。自分のことを優先して物事を口にする。大人の顔色なんて窺《うかが》いもしないが、カレンは違う。子供らしく振る舞う一方で大人の事情を優先する。特に誰かが不機嫌になりそうなとき、困ったときにはその傾向が強い。同世代の子らはカレンに近くないから感覚的にしか摑んでいないが、アルノーの傍らで少女を見るアヒムは知っているのだ。

あの娘はどうにも小賢《こざか》しい。大人達は手の掛かるお嬢さんだと称するけれど、アヒムにしてみたら、少女がしでかす出来事なんて可愛い範疇だ。本当に年相応なら長女のゲルダみたく小生意気盛りの鼻持ちならない女の子になるか、末っ子のエミールのように我が儘三昧だ。

貴族に対する偏見はあったかもしれないが、それでもカレンは大人しすぎると考えるのがアヒムであり、屋敷で働く少年少女が抱く違和感だ。

「あの振る舞いはわざとにしか見えない。気持ち悪い」

こんなことを口にしたら最後、アルノー付きを外されてしまうから決して口にしない。ただ苦手と収めるのが無難だが、時々無性に許せなくなるのは否《いな》めない。

カレンに対し鬱屈した感情を抱いていたが、これが一変したのが忘れもしない、春の日の出来事である。

アヒムは使用人の中でも将来を有望視されている若手だ。口が軽いのが玉に瑕だが、母親の教育通り長兄アルノーを支え、意気を評価されている。アルノーの要望もあって最低限の礼節と勉学を教え込まれているし、武芸にも励んだ。普通の使用人よりも格別の待遇を受けているといっても過言ではない。

アルノーにとっては友人以上の存在であり、アヒムもそう信じている。二人の間に差はなかったし、隠し事もなかった。

だが、それでも身分という名の壁がある。

「アヒム、なにしてるの」

よりによって声をかけてきたのはカレンだった。

この時のアヒムは屋敷の裏手にある芝生に座っていた。こんなときに会いたい相手ではなかったが、それでも愛想は振りまかなくてはならない。

「……一人にしてもらえません？」

が、それも失敗した。年下の少女に気遣うだけの余裕がない。ぶっきらぼうな物言いは明確な拒絶が含まれており、同世代でも泣き出す迫力があった。

小さな女の子に取る態度ではないし、これにはカレンも足を止めた。まして雇い主の家族である。もしかしたら告げ口されるかもしれないが、それでもいい。一人になりたいのだと顔を伏せたのだが、予想に反して相手は手強《てごわ》かった。

よいしょ、とアヒムの傍らに座り込んだ。

手持ち無沙汰なのか雑草をむしり始め、適当な花を千切ってはじいっと観察を始める。

まるでなにを考えているかわからない。

「邪魔なんだ。帰れよ」

それでも相手は引かない。仕方なく諦《あきら》めたが、ちくしょう、と声にならない声を漏らした。

きっかけはキルステンの本家ダンスト家の次期当主ドミニクだ。

アヒム達とそう変わらない年齢の少年だが、この日はキルステンに遊びにきており、アルノーに付き従うアヒムについて追及した。

「なあアルノー、その侍従は下げてもらえないか」

「変なことを言うんだな。彼のことは君だって知ってるじゃないか」

「そんなことはとっくに知ってるさ。だけど母上からそいつの素性を聞いたが、元は平民ですらない流れ者なんだろう。キルステンに置くのは不釣り合いだし、君の傍《そば》にいるのだって相応《ふさわ》しくないよ。せめてファルクラム出身の平民を置くべきだ」

「ドミニク、それは違うよ。アヒムは私にとって必要な存在だ」

アルノーがアヒムのために闘おうとしてくれるのはわかっていた。だがこうなったドミニクは止められないし、二人の争いは大人達にとって好ましくない。結果としてドミニクの望み通りアヒムは離された。どうせ彼が滞在する間だけだと周囲の者は言ったし、アヒム自身それはわかっていたが、やはりショックは隠せない。本当はもっとアルノーが闘ってくれると期待したからだ。

身分のことは散々言い聞かされていたからわかっていたつもりではあった。自分でも理解した風を装って軽口を叩いている。だけど二人はなにをするにも一緒で、無二の相棒だと疑わなかったアヒムにとって、ドミニクの言葉と周囲の態度は少年の矜持《きょうじ》を傷つけ、そして気を塞《ふさ》がせた。

そうして一人、誰も来ない場所で座り込んでいるところにカレンがやって来たのだ。

「お家は色々たいへんよ。みんなドミニクやおじさまがきて大慌てなの」

わかりきったことなんて話さなくてもいい。いま屋敷は忙しく、アヒムなどに気を配っている暇はないのだ。少女の方がよっぽど必要とされているはずだと知っているのに、カレンは動かない。その上アヒムの心を読んだかの如く頷いた。

「本家には従わなきゃいけない事情ってやつ。そういうのは私もよくわかんないけど」

だったら帰れよ、と言おうとして失敗した。

「だけど私、ドミニクなんかよりはアヒムが好きよ。だからここにいるの」

「言ってろ」

「もう。嘘じゃないのに」

たったそれだけの短いやりとり。少年は再び視線を落とし、カレンは雑草をむしり始める。不意に滲《にじ》んだ涙を袖《そで》で拭ったが、どうせ見えやしないだろう。あるいは知らない振りをするはずだ。

カレンはそれ以上なにも言わない。説教もしない。母親のように抱きしめもしないし、唯一無二の友人みたいに謝りもしないだろう。同僚みたいになにを今更、と呆れもしない。少女の関心は雑草や外にあってアヒムにはない。本当になにもしてくれないけれど、いまのアヒムが欲するのは飾りのない言葉だった。

「……嘘じゃないことくらい、知ってたさ」

幼い少女のたった一言に救われたなどと、誰が知るだろう。

いつも心の中で冷たくしていたけれど、次からは少し、ほんの少しずつだけど、優しくしてあげよう。そうしたら心の中のわだかまりも少しは解消されるだろうか。純粋に少女を好いてあげられるだろうか？

年相応の子らしく振る舞ってくれないから自分を、アルノーを、皆を信用していないのだ、なんて感じなくなれるだろうか。

離れていた心が些細なきっかけを機に近付いた春の日。

アヒムが胸の裡に秘めた、彼だけのささやかな物語である。

All good things must come to an end（良いことには必ず終わりが来る）

帰るまでの間にやることは多かった。

「カレン、遊ぼう」

「この間本を買ってたじゃない、それ読んでなさい」

「もう読み終わったに決まってるじゃん。また買いに行かないと足りないよ」

乱入したのはヴェンデルだった。私は礼状作成から顔を上げ、退屈そうな少年に呆れる。

「ねえヴェンデル、私がなにしてるかわかってる？」

「舞踏会で会った人達にお礼状を送る。父さんの代わりに頑張ってるね、ありがとう」

「どういたしまして。あと陛下からいただいた贈与品の返却の手続きもやってる。……こっちはたったいま終わったから、残りは面倒くさいお礼状ばっかりだけど」

舞踏会を終え、コンラートに帰るまで残り数日。私は体調が思わしくない伯に代わり、ウェイトリーさんに教えを乞いながら、できる範囲の業務をこなしている。

「兄ちゃんだって手伝ってるし、父さんはいいって言ったじゃん」

「スウェンには学校を休んでいた分を取り戻してもらわなきゃいけないし、伯は調子が上向きになってきたってだけでしょう。ここでしっかり回復してもらわないといけないの。ヘンリック夫人の心労を増やすわけにはいかないんだから」

「それは僕だってわかってるよ」

ヘンリック夫人はまだ臥《ふ》せっている最中で、家の中がこんな状態だからスウェンは休みを延ばそうとした。それを止めたのは私である。

「伯が心配ならなおさら勉強して安心させてあげてちょうだい。ニコ、スウェンがさぼらないようにちゃんと見ていてね」

背中を蹴るように復学させ、彼の世話はニコに任せた。従って兄との語らいの時間が減ったヴェンデルは暇となり、ひたすら趣味の本を漁っているのだ。すぐにでも本屋に出かけたい。逸《はや》る心が抑えきれない次男坊にウェイトリーさんがわざとらしい咳払《せきばら》いをする。

「ヴェンデル様、読み終わったとはおっしゃいましたが、昨日は宿題を出したばかりでございます。本を借りるのでしたらそれを終わらせてからで……」

「もう終わらせてるよ。心配しなくってもずるはしてない」

この一言にはウェイトリーさんもだんまりだ。にやりと口角をつり上げるヴェンデル、目的がある時には異様な集中力を見せるので、この発言に嘘はないはずだ。

「ウェイトリーもさ、舞踏会が終わってからカレンは休みなしで頑張ってばっかりじゃん。ちょっとくらいお休みがあってもいいと思うんだよ。無理させたら熱だすよ？」

そして大変口が回る子で、私は大丈夫だと言おうとしたらウェイトリーさんに仕事はここまでと追い出されてしまった。これにしてやったりのヴェンデルは私が逃げぬよう手を摑んでいるが、以前より距離が縮まった気がする。

「それで、私はどこに連れて行かれるのかしら」

「本屋だけど、先に父さんのところ。なにか欲しい物がないか聞いてこよう」

「お出かけの誘いにしては味気ない場所だこと」

「でも嫌いじゃないでしょ」

茶目っ気たっぷりに笑う姿は率直に言って愛らしい。この子はスウェンよりも女の子の扱いが上手だし、大きくなったらモテる予感がする。

二人で伯の部屋を訪ねたら、私たちが見たのは珍しい光景だった。

なんとエマ先生が寝ている。つい目を見張ってしまったが、驚いたのは私だけだ。ヴェンデルはやっぱりといった様子で、伯は唇の前で人差し指を立てている。

「いま寝たばかりだから静かに」

二人で団欒していたのか、エマ先生は机の上で上体を折り曲げ、俯《うつぶ》せになっている。ここのところ伯が体調を崩していたから、きっと看病疲れを起こしたのだ。ヴェンデルはそろそろと忍び足で伯に近付き、耳元で囁《ささや》く。

「出かけてくるけど欲しいものある？」

「葡萄酒を頼むよ。エマも飲めそうな甘いやつがいい」

小声だったが、口の動きからこんな会話だったはずだ。本来食品や消耗品の類は不足しないよう補充されており、足りないことはない。何か役に立ちたいヴェンデルの気持ちを理解しての言葉なのだった。

実際お使いの任を賜《たまわ》った次男坊は、部屋を出た途端に意気揚々と早足になった。

「カレンならいい店しってるよね、教えてよ」

「もしかしてそのつもりで呼んだ？　ウェイトリーさんに聞けばすぐなのに」

「それじゃ父さんに筒抜けじゃん。僕は父さんと母さんをびっくりさせたいの」

……そういうことなら喜んで案内役になろうじゃないの。

出かけるついでだからヘンリック夫人も訪ねたら、夫人は私たちを見るなり立ち上がろうとした。万全ではないのに無理をされると困る。ヴェンデルと寝台に寝かしつけたら出かけると聞くなり、くわ、と目を見開いた。

「まさかお二人ともそんなぼさついた髪でお出かけになるつもりですか！」

「え、ちょっと夫人、そんなに言わなくても……」

「言わずにいられますか！　そこにお座りなさい、わたくしが直して差し上げます！」

叫ぶなりアレコレ指示するので、勢いに負けて引き出しや鏡台から櫛や香油を取り寄せた。

「まったく、良家の奥方と子息が適当な身なりでどうしますか。何処《どこ》へ行くにも身だしなみをしっかりとなさいませ。わたくしが気付いたからよかったですが、そんな姿で出かけては笑いものですよ」

「この程度誰も気にしま……なんでもありませーん」

「……まったく」

お怒り気味だが髪を梳《す》く手つきは優しい。

「夫人ー。さっきも言ったけど出かけてくるよ、なにか欲しい物はない？」

「特にございま……余裕があるなら菓子詰めをお願いします。皆に振る舞う分ですよ」

言い直したのはヴェンデルのしょんぼり顔にやられたからだ。なんだかんだで皆はヴェンデルに甘い。

「ついでにニコも連れ出してやってくださいまし。スウェン様のお世話を申しつけられてから、ずっと張り切ってばかりなのです」

「休んでないの？　ちょっとは休みなさいって言ってるのに」

「他の者からも身体を心配されております」

こんな感じだからニコも連れ出して三人で買い出しだ。ニコは仕事があると渋ったけれど、使用人仲間に背中を押された。スウェンに良いところを見せたかったのだろうが、いざ街に繰り出すと目を輝かせた。……本屋では若干《じゃっかん》つまらなそうだったけど、ここはヴェンデルが大喜び。背の厚い本を十冊以上買い込むとコンラート邸へ送るよう手配をすませ、あとは街中をショッピングすればいつものニコになる。そんな彼女とヴェンデルを連れて散歩コースに入《い》れたのは、馴染み深い道だった。

「奥様、ここって……」

「ニコは一度スウェンと来たことあるんだっけ」

「はい、スウェン様にここに通うんだって教えてもらいました」

ここは感慨深い場所だ。露天や店の数々は記憶の中と寸分たがわず存在し、まるで変わっていない。買い食いしたいなぁと思っていたら、ちょうど近くに飴屋がある。小休止を兼ね飴を買い求めると近くのベンチで一休み。あとはお酒を見繕うだけだし、用事をすませて帰ってもよかったのだけど、ヴェンデルが首を横に振った。

「僕達がいると母さんが気を張るから、しばらくは外にいよう。買い物が長引いたって言えばなにもいわないよ」

三人揃《そろ》って学校を眺めるのは、実家を追い出された私と兄さんが再会したあの場所。ここで私はお迎えされてキルステンに帰った。あの時の記憶を呼びさますと妙に感慨深くなる。

「あの時は慌ただしかったし、見るもの全てが珍しかったから、こうやってゆっくり眺める時間はありませんでした。ここでスウェン様がお勉強をなさってるんですね」

「もうそろそろ昼休みだけど、お弁当を持っていってるだろうし、出てくることがないのが残念ね。他の子はお昼に買い出しに出たりするんだけど」

「あはは。そこまで偶然はありませんよぉ」

ニコは好きな人の姿を脳裏に描き、ヴェンデルは建物を観察する面持ちで、各々が思いを馳せている。

「……こっちにいる間にちゃんとしたお出かけしたかったなぁ」

漏らされた呟《つぶや》きは、ニコの偽らざる本音だ。私たちの視線に気付いた彼女は慌てふためいた。

「それは……兄ちゃんとゆっくり二人っきりでという意味で……」

「まぁ、そう思うのが普通よねぇ」

「あっ、あ、違うんです！　そんなわがまま……ニコは素敵な衣装を着せてもらっただけで充分ですからぁ！」

そのくらい望んだっていいだろうに、やはり使用人と嫡男を隔てる身分の壁は高い。

しかし壁があると思い込んでいるのは彼女だけで、恋愛に関してはニコは私たちの玩具だ。二人で面白がっていると、なんと奇跡が起きた。

「え、あそこにいるの兄ちゃんじゃない？」

「その手には乗りません！　人を揶揄《からか》うのはやめてください！」

「違う違う、嘘じゃないってば。ほらあれ」

主にニコにとっての奇跡だけど、なんと門からスウェンが出てきた。私たちの姿に目を丸めると驚き駆けよってきたのだ。

「お前ら、なんでこんなところにいるんだ？」

「スウェン様!?」

「兄ちゃんこそなんでここにいるのさ。あ、昼休みで買い食い？」

「まさか、カレンじゃあるまいし弁当で足りてる」

「ちょっと、それどういう意味」

驚く二人だが、そこで思い至った。市井《しせい》の学校は現代日本人が考える学校ほど厳しくない。やるべきことをこなせば途中で帰ることも可能だし、舞踏会時のように休みも自由だ。

「カレン、サボりじゃないって。ちゃんと課題をこなして今日は終わったんだ」

考えが先読みされていた。その間にもパア、と目を輝かせたヴェンデルである。

「じゃあ、じゃあ兄ちゃんこれから僕達と遊べる？」

「ん？　ああ、もちろんいいぞ。せっかくだからどこか店に行こうか。それとも兄ちゃんの下宿先にいくか？　アルノーさん達もたまに泊まってるから面白いものもあるぞ」

「兄ちゃんの下宿先？　見たい！」

「カレンとニコは？」

「いいい行きます！」

「兄さんたちの隠れ家なら興味あるかなー」

そういうわけでスウェンの下宿先に突撃と相なった。ここのところスウェンはコンラート家にいたからそちらには帰っておらず、兄さん達が使っているにしても油断しているはずなので、もしかしたら散らかり放題の部屋が見られるかもしれない。あの兄さんのだらしのない側面を見られたらラッキーだ。

「うまくいけば兄さんがお小遣いくれるかも」

「アルノーさんにか？　そんなことしなくても小遣いならもらえるだろ」

「内緒でもらうお小遣いは別物なのよ。それで買うご飯は美味しいんだから」

「……お前のこと、時々本当にわからないな」

「私のことよりニコを気にしてあげなさいよ」

最後は小声で囁いたが図星を突けたらしい。視線をずらすと、それとなく髪や服の皺《しわ》を伸ばすニコがいて、しきりにヴェンデルに話しかけている。額にはうっすらと汗が滲んでいるから、こんな状況で対峙《たいじ》した彼と話す勇気が出ないのだ。わざと肘で小突くと、やや拗《す》ねた目で返された。

「覚えてろよ」

「やーだ。忘れる」

私の侍女にせっかく訪れたチャンスを無駄にはしないでもらいたい。

くそ、舌打ちしたスウェンが大股でニコに近付き、彼女の手を取って歩き始める。先頭を歩くスウェンの耳は真っ赤に染まっており、私とヴェンデルは顔を見合わせた。そしてどちらからともなく笑いだした。

「兄ちゃん、カレンはともかく僕はなにもしてないよ？」

「お前も散々ニコを揶揄ってるだろ！」

これなら時間を潰さなくても、帰るのが惜しいくらいの楽しい時間が過ごせるはずだ。

先ほどまで座っていた場所を振り返った。

街並みは変わらないけれど、もうここに、かつて家族と離された少女はいない。

人の歩みがどんな風に進んでいくかはわからないし、これから思いも寄らぬ人生が待っているのだろうけど、いま私は笑っている。だからきっと、この先辛いことや悪いことがあったとしても、いつかどこかで楽しいと微笑む日があるはずだ。

「カレン、先にお酒を一緒に見にいってくれるって、早く来なよ！」

「ごめんごめん。……ねえちょっと、スウェン、二人だけで先に行かないでよー」

そう信じて歩き出した。

主人公は誰だったのか

学校での出来事だった。芝生に敷いた上着の上で、少女が二人寝転がっている。

エルネスタにしては珍しく年頃らしい話題を出した。

「なんかすっごくいい男が見られるみたいよ」

「へー」

「なにその反応。淡泊ね」

カレンの気のない態度に鼻白《はなじろ》むも、わずかな間だけ。視線は開いた本のページを追っており、そしてそれはカレンも同様だった。

「だって遠くから見るだけなんでしょ。お近づきになれるわけじゃないし、そもそも近づいてどうするの？」

「さぁ……観察に、目の保養とか。もしかしたら声かけてもらえるかもってときめいてみるとか？」

「じゃあ行ってみる？」

「そんなもん見てなんになるのよ」

個人では真面目なカレンとエルネスタも、二人が合わされば時に悪の道に走る。この場合の悪はサボりだ。普段は神妙な面持ちでノートを取るから、教師の評判も良く注意を受けたことはない。良くも悪くも奔放で自己責任が付きまとう市井の学校は、このあたりが緩いといわれる所以《ゆえん》だ。

校内には休息のために設けられた広場がいくつもある。この緑の絨毯《じゅうたん》もそのひとつで、離れた木陰では同じように休んでいる生徒がいた。

「エルがそんな話するなんて珍しい。前は男の人なんて興味ないって言ってたくせに」

「まーねー。いまもそこは変わんないわよ。男なんて別にいらないし」

転生仲間で友人のエルネスタ、もといエルは良い前世を持っていない。男性に対しても考え方は容赦ない傾向にあり、特定の誰かに興味を示さない。従って年頃の少女のように格好いい男性がいたところで見向きもしなかった。

「うちの所のうるさい女子連中がいるじゃない。あの子達がきゃーきゃー騒いでて、あとで見に行こうかなんて話してたのよね」

なんでも絶世の美貌を併せ持つ男性だそうで、ご尊顔を拝す機会を得られるらしい。そんなニュースを摑んだためか話題にしたが、当の本人達がやる気なしである。

カレンが本を畳むと、軽いため息を吐《つ》いて言った。

「それだけ騒ぐのなら、相手はどうせ貴族なんでしょ？　どこの誰だか知らないけど、わざわざ見に行くなんて気が知れない」

「玉の輿《こし》に乗れるかもしれないじゃない」

「へーぇ。じゃあエル、その人の名前覚えてるの」

「知らない。覚える必要ないし」

「ほら見なさい。大体ね、お貴族様が庶民に見向きするなんて稀《まれ》よ稀」

実際その貴族が本当に美貌の持ち主なのかも怪しい。疑っているわけではないが、それぞれの主観があるではないか。

「……あんたもだけど、なんで貴族って顔がいいのが多いのかしらね」

「エルだって可愛いじゃない」

カレンの言葉は友人の愛らしさを信じて疑っていない。率直な言葉をまともに受けるのが恥ずかしくて、それとなく顔を背《そむ》けたエルにカレンは気付かなかった。

「……まぁ、エルの疑問はとっくに答えは出てるのよ」

「なに、どんな理由？」

「掛け合わせ」

主に遺伝子の、とこちらの世界では通じない単語を出した。

「家のしがらみで結婚させられることもあるけど、お金があるぶん、綺麗な人や好みの相手を選びやすい傾向にあるじゃない。そんなのが何代も続いたら、そりゃあ顔の良い子供が生まれるわよ」

「あー……そういうこと」

いまいちピンと来てない様子のエルも、この説明には納得した。彼女は前世で学習する機会が得られなかっただけで、基本的に頭の回りは速いのである。

「顔が良い方が本人に価値が出やすいんだよね」

「……そう言われちゃうと、なんだか夢のない話よね」

他人事《ひとごと》のように言ってのけてしまうのは、すでに貴族と関係ない身だからだ。

「そうだ、明日学校休みじゃない。うちに泊まりに来なさいよ」

「お店も休みじゃなかった？　家族で過ごすんでしょ」

「母さんがカレンを呼びなさいって言ってたの。どうせ用事も図書館に行くか買い出しくらいでしょ。自炊の手間も省けるし、食べに来なさいよ」

「行く」

エルの両親はこぢんまりとした店を営んでいる。休店日だからと気遣ったが、お誘いを受けたのなら別だ。さっきと違いぱぁっと顔を輝かせた。

結局色気より食い気なのだ。

「あ、でも買い出しがあるから一度帰ってからお邪魔する」

「遅くならないようにしてよ。最近女の子が行方《ゆくえ》不明になってる事件多いんだから」

「でもあれって歓楽街界隈の話じゃなかった？」

「……時々本当に心配なんだけど、その危機感の薄さはどうにかなんないの。ただでさえ若い身空《みそら》で一人暮らしなんだから、目をつけられたっておかしくないのよ。もうちょっとちゃんと考えなさい」

「あ、うん。そうね。暗くなる前から出ないようにしてるけど、気をつける」

「そうして。歓楽街は軍の手が入るみたいだから、現場を離れた犯人が徘徊《はいかい》してたっておかしくないんだから」

「……もしかして女の子達が騒いでた男の人って軍の人だったりする？」

「そ。でも向かったところで大人達に見つかったら叱られるでしょうね」

歓楽街は即《すなわ》ち大人の街だから、昼といえど子供には厳《きび》しい。

サボりをひとしきり満喫すると授業に戻ったのだが、学校が終わり、家に帰ったカレンは自室を見回した。足下には袋が二つ、どちらも少女が持つには大きすぎるが、息を切らしながら買い足した食料や雑貨類だ。

自宅は二部屋のアパート。現代日本人の感覚では広いと定義されるも、ファルクラムでは狭いと分類される家だ。

「これでパンに肉類は大丈夫。卵……は、明日の帰りに買えばいっか。石鹸《せっけん》もそうしよ」

市民の台所事情として当然ながら冷蔵庫なんて便利なものはないので、生野菜の長期保存はできない。店売りを即調理するか、家に氷室《ひむろ》を造って氷を運び込むかのどちらかだが、後者は大抵貴族の家にしか備わっていない設備だ。従って買い足すといえば常温保存向きの物が多い。他には使い古したタオル、ペンのインク、化粧水と補充は多岐にわたる。タオルは後日繕《つくろ》って雑巾《ぞうきん》にするが、どうにも不器用なのか、縫い目は雑で溜息の出る仕上がりとなる運命だ。しかし家でしか使わないからと開き直っているのであった。

「っと、暗くなる前に行かなきゃ」

友人に注意されたばかりだ。アパート自体は女性向けだから皆の防犯意識が高く、また管理人も注意を払うので押しかけ強盗に遭う確率は低い。しかし外は大通り以外灯りに乏しく、住宅街は一歩細道に踏み入れば真っ暗闇。いくら治安が良い都でも変質者・犯罪者ゼロにはならず、防犯意識は大事であった。

買い足した物は帰ってからしまえば良い。朱《あけ》に染まった空に慌て外に出たが、大通りで人とぶつかった。

「わぁ!?」

二十代半ばの青年だった。突然小道から飛び出てきたのだが、避けきれずまともに衝突すると紙袋を落とし、ガシャンとなにかが割れる音がした。

呆然となる二人。正気に返ったのは青年が先だった。

「怪我はありませんか！」

「あっ……こ、こちらこそごめんなさい！　咄嗟《とっさ》に止まれなくてっ」

「飛び出した僕が悪かったんです。それで、お身体は大丈夫ですか!?」

「だだ大丈夫ですっ。それより持っていた荷物が！」

さあ、と青ざめるカレンの前で、男性は紙袋の中を検《あらた》めた。死角になったせいで中身は見えなかったが、青年の表情からして残念なことになったらしい。

「ああ、なんてことだ……」

「す、すみません！　いくらかべ、弁償します！」

「あ、ああ、いや……これは弁償できるような……」

「えっ」

青年は口が滑ったといった風だ。聞けば奥さんへの誕生日プレゼントで、店にひとつしかなかった茶器だという。

「高いものじゃないから気にしないで。ああ、でも参ったな。いまから選んでるんじゃ夜には間に合わない」

しゅん、と意気消沈するカレンに、青年は申し訳なさそうに頼んだ。

「弁償は不要なんだけれど、僕はこういったものを選ぶ目がなくて、これは奥さんの友達に選んでもらったものだったんだ。まだ店は開いてるから、よかったら女性が好みそうな柄を選んでもらえないかい……?」

この一言には戸惑った。それで弁償代わりになるなら同行するが、友人との約束と、なにより夕暮れ空が気になったのだ。

「え、ええと……」

「どうしても今日中に奥さんに渡したいんだ。選んだらすぐ会計を済ませるし、もちろん安全な場所まで送っていくよ。衛兵さんが通る道を使うつもりだ」

身なりもおかしくないし、人もよさそうだ。奥方がいるなら安心だろうか。店も大通りにあるから危険はなさげ。罪悪感から頷きそうになったところで、割り込む者がいた。

「なにやってんの?」

「エル」

不可解そうに佇《たたず》むのはエルネスタである。カレンと青年を見比べ眉《まゆ》を顰《ひそ》める彼女に事情を説明すると「ふぅん」とつまらなそうに言った。

「弁償不要っていうならいいんじゃないの。不注意なのは飛び出してきたその人でしょ」

「エ、エル、ちょっと!?」

「それよか約束なんだから早く来なさいよ。遅いもんだから、わざわざ迎えにきたのよ」

苦笑する青年。カレンは申し訳なさそうだが、少女は歯牙《しが》にもかけずカレンの手を取った。

「じゃ、そういうことで。次から気をつけてくださいね」

「……ああ、気をつけるよ。すまなかった」

意外にも青年はすんなりと下がった。相手に失礼を働いたと焦るカレンだが、青年と距離が空いたところで叱られた。

「いつまでジャパニーズ感覚でいるのよ。時間帯を考えたら悩む必要なんてある？」

口調は厳しめで、外国人であり治安の悪い場所に住んでいた彼女ならではの感想だった。

「ごめん。日本でも変な人にはついていかないのは鉄則だった」

「……イイ人そうでも安心なんて限らないのよ」

「うん、だからちょっと迷っちゃった。でも良くないことだったね」

「わかればいいのよ。うん、でも……なんでもない」

反省が伝わったのか、お説教は重苦しい溜息で終わりとなった。

「うちに行きましょ。父さんと母さんがカレンの好物を作って待ってる」

エルの家では、彼女の父母がカレンを歓迎したが、食卓に並んでいたのは彼女たちの好物だ。手の込んだ家庭料理に二人は元気を取り戻し、風呂まで世話になれば当然泊まっていく流れとなったが、寝台に転がった二人は夕方の話に戻った。

仔細《しさい》を聞いたエルが鼻の頭を掻《か》く。

「へー奥さんへの贈り物。……なんか用意がいいな」

後半はカレンにも聞こえないほどの小声だ。

「エル、もっとそっちに詰めてよ」

「窓際って寒いのよ。どうせなら場所替わってくれない？」

「私の寝相が悪いからってそっちにしたんじゃない。床に落ちて反省しろって！」

「あーはいはい。ね、ところでこっちの世界で発明するならどの機械って話だけど……」

同じ布団に詰める二人は深夜まで語り明かしたが、いつの間にか眠りに落ちていた。朝になり、窓から差し込む光で目を覚ますと、エルの姿はどこにもない。寝ぼけ眼を擦《こす》りながら部屋を出ると、朝ご飯の支度中のおじさんと出くわした。

「おはようございまーす。……おじさん、エルはどこに行ったんですか？」

「おはよう。朝陽が昇るなり散歩に行ってくるって出かけちまったよ」

「そんな早くに出かけたんですか？」

「ときどきやるんだよ。陽も昇ってるし、こういうのは大通りしか歩かないって約束してるから許してるけど、できればやめてもらいたいよ」

苦笑をこぼし、カレンに顔を洗ってくるよう促した。朝食の頃にエルは帰ってきたが、卓を囲んでいるとある汚れに気が付いた。

「エル、その袖についてるのって血？」

「ん？　……あー、大丈夫よ。怪我した野良猫に引っかかれただけ」

それから数日後、いつも通りの学校でこんな会話が繰り広げられた。

「前話した行方不明事件、殺人がぴったり止まったんですって。思ったより被害が大きかったみたいで、歓楽街を取りしきってる頭《かしら》が業を煮やして、犯人を処分したんじゃないかって噂よ」

「あっそ、よかったわね」

「もう。気をつけろっていったのはエルなのに！」

人々は連続殺人の話で持ちきりだったが、その裏で、一人の青年がうち捨てられるように死んでいた話など噂にもならない。ゴミ捨て場に転がっていた男に身寄りもなく、身なりの割に治安の悪い場所に住んでいたから、その辺のならず者と争いになったのだろうと片がついてしまっている。

パタン、と本を閉じたエルネスタは一度ゆっくりと目を閉じた。次に憤慨する友人にデコピンを入れると、いつものように不敵な笑みを浮かべた。

「このわたしをここまで動かすのは、家族を除いてあんたくらいのものよ」

「なんの話!?」

「秘密のヒーローごっこの話。ふふ、力試しも兼ねてたけどね！」

笑い転げるエルと、首を傾《かし》げるばかりのカレン。

これが少女なりの友情の証《あかし》であった。

Time flies like an arrow（光陰矢のごとし）

墓の前に立っている。

昨日二人目の夫を見送り、埋葬したのは今日だ。暑い日が続いていたから早く埋めねばならなかったが、棺桶や人の手配は事前にすませていたから手間取らなかった。

ここは町から離れた小さな家だ。一人目の夫――夫とすら呼びたくない老人だったが――が亡くなってから、いまの夫と手を取り合ってやってきた移住先である。家を借りられることになった当時、目の前にあったのは二人で住まうのがやっとの襤褸《ぼろ》家で、補修は素人丸出しの痕跡が残っている。夫は良家出身のマリーに始終申し訳なさそうだったけど、彼女は言った。

「馬鹿、二人で住めるならどこだって構わないわよ。それに節約ってやってみたかったのよね」

再度ごめん、と謝られ、怒ったのが随分なつかしい。

二人がこうなる前、前夫が亡くなった際の資産は妻一同で山分けした。最後の妻である彼女の取り分でも一生遊んで暮らせるだけの財宝がある。隠された鞄《かばん》には色とりどりの宝石や装飾品が入っており、豊かな暮らしを選べたにもかかわらず、マリーが選んだのはこの襤褸家だ。

墓石代わりに置いた石を撫《な》でた。

「時間が経つのがこんなに早いとは思わなかった。楽しい時間はあっという間に過ぎるのね」

世間体の良くない病気で亡くなったから、集合墓地は利用させてもらえなくて、こんな場所になってしまった。

背後で人の気配がした。

立っていたのは絹のドレスに身を包んだ上品な女性だ。

「フランチシュカ」

驚くマリーへ女性は言った。

「……クレメントが亡くなったと聞いたの。貴女が気落ちしてないかと思って来たのだけど……」

「そう……ありがとう」

手には色とりどりの花束。フランチシュカと呼ばれた女性は夫の墓に花を添えると哀悼の意を示した。その後は家に招かれお茶を振る舞われると、興味深そうに中を見渡す。

「あたたかみのあるいい家ね。……でも、貴女たちならもっといい家に住めたのではないかしら。町外れに家を構えたと聞いた時は驚いたわ」

「町中ならお医者様が近かったけど、どうしても彼の容体《ようだい》が安定しなかったの。外の方がのびのびできたし、薬代も馬鹿にならなかったからあまり高い家もね」

余計な出費を避けたのは夫の薬代のためだ。

この言葉にフランチシュカは悩んだ。

「やはり貴女の取り分は多めにするべきだったのではない？　貴女のお陰でわたくしたちはあいつから解放されたのだし、いまからでもブランカに掛け合って……」

「遺産は綺麗に分け合ったじゃない。その後については私たちの問題よ」

「でもクレメントはもう働ける身体じゃなかった。貴女たちが一緒になるのはわかっていたのよ。苦労するのもわかっていたのに……」

「いいのよ。誰にも何も言わせず行かせてくれただけで充分。それに一番の立役者は私じゃなくてエステルなんだから」

先に名前が出たブランカは前夫の第一夫人で、長年前夫に苦しめられた女性だ。元々は第六夫人だったけれど、前夫人達は若さを失ったのを理由に離縁されている。このフランチシュカは八番目の妻だった。

マリーがしみじみと語る『エステル』はマリーより一年くらい前に入った妻で、彼女に生き方を教えてくれた恩人だ。明るい前向きな女性で、マリーのみならず全員に慕われていた。

「……エステルならきっと、貴女が苦しい生活を送るのなんて望まないわ」

「いまさらお金の話をしても、誰もいい気はしないでしょう。私たちは全員平等。みんなの協力がなかったら計画はうまくいかなかった。誰か一人が裏切ってもだめだったのよ」

「全員で……だけれど、ほとんどは貴女の功績よマリー。貴女が決意して、皆を説得したからわたくしたちはあいつを殺す決意をした。最後に実行したのだって……」

「そこまでよ。誰もいないとはいえ、不用意に話をしてはだめ」

人差し指を立て艶然と笑うもその表情にフランチシュカは思う。彼女は実家に売られるも同然で連れて来られた頃のマリーを知っているけれど、まるであの頃の面影はない。

「それに私を変えてくれたのはエステルよ。彼女が命を張ってくれたから私は決められたの」

詳細は述べたくないが、彼女達は亡き夫の下《もと》で屈辱にまみれた日々を送っていた。マリーもそうだ。新しくやってきた生贄《いけにえ》に亡き夫は……。

泣きじゃくるマリーを励まし続けたのはエステルだった。

「いまは苦しいけれど、いつか必ず善い日は来るわ。だから死んでは駄目よ」

亡き夫の仕打ちに耐えきれず命を絶つ妻も多かった。マリーもそのうちの一人となろうとしている折、エステルに抱きしめられた。

「もう嫌。なんであんな目に遭わなければいけないの。私、もう耐えられない……！」

「そうね、辛いわ。わたしたちも皆同じ目に遭ってきたから、貴女の気持ちはよくわかる」

それでも死ぬのも、絶望するのも駄目だと言われた。

「いつかきっと生きてて良かったと言える日が来るわ。だから生きて、貴女が死ぬのは早すぎる」

彼女のお陰で死は免れた。けれど強くなれたわけではなく、毎日泣いて、泣いて、泣きじゃくっていたら、そんなマリーの代わりにエステルが立ってくれた。

……それが、エステルの死の原因。思い出すのも嫌になる苦々しい記憶だ。

「エステルが死んだのは貴女の責任じゃないのよ。誰も貴女を責めはしないわ」

「彼女、心臓が強くなかった。私が行かせなかったら死ななかった」

「だとしてもすべての元凶はあいつだし、あのときの貴女だってぼろぼろだった」

彼女の死をもって、マリーがすべてを決意したのは皮肉であった。そうして妻一同を説得し、最初で最後の賭けに踏み出たのである。

……妻達が受けた仕打ちも、彼女達が行った復讐も、およそ倫理に欠ける行為だった。

だから多くは語るまい。

結果としてあるのは、彼女達が自らの自由を摑み取った事実だ。

「エステルが言っていたの。助けを待っているだけなら誰でも出来る。自分を善くしようと思うのなら、まず自分が自分を好きになってあげなきゃいけない。幸せは摑みとるものよってね。おかげでクレメントとも一緒になれた。あんな人、もう二度と見つからないわ」

「……彼、貴女に何を言われても嬉しそうにしてたものねぇ」

クレメントは屋敷に出入りしていた雑用係だ。身体が弱かったが、身寄りがないから生活のために病を押して働いていた。痩せ細った冴えない風貌の男性である。

当時の彼女達は決まった場所以外で男と話せば折檻《せっかん》された。だから接触する機会は少なく、目を合わすだけでも慎重になっていたけれど、なぜかクレメントと惹《ひ》かれあった。輝く瞳で己を見つめる彼の前では素直になれたのだ。両思いになるのは必然で、けれど身分が邪魔をし、ひっそりと手を握り合うだけの関係だった。故《ゆえ》に解放された後は泣きながら抱き合ったものだ。

「ぎりぎりでもクレメントが動けなくなる前に夫婦になれてよかった」

生きるためとはいえ、無理を続けたクレメントの病気は悪化の一途《いっと》を辿《たど》っていた。残り時間はあと僅かだけ。その残り時間を彼が亡くなるまで、この家で費やしたのだ。

「貴女はこれからどうするの？」

「とりあえず帝国に行こうと思ってる。この家を整理する必要があるから半月は残るかな」

フランチシュカは驚いた。

「随分早いのね。彼のお墓はどうするの」

「たまには戻るけど、家主さんに管理をお願いしてる。でもそれだけじゃ不安が残るし、もしよかったらあなたも気にかけてくれないかしら」

「もちろん引き受けさせてもらうけれど……」

言いたいことを察したのだろう。マリーは肩をすくめた。

「クレメントのお願いだったの。こんなところで燻ぶるな、僕を忘れてもっと華やかな都で、親兄弟を見返すくらい返り咲くんだってね。……忘れるのはお断りだけど、帝都に行ってみたいって言ってたのはクレメントだから行ってみようかしらって」

「……ご実家はどうするの？」

「帰らないわ。戻ったところでまた売られるだけだから」

その声に家族を懐かしむ感情はない。マリーは本当に祖国に戻る気はない、とフランチシュカは痛感する。親兄弟に助けを求め、あるいは恨《うら》みを吐いていたマリーはもうどこにもいないのだ。

「フランチシュカはどうしてるの。ご家族の借金は返済できたと思っているのだけど、ブランカみたいにのんびり暮らす気はないのよね」

「ええ。いまは経営も順調で……」

ふと、フランチシュカの表情が曇《くも》る。話すか話すまいか迷っていたが、やがて切りだした。

「あのね、わたくしこちらに幼馴染みがいたのだけれど、この間求婚されたの」

「あら。いい話じゃない」

しかしフランチシュカは浮かない顔だ。なにも言わずとも、その悩みは伝わった。

「その人、あなたのこと知らなかったの？」

「……いいえ。あいつに嫁いだ意味は彼も理解している」

「その様子じゃ悪いとは思ってないのね。なら受けなさいな」

「でもねマリー。わたくしは彼が思っているような綺麗な女では……いたっ」

フランチシュカの額をマリーの中指が弾いた。

馬鹿ね、と羨ましそうな、幸せを祝福する微笑を浮かべる。

「幸せになれるかどうかはあなた次第よ。せっかく自由になれたのに、過去に縛られて機会を逃すなんてとんでもないわ」

幸せになりたいでしょう、と問えば、辛そうに目を閉じていたフランチシュカも頷いた。

「みながみな、吹っ切れたわけじゃない。ブランカも平然としているけれど、過去に苦しめられたままで……。なのにわたくしは幸せになっていいのかしら」

「あら、言うじゃない。私なんて財産をもらうなりすぐ再婚したわよ」

「貴女たちは……それにクレメントはすべて知ってたし……」

ケラケラと朗らかな笑い声は、フランチシュカの心配など気にも留めていなかった。

「フランチシュカ、あなたの悩みは答えが決まっているも同然よ」

続けて言った。

「過去が追いかけてきて、苦しいのはわかるわ。でもそれを支えてくれるなんていう希有《けう》な男が現れた幸運に目を向けてよ。あなたの悩みは元妻達の悩みと一緒。私みたいにいい男と再婚して幸せになれる道もあるんだって自慢してちょうだいな」

語る口調は静かだった。喋り終えたマリーが次に見たのは決意を固めたまなざしである。

「……ええ、それでいい。どうか元気でね」

そうして微笑む彼女に、もうこの家に対する未練はない。

過去は過ぎ去るもの。幸福は掴み取るもの。たとえ二度と会えぬ悲しみに涙を流そうと、幸せを与え、与えさせてくれた愛する者に応《こた》えるため、彼女は一歩を進み出す。


――幸せになってくれ、マリー。愛しているよ。


クレメントの言葉はいつだって思い出せる。顔も、声も、香りもなにもかも。その彼に対し、心の中で何度でも呟いた。

「あなたがいないから一番は逃したけど、そうね、二番目くらいの幸せを探すのも悪くないわ」

ED/B　そこにあるのは希望だけ

快晴だった。

「ねーねーエル、向こうでトンビが鳴いた！」

「わかってるわよー。それより地図見間違えないでよね。遭難したらただじゃ済まないんだから」

「ちゃんと見てますって。地図に関しちゃエルより私の方が得意なんですからね」

人里離れた山奥の峠道。人気《ひとけ》はないけれど自然の騒音ならいくらでも飛んでくる。早朝から飽きるくらい耳にするのは、鳥の鳴き声、木々のざわめき、あるいはこの友人の無愛想な声！

「本当に間違ってないんでしょうね」

「さっきの分岐路、ちゃんと標識通り進んだし、山師のおじいさんに聞いておいた目印も確認した。あとちょっと歩いたところの奥に野営地があって、そこを使っていいって許可ももらったわ。いままでだって間違ってなかったでしょ？」

「……そ。ならそこに到着したら明日まで休みましょうか」

「昼休憩だけの予定だったのに、もう？」

「昨日の村で薬草を買っておいたでしょ。軟膏《なんこう》の在庫がなかったし、いまのうちに作っておくの」

陽が昇る前に出発するのはいつものこと。日中は歩き通して昼休憩を挟み、明るい内に野営地を決めるのは旅の——特に山を利用するときの——鉄則だけど、それにしたってお昼前からとは随分早い。

エルは空を見上げて言った。

「天気が荒れるわ。そういう風が吹いてるから、今日は早めに野営の準備をした方がいい」

「わかった。足元がぬかるむと大変だものね」

こういうときのエルの『予感』には外れがない。なにせ通りすがりの軽薄な人物とはいえ、とても腕の良い魔法使いに師事したのだ。それ以来彼女の魔法の腕はメキメキと上がり、私はその恩恵にあずかっている。

「……ありがとね」

「なんのことよ」

でも多少天候が荒れるくらいなら、外套にかけられた水除けの加護でどうにでもなる。こんなに早い休息は、連日動きっぱなしだった私の体を考慮した結果だ。エルと旅するようになっていくらか体力はついたけど、やっぱり風邪を引きやすかったり、体調を崩しやすいのは変わらない。

だからせめて足手まといの頻度が減るよう、エルの苦手……大嫌いな料理や洗濯、細々《こまごま》とした交渉ごとは私が行う。これが案外うまく噛《か》み合っており、この旅路で得た、私たちの新しい関係だった。

野営地はすぐに見つかった。

草が取り払われただけの小さな広場だが、見渡しが利きながらも、周囲の木々が壁となって適度に風を散らしてくれるいい場所だ。

この山は人里から離れているためか野盗がいない。必要分の薪《たきぎ》を集めると、野営の準備を手伝った。木と木を縄《なわ》で結び、薄手の広い布地を張れば簡易タープの完成だ。あとは敷物を敷き、離れた場所に薪を組んで完成！

「エル、設置終わったから風と獣除けをお願いできる？」

「りょーかい」

気怠《けだる》げな彼女が手をかざすと、周囲の空気が一瞬で変わった。なにか見えるわけではないが、これ

が彼女の『魔法』だ。これでこの周辺が獣に襲われることがなくなり、強風からも守られる。

薪に火を点けお湯を沸かすと宿で作ってもらったお弁当を広げ、足を伸ばしながらのびのびと座るのは心地良い。地面がごつごつしていても、このくらいはすっかり慣れてしまった。

「ねえ、ファルクラムは今頃どうなってるかしら。あちらは大変みたいだけど」

最近気になっていた祖国について尋ねた。あそこには十五の頃、国を離れて以来帰っていない。

「さぁ……聞いた話だと、陛下が亡くなったあとは帝国占領下になったそうだけど、その真偽はまだ定かじゃないし」

エルはすり鉢の中に草を放り込み、ゴリゴリとすりつぶしている。薬精製なら私も教わっているけど、なんでも新しい効能を付与したいらしく、大半は彼女が精製する。これが高く売れるんだ。

「……向こうも大変よね。おじさんとおばさんは大丈夫かしら」

「強い人達だから大丈夫。それよりあんたも捨てられたとはいえ親兄弟がいたじゃない」

「あーうん。でも、何も言わずに出てきちゃったからなぁ。もう呆れられてるかも」

我ながら冷たい……とは思うけど、でも市井に降りてから接触なんてなかったし、心配されているかも怪しい。

「試しに隣領まで旅に出るわ。カレンも来なさいよ」と誘われたのは十六になるちょっと前だ。旅に関心があった私は、興味本位でエルの『旅』に同行した。学校で首席、かつ魔法院行き確定だった将来有望のエリートが何故こんな決断をしたのかはわからない。ただ彼女は学業より外の世界への興味が勝ったみたいで、それ以来、本格的にあちらこちらと旅をしている。

最初は当てなどなかった。いまはエルの『修行』と知的好奇心を満たしがてら、持ち運びしやすい良品を見つけたら別の場所で売りさばく……大体そんな生活だ。

エルはとにかく自由を優先する。そのためこのご時世でも女二人旅になるのが自然で、悪漢に狙われたのも五回、六回ではすまない。命がいくつあっても足りないのが普通だけど、襲われるたびに何故かパワーアップしていく魔法が炸裂するので大事には至らない。最近は彼女の陰から大型の肉食獣が飛び出し、賊を殲滅《せんめつ》していくのを目撃している。

「……この調子だと、エルがいなかったら私は旅ひとつできないなぁ」

「当分やめる気はないから大丈夫よ」

「や、そういう意味じゃなくて」

可愛いドレスや洗濯したての服からは遠くなった生活でも、豊かな旅をさせてもらっている。荷が少ないのもその一つで、これは最初こそ分厚い天幕等を背負っていたが、日を追う毎《ごと》に捨てていった。秋、さらに気温差が激しい山の中をタープだけで過ごせるのも魔法の恩恵だ。敷物の範囲内は程よいあたたかさが充満していて、ここは虫除けを焚くだけで凌《しの》げる。そのうち魔法で蚊帳《かや》の役割も兼ねられると言っているから、万能さは増すばかり。万が一があるから荷を減らすのに抵抗はあったが、これは説得されてしまった。

「わたしはできたら荷物なんて持ちたくないのよ。カレンだって馬鹿でかくて重い荷物を背負いながら長時間歩ける自信があるの？」

「……それは、ちょっと……かなり、ない」

「でしょ。わたし達が旅をするのなら、はじめっから答えは決まってるのよ」

昔から余所《よそ》の国に渡るのを夢見ていたけれど、考えていたのは、商隊等に同伴させてもらう一般的な荷馬車移動だ。いまのような本格的な旅じゃない。

「エル。そのうち一箇所に長期滞在する予定はある？　もし予定がないなら、どこかで乗馬を習いたいのだけどいいかしら」

「いいわね。だったらカレンが乗馬を覚えたら馬を買いましょうか。その方が荷物も軽くなるし、移動も便利だもの。……ああ、なら今度の分が終わったらヨー連合国にいく？」

「オルレンドルを通過するわよね。旅人向けの宿も多いって聞くし、あそこじゃだめなの？」

「ファルクラムもだけど、いまあの国はきな臭いから最後にしたいのよね。ヨー連合国なら馬の名産地だし、せっかくなら上等な馬が欲しい」

「いま向かってるラトリアは？」

「薬品を売りさばいたら引き返す。私たちは雪になれてないし、そもそも装備も厳冬仕様にできてないから行きたくない」

いまの旅道具、いったいどこまで対応させるつもりなのだろう。もしやオールシーズンだろうか。

少し話している間に分厚い雲が空を覆《おお》っていく。ぽつ、ぽつ、と雨が降りはじめても、この雨水がタープや敷物を浸食することはできなかった。

毎度思うけど、魔法って便利ー……もっとも、こんなことできるのはエルとエルに魔法を教えてくれた奇特な魔法使いだけみたいだけど。

雨足がおとろえないからたき火は徐々に勢いを失っていく。夕食は携帯食を適当に囓《かじ》っただけ。明日の朝、雨が止んでいたら火を使った食事ができるだろう。

雨音に耳を傾《かたむ》けながらぼうっとしていると、時間が経つのは早かった。硝子《ガラス》越しに伝わる油灯の明かりが大小の影を作り出し、あたたかさも相まって船をこぎ出していた。エルは本に夢中で、ぱらぱらとページをめくる音だけが静かに届く。

「……ねえ、この旅は楽しいかしら。連れ出してしまって後悔はしてない？」

「突然どうしたの」

「別に。……気になったから」

不意の質問だった。かろうじて聞き取れた程度の質問に、眠りに落ちる寸前の頭で答える。

「嫌だったらついていくわけないでしょぉ……エルこそ、私を置いていったりしないか、いっつもいっつも心配なのに」

「馬鹿。あんたがいて助かってるんだから、そんなことするわけ……」

「ほんと？　……なら、嬉しいなぁ」

　祖国の大変さは聞き及んでいれど、それ以上にひとりだったら絶対できない旅をしている。転生前とはまるで無縁だった生活は、見るものすべてが綺麗とは言えないけれど、楽しい日々を送っている。故郷に残したものに後ろ髪は引かれても、あの時、エルの手を取った後悔はない。

　ふと寂しくなって手を伸ばした。

　すぐに繋がれた手はあたたかくて、まるで私に足りないものが満たされる錯覚に陥るから不思議だ。そこに彼女がいるだけで安心できる。

「おやすみ、カレン。また明日ね」

「おやすみ、エル」

　……明日も、明後日《あさって》も、明明後日《しあさって》も、私とエルは旅をする。

　それはこの異世界と深い繋がりを求めない、まだ見ぬものを求めた知の旅。

　いつか終着点を見出すまで続く、果てのない旅だった。

Make haste slowly（急いでいる時こそ落ち着いて）

「ニーカ様、あの女性とライナルト様はどのようなご関係なのでしょう」

少年の問いにニーカは一瞬考え込む。

「……もしやコンラート夫人のことを言っている？」

「はい、その方です。今日ライナルト様がお会いになったのはあの方のみですから」

ヨルンはライナルト専属の侍従だ。年は十五だが聡明で、細々とした気の利きようからライナルトの身の回りの世話を任されている。

柔和な顔立ちだが見た目とは裏腹に、ライナルトを唯一無二の主と仰ぐ固い意志があり、ニーカやモーリッツも信頼を置く人物だった。

「お名前を言えばよかったですね。わかりにくくてすみません」

「いや、君が悪いわけではない。考え事をしていたせいですぐに浮かばなくてな」

行き帰りとあの女性――カレンを送りとどけたのはニーカだった。自身でも忘れたわけではなかったが、このときのニーカは多忙であった。

「仕事が忙しいのでしょう。お戻りになる前にお茶を飲んでいかれてはいかがですか」

「それはいいな。君の淹れる茶は格別美味《うま》い。ライナルト様に報告してくるから、終わったら一杯頼むよ。そのときに君の質問にも答えよう」

「お待ちしております。足をお止めして申し訳ありませんでした」

コンラート一行を送りとどけたその足でライナルトの元へ向かった。

居間の茶器類はとうに片付けられ、そこにあるのは暖炉の薪がはぜる音と、静かな息づかい。長椅子に背を預けたライナルトは顔も上げずに本をめくっていた。

「ご一行を送りとどけて参りました。尾行の類はなく、怪しい動きはなしとのこと。こちらは引き続き監視を続けます。それから途中でモーリッツの伝言を預かりました」

「ご苦労」

本来彼女は別荘に滞在していられるほど暇人ではない。この後に控える準備のためせわしなく働く身だが、それもこれもこの主のお陰でスケジュールは台無しだった。

「コンラートの警戒は解いてやってもいいと思うのだが、モーリッツは相変わらず厳しい。監視ひとつでも人手を割《さ》くのは痛手だろうに」

「二心《ふたごころ》ないのは心得ておりますが、こればかりは私共も気を緩めるわけには参りません。その苦労をわかっていただけるのであれば、もう少し労《ねぎら》っていただきたいと存じますが」

「許せ。これがこの国での最後の休憩だ」

言外にこの別荘の滞在に文句を言っている。カレンにも語ったが、柵や塀のない家の要人警護など手間でしょうがないのだ。ライナルトもわかっておきながら住まいを移したのだから苦言も出よう。

「それにこの土地は我が兄がくれたものだ。昔を懐かしむくらいはかまわないだろう？」

兄、と言われて溜息を吐いた。

確かにこの土地はローデンヴァルトの所有する土地のひとつで、ライナルトの異母兄であるザハールが弟に贈ったものだ。そこにライナルトは自分好みの家を建て、時折滞在するようになった。大体は帝都から戻った際や、こうした大きな作戦前に休む。

利用回数こそ少ないが、大事なときの前には必ずといっていいほど、ここで過ごすのだ。故にニーカも強く言えなかった。

「この家に人をお招きになるのは珍しいですね」

「そうか？」

「これまでここに来客があった記憶がありません。ご自身で声をかけたのは初めてでは？」

「お前達は招いているが」

「訂正します。この国の人間を招くとは思いませんでした」

「隠し立てしていたわけではないからな」

この家はライナルトにとってある種の砦《とりで》なのだ。はじめ一行を別荘に招くと聞いたとき、彼女はいたく驚いた。

「……話が逸《そ》れました。そのザハール殿ですが、ライナルト様に会いたいとモーリッツへ伝言があったようです。如何《いかが》なさいますか」

「会いたい？」

これをライナルトは嘲笑《ちょうしょう》した。

「会いたいのならば直接ここに来れば良い。この国において貴兄が足を運べない場所など少数だ。来訪を拒んだことなど一度もないと伝えてやれ」

「……わかっていながら言っておられますね？　ご自身の安心できる場所で、という意味ですよ」

「知っている。ならば私に話せることはなにもない」

ザハールは決してライナルトを訪ねないだろう。彼がライナルトと話すのはいつだって人目のある場所か、自分のテリトリー内のみである。

それを知っているからニーカは溜息を吐いたのだ。

「おおかた両殿下の殺害を私が目論《もくろ》んだと思っているのだろう。まったく、誤解もいいところだ」

「たしかにあれは運がよすぎましたからね。ところで憤慨されるのは結構ですが、本来の計画ではどうやって両殿下と決着をつけるおつもりでしたか」

「普通に考えるのならご両親と共に決着をつけるのが確実ではないか？」

「どんな普通ですか。まったく私も両殿下は好きになれませんでしたが、親殺しの汚名を着せられるよりは良かったでしょうね」

ともすれば皮肉になりそうな言葉もライナルトには響かない。

「モーリッツの支度はどこまですすんだ」

「大体は。やはり王国内の兵は練度がたりませんから、我々であれば少ない兵でも要所は押さえきれるでしょう。それと将軍閣下の妻子も確保いたしました」

「結構。では当日まで屋敷に籠《こ》もってもらえ。なにも気付かぬまま、素知らぬふりをしてもらえるのであれば無傷でお帰しすると約束するとお伝えしてくれ」

「仰せのままに」

「大公や他の家々は代替わりさせると伝えたな。詳細が来ないがどうなっている」

「交代させるにも、我々に牙を剝《む》く人物は避けねばなりません。一覧はもう少々お待ちください」

不穏な会話である。それもそのはずで、現在彼らはこの国の在り方を覆《くつがえ》すべく、国王暗殺を計画していた。これからファルクラムに押し寄せてくる帝国の軍勢より先に国の主導権を奪わねばならないのだ。

他にも細かな打ち合わせをしたが、中身は誰彼《だれかれ》の死に纏《まつ》わるもので、そこに王国に対する愛着や人々への慈悲はない。淡々と生かすべき人間、殺すべき人間を峻別する。

ニーカにしてみれば、できればこんな話はモーリッツと直接やりとりしてほしかった。鋼《はがね》の心と表情筋のコントロールで無感情を装うが、気持ちの良い話ではない。別荘について苦情が漏れたのはこのせいでもあった。

「それと……首謀犯ですが」

珍しく躊躇《ためら》う様子を見せるニーカに、ライナルトは「うん？」と返す。

「本当にザハール殿を加えるおつもりですか」

「問題があるか？」

「ある、といいますか……」

ライナルト陣営にしてみればザハールは生かしても良いところがない見解だ。彼は権力志向の強い人間でありながら、一方で弟を恐れている。頭を抑え込みたい思いが強いせいで、ライナルトが上り詰めるほどに邪魔になるだろう。帝国に戻れば慎重に動かざるを得なくなるし、そこに足枷《あしかせ》になる人物は不要なのだ。今後待ち構えている敵はほんの僅かな亀裂でも穴を広げ、命を奪いに来る人物であり、膿《うみ》は取り除いておかねばならなかった。

ニーカの問いにライナルトは笑う。今度は嘲笑とは正反対だった。

「私を恐れず向かい合うだけの勇気があれば考える余地もあっただろう。ニーカ、ザハールは今日、己の命を救う最後の機会を失したのだ」

この一言でローデンヴァルト侯ザハールの運命は決したのである。

退室したニーカを待っていたのはヨルンであった。差し出された茶器を受け取ると、ほう、と一息つく。

「随分長くていらっしゃいましたね」

「ご機嫌……なのかな。あれこれと確認をとられるから大変だったよ」

「ニーカ様が信頼されている証《あかし》ですね」

「……君は人をやる気にさせる天才だな」

ヨルンの無垢《むく》な笑顔に、意図的に凍らせた心が氷解する。

「このまま、またお仕事に向かわれるのですか？」

「そうなるらしい。色々言いつけられてしまったのでね。今日こそは温かい布団で眠れると思ったのに、また椅子の上で一晩明かす羽目になりそうだよ」

「残念です。皆さんのために美味しい鴨を用意していたのに……」

「ありがとう。私の分も他の者に振る舞ってやってくれ、君の料理は皆の励ましになるよ」

　そして、ふと思い出した。

「ライナルト様の御髪《おぐし》も気をつけてもらえるか。また手入れをサボっている」

「あ、かしこまりました。僕も気になっていたんです」

「すまないね、あの方が無頓着なせいでいい大人の髪を気にせねばならないなんて」

「身の回りをお任せいただけるのは僕にとって大変な栄誉ですから喜んでお手伝いします。ああ、でもライナルト様は不思議ですね。ご自身に関心が薄いのに髪を伸ばされている。僕の知っている軍人さんは、面倒だと言って短くするのに」

「長髪も便利といえば便利なんだ。あの方の場合は昔からの習性みたいなものだし」

「昔からですか？」

　ヨルンはライナルトの過去を知らなかった。

　敬愛する主君の過去を知りたがる興味津々の姿に、若干の優越感を交えて言った。

「……寒い時期には助かるんだ。髪ひとつでも耳や首元が温まるなら、それだけで大分違う」

　ライナルトはあまり良い境遇には恵まれなかった。そのことを思い返していると、しんみりした空気になりそうだが気を取り直す。

「そうだ、コンラート夫人の話だったな。やはり自らお招きされたのが気になったか？」

「はい、それもありますが……。いつもと違って、ライナルト様の雰囲気が柔らかかったので……」

　ほんのり顔を赤らめた少年は困ったように頬《ほお》を掻いた。

「もしかしたら好い仲なのかな、と」

　なるほど、とニーカは頷く。確かにあの二人ならそういう誤解も生まれるだろう。

「確かにライナルト様はカレン殿を気に入っているが、そういった関係ではないな」

「ないのですか……」

珍しいくらい親切にし気にかけているが、それでもライナルトができる範囲の好意だ。少なくとも恋だ愛だといった兆候《ちょうこう》は見られないし、ニーカにはライナルトが一般的な愛情を異性に向けられるのか疑問である。

「ライナルト様自身にそういった気がまったくないからなぁ。ヨルン、何故残念がる?」

「……今日の調子なら、本当に心から休んでくれそうだったのにと思いまして」

「仕事の虫はあの人の本分だよ。諦めてくれ」

残った紅茶を飲み干し玄関へ向かった。扉を開けた途端入り込む冷たい風に、まどろんでいた気分も吹き飛ぶ。

ニーカにとっての休憩も終わり。この冬を乗り越えれば、待っているのは懐かしの我が家のはずだ。

「せいぜい死なないために頑張るか」

パン、と頬を叩いて飛び出した。

僕はきっと辿り着く

母は抱擁が好きな人だった。

その件についてスウェンが文句を言っている様を、朝食を食べながらダラダラと聞いていたのを覚えている。

「あのさあ母さん、前々から思ってたんだけどその抱きつき癖はなんとかしてよ。ちょっと喜んだりしたくらいで、なんでもかんでも抱きついてきてさぁ……」

「なに言ってるのこの子は。私は普通に挨拶してるだけでしょう。嬉しいときや悲しい気持ちをみんなで分かち合いたいだけよ。おかしなことなんてなーんにもありません」

「おかしいとは言ってないけど母さんはやりすぎなんだよ。友達の前でしょっちゅうそれやられるこっちの身にもなってって言ってんの！」

年頃の少年の願いが聞き届けられることはなかった。ヴェンデルはまだ幼かったから「嫌かなぁ」と言いながら朝ご飯をとっていたくらいだ。

今日はコンラート邸に客が泊まっている。このようなとき、エマは決まって息子二人を連れてもう一つの家に泊まった。

内縁の妻である自身を気にした行動にコンラート伯カミルは不服そうだったが、エマは譲《ゆず》らなかった。スウェンも母の考えに従ったたし、ヴェンデルに至っては「礼儀作法がうるさくないから楽」くらいの認識だ。事実いまは寝衣のまま本を広げ、だらだらと乾し杏《あんず》を囓っている。朝が忙しいエマは息子の行儀に目を向けられる余裕はなかった。

「そんなことより母さん回診に行ってくるから、後片付けしといてね」

「はーい」

「そんなことってなんだよ！　こっちは真剣なんだけどー!?」

「朝から喚《わめ》かないでちょうだい。どうせニコちゃんに見られたのが恥ずかしかっただけでしょ」

「はー!?　違うし！」

「はいはい、じゃあ行ってくるわね。母さんに顔を見せてちょうだい」

「うわ、ちょっとやめてよ。回診っていっても少し出るだけじゃん」

切実たる願いもエマにしてみれば「そんなこと」扱いだ。嫌がる長男と、ぼうっと座る次男の額に口付けを落とすと、慌ただしく出て行った。母がいなくなると、部屋は一気に静かになった。

「にーちゃん。今日、皿洗うの兄ちゃんの当番だから逃げないでよね」

「うっさい、お前やっとけ」

「やーだー。僕もう代わらないからね。母さんに怒られてもしーらない」

そしてみんな案外信じてくれないのだが、スウェンは家の中では年相応の振る舞いで、さらに言えばヴェンデルにはときどき横暴だった。けれどこの日はヴェンデルも負けていられない。ごろ寝を満喫するため早々に部屋に引き返そうと扉を開けたら、緩慢で優しい夢からこぼれ落ちた。

パチリと目を覚ます。

「……母さん？」

いるはずがなかった。

ここはサブロヴァ邸であり、保護されたヴェンデルは家族を失ったばかりだ。閉じっぱなしのカーテンの隙間から陽が差し込み、おそらく太陽はすっかり昇っているだろうと予測したが、確認する気になれない。

頭から布団を被《かぶ》った。絹と羽毛で作られた布団は柔らかく、従来であれば微睡《まどろ》みへ誘うには充分だが、先ほどの悪夢がすべてを拒んだ。

「あー」と小さく呻《うめ》けば、腫れた目の端から涙がこめかみを伝う。さんざん泣いたし、涙は出尽くしたはずなのにこの塩水は次から次へと溢《あふ》れるのだ。しかしヴェンデルは取り乱さない。大声で喚かない、物に当たることもしなかった。模範的な虜囚《りょしゅう》のように大人しいヴェンデルを周りの大人達は酷く心配し、そして彼のためにできる限りのことを行った。

目を閉じていると、グゥ、と腹が鳴った。そうして思い出すのは、喉《のど》の渇きと空腹。のろのろと上体を起こし、おぼつかない足取りで扉へ向かう。よれた寝衣と寝癖だらけの頭はそのままで、扉を開けば、目の前には洒落《しゃれ》た銀の台車だ。

厚い布巾が被せられた盆を取り、再び部屋に戻る姿をこっそり観察した使用人たちがいた。二人が小さく拳《こぶし》を握っていたなど、ヴェンデルは知る由もない。

元気はないのに腹が減る。

布巾の下にはパン、蓋《ふた》付きのスープやジャム、皮を剝《む》いた果物が盛られていた。いずれも冷めても美味しく食べられる工夫が加えられており、事実冷めても美味しかった。固形物は残す傾向があると気付いた料理長はパンを柔らかめに焼いた。たっぷりの野菜をくたくたに煮込み、細かく砕《くだ》いてさらさらにした。少し添えた果物は、せめて食べやすいようにと皮を剝いている。

すべてヴェンデルの口に合った。嚙む力は心許なく食べるだけでも疲れたが、この食事は喉を通る。適度に腹が満ちればまた寝台へ直行する。足を動かそうとしたが、ある言葉が脳裏を過《よぎ》った。

「後片付け……」

お盆は台車に返した。

ただ、もう布団に入る元気はないからソファに丸まり目を閉じる。部屋は寒かったが、瞼を下ろせば再び眠りに落ちていた。

それゆえか、目覚めた際、頭から毛布が被せられていたのが不思議だった。

頭を起こすとカーテンが開いていた。西日が差し込み、あまりの眩しさに両目を閉じる。おそるおそる目を開くと、隣から声が掛かった。

「起きた？」

カレンの弟エミールだった。数歳だけ年上の義理の叔父が隣で参考書を開き、行儀悪く膝《ひざ》の上で問題を解いている。

「寝るのはいいけど、なにか被ったほうがいい。ただでさえ最近風邪っぽいんだから」

ヴェンデルがサブロヴァ邸に移されて塞ぎがちになってから、エミールはこうして足を運んでくる。でも何かを話すわけではない。向こうが学校の話をするときもあれば、無言で本を読んだり、勉強に熱を入れている。

何も言われないから楽で、だからこそ出入りを拒まなかった。

毛布を抱き込み蓑虫《みのむし》になっても同じだった。ただただ時だけが過ぎてゆき、時間になると使用人が扉を叩く。

「エミール様、ヴェンデル様、お食事の時間です」

「あー、いま行きまーす。ヴェンデルはどうする、一緒に食べるか？」

ゆるゆると首を振れば「そっか」と頷いた。

「後で来るなー」

カーテンを閉め、部屋に明かりを残していく。

あとはまた適度に顔を出して、食事をしろと言われて食べる。時間になったら眠って、起きたり寝たりを繰り返して……これが最近のヴェンデルの生活だ。

近くに居続ければ耐えきれない時間だが、エミールは相当辛抱強い性格だ。文句も言わずにヴェンデルの世話を焼き、長女の話し相手を務め、そして勉強も両立している。

このままではいけない。わかっていながら動けない日々の最中、ふと気になって尋ねた。

「なんで勉強するの」

びっくりするくらい声が出なかった。

何日も発声しなかった代償だろう、ヴェンデルは驚いたが、エミールも目を見開いていた。ただ、質問自体は嬉しかったらしい。じんわりとした笑みを浮かべて言った。

「そりゃあ、自分のためさ」

エミールは勉強嫌いだが、好きでもない参考書を開いて勉強は続けていた。貴族の末っ子は長兄ほど将来を期待されていない場合が多い。その背景から、自立のために学ぶのかと聞いたら否定された。

「違う違う。アルノー兄さんの役に立ちたいのもあるけど、いつかやりたいことができるかもしれないから、そのときに学歴や知識が必要だったら困るだろ」

「やりたい、こと」

「……そんな目でみられても、特に当てがあるわけじゃないから答えられない」

どうやら目標を探しているらしい。

照れくさいのか勉強に戻るエミールだが、これがヴェンデルに変化をもたらすきっかけになった。

翌日、ヴェンデルの部屋をカレンとウェイトリーが訪れたが、二人は驚くことになる。

「おはよ」

寝衣かと思われた少年は、身だしなみを整え二人を出迎えた。

ヴェンデルの変化を感じ取ったカレンは少年に近寄ると、膝をついて両手を広げる。

洗い立ての服と、仄《ほの》かな石鹸の香りがヴェンデルを包み込んだ。

「おはよう」

その仕草は間違いなく母の影響だった。

コンラートに来た当初、カレンは抱擁が得意ではないとすぐに見抜いた。抱擁前はよく戸惑って、それからおそるおそるといった様子で両手を広げる。キルステンがそういう家じゃなかったのかもしれないと思っていたが、カレンの兄姉弟を見る限り、おそらく違う。家庭事情が複雑だし、そういうこともあるのだろうと納得していたが、それで納めなかったのはエマだ。

母は遠慮しなかった。

嬉しいことがあれば両手を広げた。頬や額に口付けを落としたし、彼女を実の娘みたいに扱った。抱き返してくれなければ拗ねたのだが、そういうところは厄介である。密かにスウェンは自分に標的が向かなくなったと喜んでいた。

カレンはきっと、こんな愛情の表現方法も学んだのだろう。

わけもなく懐かしくなったが、同時に心臓に針が刺さった。

――いなくなっちゃったんだ、と思ったのだ。

故郷で別れを告げていたはずなのに、また新たに重石《おもし》がのし掛かる。

けれどかろうじて少年を悲しみから引き上げたのは、ぎゅう、と自分を抱きしめる体温で、それにようやく応える日が来た。

「ごめん。もう籠もったりはしない、と、思う」

「いいの、ありがとう。……ありがとうね」

コンラートからたくさんの蔵書を持ち帰ってきたが、それらはすべて直《じか》に手に取ることが可能な物だ。彼女のように目に見えぬ形で何かを受け取っていたとしたら、果たして自分には何が残っているのだろう。

母からは薬学の知識をもらった。では父はどうだ、最後に愛しい息子と呼んでくれた父から自分は何を受け取れた。あの別れの言葉をただしく継承するためには、何をせねばならないのだろう。

この疑問が、少年をコンラートの跡継ぎへと変えていく。二人の話を聞いていくなかで、ヴェンデルは己の意志を定めた。

「――ヴェンデル、あなたはどうしたい？」

答えは決まっている。

双眸に鋭い輝きを宿し、万感の想いを口にした。

「コンラートを継ぎたい」

これが、故郷を取り返すべく踏み出した第一歩だった。

誰《た》がために奏でるか

兄と姉は随分変わってしまった。

オルレンドルに行きたい。そう言ったときに長女は残念そうに引き留めた。

「本当に行くつもりなの。ここには父さんや私がいるっていうのに」

「ゲルダ姉さんを置いていくのは僕も心配です。ですが機会があるうちに他の国を見ておきたい、どうかわかってください」

「わかってくださいもなにも……」

四人兄妹の末端である自身の役割はわかっているつもりだ。ファルクラムの次期総督を宿した姉の役に立つべきであっても、少年は好奇心を抑えきれなかった。

「弟の人生よ、私に止められるわけないじゃない……」

こうしてオルレンドルの帝都グノーディアにやってきたエミールだが、状況は少年の予想を超えて変わってしまった。なにせ面倒をみてくれる次女の評判が大きく二分されている。皇太子の覚えめでたい良い評判と、『国を売った』なんて不名誉な悪評とだ。それを本人に告げる真似はしなかったが、扱いの差は学校で体感した。先生方はエミールやヴェンデルに害が出ないよう尽くしてくれたが、彼らの目が届かないところだってある。

明らかに苛《いじ》めに発展しかけた出来事もあった……が、エミールの意気をくじく結果にはならなかった、と本人は思っている。

なぜなら誰にも知られずひとりで解決できた問題だし、自分は図太い。唯一兄よりも優れていると断言できるとしたら、それは心の強さだ。ファルクラムの動乱中も、帝都に来てからも、実のところエミールは周囲が心配するより平気だった。むしろ噂の的になった次女カレンや友人ヴェンデルの方が心配だったから、エミールなりに皆に気を遣っている。

「ジル、散歩行こうか」

とはいえ疲れる日もたまにはある。

そんなとき自分に癒やしをくれるのは犬のジルと、彼だけの『隠し事』だ。

散歩の気配を悟ったか、尻尾を振るジルの散歩紐を握って声を出した。

「散歩行って来まーす!」

「エミール様、散歩だったら自分たちが連れて行きます」

「気晴らしだから僕が行く」

「外じゃなにがあるかわかりません。だったら自分も同行させてください」

「ハンフリー達は他の仕事あるだろ。近所を歩く程度で護衛なんていらないよ」

追いつかれないために玄関を潜って走り出した。「エミール様」と慌てる家人の声を置いて向かったのは、いつもの散歩道。閑静な住宅街の中、少年は上機嫌で歩を進めていたが、散歩も終わりかけの頃に足を止めて考え込んだ。

「今日はこっちにいるかな」

ジルはまだ散歩し足りない様子だし、もう少しくらい歩いたって構わないだろう。

そう思って足を向けたのは学校に向かうための通学路、脇道に逸れると人気の無い路地を入った。あたりは不気味に静まりかえっているが、この時間帯なら明るく危険はないと知っている。かといって一人でこんなところに入ったと知られては怒られるから黙っているに越したことはない。

辿り着いた先は水が出なくなった噴水広場だ。寂れて久しく、噴水を円状に取り囲む家々の窓は殆《ほとん》どが閉じられている。この一帯は建物の老朽化が進み、また都度《つど》人口が増えていく帝都に合わせ、建築を重ねた煽《あお》りを食らって見晴らしが悪い。あまり裕福とはいえない層の人々が住まう地区だった。

そんなところに一人と一匹でやってきた。

少年が真っ直ぐに向かったのは噴水前で座っている男の所だ。全身使い古した襤褸服で、帽子を目深に被っているから顔つきはわからない。いかにも小汚い風采で不審者そのものだが、異彩を放っているのは手に持つ楽器。帝都では見かけぬ風変わりな弦楽器は二本の弦が張られており、間に挟んだ弓で音を鳴らしている。指板がないため微弱な音の揺れが共鳴箱に深く響き、あたたかみのある音色が一帯を包んでいた。

男の隣にジルと座った。

曲は止まることなく、ゆっくりと時間をかけて演奏し終わると、ようやく男がエミールを振り返る。

「また来たのか」

「今日は居てくれてよかった。最近は探し回る手間が省けて助かるよ」

「馬鹿が、ここはお前みたいな良いところの子供が来る所じゃあないぞ」

「しょっちゅう来るわけじゃない。ジルもいるし、終わったら真っ直ぐ帰るさ」

「ったく、お前さん、なんちゅう面倒くさい子供だ」

「演奏家の音を聞きたいんだ」

ぼやく男は五、六十程度の年齢になる。手や爪に汚れが染みついているのは苦労の証か。決して真っ当な生活を送っている人物ではないが、エミールが足繁《あししげ》く通うだけの理由はある。

「演奏家、ヒゲはどうしたのさ。それに服も洗ったのかな、臭いも酷くないね」

「余計なお世話だ。ヒゲは……剃った」

「そんなの見ればわかる。どうして剃ったのか聞いてる」

男は誰にも名を名乗らない。夜になると繁華街や、あるいは気の向いた時間帯に帝都の何処かで楽器を弾いて日銭を稼いでいる。名がないと困るからいつしか『演奏家』と呼ばれるようになった、と友人から聞いている。

人々の皮肉を交えたこの名前に対し、腕前は有名な歌劇団から声がかかるほどだが、首を縦に振ったためしはない。望めば良い暮らしが約束されているのに「気が乗らない」のひと言で断った。日々抱えた楽器を弾く男だが、街中で音を立てても文句ひとつ言われないのには理由がある。

「昨日そこのババアが逝った。頼まれ事も終わったんでな、しばらくこっちにゃ来なくなる。だからもうここには来るな」

噴水広場に出没していたのは、貧しく身寄りの無い年寄りの頼みを受けた結果だ。『演奏家』の音色は歌劇団のチケットすら買えない人々の癒やし。男は何も言わないが、おそらくは彼らのために弾き続けている。

偶然『演奏家』を見かけて以来、ずっと追いかけ続けているエミールは彼の熱心なファンだ。

「それはまた追いかけるからいいよ。……へぇ、演奏家って意外と男前だ」

「聞けよ」

家族には恥ずかしくて言えないが、エミールは芸術が好きだ。それは絵に留まらず楽器や歌劇にまで及び、そのなかでもいまは『演奏家』の奏でる音に惹かれている。

「まったくガキってのはみんなそうだな、こっちの言う事なんて聞きやしねえ」

「みんなって同じ風に言わないでよ。誰と比べたのさ」

今日の演奏家は饒舌《じょうぜつ》だ。面白くなって口を開いたら、意外な言葉を引き出せた。

「自分のガキだよ、そいつも生意気が過ぎる。まったく可愛くねぇ」

「は？　演奏家って子供居たの」

「一応な」

「じゃあ奥さんも？」

「カミさんとは違うんじゃねえか、一応会っちゃいるが、向こうがその気かは知らん」

「じゃあヒゲを剃ったのも……」

『演奏家』はそれ以上の言葉を避けたが、どうにも喋りたい気分だったらしい。元々寡黙ではない男だ。家族構成に違和感は付き纏ったが、謎多き男の秘密に触れられる気がして黙って拝聴した。しばらく聞き続けて、演奏家のストレス源は『息子』らしいと判明する。

「久しぶりに会ったってのに前より眉間の皺を濃くしてやがる。あんなんで世間様でやってけるわけねえだろうに、貴男には関係ないのひと言で終わらせやがった。どんな教育受けたらあんな風に育ちやがる」

愛想の悪さで言えば男も大概なのだが、エミールは賢いので声にはしない。

「……まぁ、でもそれでお仕事やっていけるならいいんじゃないの。僕はまだよくわからないけど、うちの姉さんは帝都は愛想なんかより実力が物をいうって言ってたし」

「おめえの姉ちゃんはいくつだよ」

「十八」

「まだ若えじゃねえか」

「でも他の同年代の人達よりしっかり仕事してる。凄いんだよ」

演奏家が素性を語らぬように、エミールも己を語りはしない。ただ『良いところの坊ちゃん』である少年の呟きに、演奏家は「そうか」と漏らした。

「まあ頑張ってるならいいことだ」

「頑張りすぎて心配なんだけどね」

はあ、と少年らしからぬ重いぼやきだ。

気晴らしに出てきたのに逆効果だ。

「みんな僕のこと子供扱いしすぎなんだよ」

同じぼやきをヴェンデルもしているが、エミールにとってはヴェンデルはまだ守られるべき子供の範疇だ。ヴェンデルよりも数歳上のエミールはとっくに思春期を迎えている。皆が思っている以上には周りを知っているエミールにとって、皆の子供扱いは些《いささ》かどころか大いに不満であり、今日飛び出してきたのも反発心の一環だ。

「子供扱いが不満ってか、無断外泊でもしたらどうだ。お前くらいの年なら彼女くらいできるだろ」

「こっちにきたばかりでいないよ、そんなの。大体みんなが心配する」

けれども悪《ワル》になりきれないのが悩みであった。実家のキルステン、居候先のコンラート……すなわち長兄アルノーと次女カレンのいまの関係。さらには故郷にいる長女ゲルダ。少年《エミール》を取り巻く環境は複雑で、せめてみんな仲良くできる方法はないか模索しているけれど、今のところ何ひとつできていやしない。

「しんどい」

「気張れ。どんなもんかは知らねえが、大人になったらいまの悩みなんざ笑い飛ばせるくらいになってるさ。なにせもっと別のもんに悩まされてくるからな」

「たとえば自分の子供とか？」

「たとえば自分の子供とかだ」

至極真面目に頷いた男は弓を取る。

「気苦労を重ねるガキに一曲くれてやろう」

嬉しい一言だ。ありがたく曲をリクエストすれば、演奏家は音を奏でるべく背を伸ばした。

いつもなら黙って拝聴するが、刹那、男の近くに珍しいものを見つける。

真新しい装幀は『演奏家』が持つには珍しかった。巷《ちまた》で人気の冒険活劇小説にエミールは目を丸くする。大好きだからこそ一目でわかったのだ。

「この本……うわ、この間出たばっかりの新刊だ。なんで演奏家が持ってるの」

「そりゃカミさんが書いた本だ。出版したからって渡されたが、おれは読まねぇ。興味ないから持っていけ」

「あーはいはい。それはすごいね」

そんなわけあるか。作者は帝国の金庫番、バッヘム一族の人であることくらい知っている。

きっとどこかで拾ったか、演奏代がわりにもらったのだろう。

染み渡るように響き始めた音色は、男の無骨さとは裏腹に彩り豊かであった。演奏家は何も言わないが、少年のために遠い故郷の音を混ぜてくれている。

ファルクラムでは当たり前に歌われていた懐かしい歌。

連想するのは最後に四兄妹揃って布団に寝転んだ日々だけど、あの日は遠く、エミールの手では掴めない。

郷愁を胸に目を閉じた。

——兄さんと姉さんが仲直りできますように。

願いを胸に愛犬の頭を抱き寄せる。不器用に慰《なぐさ》める『演奏家』の音色と、傍らのぬくもりがささくれた心を癒やしてくれていた。

愛ゆえに、愛をもって

コンラートのカレン。

その名が挙がった瞬間、ヴァルターはいてもたってもいられず、声を上げていた。

「陛下、どうぞその方は私めにいただけませんか」

「なに？」

普段ヴァルター・クルト・リューベックは上司たるバルドゥルの後ろで黙して語らぬ男だ。皇帝カールへ語りかけるは隊長の役目。補佐たる己《おのれ》は口を噤《つぐ》んで耳を傾《かたむ》け、カールの意を解せば細かな指示を受けずとも行動する。

影の役目を好む男だったから、バルドゥルやカールもヴァルターを重宝《ちょうほう》した。

ゆえに皇帝がいる前で我知らずといった様子で発言するのは珍しい。常人なら眉《まゆ》を顰められる行動だが、カールは咎《とが》めず、むしろヴァルターの発言を吟味し顎《あご》を撫《な》でさすった。

「そなた、このコンラート夫人が欲しいと申すか」

「はい。これまでは陛下のお決めになった縁組であればと考えておりましたが、どうにも私は夫人に惹《ひ》かれております。何卒《なにとぞ》、機会をいただければと存じます」

「……ああ、そうか。貴様にはコンラートを任せた。その縁があったか」

「流石《さすが》は陛下。私のことなど手に取るようにおわかりになっていらっしゃる」

カールが眺めるのは目前に広げた資料の山だ。それにはいま告げたコンラートのカレンや、他にも貴族平民を問わず様々な人物の家族構成等が記載されている。

すべて皇帝カールの思いつき――本人曰《いわ》く「天啓」による選別のための資料だった。

「ううむ。そなたにはトゥーナの娘を宛てがうつもりであった。コンラート夫人は一度婚姻を結んでいるゆえバルドゥルに渡すつもりだったのだが――」

計画は優れた「勇者」を作り上げるための、本人の許諾《きょだく》のない勝手な婚姻だ。こうしたカールの思いつきのせいで幾人が絶望したのか。「勇者」育成計画に限っては十人の無垢《むく》な赤ん坊と、子と無理矢理引き剥《は》がされた家族達が泣き叫んでいる。『人のぬくもりに一切触れさせず、食事だけを与え続けた子供は優れた兵になり得るか』の実験で、子供らは全員三年以内に亡くなった。

非人道的な行いはある意味為政者らしい傲慢《ごうまん》か、懲《こ》りもせず新たな計画を進めていたのだが、ここでヴァルターが激しく主張したのだ。

「バルドゥルよ、そなたはどうしたい。余所《よそ》の国の娘を調教するならそなたしかおらぬと思ったが、ヴァルターがこうして余《よ》に縋《すが》っておる」

「……私に否《いな》やなどございませぬ。滅多《めった》にないヴァルターの頼みであれば叶えてやりたいと思うのが我が心。陛下の御心《みこころ》も傾いているのではございませぬか」

「わかるか。うむ、実は余も叶えてやっても良いと思っているぞ」

「まったく、陛下は私を悪者にしたいとみえる。それでは決まっているようなものではございませんか」

「バカを言うな。すべてはお前次第だ」

「私も人の子です。部下の想い人を奪う所業はできませぬ」

では、とヴァルターの瞳は輝いたが、そこにすかさずカールが差し込む。

「可愛いそなたの頼みだが、一つ困った点がある」

「困りごと……で、ございますか」

「うむ。……そなたの父にな、もし息子に縁談を組むことがあれば、くれぐれも間違いのない娘に頼むと言われておる」

「なんと、父がそんなことを陛下に申し上げたと？」

「そなたがいつまでも独り身ゆえ、余に託《たく》したかったのだろう。だからこそトゥーナの貴族をと考えたのだが、それに比べるとファルクラムでは……」

選抜した娘達は両者似た貴族だが、元からの帝国貴族と、敗戦国の貴族ではかなり立場が違う。

「しかもコンラート夫人は一度婚姻している身だ。これといって良い噂もなく、こぶ付きときている。これでは余もあやつを説得しきれる自信がない」

「そんなことは……。陛下のお言葉であれば父も納得いたしましょうに」

「そう思いたいが、あれは長らく余に仕えてくれた。当主はそなたに譲《ゆず》っているが、まだ当主気分が抜けておらん。社交界にも顔を出し続けておるし、余にも変わらぬ報告をし続けておる。お前の自由にするにも、父御《ちちご》の影響は大きかろうぞ」

「……左様《さよう》でございますか」

「だがな、幸いにも余の誕生祭までは時間がある。ヴァルターよ、そなた父親を説得してくるが良い。あやつがうんと頷《うなず》けば、余も心置きなくそなたを歓迎できるのだからな」

うまく行くと思われた嘆願が無駄に終わった。

肩を落としたヴァルターだが、落ち込んでばかりはいられない。

その日は宿舎ではなく実家に顔を出したのだが、息子の頼みに父は烈火《れっか》のごとく怒った。

「ファルクラムの女を嫁に迎えたいだと!? バカを言うな、いくら陛下の頼みだろうとそればかりは聞き入れられん！」

「しかし、父上。これは陛下が自ら厳選された縁組にございます」

「黙れ馬鹿者が！　由緒《ゆいしょ》正しいリューベックに穢《けが》れた血を混ぜる気か!!」

「穢れなどと……彼女は美しく聡明で優しい人だ。決して我が家の恥にはなりません」

「ヴァルターさん、お父様のおっしゃるとおりです。そんな人を我が家に入れてはいけません」

「母上までなにをおっしゃるのですか」

父も母も決して頷いてくれない。それどころか汚物を見る目で息子を睥睨《へいげい》した。

「なんということだ。兄がいなくなり、今度はお前までもが血迷った」

兄、の単語が出たとき、ヴァルターの眉が顰《ひそ》められた。

「兄の予備とはいえ目をかけてやったのに、なんと浅ましい思い違いをしているのだ。あやつが短気を起こさなければ、お前など必要なかったのに……」

かつてヴァルターには二歳上の兄がいた。

優秀で皆の期待によく応える、この父母の子とは思えぬほどできた人だったのだ。使用人を思いやる心が在り、それは特に弟へと向いた。予備として蔑《さげす》まれていたヴァルターに愛情を与えたのだ。だからヴァルターは兄を慕《した》ったし、仲の良い兄弟だった。家族として抱きしめてくれたのも、暗闇に怯《おび》える弟に寄り添い子守歌を歌ってくれたのも、すべて兄だ。まっとうな愛情はすべて兄から教わった。

彼が惹かれたカレン同様に素晴らしい人だったのだ。

だが兄はヴァルターが十《とお》の頃、突如《とつじょ》として姿を消した。出ていく兆候《ちょうこう》はなかった。皆大いに嘆《なげ》き悲しんだが、外聞は悪い。結局兄は見つからず、表向きには病死とされてしまった。

もちろん両親も嘆いたが、彼は知っている。両親は捜索のために金と人を割《さ》いたが、決して自らの足で兄を捜そうとはしなかった。

嘆く父に、母はわかったような口ぶりで寄り添う。

「あなた、いなくなってしまった子を悔いても仕方ありません」

「わかっておるわ！　……もういい、当主になったからにはいつか正しい女を迎えると思い放置していたが、これは黙っていられん。お前の妻は私が決める」

これにヴァルターは黙したが、一瞬にして空気は変じた。もしここに彼の部下でもいれば一目散に逃げ出したが、父母は目が曇《くも》っている。彼らが見たいのは愚かな息子であって、オルレンドル帝国帝都騎士団第一隊副隊長の貌《かお》ではない。

「……可哀想《かわいそう》な兄上。やはり、あなたをお救いしたのは間違いではなかった」

諦観《ていかん》の声を父は聞いた。

何かを知っている、そんなヴァルターの様子を見逃さなかった。

「ヴァルター、いま、なんと言った？　救ったと言ったか」

「ええ。私はかつて敬愛する兄上をお救いしました。名家の当主などと……血も涙もない悪鬼の所業に兄上が墜ちるのは到底見ていられなかった」

「お前、何を言っている」

胸にそっと手を当て、大事な思い出をしまいこむ。

あの頃は都度《つど》「出してくれ」と懇願《こんがん》する兄の願いを泣く泣く断った。弱り行く悲痛な叫びにはいまでも胸を痛めていたが、やはり自分は間違っていなかった。

彼は愛する者を救っていた。この事実がヴァルターの決意を押す。

父母らが状況を理解し得ぬ前に告げた。

「父上。父上はそろそろ表舞台から立ち退《の》かれるがよろしいでしょう」

「は？」

「陛下の元へ足繁《あししげ》く通うのも権威を見せつけたいのでしょうが、そろそろ陛下も辟易《へきえき》している様子にございます。苦言を呈《てい》されてしまいましたし、丁度《ちょうど》良い機会なのでしょう」

「ヴァルターさん、貴方、なにを……」

「母上も一緒に立ち退かれるがよろしい。なに、大丈夫ですよ。私はうまくやりますし、父上達のこともお任せください。兄上の時とは違い、突然いなくなっても誰にも何も言わせません」

「待て！　それはどういうことだ。先の質問に答えろ、ヴァルター！」

「いいえ、教える必要はありません。なにより答えはこれからわかります」

困惑する母と、何かに気付いた父。

二人を目前に変わらぬ笑みを浮かべるヴァルターは、そっと腰に下げた剣の柄《つか》に手をかけた。

「ご安心ください。育ててもらった恩は忘れていませんし、子として親に不自由はさせません。誰とも会えなくなりますが、それだけです」

自分たちがなにを生み出してしまったのか、彼らは最後にようやく知ったのだった。


その日、ヴァルター・クルト・リューベックは意気揚々と皇帝に報告を行った。

「先日の件でございますが、父母の了解が取れてございます」

「おお、流石《さすが》は余の勇者だ。あの堅物《かたぶつ》めを無事説得したか」

「説得に当たったところ、快く頷きました」

ただ、と少し悲しそうに目を伏せた。

「私が一人の方を定めたこと、父は殊《こと》の外《ほか》嬉しかったようです。これで安心したと言って、母と共に田舎へ移ってしまいました」

「ほう、そなた余程《よほど》父を心配させていたのだな」

「お恥ずかしい限りです」

「いやいや、家族を安心させたのであれば喜ばしかろう。今後も余のために一層励むが良い」

「は、陛下の御心のままに」

これは目出度《めでた》い、と軽やかな笑いが室内に響き渡る。

文字通り突然姿を消した前リューベック家当主だが、誰もその行方《ゆくえ》を問おうとはしない。それが答えであり、皇帝がヴァルターに求めた解《かい》でもあった。

おぞましい計画は密やかに、和《なご》やかに段階を詰めていく。

ヴァルターの求める『彼女』が手に入るのはいつになるだろう。

愛に燃ゆる目の中に、微《かす》かな腐敗が滲《にじ》んでいた。

彼の華はただ一人

あくる日、ヘリングは本を読んでいた。帝都内に単身用の住まいを構える彼の家には、今日は一人の来訪者がいる。

相手は鼻歌交じりに雑巾《ぞうきん》を絞り棚を拭《ふ》いていた。別に頼んだわけではないが、彼女が家に来るときは必ず箒《ほうき》やちり取りを手に取る。やらなくていいと言っても聞きやしない。

「エレナ、そろそろ止めないのか」

「やーよ。せっかく来たのに埃《ほこり》まみれの家なんて最悪」

「そんなに汚れてないだろ」

「そう思ってるのは本人だけでしょ。箒で掃《は》くと髪の毛とかたくさん出てくるんだから。それにこんな汚い本棚に本を置いてどうするの」

普段と違い、ヘリングと二人だけの時は少しだけ口調が砕《くだ》ける。いつもより服装に気を遣っているのは珍しく互いの休みが合ったからだ。せっかくお洒落《しゃれ》をした彼女の服が汚れるのは嫌なのだが、止めても怒られるし、恒例になってしまったのもあって任せるままになっている。

「手伝おうか？」

「いらなーい。ノアは掃除がド下手だし、何年教えたってうまくいかないじゃない。ここは私の腕の見せ所でしょ」

単身用の住まいだし、人を雇ってまで片付けたいとは思わない。そんな彼に呆《あき》れ、押しかけ掃除が始まったのはさて、何年前だったか。思えばあれがヘリングがエレナを意識し始めたきっかけだ。エレナ自身はもっと前から気になっていた！　と言ったけれど、そのきっかけは未だ教えてもらえた例《ためし》がない。

彼が覚えている「らしい」始まりは、エレナと同じ部隊になり森を駆け抜けた演習か、それ以外なら秘密を知ってなお口を閉じていたことか――。

この二つしか該当する記憶がないのだが、彼女はどれも違うといって語ろうとしない。

「そろそろ教えてあげてもいいけどー……やっぱりもうちょっとだけ秘密かな。ノアが悩む顔がけっこう好きだしー」

悪戯《いたずら》っぽい、それでいて嬉しげに胸を張る姿は可愛かった。付き合いも長いし教えてくれても良さげだが、惚《ほ》れた弱みか「これでもいいか」と諦《あきら》めてしまう。

本を読む傍《かたわ》ら、リスみたいに動くエレナを見ていた。二人が気の置けない仲になってそろそろ五年経つが、同僚が語る相手を見飽きるなんてことは一度もない。

「ねー。そろそろ掃除終わりそう」

「ん、なら飯にするか」

いまの住まいは単身用にしては珍しく氷室《ひむろ》や炊事場《すいじば》が備わっている。かまどに火を熾《おこ》し、鉄鍋を取り出し始めると、今度はエレナが目を輝かせた。

「何が食べたい？」

「前作ってくれたあれがいいな。なんだっけ、牛乳をとろとろにさせてパンの器に流し込んだやつ！」

「昼間だってのにまた手間が掛かるのを言ってくれるな……」

面倒とは思いつつも、頬杖《ほおづえ》をつき待ちわびる姿には勝てない。なにより掃除をしてくれた礼があるから断る気はなかった。

「ないなら買ってくるけど？」

「いや、いい。大体の材料は昨日の夜に買い揃えてた」

「お肉は牛肉。あとチーズを載せて焼いてくれたらもっと嬉しい」

「わかってるよ、ちゃんとそれも買ってあるし、期待には応えるさ」

牛肉は他と違って割高だが、好物だからこそ用意してある。エレナもそれを見越して口にしているのだが、これはまあ、様式美みたいなものだ。

器用に芋《いも》やにんじんの皮を剝《む》くヘリングの手元を眺め面白がっている。

「綺麗に剝くよね」

「お前は掃除で僕は料理。それでいいだろ。大体料理は使用人に任せれば良い」

「そうだけど、料理上手って憧《あこが》れるでしょ。先輩だってお料理上手だもん」

「向き不向きがある」

これもお約束のやりとりだ。

エレナが料理を意識するのは敬愛するニーカが「料理ができるから」だから、料理の工程そのものには興味がなかったりする。

逆にヘリングは自炊も苦でないから、こういうところも嚙《か》み合っている。部屋は散らかっていても、炊事場だけは綺麗に片付いている奇妙な状態になっていた。

少し遅めの昼食になると、二人向かい合って黙々と食事を共にする。

「なあ」

「なーに？　ちゃんと美味しいよ」

「いやそうじゃなくて、コンラート家の隣の幽霊屋敷あったろ。あれの管理人を探してくれないかって殿下に頼まれてる」

「あーあの……重要だもんね。誰に頼むつもりなの？」

「そう、それ。それで相談があるんだが」

ゴホン、と意味もなく咳払《せきばら》いした。件《くだん》の家はエレナの祖父母の家と近いこと、長年探し続けた地下遺跡に繋がる重要な施設であること。また入り口前墓所の遺体の撤去作業が遅々として進まず、入居したがる者がいないこと等を挙げていった。

「殿下は改装費用は持ってくれると言っているが、移り住むなら家族連れが一番疑われにくい。だけどほら、色々と条件が難しいだろ。だからもういっそのこと僕が引っ越したいと思ってる」

長い前置きを経て、エレナの目を見ながら言った。


「どうせなら一緒に住まないか」


これに対し、相手は緊張感がなかった。ヘリングの言葉に視線を宙に彷徨《さまよ》わせ、首を捻《ひね》ったのだ。

「新婚だと疑われにくいから？」

「それもあるが……いや、わかるだろ。やっとオルレンドルに戻って来られたし、ここで一緒になっておいた方が僻地《へきち》任務も考慮してもらえる。離れ離れも嫌だろ」

「そっか。……うん、そうかも。付き合って五年だもんね」

「そうそう、区切りがいい」

「改修費用出してくれるのかぁ。……常時お仕事してる形になるし、使用人は雇えないから、ついでに管理費も受け持ってもらえないかな」

「ああ、それはいいかもな。話してみよう、きっと簡単に許可が下りるはずだ」

色気もへったくれもない会話だが、れっきとした人生の区切りとなる相談だった。内心あっさり気味の返事に落ち込みを隠せないが、断られるよりましだ。無理矢理納得していたら、いとも容易《たやす》く思考を読み取られた。

「なに、なにか落ち込んでる？」

「あーいや、けっこう決意を固めて言ったんだが、淡泊だったなと」

「え、だって私が先祖返りって知ってて、いまさら責任取らないなんてないでしょ」

先祖返り。

それがエレナの抱える秘密であり、ヘリングが周囲に黙っている隠し事だ。

馴染みのない言葉だが、このあたりは魔法院に近しい人物なら詳しい。「先祖返り」とは言葉の通りで、先祖の血が数世代を経て蘇《よみがえ》る事象だ。この場合の「先祖」はすでに消失して久しい「精霊」を指しており、先祖返りが出現した場合は魔法院と国に届け出をする決まりになっている。

大概の先祖返りは魔法の才を発揮するか、そうでない場合は人智の及ばぬ特別な才を有するから管理・観察対象になる。エレナは後者に該当するが届け出がされていない。

簡単にいえば彼女の能力は身体強化だ。魔力の消費、呪文を必要とせず、好きなときに好きなだけ優れた運動神経を披露《ひろう》できる。ただこの強化も「ある欠点」が存在するため、おいそれと人前では使用できない。ヘリングが目にしたのも一度だけで、それも偶然の一度きり。エレナも余程危機的状況でなければ使わないと宣言しており、事実この言葉は守られている。これまでつかみ取ってきた実績は間違いなく彼女自身のものだ。

これほどまでに隠したがっている理由は、自身と家族の未来を憂《うれ》いてのものだ。

先祖返りは例外なく魔法院所属として監督される側になる。

文官である彼女の両親は、「届け出」を行えば娘の将来が一方通行になると知っており、危険を顧《かえり》みず事実を隠した。なので軍人になる際は大反対されたらしいが、いまも何事もなく過ごしている。

余談になるが、エレナが年下相手に保護者ぶりたがるのも、このあたりが要因かもしれない。父母兄姉、さらには祖父母に大事にされてきたから、守られてばかりの自分から卒業したがっていた。

「大体父さんに——何年前だっけ。本当に娘でいいのかーって聞かれてたじゃない。ノアが娘さんじゃなきゃ駄目ですって言ってたし、私はほとんどそのつもりだったんだけど」

「そりゃ聞かれたが……お前には言ってないだろ」

あの時は確かエレナ父がエレナ母に肘鉄《ひじてつ》を食らっていた。

「でもよく我慢してたよな。いまでこそ落ち着いたが、あのときは殿下の立ち位置も不安定で、どうなるかわかったもんじゃなかっただろ。一緒にいられる時間なんてほとんどなかったし……」

「お仕事でしょ。同じ軍人だし、責めるのも違うじゃない」

理解がありすぎるとこうなるわけだ。

エレナにしてみたらようやく、なのかもしれない。待たせ続けた申し訳なさが立って罪悪感に沈んだ。

「ほらー拗《す》ねないの。不満もなかったのは、ちゃーんと私のこと見ててくれたからだし、あなたを信じてたって証拠でしょ」

こんなときのヘリングの扱いを知っているのもエレナだ。

意外と落ち込みやすい恋人の隣に移動すると腕を絡《から》め頭を傾《かたむ》けた。

「これでもすごく嬉しいんだからー」

「僕の対応が遅かったってことだ。下手な慰《なぐさ》めはいい」

「ほんとのことだってばー。ほらほら、ちゃんと私を見てよ」

頰を上気させて微笑む様は到底演技に見えない。額に口付けをされ、現金だが気を持ち直した。

やられっぱなしも癪《しゃく》だ。今度は自ら口付けすると、これからやるべき事を指折り数える。

「そうときまったら、改めてうちの両親にも会わないとなぁ」

心なしかうんざりしているのは、これから待ち受ける試練にうんざりしているせいだ。なにせヘリングは男ばかりの五兄弟。しかも全員が未婚で彼女なし、結婚する気がない者もいる。何故か兄弟達はエレナを女神の如《ごと》く扱うから五月蠅《うるさ》いし、ずっと娘を欲しがっていた母はここぞとばかりに女に逃げられないための教えを説く。父は空気そのものだが、母を止めないのだから同罪だ。

つまり報告と共に嵐が起こるのは目に見えている。

「平和に終わりたい……」

「大変なのは一時《いっとき》だから大丈夫。ちゃんと私もおばさま達を止めるから。ね?」

……それでも互いの両親と関係が良好なのは幸運と思うべきか。

「エレナ」

「はーい?」

「待たせて悪かった。これからまた、違う形で幸せになっていこう」

きょとんと目を丸めた彼女。一拍おいて困った風に笑うのは照れ隠しだ。

この笑顔を守るためなら、きっとヘリングは何だって犠牲にできる。それだけ想える人を得た幸運を噛みしめ言った。

「子供はどっち似でもいいけど、女の子も欲しい」

「気が早い」

デコピンは痛かったが、本気で怒っているわけではない。顔を見合わせると喜びと共に抱きしめ合う。

一組の幸福な夫婦が誕生した瞬間だった。

人でなし二人

ライナルトの母、ツェツィーリエは弱かった。

……と、言えばカールは低く笑って否定したのだが、シスには怯《おび》える彼女の姿しか記録がない。閨《ねや》でも覗《のぞ》けば違ったかもしれないが、誰がそんな悪趣味な行為に挑むものか。命令以外は極力カールなど見てたまるかと、この時ばかりは本心から語るシスである。

ツェツィーリエは殊《こと》の外《ほか》、長い期間カールの寵愛を受けた。子を産んで解放された後に再び気まぐれに呼び戻されたが、人前にもかかわらず泣き叫んで許しを請うたものだ。祖国では才女と謳《うた》われた女が鼻水を垂らして駄々をこねるなど嘲笑《ちょうしょう》ものだが、カールはこれを面白がった。曰《いわ》く「矜持《きょうじ》を捨てても余を嫌がる女を組み敷くのが好きなのだ」と。

このときのカールの趣味がツェツィーリエにとっての不幸だった。

結局心を病んだ彼女はよりによって愛した夫に遠方へ追いやられ、そこでもまたあらぬ噂を立てられた。共に追いやられた息子に罪はないと常々口にしていたらしいが、シスの考えは違う。

「ライナルト、きみはツェツィーリエは被害者だと言っているが、その意見はいまも揺るがない？」

「カールと私に人生を狂わされたのだろう。理解はできないが一考する余地はあるのではないか」

「じゃあ預け先のきみの扱いはどうだ。みんなに苛《いじ》められる息子を一度も救おうとしなかった」

「彼女は私に暴力を振るわなかった。もう済んだ話だ、お前と議論しても恨《うら》むところはない」

シスにしてみれば彼女は被害者であり加害者だ。

彼女の罪は無関心。子に罪はないと謳いつつ、まともな教育すら受けられない環境に置かれていると知りながら放置した。ろくに食えず死にかけたときも、暴力を振るわれ怪我をしても一切息子を見なかったと聞いている。これが過去を滅多《めった》に語らないライナルトから聞き出したすべてだ。

「じゃあ水路はどうだ。彼女はきみの死を願ったぞ」

「私は死んでいない。ここに生きているのなら無駄に終わった」

食いさがって言ってみれば、それがどうしたと言わんばかりに返される。結局人の命の重さがわからないライナルトは、彼女の殺意も肯定できる人間に育った。ある意味これはツェツィーリエの呪いだろうか。彼女の子はまっとうに育たず正しく歪んだ。

頭のおかしさならライナルトもカールと良い勝負をしているが、生きるためのバイタリティは確実にライナルトに軍配が上がるだろう。この父子に差があるとしたら、ライナルトの方が僅《わず》かに人を尊ぶくらいか。その対象は限定的で狭い範囲だが、シスにすら語ろうとしない少年期に受けた何かが二人に大きな差を与えている。

それでも目的への歩みは止めない男だ。

だからこそちょっと袖《そで》にされた程度で小娘に興味を持ったのは意外だった。

カレンには黙っていたが、カールが最後の候補に彼女を残したのはライナルトに原因がある。カレンはカールの計画の「母」候補であったが、本来は除外される予定だった。理由は至極簡単。コンラート出身なんて毒にはなっても薬にはならない。

カールはこの計画を皇后に話していたが、カールのなす事に無関心を貫く皇后が唯一忠告したのがこの「血」だ。

「貴方がヴィルヘルミナを皇位継承から外そうが、気まぐれであることをわらわは知っております。ゆえにこれまでの戯《たわむ》れは放置しておりましたが、ファルクラムの、しかも下級貴族の血を由緒ある騎士の血に混ぜるなど言語道断。絶対にお止めなさいませ」

「余《よ》はバルドゥルであればじゃじゃ馬も抑えきれると思うのだがな」

「思う、程度で汚らしい女を宮廷に上げるおつもり。大体コンラートの女狐《めぎつね》にバルドゥルが惑わされない自信があるのですか。バルドゥルが平気でも彼《か》の家には若い男が多うございます。気の迷いを起こさないと言えませぬ」

「ううむ。そなたがそこまで言うならあれは外すか」

カールは敵を徹底して排除したがる性格だ。本来はこのように残る目はなかったのに、どこで噂を聞きつけたのか「ライナルトが個人宅に遊びに行く仲」と知った瞬間に判定を翻《ひるがえ》した。

「いや、でも副長に目をつけられてた時点で終わってたのか……?」

本来は隊長のバルドゥルに与えられる予定が、ヴァルター・クルト・リューベックの強い希望を受けて相手を変えられたのだった。

「わざわざ手を取って一緒に踊るくらいなら、トゥーナ公を外して彼女にすりゃいいのに」

ライナルトがカールの呼び出しを食らった後、カレンとライナルトのダンスを知ってからの問いだった。

正面から助け船を出してやれば？

暗に告げてやった忠告は秒と待たず却下された。

「これ以上迷惑をかけるわけにもいくまい。リューベックの件は不幸だったが、最終的に皇帝の計画から外してやれば問題ないだろう」

「ファルクラムから来た時点で覚悟してるだろうし、いまさら心配する必要ないだろ。そしたらきみのお手つきってことで解決してやれるのに」

「彼女の不名誉になる。大体そこまでせずとも解決できる問題だ」

おかしな話で、この男はカレンに対してのみ妙なところで気を遣う。しかし真相は本人には語らず終いだから質《たち》が悪い。

どうせ正直に話せば笑って許すのだから、素直に謝れば良いのに、と呆れていた。

まったく困ったものだ。ライナルトはカレンが一緒にいるときだけは真人間の皮を被る。そして被られている側も根っこの危険性に気付いておきながら、その上で一緒に在ろうとするのだ。ニーカやモーリッツといった戦友とはまた違う関係に、シスは不快さを感じている。

「僕はきみが非人間的で血も涙もないクズ野郎だから手を組んだんだ。土壇場で愛だのなんだの言って私を裏切ったら殺してやる」

「くだらん」

「うるせぇ、あるかもしれないから言うんだ、馬鹿野郎」

言われた本人はあり得ないと言わんばかりだが、人間は何があるかわからないから信じられない。

「おい、じゃあ誓えよ。もし土壇場で『箱』の破壊と彼女の命を天秤にかけられたら、迷わず彼女を切れ」

「なぜそんな無意味な質問に答えねばならないのか、疑問が尽きん」

「いいから誓え」

「……どちらを選ぶなど決まりきっている」

『箱』を取ると宣言したが、しかし返答まで若干《じゃっかん》の間があった。やはりこういうところも気に食わない。カレン自体は嫌いではないし、驚異的にも「好ましい」部類になるが、カレンと関わるライナルトには不満たらたらだ。

「そんなことよりヴィルヘルミナの監視を頼んでいたはずだ。また地下遺跡に関心を示し始めたと聞いていたがどうなっている」

「誤魔化《ごまか》しやがって」

「誤魔化してはいない。質問に答えろ」

けっと悪態《あくたい》を吐《つ》いた。もう一つ嫌なことを思いだしたからだ。

「右腕のヘルムートがいたろ。あいつが何かやってるみたいだけど進捗《しんちょく》はなし。ヴィルヘルミナ自身はかわいい恋人と毎日毎日いちゃいちゃしてるよ」

「アルノー卿か。ヴィルヘルミナが上手くたらし込んだだけと思っていたが、仲は順調か」

「見るのも嫌なくらいにね!!」

シスにとって幸せな人間を『視《み》る』ほど嫌なものはない。

「ま、そのせいで母親との仲は最悪だけどね。キルステンの若造と別れるまで援助はしないって啖呵《たんか》切ってたから、ヴィルヘルミナにとっちゃ少しは痛手になるんじゃないか？」

「どうだろうな。元々あの二人の折り合いは悪い。ヘルムートがいる限り皇后に頭を下げる必要はないのではないか」

「なんにしたってあの女の影響力が減るならきみにとっちゃ好都合だろ」

皇后は帝国屈指の名家からカールに嫁いだ女だ。それ故《ゆえ》に有力者に顔が利き、皇太子陣営にとっては脅威になる。表舞台に立つのを嫌うから勢力図に数えられていないのだった。

「あの性悪《しょうわる》、本格的にヴィルヘルミナが言うことをきかなくなって苛々《いらいら》してる。この間も八つ当たりで侍女が髪を引っこ抜かれたって侍医長が愚痴ってた」

「相変わらずだな」

「少しは同情してやれよ。きみだって八つ当たりで鞭《むち》打ちされたことあるだろ」

「表に出てこないのであれば何をしようが構わん。どのみち残り僅かの天下だ」

「嫉妬《しっと》に狂えばどうなるかはわからない。ツェツィーリエの時みたいに出張ってくるかもしれない。あれは自分の足下が揺らぐのが許せない女だ」

「気をつけよう」

皇后はカールを愛していないが、愛することを強要する性格だ。

だから一時的にとはいえツェツィーリエが夫の関心を奪ったのが許せなかったし、その子たるライナルトも嫌っている。この考えからいくと側室の存在も含まれるが、そこは少し事情が変わる。なにせ側室達のトップが皇后だ。彼女達の頭を抑えられる限りは矜持は揺るがない。なにより側室は皇帝の特権、伝統とまで言われている。三妃までは国内の基盤を強固する目的があったし、五妃から下や、一夜限りの女は入れ替わりが激しいため端女《はしため》扱いと変わらなかった。

唯一例外があるとすれば四妃とツェツィーリエ。

それに密かに皇帝の子を産んだ女達か。

だが四妃は殺したいほど憎まれていても手出しが叶わず、仕方なしの容認状態。ツェツィーリエは心を病み、最後は体も病魔に蝕《むしば》まれ亡くなった。他は皇后を恐れて閉じこもっているのが現状で、子供達は日陰者扱いだ。金には困っていなくとも、まともな生活は送れていない。

「結局、宮廷ってやつは普通じゃないやつしか生き残れないんだろうな」

今日もどこかで皇帝と皇后の気まぐれに付き合わされる誰かが泣いている。

あるはずのない息苦しさが迫ってきた。

こんなこと楽しむのは「シクストゥス」じゃなかったはずなのにと、消失したはずの感傷が襲ってくる。

——早くここから出してくれ。

無音の叫びがシスの中に渦巻いて、誰にも聞いてもらえず埋もれていった。

友人なりの添い方で

ニーカはお姫様にはなれない。

だがそれでも彼女は満足だ。


「お前は殿下に焦がれていたのではなかったのか」

特定の士官のみが入場を許されたバーはそれなりの人数で溢《あふ》れかえっている。

薄暗い店内、さらにその奥、人を寄せ付けずにグラスを傾けるニーカは、長年の友人の問いを一蹴《いっしゅう》していた。

「それ大分前の話だな」

同僚の問いにあっけらかんと返す。

憮然《ぶぜん》と口を噤《つぐ》む同僚、もといモーリッツにニーカは言う。

「もし気遣ってくれてるのなら悪いけど、その恋心は十代のときに消火しきったよ。……あ、納得いかないって顔だな」

「別にそんなことは思っていない」

顔をつきあわせて飲んでいるのに仏頂面《ぶっちょうづら》は相変わらずだ。

モーリッツとは彼女がうら若き乙女時代、つまり軍学校時代からの付き合いだが、最近ますます頑固で物わかりが悪くなってきた。もっとも、その面倒くささが発揮されるのはライナルトに対してだけであり、感情は理性を超えないから放っておいている。

「いい加減諦めた方がいいぞ。お前はライナルトが不変だと信じているけど、あいつだって人間だ。感情や人間関係だってどんどん変わっていく」

「様、を付けろ不敬者」

「いまはただの友人としての話だ、こんなところでまで堅苦しい」

仕事外まで友人《ライナルト》には敬称を付けたくない。モーリッツは口煩《くちうるさ》いが、実のところ、この注意も数え切れないくらいだから、むしろよく懲《こ》りないなと呆《あき》れを通り越して感心するばかりだ。

「モーリッツ、忘れないうちに聞いておこうか。クワイックの両親はどうなった」

「こんなところでする話かね」

「こんなところ、でなおかつ時間外だから話すんだよ。クワイックは失敗し、夫妻はライナルトの手を離れた。必要なのは彼らがどうなったかだけだ」

「……帝都の影響が及びにくい田舎まで移るはずだ。問題さえ起こさなければ安泰に暮らせる」

「そっか。じゃあそんな感じで報告しておく」

クワイック夫妻の行方はコンラートに伝える必要がある。若き当主代理が納得する答えを用意すればしばらくは仕事に専念してくれるだろう。

「相変わらず淡泊だな」

「自分の手が届く範囲を理解してると言ってくれ。そうじゃなきゃ到底ライナルトは守れない」

人を見放しやすい意味では、モーリッツよりもニーカの方が上かもしれない。

「お前は正気か」

「は？　いきなり人の正気を疑うとは失礼だな。なんの話だ」

「あれは小娘だ。まだ二十歳にもなっていない世間知らずだぞ」

それでモーリッツの不満がコンラートのカレンにあると思い至った。

「小娘と侮《あなど》ってるが、私たちが二十歳の時は浴びるほど酒を飲んで馬鹿をやってたじゃないか。あの子ほどしっかりしてなかったぞ」

「うるさい。そういう意味ではない」

「冗談だよ冗談。……というかなぁ、まだ彼女のこと嫌ってるのか。コンラートには色々役に立ってもらってるじゃないか。ファルクラムの状態把握だって、お前だけじゃ時間が掛かるのが実状だったろ。いい加減少しは認めてみたらどうだ」

「相応の態度を取っていると自負している」

まだ金貨五千枚の件を根に持っているのか、まったくもって大人げない。五千枚の話を聞いて大笑いしたのはさておき、もっともらしく頷《うなず》いた。

「ま、いいさ。ともあれあまり意地悪してやるなよ。お前だって若い女の子に慕われるなんて滅多《めった》にな……待て待て帰るな帰るな。まだ飲み終わってない」

皇帝カールの誕生祭、モーリッツはあの付添を人生における汚点とすら捉《とら》えている節がある。噂ではあれ以降、カレンと同じ年頃の娘を持つ親からの縁談話が増えたと聞いていた。

止めたのがニーカでなければ本当に帰っていただろう。モーリッツは相当不満があったらしく、珍しく私室以外で愚痴《ぐち》をこぼした。

「殿下はあの娘に甘すぎる」

「それはおおむね同意だけど、言うほど悪いことか？」

「いくら協力が不可欠といえど、同等に扱ってやる必要はない。殿下から恩寵を与えられている時点でコンラートは安泰なのだ。大恩を当たり前と思っている節があるのだぞ」

「……そこまで躍起《やっき》になることかね」

「いずれ大願を成す方に彼女は不要だ」

「ライナルトがそれを望んでやっている。お前はあいつが変わっていくのが嫌なんだろうけど、そんなに言うほどか」

「誤解しないでもらおうか、私は殿下に近付く者すべてを好いていない」

「そのわりにカレン嬢が困ったときには忠告したり手を差し伸べたりしてるじゃないか」

「正当な仕事をこなす者には相応の報酬を。当たり前の話ではないかね」

こんなとき、ニーカはモーリッツが友人ながら大変面倒くさい性格だと実感する。決して悪い男ではないが、真面目さと信念に隠れた不器用さが彼を気難しい人間にしている。

――素直にこんな世界に足を踏み入れるべきじゃないと言ってやれば良いのに。

そう思いはすれど、口にすることはない。

モーリッツが抱く思いはニーカとて同意するが、彼女にはわざとライナルトを咎《とが》めない理由がある。おそらくモーリッツは気付いていたからこそ友人の正気を疑い、彼女はとぼけてみせたのだ。

翌日になると、ライナルトからこんな問いを投げられた。

「今朝はモーリッツの機嫌が悪かった、なにかあったか」

「昨日飲んできましたが、揶揄《からか》いすぎたかもしれませんね」

「程々にしておけ……と言いたいが、飲むのなら私も誘え。トゥーナの二十年ものがある」

「喜んでと言いたいところですが、殿下は都合が合わなかったじゃないですか。次はいつになるかわかりませんよ」

「ならば昨日呼んでくれたらよかったものを。お前達と酒を酌み交わせるなら抜け出すくらいした」

「申し訳ないですがそれは私がご遠慮したいですね。トゥーナ公に殿下を奪ったなどと恨まれてはたまりません」

「リリーは埋め合わせしてやればどうとでもなる」

「それは殿下が相手なら、です。私は何と言われるかわかったもんじゃない」

おどけて見せながら、知れずと笑みを浮かべていた。ライナルトは皇太子となっても二人を友人として扱ってくれる。性別や身分は関係なく、これまで培《つちか》った関係が三人を友人として留め、ライナルトが二人を大切にしてくれるために、ニーカもまた彼を大事に扱っている。

——昔はこういうところが素敵だと思ってたんだよなぁ。

昨日、モーリッツに妙な事を言われたせいだろうか。

うら若き乙女時代に思いを馳せると、じんわりと胸が熱くなる。

「……なにか喜ばしいことでもあったか？」

「鋭いですね。モーリッツからクワイック夫妻の動向を確認できました。なんとか安全な場所に誘導できるらしいです。いずれカレン殿の耳にも伝わるでしょう、よかったですね」

だがライナルトの表情は浮かない。

他になにか問題があるだろうか。次の言葉を待っていると、彼にしては珍しい言葉を吐いた。

「いまその話をして落ち込んだりはしないか」

モーリッツであれば眉を顰《ひそ》めた。何故ならライナルトが他人の気持ちを慮《おもんぱか》るなど見たことがない。ニーカもまた小さな驚きを宿していたが、これには柔らかく微笑んだ。

「落ち込みはするでしょうが、誰よりも気にしているのは明らかです。親友の両親が元気にしているとわかって、喜ばないわけがありません」

「お前がそう言うのならそうなのだろう」

鷹揚《おうよう》に頷くのは、ライナルトにはクワイック夫妻を案じるカレンの心情が理解できないためだ。

元々この皇太子は他人への共感性が著しく低い。ニーカ達の努力の甲斐あって常識をたたき込み、表面上は取り繕《つくろ》いもできるが、根本的な本質は変わらない。

「……妙な笑いをする」

「そりゃあおかしいですから」

いままで誰も気にかけなかった非人間が人間らしくなれば微笑ましくもなろう。

「なんだ」

「なにも？」

ライナルトは理解できない自身を惜しんでいない。悲しんでもいないし変わる気もないが、コンラートのカレンが絡むときだけは彼女の心情を慮るし世話を焼く。

ただ根本的に『人でなし』だから、モーリッツは益々顔を渋くするが、ニーカは違う。

「今度会いに行っては如何《いかが》です」

「理由もなかろう。私が顔を見せても苦労をかけるだけだ」

「大事な協力者の顔を見に行くだけでもいいではありませんか。私もエレナの顔を見られるのは喜ばしいし、頼みます」

「そちらが本命ではないか」

むしろ彼女にはライナルトの近くにいて欲しいと思っている。

まともな人はきっと彼の傍《そば》にいるのは耐えられない。彼の妹であるヴィルヘルミナ皇女が、キルステンのアルノーがライナルトから離れた理由を察しているように、ライナルトを知れば知るほど、彼の元にいられないと距離を取った者を多く見てきた。

だから彼女が必要なのだ。

ライナルトの傍に在るのは茨《いばら》の道だが、ライナルトがカレンを好ましく感じている。臆病で持たざる者ながら、誰かのために立とうとした彼女の生き方を貴いものとして捉《とら》えている。

ニーカが知る限り、カレンはライナルトの心を揺らした二番目の人だ。

過去のニーカに、そしてこれからの彼女では決して出来なかったことをやってのけた。この偉業を知る人は少なく、だからこそ貴重な存在だ。

ライナルトの変化を認めたとき、カレンの人生を犠牲にしてもいいとニーカは決めた。同時に、カレンがライナルトにとってかけがえのない人になった暁《あかつき》には命を賭けて守ろうとも決意した。

「悪い顔をしているぞ。モーリッツとなにを話してきた」

「なにも話していませんよ。ただ、これだけ長い付き合いなのです。私も殿下やモーリッツに染まってきたのかもしれないと考えていました」

「悪巧みをしているなら教えてもらいたい」

「ふふん。残念ながらこれは私だけの楽しみでして、殿下には教えられませんね」

『悪い人』の自覚が芽生え始めているが、さて、この仮面はいつまで被っていられるか。

ニーカはライナルトのお姫様になれなかったが、剣を持った己《おのれ》には誇りを持っている。

昨日酒杯を交わした友人の不満顔に心で返事をする。

――ライナルトを男としては愛せないんだよ、モーリッツ。

こんな男には到底付いていけない。

臣下として、友としてなら共に在りたいけれど、一人の男としては愛せない。

愛がいつか枯渇することに耐えられなかった、かつての自分が諦めた恋心に微笑んだ。

愛され四妃は気付けない

案内するんじゃなかった。

出会うんじゃなかった。

悔やんでも過去は戻らず、現在《いま》はなにも変わらない。

『山の都』を知りたがった珍しい客人が帰ると、昔を思い出し背もたれに身を預けた。

「……あのとき殺してやればよかった」

カールに初めて会ったのはナーディアがまだ若かった頃だ。

『山の都』の王族が追いやられた田舎の森に、ある青年が旅の者だと言って訪れた。

道に迷ったところをナーディアが見つけたのだ。

お互い目をパチパチさせながら見合った。

「その先は行ったら駄目よ。誤った道を進んだら遭難してしまうわ。もうすぐ夜になってしまうし、村に帰るのも難しいからうちにいらっしゃいよ」

「いや、でも、そうなると君の家に迷惑をかけるんじゃないか」

「お部屋ならたくさん余っているから平気。ほら、こっちに来て」

ぱっと見は冴えないが、優しそうな青年だった。一日泊めた後は、ただでは申し訳ないからと薪割《まき》りを買って出てくれて、そこから仲良くなった。一度は村を去ったが、翌年にはもう一度訪ねてきて、皆に歓迎されてまた屋敷に泊まっていったのだ。

その時、おそろしいことにカールは偽名を使っていなかったが、誰も彼がオルレンドル皇室の一員とは考えていなかった。その時は彼の名など広まってもいなかったし、有名でもなかった。なによりもはや細々と絶えていくばかりの『山の都』の末裔《まつえい》に興味を示すとは誰も考えていなかったのだ。

「ねえカール、オルレンドルには行ったことある？」

「あるよ。どんな話を聞きたい？」

「話を聞きたい……というほど都会がどんなものなのか知らないわ」

「なら私の知ってる限りの話でもしようか。学校を卒業するときは、男の子が必ず女の子を誘って踊らなきゃいけないって習慣があるのは知ってる？」

「なにそれ、知らない！」

カールは相手が興味を持つ話題を持ち出すのが上手かった。ナーディアはもちろん父も彼の話を面白がったから、なおさら歓迎されたのだと思う。反対に彼も、父が『山の都』の話をしたときは、それこそ大喜びで聞いていた。

こんな風にして青年はナーディア達に接触した。

その後も順調に回を重ねた五回目の訪問は、ちょうど幼馴染みと歩いているときだった。

「お久しぶりですカールさん、今回もしばらく滞在されるんですか」

「こんにちは！　今回は三日くらいにさせてもらおうと思ってるよ」

「あら、いつもより短いのね。お父様ったらカールが来ると活き活きしてるんだもの、もっと残ってくれたら良いのに」

「ははは、ごめんね。オルレンドルにある実家の方が騒がしいから、あんまり残れないんだ」

「うそ、聞いたことないわ。カールの実家ってオルレンドルにあるの？」

「一応ね。あまり好きじゃないんだが、実家は実家だ」

「そういえば向こうは新しい皇帝陛下が擁立されたってお父様が言ってたわ」

「田舎じゃ色々伝わるのも遅いからなぁ。カールさん、新しい皇帝はどんな名前の人なんですか？」

「知らなくてもいいんじゃないかな。他の後継者達と違って地味だし、君たちに聞かせるまでもない名前だよ」

そう言って苦笑していたか。都会の人って大変だなあ、と幼馴染みと話していた記憶がある。しかし今回の滞在日数が短いなら、父は落ち込むが母の機嫌は良くなるだろう。ナーディアの母は何故かカールを好いていないが、理由が「なんとなく」だったからハッキリしていない。

ただそれは大人達の話。まだ大人の責任を負わなくても良い彼女は朗らかに青年に語りかけていた。

「カールはとっても運が良いわ。帰る頃には村中を上げてのお祭りがあるから、楽しんでいって」

「お祭りか……うん、それは良い時期にきたかもしれないな」

こんな風に誘ったのは、いつも明るいカールの表情が冴えなかったからかもしれない。元気がないと言おうか、始終落ち込んでいるから父が心配したが、ナーディアはカールに構えなかった。

理由は、このとき一緒に歩いていた幼馴染みがどうやら自分を好いているらしい、と幼馴染みの弟から聞かせてもらったからだ。ナーディアも同じ想いだったから毎日浮かれ気味で、もしかしたらお祭りの日に告白してもらえるかもと淡い期待を抱いていた。

実際お祭りの日は彼女の望み通りになったし、父母も喜んでくれた。両親はもはや王家としての高貴な血より、娘の幸せを願っていたのだ。

幸せいっぱいの日常が崩れたのがお祭りから一月後。

夜明けに村が急襲され、ナーディアの屋敷もわけもわからず襲われた。一家や使用人に至るまで全員が捕らえられ、後ろ手に縄《なわ》で縛られ膝《ひざ》をついた。

「オルレンドル正規軍が、なぜ」

父の発言に全員が目を剝《む》いた。その間にも目の前で使用人達が斬《き》られ、悲鳴があたりに木霊《こだま》する。

残りわずかとなったところで、ある男が姿を現した。

「終わったか」

誰もが目を疑った。人々に傅《かしず》かれながら現れたのは、あの気さくな旅人だ。真っ先に状況を把握したのは父だったが、カールに暴言を吐いた瞬間に首が飛んだ。

「いやああああああ！　お父様、お父様!!」

ナーディアの悲鳴が響く。皆が恐怖に涙したが、それをカールは冷たい目で見下ろし、父の首に言った。

「山の都リトの名は歴史に残させぬ。王族ならばその覚悟とてあったろう。私の意に従い滅びよ」

家令に手が掛けられた。次は母の番だというときに、陰から飛び出してきたのはナーディアの幼馴染みだ。

「ナーディア！」

恋人を救おうと身を乗り出した青年は、次の瞬間には背中から斬りつけられた。

ナーディアはもはや泣き叫ぶことしかできずにいると、唐突に母がカールに頭《こうべ》を垂れた。

「カール皇帝陛下。どうか娘だけでも生かしてはいただけないでしょうか」

額を地面に擦りつけ懇願を始めた。母が語るには、たしかに自分たちは山の都の子孫だが、その神秘は失われて久しい。もはや娘であるナーディアにもその歴史を伝えるつもりはない。隠してある書物や伝承はすべて帝国に渡す。代わりに彼女だけでもどうか……と矜持《きょうじ》を捨てて懇願した。

まるで通る主張とは思えなかった。しかし、なぜかカールはこの願いを聞き入れ、ナーディアどころか母までも生かしておくことにした。

ただしナーディアはオルレンドル帝国に、母はどこかへ幽閉だ。ナーディアは嫌がったが、母に説得され泣く泣く聞き入れた。

別れ際、母は娘の頬《ほほ》を両手で包みながら言った。

「よくお聞きなさい。どこにいようとも、母は貴女を愛しています。母の代わりにこのサンドラを付けますから、彼女を第二の母と思い、言うことをよく聞くのですよ」

「お母さま」

「たとえ今生《こんじょう》の別れであろうとも、山の都リトの子孫として気高く生きなさい」

この時、母が浮かべていた笑みの意味を若いナーディアは知らなかった。

こうして彼女はオルレンドル皇帝カールの側室になることを余儀なくされたが、そこからはただただ辛い毎日だ。

好きでもない男の所有物にされたのだ。後ろ盾を持たないナーディアに皇后や他の側室達は辛く当たったし、恥を掻《か》かされた回数なんて数え切れない。

一時期は自殺も考えたし、山の都の知識に頼ろうと怪しげな儀式に手を染めた。この世を呪いもしていたが、生きていれば良いこともあるもので、ナーディアに嫌がらせをする人たちは悉《ことごと》く宮廷を去るか死んでいった。宮廷の奥深くに逃げ、平穏を摑んだときには、少なくとも表面上だけはカールとも普通に顔を合わせられるようになった。

平穏は諦観《ていかん》ゆえのものだったのかもしれない。もはや縋《すが》れるのは、どこかに幽閉されている母からの手紙のみだ。返事をしたためることだけがナーディアの生き甲斐だったのに、それすらもカールは踏みにじった。

ある暑い日だった。

皇帝主催の催しにナーディアも顔を出した。暇《ひま》を潰して適当に帰るつもりでいたら、人気《ひとけ》の無い場所で、ある士官に引き留められたのだ。

カールは彼女が他人、特に男と話すのを許さない。自分のせいで誰かが死ぬのはこりごりで、無視しようとしたら士官は言った。

「ナーディア、ナーディア姉さん」

面影《おもかげ》に覚えがあって見つめていると、やがてその正体も明らかになる。

「嘘、まさかシモンなの？」

「そうだよ、ナーディア姉さん。やっと、やっと会えた……！」

故郷の村で亡くなった恋人の弟だった。

二人は再会を喜び、その後は慎重に逢瀬を重ねた。そこで知ったのは彼がいまもカールに憎悪を抱いていること、そして母がすでに死去している事実だ。

ナーディアは母の死を認められなかった。何故なら彼女はいまも母から手紙をもらっているのだ。

泣き叫ぶ彼女に、悲痛な面持ちを隠せないシモンは言った。

「ごめん、でも本当なんだ。私はあの時、村から離れていたのと、兄さんのお陰で生き残って……。何年か経ってやっと、奥様の幽閉先を見つけることが出来たから会いに行ったんだけど……」

そこに人は住んでいなかった。ただナーディアが連れ去られた頃に、ある貴人の女性が輸送されてきた事実は摑んだ。気になって調べてみると、その女性は輸送後半年足らずで死んでいる。

木に括《くく》り付けられ、生きたまま焼かれたのだ、とシモンは言った。

このときになって、ナーディアはようやく母の笑みと言葉の意味を理解した。

「私たち兄弟は旦那様や奥様によくしてもらってた。だから、せめてこれを君に届けたくて……」

渡してきたのは瑪瑙《めのう》の指輪だ。それは父が母に贈った婚姻の証《あかし》。夫婦が身につける指輪は山の都に伝わる風習だった。

シモンは証拠を見つけるために母の墓を暴いたのだ。だがそれに怒る気力は無く、ナーディアはさめざめと泣いた。すべてが嘘で塗り固められた日々に絶望したのだ。

「すまない。君に届けるかはずっと悩んだんだ」

シモンはそんな彼女を抱きしめ、ともに泣いた。

カールに大事な人を奪われた者同士だからか、いつしか愛も育むようになった。この時点ではナーディアはいっそ知られても良い、シモンと共に死んでも構わない心地ですらいる。

だが不思議とカールは彼女の裏切りを疑わなかったし、彼ご自慢の『箱』もナーディアの裏切りを告げ口しなかった。彼女は後宮で微笑む裏で恋人が反乱組織を結成する手助けを行い、援助した。シモンが軍を辞めたときは寂しかったが、いつか迎えに来るという言葉を信じ、いまもこうして生きている。

だから今夜のように、もはや夜になってカールが訪ねてきても心は動かされない。

カールはコンラート夫人について尋ねたが、興味の持てない人物に仕立て上げる話し方は心得ている。

「ふん、お前は相変わらず私を拒絶するな」

「なんのことでしょうね。陛下はいつも不思議なことをおっしゃるから、わたくし大変です」

「まあいい。それよりも、お前は死について考えたことはあるか」

「そんなものは幾度でも。けれど陛下に話すようなことではございません」

「私はいくらでもあるがな」

「皇帝陛下ともあろう方が恐ろしいことを口になさいますね。そうおっしゃるからにはどのようなお考えがあるのでしょう」

「私の死を誰が運ぶかだ」

「……本当に不吉ですのね」

「まあな。だが余の守りは鉄壁だろう、実現するとは思えんし、思えぬからこそ口にも出来る」

「では陛下のお考えでは誰が陛下の死を運ぶのでしょう」

オルレンドル皇帝を相手に不遜《ふそん》の極みだ。このような問答、たとえ皇后であっても許されないが、カールはナーディアに対してだけは不吉な問答を許し、好む傾向がある。

「わからぬ」

「わからない？」

「見通しが立たぬからこそ人生なのだ。私でもわからぬものくらい存在する。だがもしその時が来たとして、さて、皇帝としての余はともかく私として認めてやらんでもない相手くらいはいる」

「陛下にしてはお心が広いのですね。ではそんな許しを得ている幸運な方はどなたでしょう」

「お前の他に誰がいる」

「ご冗談がお好きですこと」

カールの話など真面目に受け取るだけ損だ。

話を聞き流し、男が一夜を明かす準備のために席を立つ。

その背中にカールの視線が刺さる。

ナーディアはもう気付けないが、男がまだ青年だった頃、ただの旅人に扮《ふん》していられた時の眼差しがそこにある。

気付かれることは一生なくとも、いつまでも送り続けるのだ。

死が二人を分かつまで、永遠に。

黒鳥は欠陥を愛おしむ

それはいつも考えています。

それはいつも宿主に共感を示し、宿主を大事に思い、宿主のためになる行動のみを考えます。

それの素《もと》を作り上げた魔法使いは言いました。

『いいこと。わたしはお前に自由意志を設けない。設ける必要もないからよ』

それはプランカルキュールの付属品として作られたおまけです。

『万が一お前が活動を始めた場合、それは宿主が危険に晒《さら》される可能性が高くなるってこと。わたしの想定する宿主は……はぁ、魔法使いの才能がまったくないわ。お前の性能が百パー生かされる可能性は限りなくゼロに近い。正直起動できるかも不安だわ』

生まれる前のそれに指示を出します。

『でも、お前はプランカルキュールと一緒に眠らせておく。目覚めたあとの活動は自由だけど、邪魔をしないことだけは心得ておきなさい。優先するのは宿主の生命と、次に『箱』の破壊に必要な魔力を蓄《たくわ》えさせることよ』

簡単に指示を与えてそれを小さな容れ物に閉じ込めました。

『あの子の心に添って、辛いときは慰《なぐさ》めてやって。盾となり爪となって、守ってあげて。あの子はとても鈍いから、そうと思ったときにはすぐに動けるように。……怖がらせないでね？』

それは製作者の言葉をいつまでも覚えています。

容れ物が壊れた後、それは思考しました。

仮の名前で呼ばれていたあれが宿主を得ました。仮の名プランカルキュールから名無しになった時、ひっそりと流れ出た情報から『守りやすい』形態として辿り着いたのが鳥です。

宿主を「慰め」「怖がらせない」ため、それらを統合した結果、形作られたのは丸々と太った小さな鳥なのでした。

製作者の言うとおり、宿主の魔力は少なく、必要な動力が足りません。それは常に最小限の動力で動きます。

「オマエは一体なんなのかしらね？」

名無しから個体名『ルカ』になったあれにつつかれます。

宿主と同形態となることに『喜び』を覚えたのでしょうか。指で弾かれれば、それは簡単に床に転がります。

俊敏に動きたくとも、動力となる魔力は必要最低限。製作者の命令を忠実に守るそれは『万が一』に備えて力を蓄えているものの、無駄に宿主を消耗させる真似はしないのです。

つまるところなにも反抗できないのでした。

ごろごろと転がり、床にぽてんと落ちると、ある生き物が姿を現します。

「あ、ちょ、シャロ！　持って行っちゃ駄目だってば、黒鳥は玩具じゃないのよ！」

宿主が叫ぶも、シャロと呼ばれた生き物は『黒鳥』と呼称されるそれを咥《くわ》え運びます。

「クロなら持っていく程度だけど、シャロは遊ぶものねえ」

「ちょっと、誰かシャロを捕まえてー！」

しかしながらこの生き物は便利でした。なぜならこの生き物は素早く、黒鳥に様々な視覚的情報を与えてくれます。たとえつつかれ撥《は》ねられようともダメージはないため、黒鳥は自由にさせてやっているのでした。

宿主の悲鳴につられてか、足早になるシャロは人々の足の間をくぐり抜けます。白い服を纏《まと》った料理人がぶつかりかけ「おっとっと」と脚を持ち上げるのです。

「いつも自由だねえ」

自由にさせているのは猫だけです。黒鳥は常日頃、宿主が危険に晒されれば爪を出せる心構えができています。

草むらに投げ出されると、誰かに拾い上げられました。

それは黒鳥を捕まえると上機嫌で頬《ほお》ずりし、謳《うた》うように笑い出します。

宿主の身の回りの人間はすべて覚えています。これはその中で最も敵意を感じさせない個体なのですが、その周りに居た小さな生き物は記録にありません。

「チェルシーさん、それなーにー」

「ちっさい鳥だ！　なにこれ、ねえおかーさーん！　猫がへんな鳥を持ってきたー！」

性別は雄ですが、身長体重からして幼体でしょう。

お母さん、と呼ばれたのが親に当たるのですが、該当個体はゾフィーの名で記録があります。宿主の身近な存在なので敵ではないと判断しました。

「おまえ達、他人様《ひと》のお家で騒ぐんじゃないの、迷惑になるでしょ……！」

「いやぁ大丈夫じゃないですか。その黒鳥、すんごいのんびりしてますし、どれだけ撥ねても伸ばしても平気じゃないですか」

「ハンフリーさん、そういうわけにはいかなくてですね」

「カレン様も自由にさせてるし大丈夫ですよ。それよりも、もうすぐヴェンデル様の着替えも終わると思います。お子さん達が食べたら駄目なお菓子ってありますか」

「いや、そういうわけには……ただでさえ面倒見てもらっているのに！」

「まだ仕事長引くんでしょ。お子さん達も早く学校が終わってお腹空いてるだろうし、食べてた方がいいですって」

「……面目ない」

「使用人さんが来られなくなる時くらい誰だってありますって。平気平気、ふたり増えた程度じゃリオの負担にはなりませんて。それにこの間、ふたりが上級生に絡まれてたヴェンデル様を助けてくれたんでしょ」

「助けた助けた」

「あいつら嫌なヤツだったしね。おれの友達も靴を取り上げられたってこないだ泣いてたしー」

「わかってるから、お母さんちゃんと知ってるから黙ってなさい」

ゾフィーは渋い顔をしています。

「うちだってお礼させてもらわないと、ウェイトリーさんに叱られちまう」

「しかし、こうしてハンフリー殿やチェルシーの手を煩《わずら》わせて……」

「……どっちかというと、チェルシーは見てもらってる側じゃないかな。それになんか知らないですが、ほら、彼女ずっとご機嫌ですよ？」

その間にも黒鳥は幼体達の手によって縦へ横へと伸ばされますが、やがて飽きたのか、あるいは焼きたてパンケーキの魅力に惹かれて去って行きます。

残された黒鳥をひょいと摑んだハンフリーが笑いかけました。

「おまえも大変だよなぁ」

そう言って黒鳥を宿主のところへ戻してくれました。

消費を抑えるためにも黒鳥は宿主の影に戻ります。消費魔力を下げるため、所謂《いわゆる》「眠り」につく黒鳥ですが、その一方で宿主とパスを繋ぐことは忘れていませんでした。

いまは焦りが伝わってきます。

「マリー、マリー助けて！」

「ちゃんと聞いてるわよ、なんで猫が上がってくるってわかってたのに服を置いちゃったのよ」

「インク瓶倒すなんて思わないってば！」

衣類を摑み、半泣きで懇願する姿が伝わります。

「お願いもう一回組み合わせを考えて」

「適当にしなさいよ。いつもそういうの教えてるでしょ」

「いまから宮廷に行くんだってば、下手な格好はしたくないの！」

「……ああ、そういうこと。はいはい、じゃあ改めて見直しましょうか」

もう一人の魔力提供者に会いに行くなら好都合でした。多少なりとも近くあれば徴収率は上がります。なにより宿主はもう一人の提供者に会いに行くときは機嫌がいい。黒鳥は宿主ではありませんが、多少なりとも宿主と繫がっているので「好き」には普段よりも強い、えもいわれぬ落ち着きを感じるのです。

さて、宿主は相変わらず悲鳴を上げていますが、ひとまず危険はなさそうでした。しかし提供者に会いに行くとなれば警戒を続けた方が良いでしょう。何故なら製作者が宮廷を嫌っていたからです。また宿主もあの建物に住む人々を苦手としています。

黒鳥に与えられた役目はただひとつだけ。

そのひとつを守るために存在する黒鳥ですが、ふと、らしくない致命的なエラーを吐き出します。

――辛いときは慰めてやって。盾となり爪となって、守ってあげて。

前者はクリアしているでしょう。宿主に可愛らしいと言われるフォルムは、宿主の意識を読み取り好みに仕上げたのだから当然です。しかし問題は盾と爪。この丸く小さい形は盾になるには叶わず、爪もありません。

では『万が一』の時はどうしたら良いのでしょう。

守る、とは即ち威嚇《いかく》です。

宿主に手を出す不届きな者に、まずは見た目から伝えねばなりません。

黒鳥は『その時』が来たら身体を大きくすることにしました。宿主に負担はかかりますが生命優先です。また自らが宿主のものだとわからせるために、鳥の形状は変えないことにしました。

周囲を見渡すために大きな目も必要です。頭部の殆《ほと》どは目にしましょう。複数個の目にするか、後頭部にも設けるか黒鳥の中で検討されましたが、最終的にひとつになりました。分裂もしますが頭部に複数個備わった眼球は「気持ち悪さ」の観点から宿主を不快にさせる恐れがあったためです。

足の先端には鋭い爪を生やします。

これで柔らかな皮膚など簡単に切り裂けるでしょう。

嘴《くちばし》は肉体を真っ直ぐに貫きます。

人であれば心臓を抉《えぐ》られればすぐに死ぬでしょう。

中身まで鳥類を参照する必要はありませんので、咥内《こうない》を考えました。

結果、哺乳類の歯を採用します。理由は威嚇が不足していたためでした。鳥の形状に哺乳類の歯が揃えば、開口形態は人間に畏怖を与えるでしょう。隠れた部位であれば宿主も怖がりません。

緊急時の形状が仕上がりました。

あとはこの形態に必要なだけの魔力を蓄えるだけ、製作者も満足の結果となるはずです。

黒鳥も与えられた役目を全うできるでしょう。

「あら、なんだかご機嫌そう」

影から出た覚えはありませんでしたが、いつの間にか宿主の膝《ひざ》に乗っていたようです。

感覚はありませんが、額や頭を撫でられるのは悪くありません。

「コイツ、なんだか一仕事やり遂げたって顔してるわ。不愉快ね」

「この子なりになにかあるんでしょうし、そういうこと言うんじゃありません」

「マスターは妙にこいつに甘いわね。ワタシにとっても得体の知れない生き物だってわかってる？」

「そうかもしれないけど、エルが残したんだから悪いものじゃないはずよ」

ルカは黒鳥の正体が摑めないから不満なのでしょう。しかし黒鳥は気に留めません。これは製作者が意図的にルカに知らせなかったもの。ただの防衛機構です。ルカほどの思考力を持ちません。また自らの存在は『箱』に影響しません。ルカはルカの命令だけを実行していれば良いのです。

「ほらー、ルカにも懐いてるし」

「最近こいつうざったいのよ。いちいちすり寄ってくるのは止めてほしいわ！」

ただ、ただどうしてでしょう。

黒鳥は時折原因不明の故障を起こします。

製作者が不手際を起こしていたのか、それとも宿主に問題があったのかは不明です。しかしながらこの欠陥が『辛いときは慰めてやって。盾となり爪となって、守ってあげて』の命令に背くエラーかと問われれば否でしょう。

ゆえに黒鳥は欠陥を放置することにします。

なぜなら気持ちいいからです。もちろん黒鳥にそんな感情・感覚は備わっていませんが、奥底に揺蕩《たゆた》う魔力の核が「このままがいい」と導き出しました。

黒鳥は修復を拒みました。

欠陥はいずれ黒鳥を蝕《むしば》み製作者の命令を拒むでしょうが、それは少し先の話。

作られしものとしては失格でも、生物としてなにかを得た生き物なのでした。

裏取引はしなやかに

「つまらないわー」

独り言は雑踏にかき消されなかったことにされる。

軽食が売りの飲食店、そこの二階席に座ったマリーは道を行き交う人々を眺めながら頬杖《ほおづえ》をついていた。

特になにかしているわけではない。家にいるのも暇だから抜け出してきただけで、この店も初めて見かけたから入ってみた。ファルクラム時代だったら決してできなかった行動を、いまの彼女は難なくこなしている。

コンラートの世話になってはや数日。

カレンには程よい量の仕事を与えると言われたが、実際はもう少し忙しかろうと踏んでいただけに、約束が守られるとは思っていなかった。予想以上にコンラートの人々は労働条件の遵守に真剣で、休息を重視している。それは意外にも当主代理であるいとこが念押ししており、充分な給与、休みを与えるのは絶対なのだとクロードが語り、驚いた記憶は新しい。

クロードの元にいると色々情報が入ってくる。

一時コンラートの評判は右肩下がりだったものの、働きたいと考える人間は多い。新しい人員を募集した折は申し込みが絶えなかった、とクロードがぼやいていたくらいだ。

――そんな才能があるようには見えなかったのに。

マリーにとってカレンは子供時代は可愛くない子供、少女時代は可愛いのは顔だけの、大人の顔色を窺ってばかりのいけ好かない子だ。絶対ろくな大人にならないと思っていたのに、蓋《ふた》を開けてみれば、いまやファルクラムだけでなく帝都を騒がせる時のコンラート夫人。壊滅した家を立て直し、ファルクラム随一の出世頭として頭角を現した。噂では帝都で立身出世を目指す人々はコンラートの恩恵にあやかろう、あの家のような出世を目指せ、などと口にしているのだとか。

ただこれは良い方の噂だ。悪い方だと夫を売り、幼い子供を残したコンラートを乗っ取った挙げ句、皇太子を誑《たぶら》かした妖婦と囁《ささや》かれている。最近はバッヘムの跡取りの一人を陥落したとか。オルレンドル皇帝陛下のお気に入りとも噂が流れたから、なおさら両評判がついてまわるだろう。

さて、そのコンラート夫人だが現在独身だ。

たとえ皇太子の愛人と噂されていようと妻にしたいと思う人間は多い。

むしろ彼女には愛人関係を継続してもらい、その上で結婚を申し込みたいと考える不届き者さえいる。これはカレンどころか義理の息子にまで及んでいて、次期当主たる少年の妻として、上は三十から、下は生まれたばかりの娘との縁組を申し込む帝国貴族がいることだ。当主代理のカレンはヴェンデルに当主の座を渡さず、そのまま乗っ取るはずだと見ている者も多い。

「こういった不届き者はヴェンデルの後見人となり、いつか当主代理を蹴落《けお》としてコンラートを操ってやろうという算段なのだろうな」

親切に教えてくれたのは帝国貴族の背後関係に詳しいバダンテール調査事務所元所長クロードだ。

「なにを見てカレンとヴェンデルの仲が悪いって決めつけているのかしら。あの二人が喧嘩《けんか》したって、半日口をきかないのがせいぜいよ」

「そうあればいい、と思うのが人間だからね。あるいは己《おのれ》の周りの人間関係が侘《わび》しいか、もしくは仲《なか》違《たが》いさせる自信があるかだが」

「なんにせよろくな人間じゃありませんね」

「ごもっともだ。少なくとも幼い少年に未亡人になった娘や物心ついていない子供を差し出す親は仕事でも繋がりたい人間じゃあない」

ひとつの縁談で今後の仕事にも影が差してしまったと知ったらどんな顔をするだろうか、なんて考えてしまうマリーである。

「クロードさんはコンラートに肩入れされましたけど、調査事務所の収入は減ってませんの？」

「なんのなんの、これまで培《つちか》ったお客様との信頼関係や仕事への情熱は皆さまから保証済みさ。なんとかやっているとも」

「元所長は家賃収入があるから安泰でしたっけ」

「うむ。老後も金に困ることはないな」

「気のせいかしら。このお爺《じい》さん、実年齢を間違ってらっしゃるように感じますわ」

「はっはっは。コンラートの後任が育てば私も楽ができるんだがなぁ」

これは後に二代目所長から聞いた話だが、前所長が皇太子派となり遠のいた客分を差し引いても、おつりが来るくらい賑わっているらしかった。

「ついてはマリー嬢。君もよければ本格的に働いてはどうかな。貴女は教養もあるし人を惹きつける魅力も備わっている。第一線で活躍できると思うのだがどうかね」

「お誘いは嬉しいけど、私、自分で稼ぐより人のお金で楽しく暮らす方が性に合ってますの」

「そうかそうか。なら是非いい男を見つけてくれたまえ。できればコンラートに敵対しないようなのを頼むよ」

悪いお爺さんだが、その分マリーも働きやすい。

コンラートもだが、クロードも仕事さえこなせば、多めに休憩を取ろうが小言を言ってくる人ではない。これはマリーの働きぶりにもよるのだが、ともあれ「暇だしお茶してこようかしら」と出かけて来たのだった。

そんな彼女に近寄る影がある。

「失礼、迷惑でなければ隣の席をよろしいだろうか」

空席はあるのにこの言い様。無論、男の意図が読めないマリーではないから笑顔で応対した。

身なり、仕草、笑顔と雰囲気。

そしてなにより顔が良い。

あの顔が良いだけの無愛想な皇太子とは正反対だ。

これはいい男を捕まえたとほくそ笑んだが、それも数十秒で終わった。

相手の顔に見覚えがあったせいだ。

「……間違ってたらごめんなさいね。もしかして噂のリューベック家のご当主でいらっしゃる？」

「おや、ばれてしまった」

「あらぁ」

わざとらしく驚いてみせたが、直後に内心で舌打ちした。リューベックがコンラートに執着しているのは噂で知っている。つまりこの男はカレンに用向きがあってマリーに声をかけたのだ。なにが悲しくて、恋を求めている最中にいとこの恋のキューピッドをせねばならない。

しおらしさはどこへやら、堂々と足を組んであからさまな溜息を吐《つ》いた。

「ご当主ならわかってらっしゃると思いますが、コンラートの対応は私ではどうにもなりませんことよ」

「ただお美しい女性がいると目が奪われた。それが貴女だっただけの話ですよ」

「お上手ですこと」

リューベックには気をつけるようコンラート内で注意が回っていたが、まさか自分に接触してくるとは予想外だった。驚きはしたものの、感触として気分は上々だ。いい男から「美しい」と褒めそやされてむくれるマリーではない。

リューベック家当主は自らも注文を行うと世間話をはじめたが、そこにカレンに関する質問はない。好感度を稼ぐ魂胆《こんたん》は見え見えだが、そういった積み重ねは嫌いではない。リューベックは順調に段階を踏んでマリーの機嫌を担いだ。マリーも乗せられているとわかっていつつ男のおだてに乗ったのだ。

「殿下は相変わらずコンラートに出入りを？　ああ、これは探りではありませんよ、単なる興味本位です」

「リューベックさんほどの方となれば、私がコンラートに深く関わっていないことくらいご存知でしょうし、そこは疑いませんわ。ええ、相変わらず良い関係を築いているようです。それ以上のことはわかりませんけれどね」

「悲しい限りですね。彼女にはずっと好意を向けているのですが、いまだ振り向いてもらえない」

「あの子は男を見る目がありませんから、リューベックさんの良さに気付けないのではなくて？」

言い方に棘《とげ》がある。いまではいとこが悪いとは思っていないが、カレンの周りの男性として即座に浮かんでくるのはライナルトだ。そしてマリーはライナルトに良い感情を持っていない。

理由？　もちろん無下《むげ》に振られたからだ。

あのとき受け入れられる理由が無かったにしても、もう少し断り方があったはずだ。乙女心を傷つけてくれた男には勝手ながら恨みがある。

「失礼ですけど、リューベックさんはどうしてカレンを好きになったの？」

「……ある出来事を通して彼女の心根に惹かれまして、この人しかいないと思った次第です」

「まっ」

「いい年をした男が年下を相手にとお思いでしょう。しかしながら、できることなら無理強いすることなく彼女に振り向いて欲しいのです」

「まあ、それなら直接会いに行ったらよろしいのに」

「彼女がどれほど大変だったかは知っているつもりです。できるなら直接お会いしたいが、都合が合わない日が多い。それに彼女は私を避けているので、そんな中に会いに行っても嫌われてしまうだけでしょう」

「あら、あら……」

カレンについて語る男は女慣れしていながらも、どこか純情な面差しがある。

このときのマリーはコンラートに属しているものの、自らコンラートの深層部に関わるのを避けている。カレンが皇太子派に属している真の理由や目的、またリューベックがオルレンドル騎士団第一隊の副長だとは知っていても、どれほどコンラート襲撃に関わっていたかを知らない。

気になることは多い。しかし怪しい雰囲気は感じ取っても、マリーは危険に飛び込まず、上手に避けたのだ。コンラートの人々もそのあたりを察し、わざと彼女に話題を振っていない。

従ってリューベックとカレンの関係を恋路や皇位争いのいざこざの一部と考えていた節があり、そのため男に対しても同情的だった。皇太子よりも好感触だったといっても差し支えない。

「私に出来ることはないけれど、よければカレンが断りにくいお誘いの仕方とか、好きなものでもお教えしましょうか？」

「マリー嬢、それは私は嬉しいですが、貴女の立つ瀬がないでしょう」

「やだ、だから内々によ。私は今日誰にも会わなかった、そうするだけでしょ？」

茶目っ気たっぷりに笑うマリーに、男もまた笑った。

「なるほど、そういうことであれば喜んで伺いたい」

こうしてマリーはいとこの情報を渡した。渡したと言っても好きな色や食べ物、普段可愛がっている猫の話をしたくらいだが、最後にこうアドバイスしている。

「あとねえ、あの子、待っていても無理な性格よ。やるならこう……壁にでも追い立てて、逃げ場を奪って一気に押すくらいしないと絶対意識しないわ」

「ふむ。……あまり威圧的になるのは好きではないのですが」

「そこはリューベックさん次第じゃない。その後については責任は持てないわよ」

「わかっていますよ。貴女に責任を押しつける気はありません」

にこりと笑うと雑談に戻ったが、去り際、男はテーブルの上にスッと手を置いた。

「あら、これは……」

「楽しくお話しさせてもらったお礼ですよ」

大粒の金剛石《ダイヤモンド》に真珠があしらわれた胸飾りだ。これひとつだけで中古の家を丸々ひとつ買える価値があり、一瞬マリーは考えた。

「……返しませんわよ？」

「結構。私と貴女は次が初対面です」

くれると言ってる物を返すほどしおらしくもないし、善人でもない。

宝石を懐《ふところ》にしまうと、一言も交わすことなく別れたが、帰り際に乾いた微笑みを浮かべていた。

「……驚いた。あの子って男運も悪いのねえ」

にこやかで相手を気遣える男だと思っていたが、マリーは間違えてしまったらしい。

ただ金払いの良さだけで判断したのではない、どこがどうおかしいと説明はできないのだが、これは最初の夫で鍛えられた勘だ。

去り際のリューベックの瞳を見た。

一瞬だが、男の目にあったのは『関わっては拙《まず》い部類』のなにかだ。前夫はただの好色家だったが、それとはまた違う狂気の色を孕《はら》んでいる。

しくじったと唇を尖《とが》らせるが、かといってもらった胸飾りを返す気はない。

様々考えたが、悩んだ時間は少ない。ああいった手合いはマリーのことを口外しないし、胸飾りひとつに拘《こだわ》ったりもしないだろう。

もしかしたら今後カレン好みの贈り物が届くかもしれないが……といった予想が立ったが、これはしばらく経ってから実行された。

「なんで私の好みをリューベックさんが知ってるの」

などと渋面になっていたが、マリーは女優顔負けの演技で知らない振りを通した。

詫《わ》びといってはなんだが、いとこの嘘の予定を外に流し、リューベックと遭遇しないよう工作した働きは誰にも知られていない。

マリーとリューベック、誰も知らない秘密の邂逅《かいこう》だった。

遺灰を届ける手

「思ったより山奥なんだな」

山道で額の汗を拭《ぬぐ》っていた。

以前の体なら気候や荷の重さとは無縁だが、いまの肉体は限りなく人に近くしている。在りし日の感覚を取り戻すためなら、多少の苦労と疲労は受け入れていた。

整備された道を逸れると細い道がある。人の手が入っているのは一目瞭然だが、隠されているために目をこらさなければ見つけるのは難しい。

緩やかな坂道をのぼりおえると、木々の合間にぽつんと家が姿を覗かせた。石と煉瓦《れんが》造りの古びた家屋だが、頑丈さは疑う余地もない。近くには湧き水を溜める小さな池と畑が作られていた。

散らかった農具を尻目に玄関を目指す。

強いノック音、わざとらしい大声で家人を呼び出す。

「こんにちは、誰かいませんかぁー！」

反応が返ってくるまでかなり待った。

その間にもシスは「あれぇ？」などと声を出し、無害なフリを演出する。

無論、彼の手腕であれば鍵を開けることなど造作もないが、そうしなかったのは家人を怯えさせないためだ。

　やがてキィ、と音を立てて扉が開く。おそるおそる顔を覗かせたのは中年の男性だ。『視《み》ていた』頃より数ヶ月も経っていないのに大分老けている。

「あんた、なにか用かね」

「あーすみません。僕、見ての通り旅の者なんですけど、町の人にここに住んでる人がいるって聞いて。そんで住んでるなら山に詳しいと思ってお訪ねしました」

「…………うちにはなにもないが」

「違うんです違うんです。売りに来たんじゃなくて、こういう花が群生してるんなら場所を教えてもらえないかなって。もちろんタダじゃなくて、薬やお金と交換です」

　冊子を取り出すと手書きの草花の絵を見せる。使い古した冊子は薬師《くすし》の母を持っていた、友人の少年から借りた物だった。

　絵をまじまじと見つめる男性はゆっくりと警戒を解いていく。

「あんた、旅人っていったけど、もしかして薬師さんかい？」

「一応そういうことをやってます。あ、これでも結構年いってるんですよ」

「うちの場所を聞いたと言っていたが……」

「薬の原料探してるって相談したら紹介してもらいました。はげ上がってる商人のおじさんです」

「ああ、あの人か。……そうか、あの人の紹介なら大丈夫かな」

　人懐《ひとなつ》っこい笑みを浮かべると、男性は明らかにほっとした様子で扉を開けてくれた。

　家の奥には同じくぎこちない微笑を浮かべた女性がいて、彼女が男性の妻だ。

「花の群生地なら案内できるよ」

「ほんとですか！」

「案内してあげよう。ただ、申し訳ないがうちは薬に困っててね。交換って形にさせてもらいたいんだが、いいかね？」

「もちろん！　材料が足りなくて困ってましたし、この際だから奮発しますよ」

普通であればもっと疑うところだが、このあたり夫妻の朴訥《ぼくとつ》な人柄が表れている。

群生地に案内してもらうと、男性も採取を手伝ってくれるが、武器を持っていないのかと尋ねてきた。武器を所持していないのは夫妻に警戒させないためだったが、素直に言うはずもない。

この時にはすっかり敬語も取れていた。

「小さなナイフくらいはあるけど、おっきな刃物になると扱いかねるし持たないんだよね。僕みたいなのは商隊に同行させてもらうのが一番だよ」

「おいおい、気にしてらっしゃるんだから本人の前で言っちゃ駄目だぞ」

「知り合い繋がりで良くしてもらってるんだー。はげてるけどいいおっちゃんだよね」

「安全面を考えるとそれがいいのかもね。ああ、それであの人とも知り合いだったのかい」

嘘は言ってない。

モーリッツの息が掛かった商人が行き場のなかった夫妻を拾い、町とこの家を紹介した。

「おじさんたちもよくこんな山奥に住んでるよね。足腰大変じゃない？」

「あー……大変は大変だが、山の暮らしに憧《あこが》れててね。ここは静かでいいところだよ」

「そっかそっか。まあ町は人混みがうるさいもんね」

「そんな感じさ」

嘘だ。夫妻は町で店を営むくらいには人々と話し笑い合うのが好きだった。こんな場所に籠《こ》もっているのは、大罪人となってしまった娘の存在が発覚するのを恐れているためだ。

しかしいまのシスはただの旅人。男性の乾いた笑いには気付かないふりをする。

「買い物とか苦労しない？」

「商人さんが気遣って、うちによく人を寄越してくれるんだよ。おかげでこうして生活できているのさ。今回もこれが薬の原料になるとわかったから、次から売れるかもしれない」

「そりゃよかった。ありきたりな花だけど一定の需要があるんだ。役立てておくれ」

採取が終わる頃には日も暮れようとしていた。

合間に男性と話を弾《はず》ませたシスは、こう誘われる。

「いまから山道を辿って帰るのは大変だろうし、よかったらうちに泊まっていくかい」

「そんなこと言われたらお言葉に甘えちゃうよ」

「いいよいいよ、久しぶりのお客さんだもの。……それにしても、思ったより群生してたなあ」

不思議そうに呟《つぶや》くが、あらかじめ細工をしていたから当然だ。

家の中はこぢんまりとしていたが、手作りの家具や小物が備わりあたたかみがあった。振る舞われた手料理には喜んで舌鼓《したつづみ》をうち、その様子に夫妻も喜ぶ。

「いやあ、久しぶりにこんな美味しいご飯を食べた！　採取も手伝ってもらったし、ここまでしてもらったら僕も奮発しないわけにはいかないな」

そう言って塗り薬を始めとして、丸薬や粉薬まで並べ立てる。

「こっちから傷薬、お腹が痛くなったときのやつ、熱、咳《せき》が出たとき用。あ、ついでに蜂蜜もあげる。こいつは疲れたときにこの茶葉と一緒に飲むといい。元気になるよ」

「お兄さん、お待ちよ。こんな大量に、いくらなんでも多くないかい。都で売ったら相当なお金になるよ」

女性は恐縮しきりだったが、シスはけらけら笑うばかりだ。

「薬師は趣味でやってるから、お金は最低限あれば良いんだ。色々と作りすぎるだけで、これも重いから邪魔だったしね」

「邪魔って……じゃあ、今日の素材はどうするんだい」

「もちろん全部煎《せん》じるさ。それを持って次の町に行けば財布《さいふ》もあたたかくなるから、僕は何も困らないよ」

説得できたのは夫妻にとって薬が高いせいもあった。彼らは何度も礼を言うのだが、シスは図々しくスープのお代わりを要求し、それでようやく笑顔を誘うことが出来た。

——だから量が多いって言ったろーが馬鹿共め。

これだけの量を作り持たせたのは彼の弟子とその義息子だ。これでもかなり量を減らさせた。

「あんたよく食べるねえ。もう五人前くらいなくなっちゃったよ」

「旅してると普段が質素だからさ、美味しいときはつい食べるんだよね」

心の悪態とは裏腹に、夫妻を喜ばせるのは忘れない。

夫婦はすっかりシスを気に入った。人に飢えていたのか、かなり喋《しゃべ》る人達だったが、嫌な顔もせずノリ続けたのも正解だ。

「この家は素敵だね、手作り家具ってあったかい感じがして僕も好きだよ。親代わりの爺《じい》さんもそういうの愛用して……」

視線が布で出来た手製の人形と、その周りに飾られた花に移った。

「おじさん、その人形は?」

「ああ、これね。これは、うちの娘の……なんだろう、代わりかな」

「………昔、事故で亡くしちゃってね」

「ありゃ……それはごめん、嫌なこと聞いちゃった?」

「いいさ。ああいうの飾ってあったら気になるのが普通だろ」

「——三つ編みが可愛いね」

「実は髪がうざったいから短くするって言って聞かなかったのを、かみさんがなんとかまとめさせたんだ」

「へー、それが三つ編みなの、おばさん」

「あたしが初めてやってあげた髪型なんだよね。可愛い顔をしてたから他の髪型も似合っただろうに、これがいいって聞かなくてさ」

「お父さんお母さん大好きっ子か」

「そうそう。生意気だけどそれが可愛い盛りでねぇ……」

懐かしそうに目を細めるが、その目の端には涙が浮かんでおり、慌てて袖《そで》で拭《ぬぐ》う。

「ごめんごめん、湿《しめ》っぽくする気はなかったんだ。桶《おけ》にお湯を溜めるから、身体を拭《ふ》いていくといいよ。準備してくるね」

そそくさと去る背中。声をかけようとしたシスを男性が止めた。

「ひとりにしてやってくれ。あいつ、いまだに娘を止めきれなかったことを後悔してるから」

「……あー……事故、だっけ」

「……そう。もっとちゃんと周りを見ろと忠告してたら、きっと防げた事故だ」

シスが何も言えずにいると、男性はがっくり肩を落とす。

「すまん。久しぶりのお客さんで、浮かれちまったんだ。必要ないことまで話しちまった」

「いいよいいよ。っていうか僕は旅人だし、誰にも他言しようがない。よかったら話聞くよ？」

「……いや、それは」

「他人だから話せることもあるんじゃない」

そう言うと、やがて話し出したのは後悔だ。

『事故』の詳細は語ろうとしないが、娘の出世が嬉しく、さらには娘は仕事に熱中するあまり、様々なものが疎《おろそ》かになっていた。娘の「大丈夫」を信じるあまり、欠点が気になっても見て見ぬ振りをして、忠告が行き届かなかったと語る。

「娘のお友達に……世話を任せっきりになっちゃったんだよな」

「仲のいい子だったの？」

「ひとりだったから、よくうちで面倒見てたんだ。……あの子にな、本来親がやるべきもんを、押しつけたように感じてならない。……つらい目に遭わせちゃってな……」

真相を知るシスは全貌を把握している。その上で男性を観察していたが、「お友達」を恨《うら》んでいる節は見つからない。普通なら憎んでも仕方ないのに、微塵《みじん》も恨み言を吐かない。それどころかいまどうしているか、心から心身を案じていた。

「……僕はそういうのよくわかんないけど、おじさん達に責任はないいんじゃない」

「かもしんないな。だが、そう思っちまうのが親なんだよ」

そして娘の身体は返ってこなかった、と呟いた。

「事情があって引き取れなかった。だからあの人形は、おれたちの墓代わりなんだ」

切なげに人形を見つめる顔は、いまだ帰らぬ娘を思い続けていた。

深夜、夫妻が寝静まったのを確認してシスは身を起こす。念のため耳を澄ましたが、起きる気配はない。しかし眠りの魔法をかける念の入れようで、家の中心に立つと足元に魔方陣を展開させる。

金の粒子を放つ魔方陣だった。

しばらく天井を見つめていたが、やがて陣を閉じると「よし」と呟き、手にした荷物を担ぎ上げる。

害獣除けの加護をかけた。ついでに彼なりの定義を以て、悪意のある人間はこの家に近づけないようにも施《ほどこ》し、傷だらけの夫妻の身体も癒やしておいた。

机にはいつの間にか取り出した、ずっしりと重い革袋を置く。

彼はそこに一つの走り書きを残す。


『あなた方の娘をここに帰す』

添えるのは火葬する前に残しておいた茶色の髪に、弟子から託《たく》された彼女の私物。夫妻がオルレンドルに残していった私物も置いたから間違えはしないはずだ。

朝、夫妻はシスがいないことに気付く。

やがて机の上に置かれた遺灰に気付くだろう。添えた一言と雑貨で、それが何であるかを悟る。

抱き合い泣きじゃくる夫妻をシスが見ることはない。

「僕はね、あなた方の娘に助けられたひとりだよ」

扉を閉めて、山奥の一軒家を後にする。

残された者たちのための旅を終え、帝都に向かって足を踏みだした。

北の地にて逞《たくま》しく

質素な館だ。

追放されたとはいえ、曲がりなりにも皇女殿下を迎えるのだ。館は手入れされていて然《しか》るべきなのに、村長は不遜《ふそん》にも言い放った。

「すまんが不作が続いて皆の手が空かんかった。掃除は自分たちでしとくれ」

この村だけでなく、近辺の集落を取り仕切っていると聞いていたが、皇女を前にして愛想《あいそ》笑いのひとつもない。近衛が激昂し柄《つか》を握ったが、鼻で一笑しただけだった。

「斬《き》ってどうするかね。この地じゃどんなお貴族様だろうと皆で協力しなきゃ生きていけない。なんでもかんでも人任せにしてきた皇女ご一行が、人の助け無しに生きていけるのかね」

「皇女殿下に向かってなんたる無礼な！」

「いい。止めよ」

「しかし、ヴィルヘルミナ様！」

「村の者達に教えを乞わねばならんのは事実だ。村長、鍵をもらえるかな」

「……これがそうだよ。じゃ、いまから決まりを説明するからよく聞いておいてくれ。二度手間なんてかけさせてくれるなよ」

「ああ、わかっている」

「……ふん。皇女なんて大層な肩書きなんざここじゃ通用しないからな」

村での決まり事を手短に説明し、言うだけ言って帰ってしまった。

その光景を端《はた》から見ていたアヒムは苦々しい気持ちを隠せない。送り届けたら早々に退散するつもりが、もうしばらくと残ってしまった理由がここにある。

数日も経つと、金具類や金槌《かなづち》を持ちながら館じゅうを練り歩いていた。

大量の洗濯物を抱えた少女を発見すると、大声を出して呼び止める。

「リサ、屋根の修理は終わったぞ！」

「きゃー！　ありがとうございますアヒムさん！　頼りになるぅ！」

大喜びで駆け寄ってくる女の子はヴィルヘルミナの侍女だ。奇特にも追放に付いて行く決意をした娘で、名をリサという。

「このお屋敷、ほんっっと襤褸《ぼろ》ですね！　窓なんて隙間だらけだから、アヒムさんみたいになんでも出来る人がいると助かります」

元気いっぱいの少女はヴィルヘルミナの妹に当たる。つまりオルレンドル帝国前皇帝カールの娘なのだが、その血筋を明かされた時、アヒムは目を剥《む》いた。侍女の振る舞いが自然と身についていたからだが、恵まれた環境では育っていない。所謂《いわゆる》『お手つき』になった女が産んだ、ヴィルヘルミナが密かに保護していた子だ。

「いつか私も大工仕事を覚えなきゃ駄目かしら」

「その前にアルノー様がやる気がするなあ」

「旦那様ですかあ？　この間金槌で指を打ってましたよ」

「上達すればどうとでもなるって。薪《まき》割りだって随分《ずいぶん》上達しただろ」

「あー……まぁ、そうですね。楽しそうにやってらっしゃるし、なんとかなるかも」

「で、そのアルノー様知らない？」

「厨房でーす」

「あいよ、ありがとさん。洗濯物干したらまたモップがけかい」

「そう！　毎日掃除してるはずなのに、いっつも真っ黒だから嫌になっちゃう！」

「頑張れよー」

「ありがとー！」

リサと別れ一階の厨房に降りると、鍋の前に立つ男性がいる。白いエプロンを身につけた男性はアヒムに気付かず首を傾《かし》げていた。

「おかしいな。もうちょっとコクがあった気がするんだが」

「なにがです」

「うわっ」

ぬぅ、と出現してみせると、驚きおたまを落としかけたが、アヒムがキャッチして事なきを得た。アルノーは胸をなで下ろしながら言う。

「スープだよ。いつかカレンが作ってくれた優しい味にしてみたかったんだがうまくいかない」

「あれなら香辛料より素材の種類じゃないかな。色んな野菜をぶっ込んで煮込んでましたよ」

「む、そうなると難しいな」

「こっちは野菜が限られてますからね。それにあれだ、寒さで思っている以上に力を使っちまいますし、おれ達は味が濃い方が嬉しいなあ」

「皆の分はあとで塩を足すつもりだよ。先にミーナの分を用意してるんだ」

人手不足とはいえ、皇女の夫たるアルノーがおたまを握《にぎ》るのは如何《いかが》なものか。しかしこれには理由があって、料理人が風邪を引いてしまったせいである。他の者達も屋敷の修繕や、アヒムのように細々と動き回っているから暇がない。

アルノーは北に到着するまで、アヒムの手ほどきで料理や掃除等の雑務を仕込まれた。なんとか一般レベルに達したため、彼が本日の料理番だ。

芋の皮むきを手伝いながらアヒムは言う。

「おれぁまさかアルノー様の手料理を毎日食う日が来るとは思いませんでしたよ」

「まさかミーナに作らせるわけにもいかないからなぁ」

「奥さんの手料理食いたいとか思いません？」

「彼女は好きなことをやってる姿の方が似合うから」

そのヴィルヘルミナは現在臥せっている。帝都の動乱からこちら、完全な回復には至らず時折寝込むようになっていた。

「その好きなことがこっちで見つかるといいんですけどね」

「いつかは見つかるさ。簡単に見つかるとは思っていないが、本人も前向きになってきているし」

「村の連中には陰口も叩かれてるでしょうに理解ありますね。村長なんて今日もわざわざ嫌味言いに来たじゃないですか。アルノー様が相手する必要もなかったのに……」

「よそ者だから仕方ない。それに彼らは彼らの社会で生きているしね。いきなり皇女がやってきたら、何かと目障《ざわ》りなんだと思うよ」

ケロリと言い放つではないか。

「ミーナにとって帝位は幼い頃から掲《かか》げてきた目標だった。それがなくなって、はい次とすぐに立ち直れはしないよ。オルレンドルも思ったより食料を融通してくれそうだし、村人と食料でいがみ合う心配がないなら余裕はあるさ」

「おれがそんな目には遭わせませんよ。それにお父上やカレン様だって物資を送ってくれると約束してくれたじゃないですか」

「はは、だから時間をかけて回復すればいいのさ。幸いここは時間だけはありそうだ」

呑気《のんき》でいられるのもアルノーが変わった証拠か。以前ならすぐさま胃薬を必要としていたのに、最近はまったく飲んでいないし、健康そのものだ。気温の変動に付いていけず、体調を崩す誰かの代わりに働くのも板につき始めて、リサみたいに心配されながらも、なんだかんだで信頼されている。

「皮剥《む》き終わり。こっちの肉は薄切りでいいですかね」

「ありがとう、助かるよ」

並んで黙々と続けるが、やはり不思議な気分だ。

意を決して口を開いた。

「あのですね、アルノー様、おれ……」

「駄目だよ」

穏やかだが拒絶があった。

アヒムはぎゅっと眉根を寄せる。

「お前はもう私に縛られる必要はないし、自由になるべきだ」

もしよかったら残ろうか、そんな言葉はすべてお見通しだったらしい。

「友人として心配してるんです」

「だから時々遊びに来てくれるのならいくらでも歓迎する。私はもうここから離れられないし、お前の顔が見られないのは寂しいからね」

「ここの連中は手強《てごわ》いですよ、おれがいた方がいいんじゃないですか」

「うちにも近衛がいるし、彼らとて手練《てだれ》だよ。お前を拘束するまでもない」

「ですが……」

「思えば、昔から君に助けられっぱなしだ」

横目で優しく口角をつり上げている。

「私のやりたいと決めたことに最後まで力を貸してくれ、挙《あ》げ句《く》こんなところまで付いてきてくれた。

……充分だよ」

「それがおれの役目です」

「そうさ、そして私はすべてを終えた。この先は自分で歩いていけるし、こんな辺境に君を閉じ込めたくない」

「アルノー様」

「これから多少なりとも忙しくなる。だが帝都ほどの変動はないし、おそらく君が求める刺激はここにはない」

「荒事役《あらごと》がいないと苦労しませんか」

「言い方を変えようか。私が旅の合間に来てくれる君の、外の世界の話を楽しみにしている」

塩と胡椒《こしょう》をわずかに足したとき、アルノーの満足する味になった。

それ以上語ることはないとお互いわかっている。

完成後、ヴィルヘルミナの分を盛り終えたアルノーは、料理を運んだ先で言った。

「アヒムは多分大丈夫だ。あの様子なら、もうしばらくしたらここを出る」

「安心した。いつまでも拘束しては悪かったからな」

スープを一口食べたヴィルヘルミナが感嘆の表情を浮かべる。満足したアルノーも己《おのれ》の食事を口にし、質素だがゆったりとした時間が流れ始めた。

皇位争いに負けた皇女は、帝都を出る折は憔悴《しょうすい》していたものの、いまでは顔色も良くなっている。

「本当にアヒムを手放して良かったのか？」

「寂しくないと言えば嘘になるが……新婚生活を邪魔されなくていいんじゃないかな。ひとり身にはつらいだろう」

「……ま、それもそうか。あいつも失恋したばっかりだったな」

アルノーが呑み込んだ本音は微笑で受け止めた。ヴィルヘルミナとて寂しくはあるが、アヒムの歩みを留めて良いものではないと、アルノーの意見に同意している。

「だが、アヒムが旅立つとなると、あいつの憂いは少しでも断《た》っていた方がいいんだろうな」

「私もなるべく色々やっているつもりなんだが……あとは何をしたらいいのだろう」

「問題を抱えているのは私の方だ。夢見が悪かった程度で臥せっていては目も当てられん」

その夢の内容をアルノーは知っている。第二の父と仰いでいたヘルムート侯を目の前で亡くし、何もかも失っていく過程を、彼女は未だトラウマとして背負っている。

その原因の一端をアルノーの妹が担《にな》っていた。

ヴィルヘルミナはアルノーを見つめて呟く。

「そろそろ私も表に出るべきか」

「まだこちらについて間もないし、様子見でも良いじゃないか」

「様子見だったらとっくにやっているよ。リサから細かい報告をもらっているが……少しは言い返せ、この馬鹿」

ヴィルヘルミナは不満げにアルノーの耳を引っ張る。

「痛い痛い」

「お前が村長のみならず、村民に馬鹿にされてると毎回聞く私の身になれ。夢よりそっちの方が心に悪い」

「しかしだね、彼らとも足並みを揃《そろ》えていかないと……」

「その意見には賛成するが、あれらはがめつすぎだ。加えて頭が悪い。ここの農耕や貯蓄法なんかを聞いたか？」

「そこまでは気が回らなかった。君は家令と熱心に調べていたね」

「ここの生活様式は、はっきりいって時代遅れだ。手を加えれば毎年亡くなる老人や子供の数も減らせるだろうに、領主と村長の古くさい考えが生活の妨《さまた》げになっている。あとこいつら税金を誤魔化《ごまか》してるぞ。確実に自分の懐《ふところ》に入れてる」

「え」

「地方ならある話だし驚きはしない。ここはなにかと不便だし、生きるためなら多少は目を瞑《つむ》ってやるつもりだったが、いくらなんでも額が大きすぎだ」

それに子供の教育も行き届いていない、と言った。

「村に使ってるならよかったんだ。なのにこの惨状はなんだ。治水はなっていないし、こいつらが邪魔してなきゃ教師だって帝都から招集できたはずなのに、村の役に立つことはなにもしていない」

ヴィルヘルミナの目が活き活きとしだしたのは気のせいではない。

動揺を隠せないアルノーだが、同時にひっそりと安堵《あんど》した。

――これこそが彼の愛したヴィルヘルミナの輝きだ。

「よし、それじゃとりあえずあの村長は蹴落《けお》とそう。そのあとは領主だ。こちらを敗者と侮《あなど》ってるみたいだが、本場の陰湿さと排斥ってやつを教えてやろう」

そう言うと袖をまくり、スプーンを一生懸命動かし始めた。

「美味いな、これ」

「そう言ってもらえたならなによりだよ」

新しい戦いの幕開けだった。

正しく悪の華であれ

長い口付けの後だった。

てっきり寝台のある部屋に直行かと思ったら、肩を押されて拒絶される。まさかの展開にリリーは驚きを隠せない。

「終わりだ、帰れ」

「嘘でしょう?」

「このあとも人と会う予定がある。お前に構っている暇はない」

「あたくし、久しぶりに貴方と過ごそうと予定を空けてきたのよ」

だからなんだ、と言わんばかりの目だ。

これは本当に無理らしいと、リリーは覆《おお》い被《かぶ》さっていた男から離れる。彼女の大胆にはだけた胸元に興味を示さないなんてつまらない男だ。もっとも、目の色を変えて飛びつく男ならリリーは遊び相手に選ばない。己《おのれ》に関心がないからこそ続く関係があるのだが、まさか断られる日が来ようとは思わなかった。

「貴方、最近あんまり遊んでないみたいだし、あたくしが慰《なぐさ》めてあげようと思ったのに」

「余計な気遣いだ」

あまつさえ唇についた紅は念入りに拭《ぬぐ》われる。

傷ついた様子を隠さないリリーだが本心ではないし、皇太子もそんなもので揺れる男ではない。ぱたぱたと扇子《せんす》を揺らす彼女だが、当てが外れてしまったせいで些《いささ》か不満だ。

——これから遊び相手を探すのも面倒なのよねえ。これで後腐《あとくさ》れのない相手って中々見つからないし、あたくしの美しさが仇《あだ》になるなんて、とんだ計算違いだわ。

などと心で呟《つぶや》きながら廊下を進んでいると、前方に気になる女性を見つけた。

露骨に驚く様は晒《さら》さないが、少なからず目を奪われたのは事実だ。

艶《つや》やかな黒髪に目鼻立ちが整った、上品な顔立ちの女性だ。鮮やかさは足りないが清楚《せいそ》と可憐《かれん》が調和されていて、美しい者をよく見つけるリリーですら滅多《めった》に見かけない佳人だ。このまま成長すれば一流の名花と世に囃《はや》されるのは間違いない。

相手はとっくにトゥーナ公に道を譲っていた。リリーはにこりと笑んでみせたが、通り過ぎてしばらくしてから尋ねる。

「いまのお可愛らしいお嬢さんはどなた？」

「コンラート夫人にございます」

「あら、彼女が？」

思い至れなかったのは、リリーもまた噂のコンラート夫人に偏《かたよ》った印象を持っていたためだろう。あれが国を売った悪女。王の愛妾《あいしょう》である姉の寵愛をいいことに辺境伯の家を乗っ取り、ライナルトに鞍替《くらが》えした稀代《きたい》の魔性の女だ。

が、すぐにリリーは己の間違いを正した。

少なからず魅惑の女として矜持《きょうじ》があるリリーだからこそ直感が働くのだ。

あれは悪女としては棘《とげ》がなさ過ぎる。

ライナルトと関係ができたのはともかく、おそらく何らかの事情があるのだろう。そうでなくては、執政館をおっかなびっくり歩く娘がこんな魔窟《まくつ》にいるはずがない。

いずれ話してみたいと興味を持ったものの、ここでリリーは呟いた。

「……彼が相手にするには、随分《ずいぶん》可愛らしすぎる子ねぇ」

女の趣味が変わった、とは言わない。かの皇太子を知っているからこその発言だったが、答えをもたらしてくれる者はいないのだ。

そのため行動力の塊《かたまり》である自らが動いた。

つかの間の恋人探しが失敗したので暇だったのもあるが、それはそれ。直《じか》に話すなど検証を重ねた結果、どうやらコンラート夫人は皇太子の愛人ではない。

やっぱりね、と納得はできたものの、今度は首を傾《かし》げた。

「あら。っていうことは、あの娘ったら純粋に殿下に大事にされてるってことなのかしら」

「リリー様、どうされましたの？」

この時にはライナルト経由でエリーザが彼女の元にいた。貴族の令嬢、ふわふわしているだけの少女かと思ったら、存外《ぞんがい》気が利く娘だから気に入っている。皇帝の罠に嵌《は》まったとはいえ、よくよく考えてみれば、ただ甘やかされただけの少女は好きな人を取られたくなさに婚約にまでこじつけない。浮かれてミスをすることは多々あれど、細々《こまごま》働いても楽しそうにしてくれるので、少女を手元に置いていた。

「んん……コンラートの……あっ、そこ……」

「はい、ここでございますね」

「ああっ」

エリーザの指が肩に食い込む。

官能的な声を耳にしても平然と指を動かし続け、所謂《いわゆる》マッサージを続けていく。

「ほんと……その腕、惜しいくらいよ……」

「お母さま達に披露《ひろう》していた特技が役に立つとは思いませんでした。喜んでもらえて嬉しいです」

「役に立つどころか至上の才能よ……。暇つぶしも見つからないし、こうなったらオルレンドルでは徹底的に自分を磨くと決めたの」

「でも夫人からバーレの方を紹介していただいたのではありませんか」

「あの方とは良い関係を築けそうだから、もう少し落ち着いてからよ。それにいまはうちの子達の世話で手一杯」

「みなさまよくリリー様の言うことを聞いてらっしゃいます。それでも大変ですか？」

「大変も大変、とにかく行きだけを優先させたから、帰ることはあまり考えてなかったのよね」

「考えてなかったなんて、リリー様にしては珍しい」

「それどころじゃなかったのよ。とにかく気付かれないように各屋敷の地下や市井《しせい》に潜《もぐ》り込ませて、食料や、武器に、適当な娯楽も……ああ、次はもう少しまともな戦場を期待したいわ。うちがどれだけ暴れんぼう揃いだと思っているのかしら」

などと語る姿は母親めいている。

実際はトゥーナ兵達の事後処理なのだが、これが存外手間だった。なにせライナルトの遠征にあたり、近いうちに発生する内乱のため、彼女の手持ちの中でも選《よ》りすぐりの兵を帝都に呼び寄せた。しかしながら先にも告げたとおり、とにかく事を急《せ》いたおかげで事後処理にもたついてしまった。

「殿下……もう陛下って呼ぶべきかしら。ともあれ無茶を言われたせいでお金が掛かったし、なのに補塡《ほてん》は後回し。まだ現実を認められないお馬鹿さんたちを説得して回らなきゃならない」

「まあ、それにヴァイデンフェラー様からお呼び立てもらっていませんでした？」

「だから後で出かけるわ。おばさまに会いに行った後にね」

そして露骨に眉《まゆ》を顰《ひそ》めた。

「エリーザは、どうしてあたくしが帝都に留め置かれてるかご存知？」

「いまお話しになった理由以外にあるのですか。エリーザにはとんとわかりません」

「あるのよ。いまのは差し置いても、もっと大きな理由がね」

それがリリーの親戚にあたる皇太后クラリッサだ。

彼女は前皇帝が崩御して以降、表舞台に出てこない。巷《ちまた》では夫を悼《いた》んで籠《こ》もっているのだと言われているが、実際は違う。癇癪《かんしゃく》を起こして止められないからリリーが相手をするしかないのだ。さしもの皇太后クラリッサもリリーを相手にすれば、気に入らないからと目の前で皿ごと料理を落とさないし、侍女の髪も引っ張らない。

リリーに期待されているのは、次期皇帝に対し不満たらたらの皇太后クラリッサに釘《くぎ》を刺すことだ。

「ニワトリじゃあるまいし、文明人が一日経ったら忠告を忘れるなんて始末に負えなくてよ」

「まあ、リリー様。お口が悪いです」

「ここでくらい許しなさいな。一度や二度なら楽しめても、回を重ねれば辟易《へきえき》するの」

しかしながら役目は放棄できない。

面白くもない愚痴《ぐち》を聞いて忠告を果たした後はご老体の相手だ。

どうせならリリー好みの若い者が良かったが、贅沢《ぜいたく》は言っていられない。なにせ相手は宰相の席が確約されている相手だった。

名前をリヒャルト・ブルーノ・ヴァイデンフェラー。この内乱においてライナルトにいち早く恭《きょう》順《じゅん》の意を示し、前皇帝カールの御代《みよ》においては宰相争いに負けたものの、雌伏《しふく》の時を過ごしていた古《ふる》強者《つわもの》だ。

「クラリッサ様は如何でございましたかな」

「相変わらず不満ばかりでございます」

「来たるライナルト陛下の御代においては、協力を示す姿勢は見えたでしょうか」

「期待するだけ無駄でしょう。早々に田舎に引っ込んでもらうのが最善でしょうね」

「左様でしたか。トゥーナ公におかれてはご苦労おかけする」

「オルレンドルのためですもの。このくらい苦労とも思いませんわ」

何食わぬ顔で嘘を吐く。

クラリッサの動向を確認するヴァイデンフェラーだが、ふいにこんな質問をした。

「時にトゥーナ公、貴女様は過去において殿下と契《ちぎ》りを結ばれていたと聞く」

「あら、秘密の関係だったのによくご存知ですこと」

「なに、長く生きていると知り合いが多うございますゆえ」

「でもそれがなにかしら。あたくしの噂はご存知でしょう。お互いただの遊びでしたし、口外なんかするつもりはなくってよ」

「そこを疑うつもりはありませぬ。ただ、貴女様に皇妃になる気があるのかを伺いたかった」

「ありません」

「何故」

「つまらないもの」

質問に驚くまでもない。

ライナルトに近しい大貴族。それが女となれば、皇太后クラリッサのみならず周囲にまで噂されるのは当然だ。

女公爵は大胆に足を組んで言う。

「あたくしが興味があって、生涯住みたいと感じ、大事にしたいのはトゥーナだけですの。殿下にお味方し帝都グノーディアをお守りしたのは、ひいてはあたくしの領民を守ることに繋《つな》がるからです」

「なるほど。では殿下の魅力を以てしても皇后には興味ございませんか」

「これっぽっちも」

皇太后クラリッサにこれを話せばあからさまにガッカリされたろう。或《ある》いは怒り狂って説教を始めるかもしれない。しかし対峙《たいじ》する老人はそのどれにも当てはまらない。むしろ得心した様子で言った。

「安心いたしました」

「……あら」

「どうか誤解なきように。私は貴女様の才能と公の地位を守り続けている手腕を認めている。醜聞《しゅうぶん》はあるようだが、皇后として立たれたとしても問題ないのは理解しております」

「でしたら何が問題？　皇妃になる人間を検《あらた》めているようですが、それはそれとしたって、否定されたみたいな気分でしてよ」

「陛下の戦好《いくさ》きを助長される方は困ると思いましてな」

リリーの眉がつり上がった。

ヴァイデンフェラーの台詞はリリーの危惧でもあるが、皇女よりはマシだと選んだ皇太子だった。さらに驚くべき提案をされる。

「どうでございますかな、トゥーナ公爵。もし皇后を期待されるのが煩《わずら》わしいのであれば、陛下の妃探し、見極める手伝いをしていただけませぬか」

何故そうも話が飛躍するのか。

返答を渋るリリーだが、事情を説明されるにつれ彼女も次第に興味を示す。ただ労にも見合わない話だったらすぐさま蹴《け》っていたが、トゥーナの将来が掛かっているなら話は別だ。

「ふぅん、片手間ついでよろしいなら、手伝ってあげましてよ」

熟考の末に了承した。

実を言えば『皇妃』と聞いた瞬間、脳裏にはとある女性が浮かんでいたのだが、そんなことはおくびにも出さない。

自分が選出した女が皇妃になればお人形さんに出来る可能性もあるのだし、そう思えば少しは楽しめるではないか。

真っ赤な唇をにぃっとつり上げる。

活き活きとしだした女公爵は、新しい悪巧《わるだく》みに心を弾《はず》ませていた。

たとえ祖国を捨ててでも

総合的にみれば最初の夫は悪い人ではなかった。

物事を慎重に進め、周囲の意見に耳を傾ける。周囲との協調を図り、守るため以外なら決して暴力を振るわない。両親と妻を大事にし、特に妻達においては軋轢《あつれき》が生まれぬよう注意していた。親兄弟のみならずその子供達をよく気にかけ、皆が族長のために頑張るのだと意を決していたくらいだ。

熊みたいな外見だったくせに好きなのは本と甘いもの。寝るときに子守歌を歌ってもらうのを好いていたが、二人きりの時以外は決して言ってこない。残りの妻達は公然の秘密として夫のために口を噤《つぐ》んでいた。

部族の長としては優れた人だった。

相手はシュアンの母が、変わり者の娘が苦労せぬようにと、必死になって探してくれた夫だ。サゥ氏族は首長キエムを納得させた嫁ぎ先は、周囲の娘が羨む程の良縁だったのだ。

良い夫だった。

でもシュアンにしてみれば弱い人だ。

妻として隣に居たから見ていた。

協調を図るとは、周りの意見に耳を傾けるとは処世術だ。

規模の大きい部族ではなかったから、族長は内部抗争を避けねばならない。皆がなるべく満足するため働きかけるのは長の務めだが、こと家庭内において、特にシュアンの好きなものに関して、我慢するのはいつも彼女だった。

嫁いで間もない頃、本を読んでいた。

実家から持ってきた学術本だ。サゥでの経験から、医療関係だと老人が咎めるかもしれなかったから計算の本にした。

彼女とて、はじめからヨーの女の生き方に反抗していたのではない。部族の絆となり、家族の役に立てるなら、良い人が夫になると聞いたから相手のために尽くそうと『ヨーの女らしさ』を模倣した。内助の功が求められるならば、計算ができたら役に立てる。買い物だけではなく、子供達にも教えてあげられるに違いない。

そのために持っていった本だ。ちょっと専門的になったのは……ほとんど趣味だったけれど、もし部族から学者になりたい子が出たら、いつか勉強を教えて、本を譲ってあげられたら良い。

けれどそれが咎められた。

ある親戚が彼女の書物を目にし、夫に言った。

『女なのにあんな難しい本を読んでどうする』と。

直接は言わず、夫を通しての言葉だ。夫ならば嫁いだばかりの新妻より親類の言葉を取るとわかっての卑怯な選択だ。

だが夫はシュアンに言わねばならない。

「君の本好きを悪いとは言わないが、もうちょっと子供向けの本にならないだろうか。その本は持っているだけでも噂になってしまう」

「でも、これはただの趣味です。私が実家から持ってきたものよ」

「実家からなら反物や首飾りがあったろう？　いや、君は賢いし私も幾度も助けられている。君を見ていると女性が学を身につけるのも良いと思うんだが、老人は簡単に考えを変えられないんだよ」

「だから私に折れろと？　妻より親戚の老人を選ぶというの？」

「そうはいっていないよ。ただ、ちょっと示しを付けなければダメなんだ。あの家は長い間うちに協力してくれたから」

　抵抗はしたが、結局は諦めるほかなかった。

　おまけにシュアンが渋ったものだから、最終的に本は夫の親類に渡ってしまった。学なんて興味なさそうな、本に価値を見出せない男にだ。

　泣いて怒った彼女へのご機嫌取りは新しい服と腕飾りで、周囲は羨ましがったが喜べない。ぼんやりとした「ヨーから出たい」の願いが真実になり始めたのもこのときだ。

「こんなの私じゃない。私、もっと違うことがしたいの！」

　夫は嫌いではなかった。

　周囲へ過度な協調を強制してはきたが、それでもなるべくシュアンの意を尊重してくれた。書物は彼の部屋に置いて偽装し、本を読むならひとりの時にカーテンで隠してとフォローもした。

　だけど駄目だった。

　サゥとドゥクサスの関係に暗雲が立ち込めた噂が立った。戦《いくさ》になるかもしれないと周囲も懸念を抱き始めた頃、部族集会から帰った夫に言われた。

「すまない、君を家に帰すことになる」

　夫の部族はドゥクサスと懇意だ。同じ立場のサゥと協力関係になる意味でシュアンを受け入れたから、反逆の兆《きざ》しがあるとされるサゥに対し、ドゥクサスから締め付けが入った。

　きっと「お前のところはサゥから嫁を取っていたな」とでも言われ、それを周囲が心配したのだと、彼女にはありありと想像できる。

「すまない、本当にすまない」

　夫なりに美しい妻を愛していたのだ。

さめざめと泣く夫をぼんやり眺め「やっぱり私って道具だったのね」と実感したとき、シュアンは頷いた。

「わかりました、離縁を受け入れます」

二人の間に子供がいなくて良かったと心底安堵した。

シュアンはサゥに戻った。そして母に抱きしめてもらったとき、無理していた己に気付き大声で泣いた。

嫌だった。

知らない男に嫁がされた。自分を殺して妻を演じていたのも、それに甘んじなければならない弱い自分も悔しかった。

ヨーが嫌いだ。

だからサゥが五大部族に上り詰め、兄が家族を集めたとき、チャンスだと思った。

「兄様、私、オルレンドルに行きたいです」

この発言に驚かなかったのは母と長女くらいだ。

つまり彼女は自ら質《しち》になりたいと言った。オルレンドル帝国皇帝との仲にも鑑みれば、おそらくシュアンは側室になる。地位は向上するものの、単身見知らぬ異国に行く彼女を周囲は止めた。

だがシュアンは言いきった。

「知らない部族に嫁ぐのも、異国に行くのもなにも変わらないわ」

母とは今生の別れになる可能性が高い。むしろもう戻らない覚悟も秘めていたから、不出来な娘であるのを詫び、長女に後事を託した。

あのときの母の泣き顔と、長女のため息は一生忘れない。

「貴女が男の子だったらよかったのにと思うことはたくさんあった。それほど活発で、強い子だったもの。だからもう決めてしまったのなら、仕方ないのでしょうね」

「母様のことは任せなさい。けど兄様のことよ、貴女に利用価値がある間は他国にいても大事にしてくれるけど……」

「わかってます。でも大丈夫、それより私は私らしくありたいのです」

こうして出向いたオルレンドルの皇帝は美しい男だった。コンラートのカレンにはああ言ったものの、正直浮かれていたが、熱もすぐに冷めた。

「好き合う男女の仲を裂く女にはなれないわ」

それに形ばかりの夫婦をたくさん見てきたから、高貴な人達が心底恋し合っているのに憧れる。後々皇帝には側室にできないと言われたが、オルレンドルに滞在できるならなんでも良い。シュアンは学を望み、兄との関係は少し悪化した。

「私はこれでただの薬師見習いよ！　見習いってことは、頑張れば一人前になれるんだから！」

サゥの者だから衣装はそのままだが、喜んで薬学院のローブを羽織りペンを取った。勉学の場では独学の視野の狭さを思い知らされたが、それすらも彼女は楽しい。ちょっと勇気を出し、帰りは街へ繰り出すのも自由だ。彼女付きの侍女は家政婦として家に置いているが、兄の機嫌が落ち着いたら祖国に戻してやるつもりだ。

何回目かの散策でも、危険は犯さず、大通りだけを進んでいく。

ラトリアの作家が書いたという本を手に入れ、安すぎる串焼きを頬張った。オルレンドルの料理はどれも薄味で癖が足りないが、市民向けの店は好みかもしれない。

ヨーで女の食べ歩きなんて怒鳴られるから、こういったオルレンドルの気風は新鮮でならない。

「今日はいらっしゃらないのかしら」

言った傍から耳が音色を拾った。音を頼りに進んで行けば、噴水近くの通りでやや年のいった男性が演奏している。路上生活者だが、界隈ではけっこうな有名人らしい。オルレンドルでは珍しい、彼女の故郷の楽器で、その腕はヨーでも滅多にないほど心を震わせる。

演奏家の前に置かれた革袋に、時折人々が硬貨を落とし、シュアンも銀貨を一枚袋に入れた。

「運が良かったね。明日からは違う場所に行くから、しばらく聞けなくなるところだった」

「まあ、そうなの？　でも遅くならない範囲だったら、追いかけるのだけれど」

「娼婦街だから」

「あら……」

演奏の邪魔にならない距離で、並んで話す相手は少年だ。黒い短髪と、ちょっと強気な目元が印象的な学生とは少し前に知り合った。

演奏見学を通じ、いつの間にか話すようになった相手だ。少年は近寄ってはいけない場所だけではなく、使用人への言い訳の仕方なんかも細かくアドバイスしてくれた。

「元々そういう家ならともかく、うちとか大したことない貴族だったし、一人でいたいときってあるよね」

「そうなの、疲れるのよね……」

少年はコンラート家のエミールだ。

顔合わせはコンラート次期当主ヴェンデルの誕生会で済ませていたが、シュアンはエミールを覚えていなかった。言い訳になるが、オルレンドルに来てからたくさんの人に会っていたので、特徴的な人しか記憶していなかったのだ。

けれどエミールはそうではなかった。

彼にとっては初めて直接話したヨーの貴人だ。街中でシュアンに気付くと、彼女の不慣れさを見かねて話しかけてきた。ぼったくられていた雑貨店でも、適正価格に戻してくれたのがエミールだ。

「お姉様は元気？」

「元気元気、最近は顔を合わせるとのろけばっかだから、ちょっと困るくらいかも」

「仲が良いのは羨ましいわ。素敵なご関係じゃない」

「嫌なことたくさんあったみたいだから幸せなのは嬉しいけど、二人が揃ってると時々居辛い」

「見て見ぬ振りをしてあげるのも、格好いい弟と殿方の条件よ」

「露骨に目をそらすのも悪いときは？」

「黙ってにこにこしておくの。心の中で好きな絵のことを考えるとなお気が楽になるわ」

教えられることが多いせいか、こんなときはお姉さんぶって胸を張る。

エミールは彼女のことを家族に話していない気がしているが、シュアンにとってはそれが心地良い。ヨーでは妻、離縁してからは出戻りとしての振る舞いを求められたから、ただのシュアンとして、小さな友人と秘密の関係を築くのが楽しい。

「あら」

そして気付いてしまった。「なに？」と目で問う少年に、シュアンは言う。

「私、演奏家さんの演奏を聴きに来たつもりだけど、貴方に会いたかったのもあるかもしれないわ」

「え？」

「もう、ちょっとくらい照れてくれたっていいのに、なんで嫌そうにするのかしら」

露骨なため息を吐いたら、エミールは呆れて言い返す。

「いやだって、こっちは演奏家とシュ……二人に会いにきてたつもりだから、いまさらそれ言われてもなって」

なんて言われてしまっては堪《たま》らない。ひょえ、と声を出すシュアンに、照れもせず続けた。

「会う度に話してたらそう思うじゃないか。なにかいけなかった？」

「え、いえ、いけないなんてことは……」

年下の少年に真顔で会いたかった、と言われる日が来るとは思わなかった。しかしオルレンドル人とは違い、紅潮してもわかりにくいのがヨーの人の良いところだ。

無論エミールに他意はない。シュアンも突然の台詞に照れただけで、彼に対して特別な感情は抱いていなかった。

しかしこの親しみやすさが二人に関係を与えてくれたとはいえ、素面《しらふ》で言ってるのだから大変だ。

「……もしかして、貴方ったら将来は天然の女ったらしさんになるんじゃないかしら」

「友達は多いけど、それはないよ。告白されたこともないし、いい人止まりだって」

「そうかしら……」

エミールの実家、未来の皇妃カレンの実家たるキルステンは、四兄妹揃って大物の心を射止めていると巷で噂の種になっている。

〝大物取り〟の片鱗を目にした気がしたが、重低音の程よい音程に口を噤む。

祖国を捨ててでも選び取った彼女の自由。

いまオルレンドルでもっともお気に入りの時間だった。

西小路《にしこうじ》キヨ香《か》には戻らない

キヨは皇帝に降《くだ》る。

そう言ったときの義母の絶望は忘れられない。しかしその後は唇《くちびる》を噛み、鉄格子《てつごうし》越しに少女の肩を摑んでいた。

クラリッサはなんと言うだろう。恨むだろうか、罵倒《ばとう》されるだろうか。

無視も悪口も慣れているが、できるなら傷つかない言葉がいい。そんなことを考えていると、クラリッサの指先が頰《ほお》を撫《な》でる。

すでに女に怒気はない。確かな理性が瞳に宿り、その一瞬だけは、確かに皇太后たる貴人と窺《うかが》わせるだけの気品があった。

「構いません。貴女は生きなさい」

それは実の娘にすら生涯向けられることのなかった慈《いつく》しみだとキヨは知らない。


嫌な男だった。

「お前はラトリアかヨーにやると決めた」

まるで物のような扱《あつか》いだ。いや、ような、ではなく実際物扱いだ。シュトック城が侵略される前、彼女に向けてくれたあたたかな眼差《まなざ》しはいまや凍《い》てつき、氷点をも下回る。キヨは男にとって虫ケラと変わらない存在だ。

路傍《ろぼう》の石と変わらぬ者には入室の礼すら求められなかった。拘留先の魔法院から連れて来られ、ただ謁見《えっけん》の間に置かれた。皇帝は彼女を一瞥《いちべつ》するだけで、労《ねぎら》いの言葉も投げかけない。

キヨの処遇を話しはしているが、これらに彼女の意志は反映されない。決定事項を淡々と伝えるだけで、それも相手に失礼があっては困るから事前に伝えたくらいの感覚だ。

なぜキヨに皇帝の考えがわかるのかは簡単だ。キヨはともかく〝西小路《にしこうじ》キヨ香《か》〟は物扱いに慣れている。

「が、現在我が国と親交が深いのはヨーのサゥ氏族だ。ゆえにお前の身柄はサゥのキエムに引き渡す。そこで余生《よせい》を過ごすが良い」

去れ、と皇帝が片手を振った。

その姿に、少しだけ胸がチクリと痛む。

キヨには男に優しくしてもらった記憶がある。不器用でも誰かを想う愛情を受け取っていたから、この変化を直視するのはまだ辛い。

「なぜキヨを生かすの」

喋《しゃべ》るな、と言われていたから周囲は肝《きも》を冷やしたはずだ。しかしそんなの知ったことではないし、オルレンドルを追いやられるなら尚更《なおさら》大人しくする必要がない。

憎しみを抑えきれない挑発的な物腰だったが、それが功を奏した。

「お前を生かしたがった者がいた」

名前は出さないが、それが誰かは知っている。

義母が苛《いじ》め、キヨが生存を無視して、そして何故か生きてと告げてきたあの女だ。

「……それ以外はないの？」

「ない。お前に皇太后の義娘だった以外の価値はない」

そして本来はそれすらも必要なかった。本当にコンラートのカレンが望んだから生かす理由を考えただけなのだろう。

奥歯を噛んだ。悔しくないとは言わないが、カレンに対しては自身でも説明しにくい罪悪感がある。彼女は本来、皇帝からあの愛情を受け取るべき人だったから、その点に関してだけは自分の特異体質を恨み、ちょっと悪かったなとも思う。

だがそれとこの男に対する遠慮は別だ。

理由はなんであれ、キヨの大切な人を奪われた、唾棄《だき》すべき事実は変わらない。

「いいのね？」

殺意が刃になって男を裂いてくれたらいいのにと願うも、現実の皇帝は無傷で、腹立たしいくらいに壮健だ。

「キヨはヨーで夫を取るわ。きっと子供も産むでしょうし、その子にはお前への殺意を隠さない。お義母さまを殺した恨みは決して忘れないわ」

不本意ながらキヨの〝魅了《みりょう》〟の封印は不完全だった。だから彼女を慕《した》う者はいくらでも生まれるし、サゥで確かな地位を築く手段になるだろう。この復讐心がわずかでも脅威になればいい。恨みを率直に声にしたが、すぐに無意味だと知った。

この時、初めてキヨは本当の皇帝の素顔を目にした。

自然につり上がったであろう口角、緩んだ目元がやっと、真実少女を捉《とら》える。

「その時はお前達を悉《ことごと》く蹂躙《じゅうりん》し、その憎しみ諸共葬《もろともほうむ》ろうか。その力を上手く使い、できるものならやってみれば良い」

結局、キヨは男を超えられないのか。

拳《こぶし》を強く握っていた。付添の者に背中を押されて退場するが、出ていく間際に勢いよく振り返る。

「皇帝、貴方の命令はきけないわ！」

絶叫だった。

肩で息をする少女にも皇帝は動じない。

しかし側近が剣の柄に手を伸ばしたのは見て取った。

わかっている。命令を断ってしまえばキヨに利用価値はないし、ここで命が絶えてしまう。

だがこれは少女のための、少女なりの戦いで、そのための宣戦布告なのだ。

だから断じて命令を受け付けてはいけない。

「意に背《そむ》くと？」

「いいえ、ヨーに行く。サゥからだって夫は取ってやるわ。お前達の企む縁《たくら》にだってなってやるでしょうよ、結果的にね！」

それでは結局なにも変わらない。周囲が困惑に染まるが、キヨの中では違う。

「キヨは自分の意志でオルレンドルを離れるのよ。決してお前に言われたからではないわ」

この国を離れるのも、サゥで生きるのも、決して命令されたからではない。

すべては皇太后クラリッサがキヨにとっては良い母であったことを残すため。新しい人生を生きるために彼女自身が選択した未来だ。

誰かはこの言葉を嘲笑《ちょうしょう》する。呆れるだろう。でもキヨにとっては大事な違いを、この謁見の間だからこそ宣誓《せんせい》する必要がある。

「オルレンドル皇帝ライナルト、皇太后クラリッサは、お前が思うよりもずっと立派な娘を二人残したの。そのことを覚えておきなさい」

声を張った。背を伸ばした。足音も高く踏みならした。

相手に用がないのは皇帝ではなくキヨだ。彼女がもう皇帝に用がないから踵《きびす》を返し、廊下の真ん中を堂々と歩く。

宮廷は広い。数多《あまた》の人間がいるのに彼女の心情に寄り添う者がいない、ひとりきりの寂しい行進。

けれどもキヨ自身が自らを祝福する花道は、通りすがるいくらかの人間を確かに惹きつけた。

少女の去った謁見の間では、モーリッツ・ラルフ・バッヘムが顔を顰《しか》めながら問う。

ひどく気を悪くしている様子だが、この男は大体いつでも、どの人間に対しても不機嫌だ。

「如何《いかが》なさいます」

罰を与えるか、の意だ。これを聞いていたニーカ・サガノフは呆れた。

ライナルトがこの程度で仕置《しおき》するものか。懲罰《ちょうばつ》したいのはモーリッツの私心なのだが、彼は殊《こと》の外《ほか》、皇帝に口答えされたのが気に食わなかったらしい。

モーリッツの問いにライナルトは「構わん」と答えた。

こころなしか笑んでいたのは悪い癖である。

「持参金を増やしてやれ」

これが後々、サゥでのキヨの立場を変えるのだと少女は知らない。


サゥへの出立に皇帝は顔を出したが、あったのは儀礼的なひとことだけ。

私人としての己《おのれ》を込め、キヨを送ったのはシュアンとカレンくらいかもしれない。

カレンとの別れは済ませている。だからキヨが最後に気にかけるのはシュアンであり、わずかな期間に得た友達に語りかける。

彼女の親愛が魅了による効果なのかもわからずに。

「そんな顔をしないで。キヨはどこでだってやっていけるわ。貴女が自由を求めたように、私もおなじ事をしに行くの」

「でも、あの国で女は生き辛い。貴女をそんなところに送りたくありませんでした」

この言葉にキヨは目元を緩める。同じ出立でも、祖国とは大違いだ。

彼女の懸念はもっともだが、杞憂《きゆう》に終わるのはわかっている。わかっていると、少女は信じている。

なぜならキヨはとっくに覚悟が出来ている。

露人《ロシアじん》の母と、日本人の父の混血である彼女は、華族でありながらその外観故に、どこにいっても邪魔者扱いだった。名ではなく『金髪さん』『大女』とばかり揶揄《やゆ》された少女は、オルレンドルに流れ着く直前に物として捨てられたのだ。

それがオルレンドルという後ろ盾を得て人質となった。これが出世と言わず何というのか。果ては知らぬながらも得たこの〝魅了〟。この忌々《いまいま》しい力を嘆かないといえば嘘になるが、選択の幅が広がったと考える少女に後退の二文字はない。

「変えられないなら、変えればいいのよ」

「キヨ？　貴女、なにを……」

「待ってなさい。時間はかかるかもしれないけど、キヨが貴女の国をずっと住みやすいところにしてあげる」

回り道をしたけれど、生まれてこの方ずっと付き纏《まと》っていた孤独にも光を見出せた。

馬車に乗り込む前に第二の故郷を一瞥《いちべつ》する。

物語で見たかのような理想のお城、キヨが紛《まぎ》れ込んでもなんら代わり映えしない人々に、ぽつんと浮かぶ白髪に目が移ろう。

キヨに見捨てられながら、命を救おうとした奇特な人だ。自分が成し得なかったなにかのためにキヨを救い、結局代替品はないのだと思い知らされた、お人好しで可哀想な恩人。

でも、それにキヨは救われたのだから、彼女の行いを馬鹿には出来ない。

「貴女……」

音を発しようとして、詮《せん》ないことだと馬車に入る。

やがて少女を乗せた馬車は異国に向かって動き出す。帝都グノーディアを離れ、街から森に景色が移ろっても彼女はひとりだ。振動に身を任せていると、やがて馬車の戸が叩かれた。

「どなたかしら」

馬車は止まらないけれども戸が開く。入ってきたのはサゥ氏族の首長だが、キョは数度しか会話していない。

男はどっかりと向かいに座り、にっと笑うと陽気に話しかけてきた。

「なに、オルレンドルの姫君が単身ヨーに向かうとなれば、道中は寂しかろうと思った次第だ。誰か女をやろうと思ったが、生憎《あいにく》そちらの身分に釣り合うだけの女がおらん。まともに世話が出来る者もシュアンの元に置いてきた」

「彼女には世話係が必要よ。置いてきたのは賢明な判断でしょう」

途中まで護衛のオルレンドル兵は同行するが、連れて行く侍女はいない。すべていらないとキョ自身が断った。

おや、とキエムの片眉が上がり、キョは内心で馬鹿、と罵《ののし》る。

「失礼ながら、キョ姫はもっと祖国を恋しがると思っていた。その様子では違うらしい」

「予想に応《こた》えられず申し訳ありませんが、私はヨー行きを悲しんではおりません。その認識はすぐにでも改めていただきたいですね」

そして、はたと思い出し言った。

「そうでした。侍女ですけど半分は私に選ばせてくださいね。私はとっても気難しいですから、この我《わ》が儘《まま》に対応できる人じゃないと困ります」

正確には臨機応変に動ける人材が欲しいのだが、キエムにはこう言っておいた方が得策だ。

内心で舌を出すキョに、キエムは喉《のど》を鳴らす。

「承知した。持参金も多めにもらっているし、よろしくと頼まれているのでな。その程度であればいくらでも取り計らおう」

持参金なんかの話はわからないが素知らぬふりだ。これから幾度も顔を合わせる男と話をしながら、キヨは手を差し出した。

「うん？」

「手を出してくださいませ」

「こうか？」

素直に手を出す年上の男が可笑しい。くすっと笑いを零《こぼ》すと、手を握って名乗る。欧米人の真似事だが、日本式の挨拶より、こちらがキヨ〝らしい〟と判断した。

「キヨよ。よろしくね」

ぱっと手を離し、呆気《あっけ》にとられた男から目をそらす。恥ずかしがったのではなく、出立前からある思いに駆られていたせいだ。

白髪の彼女には最後まで聞きそびれた言葉がある。

最後に呑み込んだ言葉を頭の中で反芻《はんすう》しながら外を眺めた。これから待ち受ける風景を、キヨは愛していけるだろうか。

——貴女、もしかして日本を知っていた？

発せられなかった問いは最後まで異世界転移人と転生人を切り離したが、その事実を知るものはいない。

異世界転移人『キヨ』の二度目の旅立ちは、澄み渡る青空が印象的な冬の日だった。

旅は道づれ、アナタは大事な財布番《さいふ》

ヨー連合国の、とある山間《やまあい》の街。小さな宿屋の一室で、人外達《じんがい》が人間に詰め寄っている。

右肩では人形が甲高《かんだか》い声を上げた。

「アヒム、ちょっとだけよ！　ちょっとだけ味覚を貸してちょうだいな」

「嫌だね」

左肩に顎《あご》を乗せた半精霊が気色悪い猫なで声を出す。

「なーなーアヒム、僕、酒場に飲みに行きたいんだ。金出してくれよう」

「却下だ」

アヒムにしてみたら人形も半精霊もろくでなしだ。言うことをまともに聞いていたら身が持たないので、最近はなにを言われても取り合わない。

「晩飯はこの部屋で余り物のパンと果物、それとチーズとハムだ。無駄遣いは許さないからな」

「冷たい飯は嫌だ！　酒をくれよ酒をー！」

「この間散々遊んで飲んだだろうが！　あんたは子供かっ！」

「僕が歌って稼いでくるってば！」

「そう言って賭けに交じってすっからかんになったのはどこのどいつだ！」

寝台に大の字に転がる半精霊とは節約を兼ねて同室だ。足をジタバタと動かす様はまるで駄々っ子。

恥ずかしげもなくぎゃあぎゃあ騒いで、アヒムは頭痛を堪《こら》える面持《おもも》ちを隠せない。

「ねえねえ、ワタシはそいつみたいにワガママ言わないわよぉ」

「ほぉ。だったらおれになにを食わせる気か言ってみな」

「発酵させた生魚の身」

「死んでも断る」

「なんでよー」

「馬鹿かおれが死ぬわ！」

人形ことルカには以前「ご飯を食べられないから、せめてアナタの舌を借りたいの。食べた気分を味わわせてちょうだい」なんて言葉にほだされたのがいけなかった。おかげでこの間は三日間腹痛で寝込む羽目になり、シスはアヒムが動けないのを良いことに財布《さいふ》を持ち出した。普段財布を持たせてもらえない鬱憤《うっぷん》があるせいか、小金持ちになった気分そのままで豪遊してきたのだ。止めに行ったルカは人形用エプロンで買収された。

そのせいで、病み上がりで払う宿代もなく苦労したのだ。なんでシスに全部使ったかと問えば「え？　だって予備残してるだろ」ときたものだ。

アヒムに一体なにを期待しているのか、もちろんそんな隠し金はない。

文字通りシスの尻を蹴り上げ、一日で稼いで来させた。本当に稼いでくるあたりが腹立たしいが、以降、アヒムは財布を肌身離さず所持している。

「アヒム、ワタシ、もうパンにチーズは飽きたわ。他の味をちょうだいよ」

「横暴だ横暴だ、財布番だからって横暴だー」

「ああそうかい、じゃあ今日は特別に葡萄《ぶどう》酒を付けてやるよ」

「ヨーの葡萄酒は悪酔いする。せめて地酒にしてくれ」

「高いだろーが。却下却下」

「そんなこと言わずにさー、アヒム様！」

「うおっやめろ！」

「酒！　せめてお酒をくれよ！」

腰に抱きつかれた。シスも見た目と違って力が強いせいか、ぎゅうぎゅうに締め付けられる腹部だが、それでもアヒムはうんといえない。

「酔いたいなら別室のときにしろ馬鹿！」

この同行者は酒癖が悪い。基本酒が入ると笑っているが、ご機嫌が過ぎて簡単に魔法を行使してしまう。普段は自制しているのだが、これは所謂《いわゆる》『箱』から解放された反動らしい。オルレンドルでは魔法嫌いの皇帝陛下がいたし、監督役のカレンがいたから自己制御もかなっていたが、旅人のシスを縛《しば》るものはいないと、そういう話だ。

「弱いくせに喧嘩《けんか》っぱやいし、負ければ拗《す》ねる、意地を張ればところ構わず魔法ときた。二つまえの街でどんだけ騒ぎになったと思ってる！」

「街の連中の認識は操作したって！」

「それが駄目だっつってんだ阿呆！」

「だったら喧嘩に勝てってか。僕が本気で殴ったら人間なんて即ばらばらに決まってるじゃんか」

「それも違《ちげ》ぇ！」

「アナタたち、ちょっと声抑えなさいよー。ここ壁薄いのよ」

だったらルカも黙っててほしい。ただでさえ彼女の希望を叶え、景色が見やすい胸ポケットに入れている。宿の主人に人形持ちの痛い男と見られてるのに、女の子の声がするとノックされては堪《たま》らない。部屋を検《あらた》められても構わないが、無用な疑いは避けたいのだ。

なにせこれから山間越えの準備がある。野宿が増えるし、宿は借りられても小さな部族しかいないと聞く。日銭を稼げそうにないなら、都市部に到着するまで出費を抑えるのがまともな旅人だ。

なんとかシスを剝《は》がし、荷を検め始めるアヒムにルカが呆れる。

「毎度毎度、きっちり状態を検めるなんて律儀ねえ。道具なんてちょっとくらい傷《いた》んでてもいいじゃない」

「おれはあんたらと違って魔法で暖《だん》をとれるわけじゃない。しっかりとした防寒具が必須だし、食料が欠けたら動けなくなっちまう。財布を共有している以上、手を抜くわけにはいかねぇの」

「いざとなったらワタシがいるわよ」

「ばぁか。そんなのに頼り切りになったら、おれが駄目になっちまう。いざってときに大変だろうが」

彼らの旅に同行させてもらって数ヶ月。その破天荒《はてんこう》さ、常識を知っているくせに、時にひょいと一線を飛び越えてしまう振る舞いには毎度驚かされている。道具のいらない火起こしや、虫や獣除けの魔法なんかも大助かりだ。

おかげで旅はずっと快適だが、甘んじていられないのが彼の気性だ。いくらシスやルカが不要といっても道具は手放さないし、魔法に頼り切りにはならない。旅ではぐれない保証はないし、おんぶに抱っこ状態などごめんだ。

それにどうせ彼らのことだから、甘える状態になったらなったで面倒くさがる。

「いやだー！　今日はお姉さんとイイ事するって決めてたんだぞー！」

「うるせえ食って寝てろ！」

すっからかんにされた金はまだ補塡《ほてん》しきれていない。

アヒムが財布番になったのも、彼らに任せきりではいつの間にか一文無しになってしまうせいだ。前の旅はルカが金の管理をしていたはずなのに、アヒムが同行するうちに、すっかりシスと一緒に遊ぶようになってしまった。

ルカはアヒムの頭の上で、花畑で転がるがごとく俯せになる。

「まったくもう、本当に律儀さんねえ。ま、そんなアナタだからお財布を預けたんだけど、アナタのそういうところをマスターは真似ていったのかしら？」

「んなわけきゃねえだろ、あの子は昔っからしっかりしてたよ。あと頭の上に乗るなら大人しくしてくれ、髪がめちゃめちゃになる」

マスターが誰を指すのかも、いまとなっては伝わっている。

旅を通じ、少しずつだが、幼い頃から見守っていた存在のオルレンドル到着後の経緯を聞いている。まだすべてではないが、受け入れるにはゆっくりとしたペースが丁度《ちょうど》良いのだろう。ルカもアヒムの心の変化を考え、話す内容を選別している。

「ほんっっと、あんたたちは滅茶苦茶《めちゃくちゃ》過ぎるんだよ」

「だってアヒムがいるんだもの。ちょっとくらい無理しても、大抵《たいてい》抑えてくれるし、シスもそれだから好き勝手にするのよ」

「おれはお母さんじゃないんだがね」

「アナタみたいなゴツいお母さんは嫌だわ。でもアイツなりに甘えてるんじゃない？」

胡乱《うろん》げに後ろを見れば、さっきまで暴れていた青年は隣の寝台で眠っている。規則的な呼吸は狸寝《たぬき》入りではないらしく、本当に眠っているのかもしれなかった。

「母ちゃんっていうなら、親の言うこと聞いて、もうちょっと大人しくできないもんかね」

「多分仕方ないのよ。気が向いたらふらっといなくなってるのも、楽しいことを優先しちゃうのも、人の規則に馴染《なじ》めないのも精霊の血脈ってやつだもの」

「その精霊ってやつ、何度か話を聞いたが、お前さんたちの話しぶりだと随分《ずいぶん》だよな」

「人とは違うってだけよ」

「そのわりにシスは人間臭いじゃあないか」

「人間の血が成せる業ね。本物だったらもっととんでもないわよ」

聞けば聞くほど、精霊は得体《えたい》が知れない生き物だ。それに彼は半精霊でありながら既に違う生き物らしいし、そんなものに馴染んで見せた「彼女」を思うと少し胸が痛い。

しかし人形に気取られてはいけない。

この旅の間で、彼はあることを学んでいたのだ。

「なあ、おい」

「不躾《ぶしつけ》な呼びつけだわ。でもいいわ応えてあげる、なぁに？」

ひゅん、と目の前に浮いて小首を傾げるが、発音は彼女の主に寄せている。変なところを似せやがって、と内心悪態《あくたい》を吐《つ》いた。

「その言い方だとまるで自分は違うって言い草をしてるけどな」

「あらぁ、だってワタシ、ただの使い魔だものぉ。シスとは違うわ」

「思うんだが、お前さん、オルレンドルじゃ猫被ってただろ」

返事にはやや間があった。

人間に従順な使い魔だというのに胡散《うさん》臭いと感じるのは気のせいではない。

「そんなことないわ。そりゃあ根っこのワタシは合理主義だし、利にならないことなんて大っ嫌いだけど」

「けど？」

「……マスターは、大事よね？」

これが答えだ。まったくもって彼女は変なのに好かれている。こんなのとは縁を切れと言いたいが、人外たちが助けになっていたのも事実なので、苦虫を噛みつぶした形相で黙り込むしかできない。

その頬《ほお》をルカがつつき、まるで恋人か、あるいは聞き分けのない子供を叱る母の声音を出した。

「お馬鹿さん。心配しなくてもワタシはマスターが望む限り誰にも害は加えないわ。だってワタシの大事な存在だし、そもそもマスターがいないと生存できないの、わかってるでしょ？」

「は？」

「言ってなかったかしら。ワタシとマスターは表裏一体なんだって」

ルカは首を傾げ、ぽかんと口を開ける男に言う。主と使い魔の存在だし、作られた時点で彼女はそういう風にプログラムされたのだ。

「うーん、でも」

「ルカ？」

「なんでもないわ、秘密」

もしかしたら、あるいは。エルネスタの最高傑作と自負するルカならば、いずれ元の形に戻れたのなら、エルネスタのプログラムを書き換え、限られた生存限界を脱却できるのかもとは思考する。

しかしルカ本人にそうする理由がないし、人間らしく言い換えるなら……したくない。

「ねーぇ。ところでアヒム」

まるで気紛《きまぐ》れな猫を連想しながら、アヒムがぞんざいな返事をすれば、人形は「いいの？」と尋ねた。

「お財布盗まれてるわよ」

はっと隣の寝台を見れば、そこに居るはずの半精霊の姿がない。

やられた、と立ち上がったときには後の祭り。珍しくシスが大人しいと思ったらこれだ。

「どうするの？」

「追いかけるに決まってるだろうが！」

「で、どこに行くのかしら」

「あいつの考えはわかってる、どうせ倍にして返してやろうって魂胆だ」

部屋を飛び出すアヒムの肩に乗り、人形は笑った。

「……楽しい旅でしょ？」

「ああ、おかげで楽しい旅だよ、クソッタレ！」

寂しくないのは本当だな、と心で相《あい》づちを打ち、半精霊の首根っこを摑むべく走り出した。

コンラート家の人々

婚約発表を前にし、コンラート家の人々が集まっていた。

主人を差し置き主賓《しゅひん》席に座るのはウェイトリー、補佐にクロードが立っている。他の面々は身分に関係なく席に着いていた。「好きに座って良い」といったら額面通りに受け取り、またその通りにしても怒らない人達が揃っている。各々の距離が近いのがコンラートのいいところだ、と壁際にたたずむマルティナは思う。

「ヴェンデル様、カレン様のご様子は如何《いかが》でしょうか」

「ぐっすり寝てるよ。黒鳥に起きたら知らせてねって言ってあるから、多分大丈夫」

「それはようございました。せっかく安心して眠れるようになったのです。そのままお休みいただきましょう」

「マリーねえちゃんがいないけどいいの？」

「あの方はすでに察しておられます。本日もわかっているから不要だと」

コンラート家に戻ってきたものの、当主代行カレンの容体《ようだい》は完全ではない。宮廷と実家キルステンで休めはしたが、誘拐《ゆうかい》で負った心の傷はいまだ彼女を蝕《むしば》んでいる。本人は真剣に取り繕《つくろ》っているが、暗がりや狭い場所を避けているのは明らかだ。心の病の専門医からも、くれぐれも注意するよう忠告されていた。現時点で相当気を遣っているから、やはりライナルトに預けていて正解だった、と一部の者は考えている。

「さて、皆は集められた理由をもう察しているでしょう」

ウェイトリーが一同を見渡す。真剣な面差《おもざ》しではあるが穏やかさも混じり、それは家族の門出を祝う愛情なのだと使用人のローザンネやルイサは知っている。

「改めて申し上げますが、カレン様がライナルト皇帝陛下とご婚約なさいます」

初めて聞いた時も驚いたが、時間が経ってみれば「やはり」と納得できた。驚いた理由は、どちらかといえば側室ではなく正室になる点であって、いつかカレンが皇帝の寵愛を賜《たまわ》る存在になると考えていたのだから。

ウェイトリーの背後に控えていたクロードが両手を広げる。

「さて諸君。コンラート家は隆盛どころかそれら一切を飛び越えた。将来は約束されたも同然、君たちは給与が上がるし、私も顧問料を引き上げられてウハウハ。正直笑いが止まらんくらいだ」

ごほん、とウェイトリーが咳払《せきばら》いし、クロードは皮肉げに唇をつり上げる。

「……が、喜んでばかりいられんのが勤め人でな。苦労してきた花嫁に憂いなく笑ってもらうため、そして我々の給料のためにもやるべきことをやらねばならん」

「クロードの発言は問題ありますが、これ以上ご苦労をおかけしてはならない点は同意です。結婚式までの悩みは血なまぐさいものではなく、後々笑い飛ばせるくらいにしなくてはなりません」

「なに、その分諸君らの慶事の際には皆が一丸となって全力で祝うと約束するのでな」

「……お二方、別に念押ししなくても、あたし達ちゃーんと協力しますよ」

呆《あき》れたルイサに、ヒルが代表して告げた。

「約束通り最期までベンの面倒を見てくださったのだから、責任を持つと言った貴方がたやカレン様は信頼しております」

「おっと、これは余計な口を叩いたな。信用していないと聞こえたのならすまない。この疑り深い気性は寛大な心で許してくれたまえ」

笑顔で席に着くと、用意されていた茶を一口啜《すす》る。

ゾフィーはクロードがあえて言葉を引き出したのだと知っていたが、黙って腕を組むに徹した。隣に立つジェフも老人の目的を見抜いたはずだ。

「本題に入ろうか。ただでさえ忙しいコンラートだが、おそらく今まで以上に、およそ想像ができないほどに苦労が増える。まずはこれだ」

パチンと指を鳴らせば、マルティナが紙袋を取り出した。

机の上に中身をぶちまければ、出現するのは大量の紙類だ。

「これ……釣書？　僕のじゃないよね」

決して自意識過剰ではない。ヴェンデルもコンラートの隆盛に伴い、現時点で結構な婚約を申し入れされており、すべて一括で断っているが故の発言だった。試しに釣書を開けば「うわ」と面倒くさそうな声を上げる。

「うっそ、もしかしてこれ全部カレン宛？」

「左様にございます。我々で内々に対処しておりました」

「まさか本人に教えてないの？」

「ないとも。なぜなら下手な男に惚れて運営に差し支《つか》えがあっては困る！　私の指示ですべてを処理していた！」

「元よりコンラートで手一杯のカレン様には余裕がございませんでした。陛下に想いを寄せているのは知っておりましたので、余計な心配を掛ける必要はないかと」

「……えー、二人がグルになってたってこと？　でも知らせないのはまずくない？」

「問題ない。彼女は本命以外には目が向かない質《たち》だし、知らせる内容を選別するのも補佐の役目だ」

ヴェンデルが皆を見れば、そっと目を伏せる大人組だ。ゾフィーやマルティナが知らないはずはないだろうし、使用人勢もとっくに察している。

「これは想像以上だったかも」

みな黙っているが、資産がある若い娘であり、容姿も並以上とあれば当然の結果だ。釣書以外にも、仕事で挨拶に行けば露骨に子息を紹介され、伝言を頼まれる場合もある。対象は当主代理のみにあらず、賢《さか》しい者はその配下を狙い出す。マルティナに至っては言い寄られもしたので、家庭教師を思い出してゲンナリ気味だ。

そして今後はこの申し込み対象がヴェンデルになるのだと、可視化することで少年以外の全員に言外に伝えていた。

「こちらは落ち着いてくれるでしょうが、わたくしが伝えたいのは、今後は人の出入りを特に制限してもらいたいということです」

「周辺は内々に警邏《けいら》を増やす予定だが、やはりどうしても行き届かん場合がある。君たちの個人的な部分に口を挟みたくないが、コンラートは……はっきり言うが、少数過ぎる。数が少ないとは即《すなわ》ち互いの信頼が厚い証拠だが、その分それぞれが狙われやすい」

「……自分などはしがない使用人だが」

「ヒルさん、自分の例を思い出してくださいよ。この腹が出っ張ったおじさんに美女が言い寄ってきたんですよ。そこに性別や年齢は関係ありませんって」

と、経験者のリオが語れば全員改めて納得した。

「ゾフィー君やジェフなんかは宮仕え経験者だから、苦労も想像できるだろう。しかし我々はこれから考えられる問題を事前に話し合っておかねばならない。そして個々が確たる意志を持って行動できないなら、しばらく距離を取ってもらうと念頭に置いてくれ」

「厳しいことを言っていると承知していますが、どうかお考えください。側室制度を廃された陛下が、ただ一人だけをお迎えになる意味を。もしカレン様の身に何かあった場合、最悪我が家は完全に潰れ

「潰れるどころか命の保証がないと考えてくれてかまわん」

つまるところ、なにがなんでもカレンの安全は確保されなくてはならない。今後入ってくる新しい庭師の素性は聞いているので、クロードはこの面子《メンツ》を揃えた。ゾフィーらから注意事項を伝えられると休憩を挟《はさ》むが、その時にゾフィーはジェフに話しかけている。

「周辺はどのくらいの警護になりそうだと言っていた？」

宮廷からも人は派遣されるが、カレン周りの警護は特にジェフが責任を担うはずだ。これから彼の下に多くの人間が付くのも決まっていた。

「少なくとも二十軒隣の範囲に新しく引っ越してくる住人はすべて精査すると聞いた。あとは常時見えないところに人を置くというから、怪しい通行人は見張られるはずだと」

「魔法院はどのくらい関わると？」

「一定量の魔力行使ができぬよう結界を敷《し》く。それとエレナ殿も別個で雇うとか……」

「だとするとヘリングも無関係ではいられないか」

「彼らには苦労をかけてしまうが、正直助かる思いだよ」

「いいんじゃないかな。旦那の方が憲兵隊長と仲が良い時点でお察しだから」

それにエレナは黙っていてもカレンに関わる。だったら給与が発生する方がいいと考えたのかもしれなかった。

「エレナは結婚式を開きたがっているから、資金を貯めるには丁度いいんじゃないかな」

「エレナ殿が？」

「いつか、だそうだけどね。度々《たびたび》友達を招《よ》んでたときもあったけど、あれは地下を隠すための偽装目的だったし、そういったものは抜きでしっかりとやりたいそうだよ」

「彼女は派手な催しは苦手ではなかったか」

意外に思われるかもしれないが、隣の夫妻は、友人を呼んで派手にやりたがるのは夫の方だ。エレナ自身は目立った行為を好まない。

「気が変わったってさ。思い出が目一杯欲しいそうだ」

彼女が夫を喪《うしな》いかけた心境を思えば、なによりすでに夫を喪ったゾフィーの身としては友人の想いに同意する。

帝都は宗教施設が撤廃されているため、将来を誓い合う場がない。従って会場は自宅か集合施設を借りるかなのだが、どちらにせよ式を挙げるなら様々お金がかかる。

すっかり容姿の変わったジェフは表情がわかりやすくなった。思うところがあるのか、考え込む姿にゾフィーは次の言葉を待つ。

「思い出か。やはり女性はそういった行事ごとは大事にしたいかな」

「人によるんじゃないかな。でも記憶に残りやすいのは確かかもしれない」

「聞いたことなかったが、ゾフィーは式を？」

「やったよ、二人だけのささやかな式だったけどね。あの時はやる必要もないと思ってたけど、いまはとても懐かしい」

気軽に話ができるようになったのも近しくなったおかげだ。

懐かしい記憶を辿《たど》ると自然と笑みが浮かぶのだが、傍《かたわ》らではジェフは生真面目《きまじめ》に頷《うなず》いている。

「やはり節目は設けておくべきか」

「記念日はあった方が楽しいけど、でもま、やり過ぎも良くない。約束を破ってしまうと拗《す》ねられて大変だから」

ゾフィーにとって、いまやその対象は子供達に限定される。近年は成長したぶんだけ強請《ねだ》られる品の価格がつり上がり始めた。一晩一緒に寝るだけで良かった昔を思い出す隣で、やはりジェフが頷いていた。

「……なるほど」

この会話を耳にしていたのは、その他の全員だ。ヴェンデルがへぇ、と呟《つぶや》きかけたところで、マルティナとハンフリーがそっと目配《めくば》せしいいきかせる。中年組は流石《さすが》の鉄面皮ぶりで他の話題に興じているが、耳を大きくして集中しているに違いない。

老人二人が誰に語るでもなく、ほうっと呟く。

「春ですなぁ」

「春だなぁ」

青き若葉の如《ごと》き花も、すでに開いた大輪の花達も、彼らには等しく喜ばしい存在だ。

どうか彼らの行く末に幸多きようにと、願いを込めて老人達は器を傾けた。

外伝

地獄の釜よりなお赫《あか》く

　オルレンドルで軍人を目指す少年少女が在籍する軍学校。特別講習という名目の実地訓練にて、集合場所の練習場に場違いな少年がいた。

「見たことない顔が二つも交じってるけど、あれ、どこのお坊ちゃん？」

　隣の友達が驚きの声を上げる。

　このとき軍学校に在籍していたニーカは十五歳。実技では群を抜いて優秀な成績を収めていることで有名だが、友人とつるむ時には年相応のあどけなさが宿っている。

「やだぁ、うちはお貴族様が顔を出せるようなお上品なところだったっけ」

「なんかの間違いかなって話してたところだ。つうかお前、ニーカも一応貴族なのを忘れてないか」

「あっ、ごめんニーカ。そんなつもりはなくて……」

「え？　ああいいよ。言われるまで忘れてたくらいだし」

「ありがと。……でもさぁ、間違いにしてはおかしくなぁい？」

「そもそもあんなお坊ちゃんが俺らに交ざるのは変だろ。見ろよあの黒髪、ひょろひょろじゃないか」

　友人達は初顔に聞こえるようわざと喋っていたが、同級生が感じていたように、ニーカにも罪悪感はなかった。なにせ軍学校でも彼女のクラスは下位に属している。平民か、もしくはそれに類する貧乏貴族の子息の集まりで、ほとんどが安定した暮らしか出世を夢見ている。何をせずとも優遇される貴族は軽蔑の対象だし、相手からも冷遇されやすいから仲が悪い。金髪碧眼《へきがん》の美少年とその従者など邪魔者以外のなにものでもなかったが、残念ながら彼らの配属は間違いではなかった。

「この演習の間だけ寝食を共にするローデンヴァルトとアーベラインだ。同じ仲間として世話してやってくれ」

教官の「世話」の言葉に黒髪の少年は目元を険《けわ》しくしたが、文句は言わなかった。

少女達は突如仲間入りした美少年に浮かれているが、反対に男子の受けは悪い。この手の配属はきっとワケありなのだ。ただでさえキツくて毎年降参を訴える者が出ると噂の実地訓練、見知らぬ坊ちゃんの世話をしなくてはならない現実に少年少女は口をへの字に曲げる。

その不平は出発後、堂々と態度に表れた。

「きっとどこかの厄介払いで、他の連中が匙《さじ》を投げたから俺たちに回されたんだ」

「そもそもローデンヴァルトなんて聞かない名前だし、帝国の貴族じゃないぞ」

「隣の連中が朝、教官があいつらの頭を叩いてるの見たってさ」

「なら厄介払いで決まりだな。面倒見てやる余裕なんてないし、どこかで降参させちまおう」

危うく苛《いじ》めが発生する手前でニーカが異論を唱えた。

「蹴落とす必要がどこにある。意地の悪い真似なんかやめておけ」

「でもニーカ。あいつらお高くとまってて気分悪いじゃないか」

「初めましての連中の中に放り込まれて、悪口だって言われてるのに、にこやかに出来ると思う？」

「だけど足手まといがいたんじゃ困るのは俺たちだ」

「だからってやっていい理由にはならない。みっともないし、厄介払いっていっても、勘違いだったらどうするつもりなんだ。責任を問われるのはあんただけじゃないのはわかってる？」

相手がムキにならなかったのは、ひとえに少女に人望があったおかげだ。彼らとて厳しい授業でこっそり手を貸してくれ、時には宿舎を抜け出す同期達が処罰を喰らわぬよう口裏を合わせてくれるニーカの発言は無視できなかった。

けれどニーカは助けたつもりはない。貴族のワケあり子息が入ってくるのは疑問でも構わなかった。実地について行けず脱落するのだって知った話ではないとすら思っている。しかし、もし仮に本人にやる気があるのなら陥れるのは卑劣な行為ではないか。

ニーカの苦言は大半の者の良心を咎め不安を煽った。アイデアは実行されず終わったが、道中は新参者に悪口を叩く者が出るのは止められない。

しかし引率である教官がつまらなそうにしていたから、きっと苛めは織り込み済みだったはずだ、と後年のニーカは考える。

訓練生達は自分の体重ほどもある背嚢《はいのう》を負って行軍した。

新参者はニーカ達程の体力はなかったけれど、黙々と足を動かしていたからよくできた方だ。黒髪は体力がなく、金髪が隠れて荷物を持ってやっていたのを目撃したけれど、少女は黙認している。

彼らは罵声の飛び交う訓練、固い地面のテント泊、まずい携帯食に風呂に入れないことすら文句一つ垂れなかった。欠点があるとすればどちらも愛想がないくらいだけど、訓練が厳しくなるにつれて皆余裕がなくなっていたから、笑顔がなくたって誰も気にしない。

数日にわたる行軍、十日にわたる山ごもりを終える前日には皆軽口が戻り始めたが、最終日で希望はすっ飛んだ。

方針が転換したのだ。

「近隣の地域民族が我らがオルレンドルに反旗を翻《ひるがえ》した。すでに味方が向かっているが、雑用を担う兵が足りていない。よって、我らは味方の支援に向かう。諸君は初めて戦地を目にすることになるが、これも軍人の務めとして任務にあたるように！」

声なき不満がさざ波となり広がったが、逆らえば除隊である。

訓練生達は再び行軍をはじめたが、さしものニーカもこの時ばかりは背嚢がやたらと重く感じた。

「参ったなぁ、帰る日を伝えてあったのに、これじゃ爺さまのケーキが食べられない」

「ニーカのおじいちゃんがお菓子作るの？」

「そそ。退役してから趣味をとっかえひっかえ楽しんでるけど、最近はもっぱらお菓子作り。下手な職人より上手なのに、片付けが下手でよく母さんに叱られてる」

もしリタイアせずにいられたら苺のケーキを作ってくれる約束だったのだ。辛かった山登り、走り込み、狭い天幕での寝泊まりも、酸っぱさが際立つ特製木苺ソースを頬張る夢想で乗り切った。一つ丸々占拠できる喜びに胸を膨らませていたのに、がっかりどころの話ではない。

「私たちはただの訓練生なのに、支援ってなにをやるんだろう」

「教官も言ってたけど訓練生にやれることって雑用くらいだし、食事作りとか、荷運びとか……？正規の軍人だといいご飯食べられるんだろうし、おこぼれに与《あずか》れるかなぁ」

「だよね。なんか嫌な予感がするんだけど、雑用くらいだよな……」

「やめてよ！　うちの切り札がそんなこと言いだしたら不安でしょうがないわ」

「切り札って、変な言い方やめてよ」

「でもうちで一番腕の立つ期待の新人はニーカじゃないの」

「ただの訓練生だよ、大人にはかないっこない」

「謙遜も酷いと反感を買うわよ。それよりこれから行くところ、ほんとに小さな部族みたい。行く頃には制圧も終えてるだろうし、死体は見なくてすむかも」

「あ、穴掘りが任務だったりして」

「やめてよ!!」

「冗談だって。もう虫除けが少ないし、蚊が少ないことを祈ろう」

風呂が遠のいたのはうんざりしたが、この時はまだ軽口を叩けた。新参者も「忍耐のあるやつ」と見直されていたから陰口も減り不快にならずに済んだ。休憩時間ではどこぞの落胤《らくいん》だと噂が立っていたけれども、所詮《しょせん》は住む世界が違うし、自分と関わるはずがないと興味が持てない。

完全に余裕が消えたのは任地到着直後からだ。

教官が異変に戸惑った。

合流地点に到着しても誰もいないのだ。

味方の野営地に向かったが、後々振り返るに教官の判断は間違っていた。

「教官、我が軍の者が誰一人いないのは妙です。斥候だけを放ち、我々はいますぐ引き返すことを提案します」

「黙れローデンヴァルト。方針を決めるのは私でありお前ではない」

訓練生にしては勇気ある発言だが、ひよっこの意見は無視される運命にある。

これが従来の戦地であれば教官も引き返したかもしれないが、相手は現地の少数民族。たかが野蛮人と侮る心が認知能力を鈍らせたのかもしれない。

森へ分け入り、野営地にたどり着いた彼らが見たのは味方の亡骸《なきがら》だ。

「馬鹿な、そんな、嘘だ」

凄惨な死体に吐き出す者、突然の恐怖に泣き出す者が発生した。教官達が皆を落ち着かせようとした矢先、落下してきたのは火の付いた大量の松明《たいまつ》だ。

煙の量が尋常ではない。気体中に漂う微粒子はあっというまに拡散し、真っ先に煙を吸った少女が胃の内容物を逆流させた。「煙を吸うな」と教官が叫ぶも、地響きまで鳴り始め場を混乱に陥れる。

ニーカの幸運は松明から距離があった点だ。咄嗟《とっさ》に柄を握るも、突然の乱入者に口元を塞がれた。

「吸うな、倒れるぞ」

新参者だと気付いたのは、少年に手を引かれ走り出してからだ。傍らでは黒髪の少年が口と鼻を袖で覆っており、目を充血させていた。

「ま――」

待て、と言おうとした。煙を蓑《みの》に茂みに飛び込んだのは彼らだけで、皆を置いていこうとしている。仲間を放っておけない。

けれども肩越しに振り返ったニーカの目に飛び込んだのは、幾本もの羽根矢に身体を射貫《いぬ》かれた友人の姿だ。オルレンドル人ではない屈強な大人達が仲間に群がる姿に抵抗の二文字は頭から消失した。

煙から免れた黒髪の少年は息も絶え絶えに声を上げる。

「ライナルト様、どこまで逃れるのですか……!」

「どこでもいい、とにかく離れないと死ぬぞ!」

死、の一声にニーカもやっと悟った。

地響きだと勘違いしたのは雄叫《おたけ》びであり、彼らは現地部族の奇襲を受けたのである。

「まだ人が……」

「諦めろ、間に合わない。荷物を捨てろ!」

背負っていた背嚢を投げ捨て、道なき道を走るのだ。直感で命の危機を察し、木の根に足を取られず突っ走れたのは、先日までの訓練のおかげだ。細い木の枝が頬を裂いたが、立ち止まる愚かな真似はしない。体力の続く限り森を走り抜け、体力が尽きる頃には、辺りはしんと静まりかえっていた。

「み、み、ず……」

喉がカラカラだった。心臓ははち切れそうなほど脈打って、もはや声すらまともに発せない。生きる渇望ゆえか水を求め歩き出したニーカを止めたのは、またしても金髪の少年だ。

「まて……かわ、きけ……ん、だから……」

黒髪の少年はもはや立つ気力もない。転がって呼吸をするのが精一杯で、回復には時間がかかる。

ニーカは一刻も早く水を飲みたかったが、訓練を思い出し渋々座り込んだ。森において唯一水分を確保できる水場は見張られている可能性がある。場所によっては開《ひら》けているから逃げ場がなくなるし、そのため慎重を期す必要があった。

そうだ、彼らは襲われた。

ニーカは襟のボタンを緩め、呼吸が落ち着くのを待つ。

言われるままに背嚢を棄ててしまったのは惜しいが、少年の判断は間違っていない。それより腰の得物を離さなかった自らを称えた。

「三人で各包囲を警戒しながら移動する。水を確保して、それから安全な場所に移ってこれからのことを話し合おう」

泣き言や考え事は後回しだ。いまはオルレンドルで待つ家族のため、震える足に活を入れ立つ。

「訓練期間は私の方が長いよな。だから私が先頭を行くけど、あんたら異論はある？」

「ない。……モーリッツは真ん中にしてやってくれ、殿《しんがり》は私が務める」

「構わないけど、あんた剣は使える？」

「使えるけど、多分君には及ばない。だから真っ向から相手とやり合えるとは思わないでくれ」

彼らが泣き喚かず、格下であるはずのニーカの指示に従ってくれたのは良かった。おかげで仲間意識を強められたし、信頼が置けると思ったからだ。

「ロ……舌嚙みそうな名前だったね。なんて呼べばいい？」

「ライナルトでいい。こっちはモーリッツ。君はサガノフでいい？」

「ニーカでいいよ。……よろしく」

命の危機を前に即席チームが完成したが、誕生を喜んでばかりはいられない。

「ねえライナルト、私たちが逃げ出したのはバレてるかな」

「ここは彼らの土地だ。途中で背嚢を捨てたし、調べられたらすぐに気付かれると思うよ。彼らが私たちを生かす理由はないからね」

「……なんでそう思う？　下っ端の私たちなんて放っておけばいいじゃない」

「目撃者は消したいからさ。さ、行こう。いまは川を越えないとならない」

ライナルトは黒髪の友人に手を貸し周囲を見渡すのだが、いまだモーリッツの呼吸は荒くおびただしい汗を流している。彼が落ち着くのを待ちながら、ニーカに確認していた。

「隠れて進めそうな場所はあるかな。川を渡って向こう岸に移動したい」

「……水を確保して隠れるだけじゃだめなのか」

「駄目だ。逃げる途中、微かにだけど犬の鳴き声が混じってた」

犬と聞いた途端、ニーカの背筋がピンと伸びた。

訓練生として、なにより犬の訓練士を身内に持つ身として動物の優秀さは叩き込まれている。母の教えが脳裏を過《よぎ》ると顔を真っ青にしたのだが、このときモーリッツが鞄を落とし、目線は彼の手元を追った。

背嚢以外の荷物を持っていたのだ。小さな鞄からこぼれでたのは小鍋や葉に包まれた携行食。特に携行食を見た途端にニーカは食いついた。

「おま、おまえ、ちょっとそれ貸せ！」

我を忘れて飛びつくと悲鳴などおかまいなしに鞄をひっくり返す。鞄は几帳面に詰め込まれていたのが台無しで、モーリッツがニーカを叱りつける。

「何をするんだ、大事な食料なんだぞ！」

「脂肉、干し肉、燃料、火打ち石……よし、よし……これなら……」

葉に包まれた携行食は溶解した動物の脂肪に干し肉、乾燥果物に粉砕した木の実、保存性を高くするための薬草を加え固めた脂肉だ。味は非常に不味《まず》く、食べればみな一様に顔を顰めるが、カロリーが高く野戦では欠かせない食料になる。演習では配給されていないから、モーリッツの私物だった。

目を皿のようにしてあたりを観察すると、木の根元に生えている草を引き抜いた。

「ニーカ、もう行かないといけないのになにをする気だ」

「先にやることがあるんだ。二人とも、風上はどっちかわかる？」

「北だ。さっき煙が流れた方向を見てたから間違いない。ちょうど川の上流方向だ」

ライナルトが答えるより早くモーリッツが反応した。ニーカの手にある携行食を恨みがましく見つめているが、行動に意味がないとは考えていない。

「へえ、ただのお坊ちゃんだと思ったのに頭が回るじゃん」

「……なんだその言い方は、文句あるのか」

「あるわけないじゃん。私はそっち方面苦手だから最高、頼りにしてるよ」

手早く荷物をまとめさせ、河原を抜けるべく歩き出した。

「ニーカ、急ぐのはわかるが慎重に行かないとだめだ」

「そんなことわかってるよ、でもこっちの方がもっと重要だ」

「お前、ライナルト様に失礼な口を叩くんじゃない」

「モーリッツ、いま私のことは気にしなくていい」

主への不敬を放置できないモーリッツは地団駄踏む勢いだったが、ライナルトが動き出すと続かないわけにはいかない。少年は不服だらけだが、その間にもニーカとライナルトは索敵を続けている。

「誰かいるように見えるか？　私には問題なさそうに見えるけど自信がない」

「後ろは大丈夫、誰も来ていないはずだ」

河原の周辺は虫の音と風のざわめきが響くだけで、雄叫びも、空を切る矢羽根の音もしない。川の流れもゆるやかで、足首程度の深さの水流を見つけると向こう岸に向かって渡りはじめた。水筒の口を開けたライナルトが早口で二人に伝える。

「川魚が生きてるなら毒は流れてないから、水を補充したら向こうに渡ってしまおう。早く身体を休めるところを見つけないと、日が暮れたら身動きが取れなくなる」

「山の向こう側に雲がかかっています。そう遠くないうちに雨が降るのではないでしょうか」

空を指したモーリッツの表情が明るい。雨が降れば土がぬかるみ足跡を消してくれる。川が増水すれば追っ手も減るかもしれないし、ここにきて運が向いてきたと希望に表情は明るくなったが、ライナルトの表情は険しいままで、彼の懸念はニーカにも伝わった。

「そいつは好都合だね。二人とも、私は渡りきる前に風上側に行ってくるよ」

「……何に使うんだ？」

「もしものための備え。風向きを考慮して川を越えて……雨が降るなら大丈夫だと思うけど、やっぱり地の利は向こうにあるから、念には念を入れておきたい」

喉を潤した後は二人に向こう岸に渡るよう伝え、特にライナルトには休める場所を探せと頼んだ。モーリッツは物陰に隠れ、ニーカを待つ役目である。

風上に向かう少女には二人に置いて行かれる不安があったが、ライナルト達は自分たちだけで逃げられたのに、ニーカを助けたのだから見捨てはしまい。

「大丈夫、大丈夫――。私は強い、私はやれる」

自分を奮い立たせる呪文を唱え続ける手には燃料と火打ち石が詰まった袋があった。

ちょうどよく乾いた平たい場所を見つけると、準備を始める。

できればもっと上流で火を焚きたいけれど時間がない。河原にはあちこち乾いた枝が落ちており、それらを集めると並列型に組んでいく。燃料を振りかけるとわずかな火種で簡単に火が点くが、もくもくと煙が上がり出すと手元が震え出した。鍋に脂肉と水、摘んでおいた草を放り込み、炎の上に載せ、素早くその場を後にしたのだ。

もし後ろから追っ手が来たら、モーリッツが待っててくれなかったら……。そう思いながら戻った少女を出迎えたのは、恨みがましくニーカを待っていたモーリッツだ。

「貴重な鍋と携行食だったんだぞ。それにわざと煙まで立てて……。僕たちはお前を殺すために助けたんじゃないんだ。あとでわけを話してもらうからな」

「わかってるよ。あとでちゃんと話す。それより急ぐけどついてこられるか？」

不安になるニーカに、モーリッツは不満げに鼻を鳴らす。

「見くびるなよ。確かに僕は腕は立たないが、演習について行けるだけの実力はあるんだからな」

「ライナルトに荷物持ちを助けてもらってたのに？」

「な、なんでそれを……いや、なんでもない、うるさい！」

見られていたとは気付かなかったらしい。

いささか間が抜けているし体力は心許ないが、訓練に文句も言わず付いてきた根性や、天気の移り変わりを察した頭の良さは評価している。

「ライナルト様ならこの先にいるはずだ。目印に紐を括っておくといったから、回収しながらいけば合流できる」

「紐ぉ？」

「全員に持たされてたのを細かく切ったんだ。切りたくはなかったが、他に印になるものもない」

「背嚢に入れてたやつだろ。わざわざ取り出してひっさげてたの？」

「ああそうだ。ついでにお前が返してくれないその袋や、河原に置いてきた鍋もライナルト様のご命令で分けて持っていたんだよ」

準備の良すぎる彼らに疑問を感じていると、ほどなくしてライナルトと合流を果たせた。

「すまない。屋根代わりになりそうなところはまだ見つかってない」

「こんな短時間で見つかるわけないからね。三人で探そう」

「代わりに食べられそうなものを摘んでおいた」

「……それ、食べられるの？」

「心配いらない。食べられるものしか摘んでないから」

少年の手にあるスカーフには黒すぐりや野草が包まれているが、ニーカには食用とそうでないものの見分けがつかない。それでもライナルトは食料は豊富だと呟いていたから、少年にはこの草木まみれの森が食料庫に見えているに違いなかった。

最初で逃げる方角を考えずに駆けたから所在地は滅茶苦茶だ。視界の届く限りが森だし、どこに行ったらいいのかわからない。途方に暮れそうになったけれど、食料の心配がなければ安心感は違う。

それからは足が棒になるほど歩いた。

川を渡ったから靴やズボンは濡れて気持ち悪いのに行軍はやめられない。途中、突き当たりに行き着くと岩をくり抜いた洞窟を見つけたが、内部を検めると諦めた。

「人が入った形跡がある。もしかしたら安全かもしれないが、もし夜中に来られたら場所が悪いから逃げ場がない。他を当たろう」

満足いく屋根代わりは見つからず、散々歩き回った結果、行き着いたのは大木の倒れた跡地だ。幹は三人が手を繋ぎ囲んでも足りない太さで、かつて立派な樹木だったのは想像に難くない。

中は一部空洞になっていて休むことができる。欠けた一角から入り込むと、そこらの枝を幹に引っかけ、丈夫で大きな葉をかけて隙間を埋めれば屋根になった。簡素な隠れ家だが周囲の視界は遮《さえぎ》れるので悪くない。地面には太めの枝を等間隔に並べ、三人並び座るスペースは確保した。

作業量が途方もなかっただけに、小さなたき火を作る頃には夜更けだ。夜中にたき火を点ける危険性は重々承知していたが、点けずにいられなかったのには理由がある。

震える肩を両手で抱き、がたがたと鳴りそうな歯を堪《こら》えて呟いた。

「寒いし、虫は飛ぶし、煙たいし、ほんと最悪」

「文句を言う暇があったら休め。この火が虫除けになってるんだから、少しくらい我慢しろ」

「隣の奴はうるさいし、お尻は痛いし……」

平地なら薄手のシャツで過ごせる季節だが、山の中で薄着は自殺行為だ。外套を羽織っていても足りないし、炎がなければ寒さで低体温症になる。靴やズボンを乾かさねば明日がつらくなる。三人身を寄せ合っていればいくらか暖かいが、三人ともお互いを「臭い」と思っているはずだった。

全員が両手ほどもない小さな鉄鍋を見つめていた。これはライナルトのもので、彼が持参していた脂肉に水を加え、塩と途中で摘んだ茸や野草を加えた食事を作った。

一つの鍋を回し食べだ。肉を嚙みしめればいくらか味が出るが、煮詰まった野草は青臭いし、汁は脂っぽすぎる。きっと保存用に加えている薬草が原因だ。

はっきりいって不味い。

不味いけれど、このときの三人にはたった少量のスープがなによりのご馳走で、不思議なことに味覚が麻痺を起こしていた。がっつきそうになる食欲を堪え、隣のヤツに食事を渡さねばならない我慢を強いられたのだ。理性を保ちスプーンを手放す作業は、少年少女にかつてない試練を与えた。

わずかだが腹も満ち、黒すぐりを食べ始めると、雨粒が草の屋根をノックしはじめた。

雨の到来にニーカの不安は強くなる。

「ねえ、火は消えたりしないかな」

「屋根があるから大丈夫。それより集めた枝が濡れないようにしてくれ、火が絶えるのは避けたい」

地面が湿るのが心配だが、雨量ばかりは天に祈るしかない。腕に這う蟻を落としながら、ようやくニーカは切り出した。

「モーリッツの鍋だけど、あれはわざと煮立てて、煙を出して下流にばら撒いたんだ」

「君は何か草を摘んでたな。私は知らないものだったが、あれは？」

「水と油で煮てやると強烈な臭いがでる野草。連中が私の想像より早く到着して、火を消してなければ風に乗って散らばるはず。それで犬の鼻は誤魔化せると思うんだ」

「念のため見分け方を教えてもらえるか。今後役に立つかもしれない」

「変なことに興味持つんだね。でも……いいよ、どうせ暇だからね」

野草はかなり強烈で、直に嗅げば犬はしばらく鼻をやられるらしく、母からは絶対やるなと忠告されていた。咄嗟に行動を起こしたが、試したことなど一度も無いから失敗していたらどうしよう、なんていまになって不安が頭をもたげる。

いまはニーカをはやり立てるものはなかった。

奥底に隠れていた臆病風がひょっこり顔を出すと、三角座りの膝に顔を埋める。

気を張っているがニーカはまだ子供だ。仲間の危機に駆けつけ、祖父みたいに尊敬される自分を夢想した日もあるけれど、理想と現実はあまりにもかけ離れすぎていた。育ち盛りには足りない食事、知らない場所で命を狙われる恐怖。心をかろうじて支えているのは家族の教えと、家に帰りたいと願う帰巣本能だ。いまぐらつきかけている心に手を添えてくれているのは、共にたき火を囲む彼らだ。

「ここに到着したとき、ライナルトだけが教官に反対してたよね。あんた、もしかしてこのことがわかってたの」

火にあぶられた枝が音を立てて割れた。

話をしていないと心が恐怖に攫《さら》われ、大声で泣き出しそうで怖かった。

「わかってはなかった。ただ、実地訓練の後に抜き打ちがくるって噂は聞いていたから、近辺で起こってる争いを調べてた」

「……そこまで知ってたの？」

「ただの予測だよ。でも情勢を調べてもらったら、ここの地域は思った以上に後がなかった。原住民はオルレンドルに抵抗したせいで大勢亡くなったばかりで、今度の戦で本当に滅ぼされるだろうって。……その程度だったけど、大人がやけに楽観視してたから不思議ではあったよ」

「そりゃ確かにそうかもしれないけどさ、戦の状況を軍人がわかってないわけないじゃないか」

「君は軍人だったら間違わないとでも思ってるのか？」

大人を信じるニーカにライナルトは心底驚いており、返答に詰まってしまった。

「そ、そこまではいわないよ。……だけど、今回の戦は余裕だって言ってたから……」

「だったら考えを改めた方が良い。人間死ぬって確信を持っているときほど、なにをしでかすかわからない」

妙に悟った台詞を言うから癪に障るが、彼に助けられたのは事実だ。言葉をぐっと呑み込んで目をそらした。

「そんなのまだ軍人じゃない私にはわからない。大体調べたって言うけど、誰がそんなことできるわけ。戦況の情報提供なんか誰がやってくれるっていうの」

「今回の派兵はバッヘムから資金提供が行われてる。モーリッツの実家だから調べてもらうのは簡単だった」

帝国で名を知らぬ者はいない大家だ。そんなお坊ちゃんがこうしてたき火を囲んでいるのも、ましてニーカ達のような訓練生に交じるのもまるで考えられない。

「バッヘムが実家って、その融通利かなそうなお坊ちゃんが？」

「おい、喧嘩を売っているのか。失礼じゃないかお前」

「お前じゃなくてニーカな。名前くらい覚えろばか」

「モーリッツは普通の女の子に接する機会がないせいで照れてるだけだから」

「ライナルト様!?」

「それと色々考えてくれているだけで、頭の固い大人に比べたらずっと柔軟な思考をしているよ」

「でもアーベラインって名乗ってたじゃないか」

「……バッヘムは母方の名だ。僕には関係ない」

「いや、関係ないってそれ無理が……」

「うるさいな、関係ないって言ってるだろ」

この期に及んで無関係を装うのは無理があるだろうに喋りたがらない。

ライナルトは押し黙ったモーリッツに肩をすくめると、そういうわけだから、と言った。

「万が一を考えていただけなんだよ。なにかあってほしいなんて思って行動してたわけじゃない」

「だったらなんでモーリッツに荷物を分けさせてたんだ」

「森に到着したとき、誰も迎えに来てなかっただろう？」

「おかしいのはわかるよ。だけどそれだけで警戒に繋がるものか？」

「だから、なんだよ」

ライナルトの言葉は要領を得ない。直接的なやりとりを好むニーカにとって、いまのライナルトはまさしく気取ったお坊ちゃんに他ならず、少女の苛立ちが爆発する前に少年は説明した。

「伝令が来てない時点で普通は怪しむべきだろ。もちろんそれだけじゃ判断材料は足りないけれど、荷物を分けるくらいは手間じゃない。あとは勘が働いた」

「勘ん？」

「合流地点に到着したときから妙な空気だったんだ。あたりがぴりぴりと刺すみたいに張り詰めてる、視線を感じるのに誰もいない。森に入りはじめてから胸騒ぎが収まらなかったから、モーリッツにはいつでも貴重品だけ持ち出せるよう伝えておいた」

平然とした調子で話すが、この状況にもかかわらず口角をつり上げているのは気のせいか。少年はニーカの知る同年代とは違い、居心地が悪くて直視できなかった。

「いまさらだけど、誰か生き残ってたりしないのかな。もし捕虜になってるのなら、助けたら味方が増えたりするかもよ」

「行かないよ」

ライナルトの答えは簡潔で簡単だった。

「君だってわかってるはずだ。彼らは私たちが若者だからと生かしてくれる人ではないし、先の戦で男を大勢やられている。その前では別の集落を焼き討ちされて女子供が命を落とした。次に殺されるのは自分たちで、だからこそ死に物狂いだ」

集落の焼き討ちはニーカの知らない話だが、このあたりは無理もない。帝国民に伝えられるのは帝国に抗《あらが》う部族を下した勝利報告だけであり、わざわざ詳細を語り、反感を買う理由はないためだ。

「友達が生きていると考えるのは勝手だけど、行ったところでどうにもならないよ。半人前三人で挑んでも負けるだけだし、本当に彼らを助けたいと思うのなら森を抜けて味方を呼ぶべきだ」

「……そう、なんだけど」

拳を握った。ライナルトは同級生を知らないが、ニーカは違う。彼らとは長い間顔を突き合わせ、苦楽を共にした学友なのだ。仕方ないとわかっていても、逃げる直前に誰かの手を握れなかったことを後悔している。

そんなニーカに対し、モーリッツは黙ったままひっそりと罪悪感から目を背けている。

「それに君を助けたのは誰よりも腕が立つからだ。訓練でも群を抜いて強かったし、冷静だった。いまだって怒鳴らず状況を把握しようと努めてる。まわりを見れるだけ教官よりも優秀だ」

「……それじゃ腕が立たなかったら助けてくれなかったって？」

「その通りだ。君は君の才能に助けられたと思っていい」

淀みなく答えるから、気付いたときにはライナルトの胸ぐらを掴んでいた。すぐにモーリッツが割り込んだから事なきを得たが、苦々しさは隠せない。

「どうして皆に忠告しなかった、なんて言わないだけ君は賢明だ」

「ライナルト様、少し抑えてください。貴方の言葉は時に棘《とげ》なんです……！」

言ってやりたかったに決まっている。

けれどもライナルトは一度ながら教官に申告していた。仮に意見を聞いたとしても、理由が訓練生の「勘」では聞き入れられないのはわかっている。

ライナルトに命を救われたから、すべてをぐっとこらえて彼らに背を向けた。一人分、小さくなって寝転がれるスペースを作ると、小さな鞄を枕に横になったのである。

「いまは寝る。交代になったら起こしてくれ、明日の方針は明るくなる前に話し合おう」

胸の裡に渦巻くやるせなさは誤魔化せない。
できるのは彼らを見ずに、頭と体力を回復させて明日に挑むことに専念するだけだ。
雨音は段々と強くなり、うるさいくらいになっている。大木の壁と火のおかげでそれなりに暖かいけれど、果たしてこんな所で眠れるのか。そう思って目を閉じると、意識が落ちるのは一瞬だ。

パチンと目を覚ましたとき、背後では少年達が小声で話し合っていた。

「ライナルト様、これは陛下の御心でしょうか」

「考えすぎだ。あいつは私に興味ないし、手出しするはずもない。最近は新しい女に目が向いているし、私などあってないようなものだ」

「……ライナルト様を無視するなどあり得ない話です」

「そう言ってくれるのは嬉しいが、注目されていたらいまごろ命はなかった。路傍の石扱いだからこそ生きていられるんだ」

突っ込み所満載のやりとりだが、いまのニーカはそれどころではない。ゆっくり身体を起こした少女に二人は口を噤《つぐ》むも、驚く二人に身振り手振りで指示をした。「喋り続けろ」と伝えた彼女は、無言で外を示す。

誰かが、いる。

ライナルトたちが会話を再開する間に、ニーカは大木に背を預け剣を抜く。外側からは見えない木のくぼみに中腰で立ちながら、荒くなる息を抑え込んだ。

火元はなるべく隠したけれど、外側からでもたき火の明かりは見えてしまう。火を点けたままにするデメリットと、こうして押し寄せた危険に後悔が押し寄せるも、三人は暗闇と寒さに消火を決断できなかった。

モーリッツの表情がこわばっているが、たき火の揺らめきで誤魔化せる。あとは自分のタイミングだと深呼吸を繰り返し、外に意識を集中する。

雨音にまぎれて不規則な足音が近づいてくる。

人数はわからないけれど多くはない。震える拳を意気だけで押し殺した。

――果たして自分は人を殺せるのだろうか。

ライナルトは彼女を強いと評価したけれど、どう足掻《あが》いたってニーカは見習いだ。

家族は訓練と実地は違うと口を酸っぱく忠告していて、そのときはどんなヤツだって倒してみせると息巻いていたけれど、いざこんな事態になれば恐怖が勝る。足音達にどうか来ないでくれと願わずにはいられない。ただ家に帰りたいだけなのに、どうしてこんなことになったのだろう。

けれど願いも虚しく静謐は破られる。

なにかを叫びながら突入してきたのは数名の原住民だ。言葉が聞き取れないのは彼ら特有の言語を使っているからで、二人の男が激昂しているのだけは聞き取れる。

いま飛び出すべきかと悩んでいる間に機を失してしまい、奥歯を噛みしめた。

彼らは二人に注目している。

まだニーカは見つかっていないが、中に踏み入ればすぐに見つかるはずだ。

「槍が一、斧が二だ。間違えるなよ」

相手が言葉を理解していないのをいいことにライナルトが呟いた。すると相手の語気が荒くなり、顔をしたたかに殴りつけられると倒れ込んだ。モーリッツが怒鳴り声を上げると、喉元に槍の穂先が突きつけられる。

ライナルトは別の男に背後から髪をひっつかまれ、無理矢理顔を上げさせられるのだが、その行為がモーリッツの逆鱗に触れた。大陸共用語ではない言葉を喋ると場が静まりかえるのだが、直後激しい罵倒が吐かれ、喉元から穂先が引き上げられる。

ここしかないと、モーリッツの喉に鉄が食い込む前に飛び出した。

相手にとって暗闇に隠れていた三人目は意識外だ。

すでに剣を構えて突進したニーカと、意識が逸れていた者では大きな差がある。剣の切っ先が男の腹に埋もれる感触が柄越しに伝わり、全身がぷつぷつと鳥肌を立てていく。

男が倒れ、すぐに剣を引き抜……けなかった。

「あ」

仰向けに倒れ苦悶の表情を浮かべる男、いや男の子はニーカと同い年の少年だった。声音で気付けなかったのは極度の緊張によるものであり、刺した相手の顔を見て、はじめて人を刺したと自覚した。

剣は脇腹に深々と突き刺さっている。

ライナルトの髪を掴んだ少年が彼女のかんばせに斧を突き立てようとするが、直後にギャア、と悲鳴があがっていた。

「ぼうっとするな！」

ライナルトだった。敵の視線が逸れた隙を突き、持っていた短剣で相手の手首を切りつけたのだ。

悲鳴と共に斧が落ち、その足にモーリッツが体当たりすれば相手は転倒する。勢いづいて倒れた敵の顔面に、ライナルトは足先から蹴りを放った。鉄板入りの仕込み靴は一撃で顔面を破壊し、前歯や血飛沫をあたりに飛ばす。

しかし敵は二人だけではない。もう一人離れた位置に斧を持った人間が立っていたが、最後の一人は及び腰であり、恐怖を顔に滲ませていた。

この場ではニーカが真っ先に気付いた。男勝りの顔立ちだけれど、その子はニーカと同性だ。

女の子だから手加減する理由にはならないけれど、相手は明らかに怯えていて……殺してはならないと手を止めた。

けれどそんなことライナルトには関係ない。逆手に持った短剣で少女が構えるより早く斬りつけると、体勢を崩したところに跳びかかる。

「ライナルト、駄目だ！」

「聞けないな。私は自分の命が惜しい」

ニーカの叫びは少年を制止するには至れなかった。振り上げた腕は少女の腕に防御創を作るも、最後の抵抗にはならない。胸に切っ先が埋もれると『敵』は大人しくなり、やがて深い息を吐きながら立ち上がる。痙攣する肉体はやがて動かなくなった。

ニーカも、モーリッツも動けなかった。

「あっちがまだだな。二人とも目をつむっておけ」

呆然と佇《たたず》むニーカの前を横切ると、転がっている二人にも止《とど》めをさした。片方は虫の息、片方は気絶していたからろくな抵抗はない。

空を走り出した稲妻が都度都度明かり代わりとなり、彼の所業を鮮明に記憶に焼きつけた。

「よし、片付いた。モーリッツ、後ろを向きながらでいい。連中なんと喋っていたか教えてくれ」

「あ、え……」

「モーリッツ、お前は見るな。濡れるから奥に入っていろ」

ライナルトの叱咤に肩を跳ねさせると、どもり気味に答えた。

「お、おおとなを呼びに行ったほうがって、言っていまし、た。あとは帝国が家族を殺したとか、お、怒ってるだけで、あまり意味のある言葉ではありません」

「なら他に徒党を組んで来たわけじゃなさそうだ。だとしたら助かった。見たところ同い年くらいだし、ニーカに気付かなかったから経験が浅かったのかもしれない」

「あ、あんた……」

「大人だったらこんな簡単にはいかなかった。ニーカ、次は気をつけろよ」

そこに人を殺した動揺はない。

ライナルトの注意はすでに死者になく、消えかけた火に薪を放ると提案した。

「埋めてる時間はないから、使えるものを剝《は》いだら出発しよう」

彼は本当に同じ人間なのか。ライナルトは宣言通り亡骸の懐を漁りだす。ニーカには彼が奇妙な生き物にしか見えなくなっていたが、血に汚れた自分の剣先が目に入ると、こみ上げた吐き気に逆らえず内容物を吐き出した。

胃の中身を吐き、呼吸を落ち着ける頃には一人目の遺体を漁り終えていた。ニーカにとって目を背けたくなる惨状もライナルトにとっては景色と変わらない。

「良い火種と油があった。火打ち石も私たちが持っている物より上等だ、使わせてもらおう」

そう言って二人目、三人目の持ち物を調べ出す。命潰《つい》えたばかりの肉体はまだ温かいのに、顔色一つ変えやしない少年をニーカは奇妙に、モーリッツすら複雑な面持ちで見つめる。

「ライナルト様、僕は、どうしたら……」

「お前達が遺体を見るのが初めてなのはわかってる。私が引き受けるから、言われた通りにしていればいい」

「ですが、ライナルト様ばかりに負担を掛けています。僕も手伝います」

「なら外を警戒してくれるか。誰も来ないと思うが、見張りはほしい」

「わかりました。お任せください」

返事をしたものの、いざ遺体を直視すると我慢の限界に到達したらしい。頑張って外を見ていたものの、やがてげえげえと吐き出した。

ニーカも二人にばかり苦行を課せないと勇んだが、一歩が踏み出せない。そんな彼女に対し、まるで背中に目があるかの如くライナルトは告げた。

「君にはいざとなったら一番に矢面に立ってもらわなければならないし、自分の体を優先してくれ。こういう仕事は私がやる」

「お前……なんか、慣れてないか……」

「死体を見るのがはじめてじゃないだけだ」

「怖くないの……？」

「もう動かないし襲ってこない。腐ってたら臭いがきついから嫌だけど、ただの肉袋だろう？」

貴族の子息から出るにしては物騒な言葉だ。二人目はほとんど手ぶらだったらしく、ハズレだと呟くと三人目に移り出す。邪魔になったらしい手を足でどかす姿に、たまらずニーカは叫んだ。

「やめろ、遺体を乱暴に扱うな！」

制止に動きは止まったが、それはニーカの意図を理解していたよりも叫び声に驚いたという方が正しい。

胡乱《うろん》げに見返すライナルトに半泣きの声で言った。

「い、遺体を、乱暴に扱うな。彼らは私たちと同い年だぞ……！」

「ああ、うん。それは見ればわかるけど」

亡くなった三人組を見渡した。

「もしかして君は彼らの尊厳とやらを気遣ってるのか」

「そういうわけじゃ……うう、いや、やっぱりそうなのかもしれないけど……とにかく無下に扱うのはやめてくれ！」

「大声を出さなくても聞こえる」

反発することなく足蹴をやめ、泥の付いた箇所を払ってやるライナルトだが、言われたから行動しているのは明白で、益々人間味が感じられなくなっていく。

「この子は荷物持ちだったのか。やったぞ、少しだけど食料を持ってる」

「お、おお、お前、お前、なぁ!?」

「ニーカ、彼らは私たちを殺そうとしたんだから、入れ込みすぎるのはどうかと思うよ」

「わかってる。わかってるよ。お前のいってることは間違ってない、正しいけどさぁ！」

「私は人を傷つけるのに躊躇はないけど、技術面ではどうしても劣る。頼むから躊躇《ためら》わないでくれ」

「わかってるってば！」

忠告は痛いほどわかるつもりだ。下手に怒鳴ってこないこと、それに先のライナルトが迷いなく人を斬りつけたのを目の当たりにすると、年長者に叱られた気分になって嫌になる。

ライナルトは必要な道具を移し替えると、遺体がほぼ濡れていない点に注目したのだが、近くを探索すると雨除けの革の外套が三人分隠してあった。

雷は轟々《ごうごう》と鳴り響く一方だったが、絶え間ない天の光で雨除けを見つけられたのは幸運だ。遺体を横並びに寝かせると、雨が弱まったタイミングで野営地から発った。

見知らぬ地で夜中の行軍など死に等しい。モーリッツから反対意見が出たが、夜中にもかかわらず原住民が駆けつけられたのは不安だと二人が述べて納得した。

「モーリッツが聞き取った会話から察するに、大人に隠れて出てきたのだろうけど、気付かれない保証はない。雨で犬が使えないのが幸運だったただけだね」

「いえ、僕のは聞きかじった知識ですから、翻訳が完全に合ってたかどうかは……」

「お前が言うことなら信じるさ」

ライナルトの信頼にモーリッツは感激しきりで、殺害現場に半泣きだった気力も立ち直った。

ぬかるみに足を取られながら、道なき道を進む三人。想像以上に体力を持っていかれるため足取りは重かったが、偶然にもこれが功を奏した。周りを見る余裕がニーカに生まれたため、遠目に山道を発見できたのだ。今後を相談し直すためにも休憩を提案することができた。

山道を使う真似はせず、あえて脇に逸れると奥まった木の下で闇に紛れて身を寄せ合った。外套は想像以上に防水性が高く、なにより温かい。あまりに心地よすぎて一眠りしたくらいだが、どれだけ経っても殆《ほとん》ど濡れていない。

「もしかしたら雨除けの魔法がかけられているのかも」

「魔法って、まさかただの外套に？」

「雨の中でも僕達だけの声は通じているだろ。ここの原住民は精霊信奉が盛んな地域だし、独自の文化がある。こういうのを作るのが得意なのかもしれない」

「へー……便利なものだな。やっぱり貴族だと魔法使いとも縁が深い？」

呑気なニーカにモーリッツは一睨み……したかもしれない。少年はまわりが気になってほとんど眠れていなかったから、この状況でも眠れるニーカに含むものがあったのだ。

いまはライナルトが眠りについているが、二人の会話にも目を覚まさなかった。

「まあ、お前よりは知ってるな」

「そう刺々《とげとげ》しくならないでよ。いまだって寝られないから、せめて気晴らしに話そうとしてるんだろ。だったら私とも仲良くしておけよ」

「……お前は利用価値があるから助けただけだ」

「いちいちそんなこというなって。殴りたくなるだろ」

軽口をたたけるまで回復したのは寝られたおかげだ。殺した少年少女を思うと胸は痛むが、いまは疲れが思考を鈍くしてくれている。

「なぁ、明るくなったらどこに行けばいいと思う」

「来る前に、ざっとだけどひととおりの地理については頭にたたき込んできた。旅人が作った適当な地図しかなかったから詳しくはわからないけど、さっきの街道は覚えがある」

少女の顔に希望が広がる。

「方向がわからないけど、このあたりに生息してる植物を調べれば、帝国に近いのがどちらの方向かはわかるはずなんだ」

「植物って、一歩間違えたら森の奥深くだぞ」

「わかってる。だから間違えないように慎重にならないといけないんだ。……そういう点ではこの地域と帝国で植物に違いがあるのは助かった。ライナルト様はやっぱり運が良い御方だ」

「運のいい御方はこんな目には遭わないと思うよ、私は」

「うるさい。今考えてる最中なんだから茶々を入れるな」

モーリッツの冷たい言葉も、いまなら強がりとわかるから怒りも湧かない。むしろ遺体を前に互いに怯えていたから奇妙な連帯感が生まれていた。

単純に川を下って道なりに進む方法も考えたが、川はどこに繋がっているかわからないと聞いた覚えがある。さらには最初逃げたように、生活の基盤に欠かせない水場は見張られている可能性が高いから、近寄るのは最低限であるべきだ。

ニーカは深呼吸しながら辺りを見回す。

見張りはしているが雨が降っているし、見よう見まねがせいぜいだった。

ぼんやりしていると、唐突にモーリッツに呼びかけられた。ぽかんとしていると、いらついた声が彼女を咎める。

どうやら独り言を呟いたらしく、心配して声をかけたらしい。

「私、なんていってた?」

「……聞きたいのか?」

モーリッツはぶっきらぼうだが根は悪い奴ではない。頷けば渋々だが教えてくれた。

「人を殺したな、だそうだ。本当に覚えていないのか」

「全然覚えてない」

チッ、とあからさまな舌打ちをこぼされた。

普段のニーカなら口より先に手が出ているから、少年は状況に助けられたといっても過言ではない。

「なぁ、あの三人に襲撃を受ける前にお前達の会話が聞こえたんだけど……」

暗闇でもはっきりとわかるくらいモーリッツの肩が跳ねた。

「モーリッツはバッヘムの人間なんだろ。ライナルトの従者ぶってるけど、こんなところについてきて家族は反対しなかったの」

　返事は期待していなかった。

　子供みたいな罵倒が飛んでくるのを覚悟していたら、ばつが悪そうな囁き声が聞こえてくる。

「母がバッヘムだから目をかけてもらってるけど、父は流れの詩人だ。底辺もいいところの血筋だから僕は期待されてない」

「ふーん。お父さんとお母さん、仲悪いわけ」

「悪く……はない」

　バッヘムは一門の強大さゆえか、親族一丸となってオルレンドルの金庫番を担っている。一族内に部門を設けて各人に役割を振ることで相互監督を果たし、男女関係なく優れた者に席を用意している。その中でも特別優れた者に宗主の役を任せるから、とにかく争いが熾烈なのだ。

「……跡継ぎがーとかいわれない？」

「うちの一門は自由な人が多いから、世間が思ってるほど醜い争いはない」

「はぁ……。じゃあお前の母さんは心配してくれてないのか」

「それはない。びっくりするくらい子煩悩だからこの訓練は反対はしたけど、ライナルト様に付くこと自体は納得してくれてる。そもそもあの方を勧めてくれたのは母さんだ」

「一般人に交ざって軍学校に訓練しにいくのを認めたんだ……」

　真実だとすればますますライナルトについてきているわけを知りたいのだが、それを尋ねるとモーリッツは口を噤む。諦めかけたところでライナルトが身を起こした。

「私の父親が皇帝カールだから、恩を売るために人を付けてくれたんだよ。カールには子供がたくさんいるから彼らも人を選んでいるけれど、もしかしたら将来要職につくかもしれないからね」

　皇帝、と言葉を聞いたとき、すぐには言葉を飲み込めなかった。

「皇帝……って、あの皇帝陛下？」

普通だったら荒唐無稽なでたらめと鼻で笑ってやるが、こんな状況で嘘をつく理由がない。それに少年達が「陛下」と口にしたのを耳にしている。

「疑わないんだね」

「疑うには二人とも上品すぎるよ。特にモーリッツなんか、見るからにいいところのお坊ちゃんじゃんか」

「ライナルト様、やっぱり僕はこいつが嫌いです！」

「けなしたわけじゃないんだから怒るなって。喧嘩するために休んでるんじゃないんだろ、私たち」

モーリッツのけんか腰に付き合っていたらいつまで経っても気が休まらない。

ぐう、と鳴ったお腹を撫でながら言った。

「ただ知りたかっただけなんだ。今回に限って知らない顔が交じったから、あんた達がいたから襲われたんじゃないかって、ちょっと思っちゃったんだよ」

「もしかしてニーカは迷信深いのか？」

「くそ、わかってるよ。別にそんなんじゃないってことくらい」

「……ああ、でも、そうだな。悪いことが起こると、誰かのせいにしたくなることはあるんだろう」

奇妙にもわかった様子で頷く。物わかりの良い振りで同意などして欲しくなかったが、腹が空いているからだと言いきかせた。

「お腹が空いてるから悪い方に考えちゃうだけ。……もう、あんなんじゃ全然量が足りない」

腹の虫が鳴って恥ずかしいのは、精神的に余裕があるときだけらしい。

不貞《ふて》腐《くさ》れたニーカにライナルトは薄ら笑いを浮かべた。

「私が処分したいと思われるだけの人物だったらよかったけど、生憎と皇帝の子供のうちの、その他大勢の一人に過ぎないよ」

「その他大勢なのにバッヘムの人間が付くんだ？」

「母がファルクラムのいいところの人なのさ。だから他の子供とは違って、少しばかり価値が高い。……なんだ、変な顔をして？」

ニーカの家族だったら、人に値段を付けた途端に張り倒される運命が待っている。家族からの愛情を一身に受けた少女にとって、ライナルトの価値観は衝撃でしかない。

「もしかして家に帰れるのか不安だとか？　心配しなくても、従ってくれるなら必ず家に帰すさ」

「自信満々じゃん。同じ見習いのくせに」

「私だって早く帰りたいからね。それに自分が死ぬかも、なんて前提で動くやつはいないだろう？」

しれっと言ってのけるものだ。真似できない傲慢さだが、いまはこの自信が頼もしい。

「聞いて良いのかわからないんだけど、皇帝陛下って、そんなにたくさん子供がいたっけ。私が知る限りお子様ってヴィルヘルミナ皇女一人だから、兄弟がいるなんて聞いたことない」

皇帝カールを揶揄する詩歌は聞いたことはある。とても気紛れで、気に入った相手ならどんな財宝だって与えてしまういたずら者。ひょうきんで女の人が大好きだけれど、反面帝国を絶対に守護する王様だ。

悪さをした大臣は命令ひとつで首がぴょん、帝国を脅かした国は指先ひとつで忠実な騎士達が退治してくれる。怖いけれどオルレンドルを思う王様……なんてどれも面白がって聞いていた。酒場ではもっと噂されているのだろうが、少女が知っている皇帝像なんてそんなものだ。

「国民に知らされていないだけで、私以外にもたくさんいるよ」

「……仲が悪い？」

「悪いというほど付き合いがない。ヴィルヘルミナだけは私たちを気にかけてるらしいけど、あの子はまだ子供だから世間を知らない」

皇族事情に興味が頭をもたげてきたが、体力の消耗を危惧して長くは話せなかった。悪天候の中、誰よりもぐっすり寝たのがライナルトなのだから、想像以上に苦労人なのかもしれない。

陽が昇る前になると眠りこけているところを起こされた。夢見心地で目覚めたら、すぐに全身を覆う不快感に溜息が漏れる。風呂に入りたい、ぼそりと呟いた少女を責める者はいなかった。

方針を決めると荷を纏め、再び行軍がはじまった。朝飯は乾いた干し肉ひとつ、歩きながら肉を嚙みちぎると、固く塩気が強い肉を唾液でゆっくり戻す。

「すぐに呑み込むな。時間を掛けてゆっくり嚙んで食べろ。そうすれば少しは空腹感も紛れる」

空腹に対するアドバイスもライナルトは的確だ。

何度も何度も肉を嚙みしめ、ときに水を流し込めば確かに幾分楽になったが、どうやっても物足りなさは拭えない。途中食べられる植物の実があれば拾って歩いた。

「雨だとどこから太陽が昇ったかわかりにくかったから、晴れて助かった」

道を決めるのはモーリッツとライナルトだが、時折ニーカもその中に加わった。陽が昇る方角、道行きに生えている植物、時折確認できる川の水の流れから、大体の方向は判断することができる。

「本当は山を登り切って、道を見つけてから下るのが最善なんですが、僕らがそんなことをしたところで見つかって捕まるのがいいところです」

「ならばどうしたら良い？」

「とにかく彼らの行動範囲外に逃れて街道に出るべきではないでしょうか。商隊に遭遇できれば保護を頼めるかもしれません」

「同意見だ。今日中にここを出よう、捜索の手が広がったら私たちの手には負えなくなる」

「……やはり逃がしてはもらえないでしょうか」

モーリッツは殺人を忘れたのではない。ただ希望的観測を述べただけなのだが、ライナルトは現実的だ。

「無理だ。原住民が軍に手を出したのなら、戦になるのはすでに覚悟していると考えて間違いない。彼らが軍に優位に立てるとしたら地の利と奇襲以外ないのに、その目撃者は残せない」

「で、ですよね」

「心配するな。でたらめに逃げたとはいえ、方角さえ間違えなければオルレンドルに繋がる正規の街道に出られるはず。少なくとも方角だけでも定められたのは進歩だ」

命を奪い狙われ陰鬱な気分だったが、運は間違いなく向いてきている。あと少し、もう少しだけと気力を振り絞る彼らが森を抜けたとき、待っていたのは希望と無残な現実だ。

周囲を見渡したモーリッツがはっと振り返った。

「ライナルト様、ここ、行きに通った道に戻ることができるかもしれません。太陽があっちだから……うん、辿れば帰ることができるかも」

彼らの運は人並みを凌駕《りょうが》している。

モーリッツの表情が明るくなり、自然と声が大きくなった。

「道を見つけることができたのなら、夕方くらいには街道に出られます。そこで助け――」

皆まで言えなかったのは二人から同時に押さえつけられたせいだ。ライナルトは頭から、ニーカは口を封じて全体重をかけた。重みに負けたモーリッツが地面に沈み、三人して地面に張りつく。昨日の雨で服が汚れたが、嘆くどころではない。

しぃ、とライナルトが合図を送る一方で、ニーカが一点を凝視している。緊張を含む眼差しに恐怖も混ざっており、モーリッツにも危険が伝わった。

「ニーカ、私より目がいいだろう。なにが見える」

「大人が四人、もっと奥に……一、いや二人いる。見つかったら敵わないぞ」

「近寄って来る気配はあるか」

「わからない。まだ距離はあるけど、近寄られたらここは危ない」

来た道を戻る選択もあったが、そうなると脱出が遠ざかる。追っ手がないとも限らないし、二人は進む決断を固めた。

「移動をはじめよう。ただしゆっくりと、最悪見つかったら荷物を捨てて走り出すぞ」

視線の先では屈強な男達が固まって話をしていた。草木に埋もれる三人は姿勢を低く低くしながら、匍匐《ほふく》前進の要領で進んでいく。ニーカの憂《うれ》いは犬がいたらという焦りだったが、幸い動物の鳴き声はしない。

怒鳴り声が聞こえる距離になれば、すぐにモーリッツが翻訳を行う。

「昨日の死体が見つかったみたいだ、いますぐ見つけろって捜索範囲を相談してる」

なおさら引き返せなくなった。藪が深い方へ進むが、男達をやり過ごした後に振り返ると、先ほどまで三人が隠れていた藪の近くを通っていた。彼らは話に夢中になっているが、注意深く見られていたら草木のへこみで存在がばれていたに違いない。

もう後戻りできない。ひたすら前を目指していると、若干困ったことが起きた。

広場があったのだ。

粗末な造りの野営地からして、急ごしらえのものだ。巧妙に隠されていたから普通はかなり近寄るまで気付けないが、早い段階で知れたのは風に乗り流れてくる臭気のせいだ。鼻を突き刺す臭いのために広場の存在に気付けた。

咄嗟に全員が口元を押さえた。ライナルトが鼻と口を覆うよう指示すると、自身も持っていたスカーフで鼻を覆い後頭部で結びつける。

「なんだ、この臭い」

ニーカとモーリッツははじめ、この臭いの正体に気付けなかった。食べ物が腐った臭いにしては嫌悪感が凄まじく、吐き気を催す酷さだ。胃の中がほとんど空でなかったら嘔吐《えず》いていたかもしれない。

「……警戒されてる道沿いより、脇を突っ切ったほうが早いかもしれない。なにより草が高くて柔らかいからこのまま進んでも怪我の心配が少ない」

「ライナルト、一体どうしたんだ。なにかあったのか？」

「これは、多分……」

二人とこの先進むべき道程を見比べる。なにか悩んでいるらしい。

「モーリッツ、この先なんだが進むべき方角はあっていると思うか」

「うっ……おえ……気持ち悪い……」

「モーリッツ」

「あ、合って、ます……」

「吐くな、我慢しろ」

二人に顔を寄せて、小声で呟いた。

「広場の近くを通っていくぞ。もしかしたら嫌なものが見えるかもしれないが、いいか、絶対に声を上げるな。飛び出すな。なにを見ても黙って前へ進むんだ」

その時のライナルトの表情にはわけもなく恐ろしさを感じて、一時ではあるが臭気を忘れた。

ニーカは大人になった後もこの出来事を思い返すのだが、ライナルト少年は錯乱した者を置いていく心積もりだったのでは、と考えることがある。無理に正気を繋ぎ止めるより、囮《おとり》にすれば生存確率は上がる。モーリッツに質問をしても、彼もやはり同意見だった。ただしこちらは主の判断を正としており、否を唱えるつもりはない。

「私もお前も、いまこうして五体満足で揃っている。過ぎた話を起きもしなかった妄想で語るなど愚かだとは思わないかね」

「大抵の人間はその起きもしなかった話をするのが好きなんだよ。非難してるわけじゃないから見逃せ石頭。……ところで本の趣味変わったか？　冒険活劇なんて十代で卒業したと思ってた」

「作者が母だ」

「……なんだかんだで文句を言いながら付き合ってあげてるよな」

二十代に達した彼らならあの状況でも笑っていられるが、当時の十代半ばの少年少女にとっては大変な試練だった。生きるか死ぬかの一夜は精神を摩耗させたのだ。

草木に隠れながら進んでいると、段々と臭いがひどくなった。段々と正体が判明していくのだが、咄嗟に顔を背けたモーリッツは本当に賢明だった。

ニーカは駄目だった。

目を背けることも、知らんぷりも通せなかった。動けなくなっただけ、金切り声を上げるよりは幾分ましだったが、これとて少女には酷な話だ。

広場の目的がわかった。

「ニーカ、見てないで進め」

穴が掘られていた。

死体が積み上がっていた。

死人の扱いに尊厳なんてものは存在しない。

わざわざ荷馬車で運んできた亡骸達はすべて彼らと同じ制服を身に纏っている。

原住民達が彼らの両手両足を摑み、乱暴に穴へ放る様を隠れて見つめるしかない。

ライナルトが腕を摑み引っ張ろうとするのだが、ニーカの視線は広場に釘付けだ。それもそのはずで、積み上がった遺体のいくらかに見覚えがある。

「あ」

積み上げられていた死体のひとつが首を持ち上げた。

正確には死体だと思っていた生者だ。女の子はニーカと同い年で、ついこの間まで隣で笑いあっていたはずだが、いまは傷だらけながらもなんとか生きている。

……どうして彼女がニーカに気付けたのかはわからない。

もしかしたら錯覚だったのかもしれない。

しかしこのときのニーカにはお互いを認識し合った確信があった。

友達が小さく口を開いていた。もはや思うように動かない口を一生懸命動かして、助けを求めるべくもがいたところで、原住民に摑まれる。抵抗しても無視された。

両手両足を摑まれて、穴の向こうに落ちていく。

人の命はあっけないと知ったつもりではあったけど、このときほど思い知らされた瞬間はない。

「————ッ！」

モーリッツが少女の肩に手を置くと、真っ赤に腫らした目元を認め首を振った。その仕草や顔色で、相手もまた同じものを見ていたのだと知った。止めてくれなかったら飛び出していたかもしれない。奥歯を嚙みしめライナルトの後を追い始めたが、口元は絶えず震えていた。

ようやく広場から抜け出すと見張りの目がなくなったが、ニーカの目元が赤いのは決して暑いからではない。無言で大粒の涙を流す少女を気の毒そうに見るモーリッツは、手袋を外し、鞄の中からハンカチを取り出した。未使用のそれは細やかな刺繡《ししゅう》が入っており、高値の品だと見て取れる。無言で少年を見返すニーカに、ぐいっとハンカチを押しつけるとそっぽを向いた。

彼らのやりとりを意外そうな眼差しで見つめるライナルトに、少年は答える。

「物には替えがありますが、悲しいという感情はそのときだけのものです」

母から贈られたハンカチだから綺麗にしまい込んでいたのに渡したのだ。ニーカが万全の状態であればすぐにハンカチを返していたが、この時はただただ目元を押さえつけていた。上体を折り曲げると大声を出さないよう肩を上下させている。これまでに溜まった様々な感情がこみ上げているのか、落ち着くには時間がかかりそうだ。

本来ならそっとしておくべきところだ。しかしライナルトは容赦なかった。

「いつ人がやってくるかわからない。泣き止むなら早くしてもらえないか」

「ライナルト様！」

どちらも小声だが、モーリッツには明らかな非難がある。

「お前の言いたいことはわかる……つもりだ。だが私はこの場を生き延びることを優先したい。一人のために足止めを食らっている時間はない」

「おっしゃりたいことはわかります。わかりますが、それではあまりにも……」

「情がないか？」

ライナルトの問いに、モーリッツは躊躇いながらも頷いた。

その返答にはライナルトも考え込む。感情の機微を理解し難いのかもしれなかったが、少年達のやりとりは聞こえていたニーカが起き上がり、しゃがれた声で言った。

「時間、とらせた。……大丈夫だから、いこう」

もう足を動かせないかもしれない。そんな恐怖がじわじわと全身を蝕《むしば》み始めていたが、弱気が全身に行き渡る前に拳を握りしめた。ここで帰れないなんてあるものか、絶対家に帰るのだと最後の涙を乱暴に拭う。

「ごめん、これは洗って返す」

「別に気にしなくていいけど……」

「綺麗なハンカチだ。大事なものなんだから、ちゃんと鏝《こて》がけして返すよ」

いますぐここから逃げ出したい感情と、生きている人を助けに行きたい心がせめぎ合っている。

友達を見捨てる罪悪感、殺されるかもしれない不安。そんな心を直視したらいますぐ己は駄目になるだろうと、帝都で帰りを待つ家族の顔だけを思い浮かべた。

前に進むことを決めたニーカだが、今度はライナルトが考え込んでいる。即断即決の彼にしてはいつになく迷った様子で、顔を上げるとこう言った。

「危険はあるかもしれないが、連中にひと泡吹かせてみるか？」

思いも寄らぬ一言に声を忘れた。てっきり「やる」の即答を予想していたのか、ライナルトは首を傾げるが、それはニーカ達の台詞だ。その証拠にモーリッツが慌てふためいた。

「ラ、ラライナルト様なにをおっしゃってるんですか？　ひ、ひと泡吹かせるって僕らにそんなことできるわけ……いやほんとになにを言ってるんですか」

「そんなにおかしな話か？　退路の目はそろそろ見えてきた。このまま街道に出られるなら、最後に嫌がらせ程度でいいなら仕返ししてもいいさ」

「……方法はあるの？」

「一応ね。死人が出るかは相手次第だけど、確実に嫌がらせにはなる。……ここじゃ見つかる、一度場所を改めて話そうか」

場所を変えると、ライナルトは手短に教えてくれた。

曰く、ここの原住民はオルレンドル人と相当違う文化を築いている。価値観の違いから支配を受け入れられなかったのが争いのきっかけだが、その中のひとつに埋葬方法がある。

オルレンドル人は地下墓地への埋葬を好む。昨今は地下の容積不足もあって棺に遺体を納める土葬も増えているが、多民族を受け入れ成長した国家だ。普通ならば宗教の台頭で統一される部分が、宗教を排した影響で埋葬方法が定まらず、結果として遺体を火に焼《く》べる方法も踏襲された。これは個人個人の主義主張により埋葬方法が変わってくるが、こちらの原住民は自然との共存と、大地に還る主義を掲げている。遺体は鳥葬を主としていた。

「ちょうそう……？」

ニーカには馴染みのない文化だ。遺体を岩の上に設置し、鳥に食わせるままにする文化だと聞くと、口元を押さえて顔を顰める。

「いくらオルレンドルが多民族の文化を取り入れた前例があっても、鳥葬は受け入れがたい。皇帝だって同じ反応をする、このあたりの習わしや彼らが築いてきた文化は悉《ことごと》くなくなるから戦になったらしいのだけどね」

「じゃあもしかして、あんな風に穴に落としているのは連中なりに私たちを侮辱しているってこと？」

「そうなるね。殺したまま放置すれば鳥や虫が群がって最上級の弔いになるんじゃないかな。私の見立てだと、そうならないよう火葬するんじゃないかなと思うのだけど」

「なんでそう思った？」

「オルレンドル人の肉体が土に還るなんて認めがたいんじゃないかなと思ってね。それに大量の樽をみつけた。こんなところに酒を持ってくるはずもないし、油でも詰めたんじゃないかな」

が、ライナルトはそれはどちらでも良いと言った。

「大事なのは火だ。あれだけの遺体を燃やすための燃料ならけっこうな量になってるはず。そこを上手くつけば大変な事になると思わないか」

ここまで聞けば、さしものニーカも何を言いたいのか理解できる。

正気か、と問い質したい気持ちと、あの短時間によくぞ観察しきったと呆れる気持ちが半々、少年の作戦を察して頷いた。

「うまくいけば連中も大わらわで、警戒の目も弱まるかもしれない」

考えを聞き終わった後は手早く哨戒《しょうかい》を終え、街道までの道も確認した。ニーカは〝嫌がらせ〟を実行する気満々で、この時にはモーリッツは諦め気味だ。

ただ〝嫌がらせ〟前に確認をとった。

「生存者を見つけたら連れて来てもいいか」

「状態によるけど、連中の気を逸らせるのも一瞬だけかもしれないし、私は反対する」

「そう言うと思ってた。でも見た感じ、生きているのは一人だけだ。一人だけならなんとかなる」

ニーカが救いたいのはいるかもしれない生存者ではなく友人だ。ライナルトも少女の意図に気付くと、さっと表情を曇らせた。

「無謀すぎる。仮に助け出したとして、その後はどうする。自力で逃げ出すことができない状態というのなら、誰かの助け無しには動けないはずだ。追われながら人一人抱えて走るのか？」

「危険な目に遭うのは私だけだし、お前達は自分を優先してくれ。助けられた人がいたら、私が残るし彼女も抱えて走る。お前達が助けを求めてくれたらいい、それならどうだ」

「現実的じゃない。救援を求めるにしたって何日かかるかすらわからないし、逃げ隠れるにしたってどうやって連中の目をかいくぐるんだ」

「それはあとから考える」

「人の話を聞いてないな、さては君は阿呆だろう」

ニーカは二人の脱出と友人の救出に全力を尽くす。ライナルト達は逃げ切ることができるのだから、助けてもらった恩もここで返せる。眼差しに宿る意志は強く、ライナルトには理解できなかった。

「家に帰りたいんじゃなかったのか」

「帰りたいよ。言ってることがころころ変わってるのもわかってる。残るって言ったけど、ぶっちゃけぜんぶ強がりだ」

「ではどうして？」

「ここで見捨てていったら、あとでもっと後悔する」

弱気はどこにいったのか、きっぱりと言い切った。譲るつもりはないらしく、ライナルトとモーリッツが二人がかりで説得しても折れる気配がない。最終的には「嫌がらせ」をやめるといったら、自分が残り二人が逃げるための時間を稼ぐと言い切った。

「危険だったら私があいつらの気を逸らすから、その隙に逃げてくれ」

「私たちの安全を君が保証しても意味がない」

さしものライナルトも些か腹を立てているらしい。悪いのはわかっているが、それが少しおかしい、と言ったら彼らは怒るだろうか。

「君の独りよがりで私たちが危険にさらされるなら、私は協力しない。いますぐ脱出させてもらう」

ライナルトは人命であれお荷物を増やすのは反対だ。冷たい言葉に一瞬怯んだが、ここで怒っては逆効果。あくまでも彼が納得する言葉を導き出す。

「手持ちの道具次第だけど、あんたの話が本当なら稼げる時間も増えるし、たとえ失敗しても見つかるのは私だけだ。危ないと思ったら見捨ててくれていい」

乾いた笑いを漏らすが強がりなのは明らかだ。それでもひとたび友を助けると決めたからには、てこでも意思を変えるつもりがない。

最終的には「ひと泡吹かせる」案は採用になったが、少女の意地に負けたライナルトが呟いた。

「……私は君が復讐したいのだと思って提案したんだが、君は他人の命を優先するんだな」

これに首を傾げた。もしかしてライナルトは彼女のために案を出したのだろうか。

「教えてくれないか。君は半人前の自覚があって、自分では力不足なことも知っている。いまだって怖がっているのに、どうしてそこまで命を張れるんだ？」

心底わからないといった様子だが、ニーカとて確かな答えを持っているわけではない。自分の行動を言語化するなんて芸当も難しく、従って心のままに答えるのがライナルトに対する礼儀だった。

「そりゃ見捨てようとしたひよっこが偉そうなことはいえないけどさ、もしかしたら助けられるかもしれないって時に仲間を見捨てるなんてできないよ。相手が生きてるってわかったらなおさらだ」

「君は友人に慕われていたな。もしかして合理的でなかったとしても、部下の命を見捨てない上官を兵士は求めるんだろうか」

「上官だとか兵士だとかそういうのはもっとわからないけど……」

彼はどんな答えを求めているのだろう。こんなときに人の心を測ろうとする行為こそニーカにはわからないが、真剣に悩む相手を無下にするほど冷たくはない。

「現場に出てる兵士はもっと違う意見かもしれないぞ。それに合理的っていうのも場合によるし、いまだって私は自分が正しいとは思ってない」

正しい答えなどわからないし間違いだらけではあるが、彼はいまニーカに答えを求めている。だったら答えないわけにはいかないと鼻の頭を掻いた。

「……でも、少なくとも私は、仲間や部下を見捨てるんじゃなくて助けてくれる人がいい。そういう上官がいてくれたらどんなことがあっても付いていきたいって思うよ」

「生存者を帰すには逃げるのが正解だ。大多数の命を助ける方が正しい判断とされていてもか？」

「正しいだけじゃついていけないよ。私たちだって感情があるんだから、嫌な命令だけじゃやってけないときもある……って爺ちゃんが言ってた。たぶん、合ってると思うよ」

「ライナルト様、流されないでください。上に立つ者なら多くの人命を優先するのは当然です。末端の人間の言葉を鵜呑みにしてはだめです、下手をしたら全員死ぬんですよ」

「そういうことを思うってだけだ。ライナルトが間違ってるなんて一言だって言ってない」

「なるほど。もしかしてそれが理想ではなく感情についていくということかな」

奇妙な納得をみせた。初耳だとでも言いたげに目を丸めたのだ。

「……まあ、いいか。やりたいと思うならやってみればいいさ」

「ライナルト様、駄目ですって！」

「ありがと！　大丈夫だって、お前達だけは絶対逃がしてみせるから安心してくれ」

「……いいけれどね。あんまり期待を抱きすぎない方が良いよ」

ライナルトの言葉は引っかかるが、納得してくれるのは嬉しい。

三人は手早く準備を終えると呼吸を整えたのである。

作戦は簡単だ。

二人が見張りと周囲の監視役を兼ねニーカに合図を送る。ニーカは油樽に接近して油を撒き、頃合いを見て火を投げ込む役目だ。はじめは単純に考えられたけれど、いざ接近を始めれば緊張が高まった。十数もの油樽は囲いのない屋根付き天幕の下にあり、他にも物資が多量に積まれている。

遠くからでは気付かなかったが、広間があり、物資置き場を挟んだ向こう側に多くの荷台が集《つど》っている。荷台にはこれから穴に放り込まれるオルレンドル人達が積まれていた。整備された道も見つかったから、はじめ襲撃を受けた地点から近いのかもしれないとモーリッツは推測した。

「こちらの地図にはなかった道です。やはり彼らにしか知り得ない通路はありますね」

お陰で自分たちの位置をさらに絞れたから、少しは危険を犯した意味もあった。

幸い油樽に注目は向かっていないが、近くでは四人組が話し込んでいる。気が緩んでいるのか談笑しているが、広間側では黙々と作業をしている二人組もいて、油樽に接近するのは侵入経路が限られた。モーリッツは帰りの経路確保のため背後を見張っているから、頼りはライナルトの目視だ。

「四人組側からはどうやっても駄目だな。穴に遺体を投げてる二人、あいつらが遺体を掴んだあたりで合図する。走って隙間に潜り込め」

だれか一人でも振り返ったら見つかるではないか。

無茶を言うが、文句を言えばすぐさま切り上げられるのが目に見えている。

「最低限の道具と短剣以外は外せ。少しでも音を立てないように最速で走るんだ」

脇に短剣、腰のポケットにわずかな小道具袋。そして背中には即席で作った松明《たいまつ》を括り付ける。これらの材料は先に殺害した子供達から奪っていた。

息の詰まる時間だ。生い茂った草むら内を泥だらけになりながら這い、いまかいまかと合図を待っている。二人組はある大人の手足を掴み持ち上げるが、だらりと下がった頭部で顔が垣間見えた。

あれは確かニーカ達の教――。

「行け」

腕と膝に力を込め、一秒にも満たない時間で走り出した。速度を出すだけならともかく音を抑えるのは難しいが、距離にすれば十秒程度もなかった。成熟しきっていない体軀が功を奏し、勢いそのまま置かれていた荷台の下に滑り込む。隠れるには成功したが、これで終わりではない。

油樽まで一度で走り抜けられる距離ではないのだ。

四人組を見張っているライナルトはサインを出し続けている。あとはニーカのタイミングで同じことを二度繰り返したが、天幕に張りつくまでに十数年分の寿命が縮んだ。

震える手と荒くなる呼吸を抑えるとき、体は油樽と物資の間にあった。隙間に体を捻じ込ませると、樽の中間部の塞いでいる穴から特殊な繊維布と木栓を引き抜く。

流れ出すのは予想に違わずとろりとした粘液性の液体で、「よし」と知らずに声が漏れる。

油が垂れはじめ、じわりと地面と物資を濡らしていけば第一段階は完了だ。あとは別の場所に走り、タイミングを計って火を点けた松明を投げ込めば良い。

移動を開始しようとしたとき、原住民の会話が近いことに頭が真っ白になった。二人組の方向から足音が段々と近づいてくる。樽に夢中になるあまり周囲に気を配れなかったのだ。

どうしようどうしようと頭がいっぱいになって身を縮ませるが、幸いにも相手は休息を取るつもりらしい。近くに座り込んだ気配があったが、近すぎて脱出が難しくなった。

原住民族の会話は聞き取れないが、だからこそ焦りも募る。物資に高さはない。近くを通るだけで簡単に見つかってしまうためだ。

ライナルトからも連中は見えているはずだ。彼はあらかじめ問題が発生すればニーカを置いていく宣言をしているし、助けは期待できない。

時間にしては数分だが、決して短くはない葛藤があった。

危険は了承済みだったとはいえ、短剣の柄を握りしめたときも迷いは健在だ。

逃げるのは間に合わない。ここから仲間達の元に走ったって追いつかれる可能性が高く、また二人を危険にさらす可能性がある。

与えられた選択肢は少ない。

即ち戦うか、自決するか。

後者は逃げにも感じられるが、追い詰められたものとして愚かな選択ではない。少なくともいまここには男連中しかいなかった。若い少女が敵地にて鹵獲《ろかく》されたとき、単なる死だけで終わる可能性は低い。陵辱《りょうじょく》される可能性は高く、むしろ「ない」と言い切る方が難しい。ライナルトが短剣を持って行けと言ったのもそういう意味だ。

息を殺して周囲の気配を探る。四人組の談笑は続いている。二人組からは大量の水分が揺らぎ、飲み干し、息を吐く音。身をかがめて様子を窺えば、へらりと笑った男の横顔が視界に映る。また顔を引っ込めて、酒だ、と判断した。

こんな状況でよく酒が飲めるものだが、悪い状況ではない。判断が鈍るのはより良く酒が巡った酔っ払いの方。このままじっと待つのが賢い選択だが、広間の外側には敵の仲間が多くいる。彼らが戻ってきては間に合わないし、なによりライナルト達に見捨てられてしまう。

初めて人を斬ったのはつい数刻前だ。

少年の肉を裂いた感触は忘れがたい。意図的に意識外にしているが、それでも合間を狙って襲いかかってくる。あたりを漂う激臭のせいで頭痛が続き、指はまともに動かなかったが、目を閉じると静かに呼吸を繰り返して……次に目を開けたときには震えは止まっていた。

「やっぱりまだ死にたくない」

短剣を逆手に持ち隙間から顔を出した。幸い一人は背を向け、一人は酒に気を取られている。四人組の方が気がかりだが、談笑は続いているから来ないはずだ。

四人組からは座り込む二人組は目視できない。

『敵』が酒を呷った瞬間に持っていた小道具入りの袋を投げる。

袋の音に気を取られる瞬間が好機だった。

身をかがめ飛び出した体軀は弦《つる》から放たれた矢の如く速い。敵の反射速度を遥《はる》かに超えており、背を向けていた男の喉をひと突きで貫いている。得物に拘る真似はせず、傍らに置いてあった斧を摑むともう一人の額に打ち込んだ。頭をかち割られた男は何を叫ぶでもなく、ぐらりと体を傾かせる。

人間が倒れカップが地面に落ちる音は、四人組の笑い声には敵わない。松明に火を点けると先ほどまで隠れていた地点に転がし、一瞬迷った末に、広間に向かって駆け出した。

本当は友人を引き上げてから火を点けた方が良かったかもしれない。だが人殺しをしてしまった焦りと、見つかるかもしれない恐怖が指を急《せ》かしたのだ。

そのときのニーカには友人を引き上げ脱出するしかなかったが、穴の淵に立ったとき、思考は現実に引き戻された。

この深い深いくぼみはニーカ達の部隊を急襲する前にも使われたに違いない。底は人から作られた煤で黒く染められ、まるで釜の底を連想させる。燃え切らなかった骨の残骸が散らばっていて、燃えかすが激しい異臭の原因だ。その上に新しい死体が積み上げられ、地獄の形相をしている。

ちょっと前に目が合った友がいるはずだが、どこにも見当たらない。

冷静になればおかしな話ではなかった。ニーカ達が相談する間も、原住民はずっと遺体を投げ込んでいたのだから、先に投げ込まれた人は埋もれて当然ではないか。

「あ」

それこそ穴に降りてでも助けるのだと意気込んでいたが、いざ肉で築かれた山を見ると躊躇した。

蠅が集《たか》りはじめている仲間を踏んづけ、肉袋と化した亡骸を漁って捜す時間はあるのだろうか。

――期待を抱きすぎない方が良いよ。

ライナルトはわかっていたのかもしれない。

だが、それでも助けると誓ったのだからニーカは降りないといけない。降りて、見つけて、せめて髪の一房でも……。

ぎゃ、と背後で声がして振り返った。

いつの間に接近を許したのか、太い棍棒を持った原住民の女が倒れている。女は腕を怪我しているのだが、その傷を作ったのは金髪の少年らしい。

少年は女の顔目がけて刃を振り下ろす。

ひどい、と思う暇もなかった。

「ラ……」

「行くぞ！」

手を引っつかまれると駆け出していた。

「お前、なんで……」

「いいから走れ！」

天幕からはもうもうと煙が立ち上り、遠くからですら誤魔化せないほどになっている。言われるままに足を動かすニーカは別の原住民が……老婆がこちらを指差して叫んでいるのを見た。ライナルトが助けに入らなければ、あのまま女に後ろから殴られ気を失っていたはずだ。

友人を見捨てたが、命は助かった。

仲間を待っていたモーリッツは気が気でない様子で怒鳴る。

「ライナルト様、こちらです！　馬鹿女、泣いてないでさっさと走れ！」

こんな状況なのに絶え間なく鼻水を流していたが、生き汚《ぎたな》く足は動いた。不思議とはじめの逃走と違い道なき道も、濡れた地面も、盛り上がった木の根もなんら障害にならなかった。途中からはニーカが先頭を走り出したくらいで、少年二人が食らいつくのがやっとのくらいだ。

三人が足を止めたとき、追っ手の姿はなかった。

疲労は濃いが休もうとは誰も言わなかった。息を整えると再び足を動かし、森の中をひたすら歩く。見覚えのある街道に出たころには夕方になっていたが、感覚は馬鹿になっていたから歩き通しだ。最終的にモーリッツですら邪魔になる荷物は捨ててしまったし、重い武器も同様だ。水筒の中身は飲み干してしまったが、馬で追われたら為す術がないし、歩き続けるしか選択肢がなかった。

どのくらい歩いたか。

深夜には一歩の歩幅が小さくなっていた。会話をする気力すら消え失せ、街道沿いの岩場を見つけると身を寄せ合い座り込んだ。森を背に地平線を見つめていると陽が昇り始める。並んでぼんやりしていると、街道の向こうに人影を見た。

とうとう追っ手が来たか、と初めは思った。

頑張って逃げてはみたが、訓練生など所詮はこの程度だ。ニーカはとうとう家に帰れず終いで、親不孝のまま、たった二人の仲間すら逃がしてやれずに生涯を終えてしまう。

否、そもそも逃がしてやるなんて考えが傲慢だった。

「悪い、二人とも……」

謝罪の言葉が出かけたとき、集団に異変が起きた。

秩序を保っていた集団が騒がしくなりはじめたのだ。駆け寄ってきた人達は意思疎通の図れない言語ではなく、オルレンドルでも使われる大陸共通語を喋っている。

「おい、大丈夫か！　しっかりしろ、お前達は訓練兵か？　こんなところでなにがあった」

相手の軍服に気付き、ようやく彼らがオルレンドル人だと気付いた。森とは反対方向からやってきたのだから当然なのだが、正常な思考すら働いていなかったのだ。

段々と集まってくる大人に囲まれ、ニーカはわけもなく涙を零す。聞き慣れない嗚咽《おえつ》はモーリッツらしかったが、気にかける余裕がない。

二人の代わりにライナルトが立っていた。大人に向かって踏み出す背中が、広間から救ってくれた瞬間と重なり眩しく映る。

「我々はオルレンドル軍学校に所属する者です」

喋れない二人に代わり説明をはじめてくれるから、しばらくは任せて良いはずだ。

全身を震わせるニーカは肩を貸してもらい、味方に保護してもらった。

落ち着いてからは聴取を受けたが、これはライナルトの話に相違がないか確認するためだ。しばらく監視付きだったのは訓練を逃げた脱走兵かを疑われていたせいだが、疑惑は数日も経たぬうちに解消された。事態を重く見た指揮官が急遽全隊の停止を命じ、現地に調査兵を向かわせた結果が出たためだ。結果、訓練生達の証言は事実だと証明された。

疑われるのは心外だったが、実際はさほど怪しまれていなかったとも教えてもらえた。なにせ発見時の三人は気力が尽きていた。格好がぼろぼろだったのと、遺体から移った酷い悪臭を放っていたから、命からがら逃げてきたのだと殆どの者が思ったそうだ。

三人はまだ訓練生なのもあったが、その後は本当に良くしてもらったとニーカは思っている。食事はたらふく食べさせてもらえたし、軍医を始め上官達からは頑張った、と励ましの言葉をもらった。同性の先輩などはこっそり湯を沸かし、私物の石鹸で全身を洗わせてくれたのだ。

「あんた達が後続に知らせてくれたおかげで、私たちはこれ以上の犠牲を出さずに済んだんだよ。仲間のことは残念だったけど、生き延びてくれて本当に良かった」

「仲間の遺体は、もう回収できないでしょうか」

「残念だけど難しいだろうね。だけど彼らの仇は必ず取るから、いまは安心してお休み」

グノーディアに伝令が走る間、三人は覚えている限りの情報提供を行った。特に役に立ったのはモーリッツで、目撃情報以外にも、聞き取った会話はすべて上官に報告している。

擦り傷だらけだった三人は治療を受けると少数の護衛をつけてもらい帝都へ帰還した。

ニーカは無事家族に出迎えられ、軍学校長達と面会を行った後は自宅待機。同級生の親達が彼女を訪ねるなどひと悶着あったが、これを見越していた家族は粛々と対応を行った。特に活躍したのは祖父で、元傭兵の軍人だけあって生き残った側の苦労を知っていた。

「アーベライン……調べりゃわかるがバッヘム家には押しかけられんからなぁ。ローデンヴァルトとやらはどこにいるかわからんみてぇだし、うちに当たるしかどうしようもあるめえよ」

ぼやくと一家に活を入れ、落ち込む孫娘を励まし、何処《どこ》かへ出かけていった。

後日、帝都で大々的に広まったのは原住民族による軍への奇襲だ。非道な行いにより子供達を含めた多くが犠牲になったと報じられた。子供の犠牲が出たとあって帝都中が憤慨したが、ニーカの記憶と違うのは、同級生達は最後まで原住民族に抗い、戦い散った点だろうか。

ニーカが仲間を見捨てて逃げた話は無かったことになり、捕らえられたものの命からがら逃げ出したシナリオに改変された。真実の声を上げられる人はおらず、少女はいつの間にか「訓練生であるにもかかわらず、原住民族相手に勇猛果敢に戦った英雄」だ。モーリッツとライナルトの名前は挙がらなかったので、特に群衆の注目を浴びてしまった。

なぜかその頃には同級生の親たちは押しかけなくなったが、彼らの敵意は原住民族に向かったと聞く。詳細を祖父に聞けば、煙管《きせる》をふかしながらこう言った。

「家族を亡くした連中には敵意を向ける先が必要だからな。小ずるい手だが、おれぁ知らねえ連中よりお前の方が大事だから」

それ以降は一切語ろうとしない。

原住民族はそれからしばらくして滅びた。

大々的に報じられた後、オルレンドルの怒りを買った彼らは負けた。その後は山狩りが行われ、誰も残してもらえなかったらしい。殺した子供達の言葉を思い出せば、彼らも侵略されたからやり返しただけなのだが、命を狙われた瞬間を思い返すと何も言えなくなる。

あの日の仲間と再会したのは事件も落ち着いてからだ。

まるで存在がなかったように扱われていたライナルトとモーリッツ。二人はしれっと学校に戻ってきたが教官からは腫れ物扱いで、授業参加日数が足りないにもかかわらず卒業が確定している。

「ていうかあのあと二人ともどこ行ってた」

「私はほとぼりが冷めるまでファルクラムに。モーリッツは……」

「目立ちたくなかったので、別荘の方に避難ですね」

「……お前ら、なぁ」

「そう言われても、私達が目立つわけにいかないのはわかるだろう。上の方針もあったし、逆らえない」

「わかってるけど、こっちの言い分もわかれ。本当に、本当に大変だったんだ」

頑張ってくれたのは家族だが、堂々と言い切られると恨みも言いたくなる。おまけにこの時は周囲からの英雄扱いと友人達の死を割り切れていない。故人の家族に真実を話すべきかの葛藤を含め、不安定な時期になっている。

「軍人は戦ってれば済むと思ってたのに、ライナルト達の出現は久方ぶりの安堵を与えていた。事後処理がこんなに大変なんて思わなかった」

「君の場合はまた特殊な例だけどね」

「私一人に諸々押しつけた責任を取って、黙って話を聞け」

彼らが行動を共にしたのは数日でしかないが、あの森を駆け抜けた経験が信頼関係を培い、気心の知れた関係を作った。ひととおり鬱憤を吐き終えるには結構な時間を要したが、ライナルトは半分聞き流していたから反省していない。モーリッツはうんざりしながらも律儀に耳を傾けていた。

一番気になっていた疑問を口にした。

「なんであの時私を助けてくれたんだ？」

「それなら一度話したはずだ。君が一番腕が立つから……」

「違う、油樽に火を放ったときだよ。私を放っておいても二人なら逃げ切れたのに、わざわざ広間にきて助けてくれただろ。おかげで助かったけど、あんなこと言われたから諦めてた」

原住民族達に挟まれた段階で見捨てられてもおかしくなかった、と思い至ったのはグノーディアに戻ってからだ。

「ああ、それは君が欲しかったからだ」

一拍おいて顔に血液が集中した。

「ひぇ」と声にならない声を漏らす少女にライナルトは続ける。

「あの時は見捨てるかどうか正直迷った」

「え……？」

「ただあの瞬間、君は生き延びるために二人を殺した。人殺しに躊躇があると思ってたから、あの手腕には感心したんだ。これから君は間違いなくオルレンドル軍でも上位に食い込む腕利きになる」

しかし何故だろう。相手は真面目でも、聞けば聞くほど驚くまでに熱がひいていく。同時に自分の勘違いにも気付いて、どんよりした表情で呟いた。

「ああそう、欲しいってそういう……」

「私には人手が必要だからね。実家には定期的に戻るから、学校に通うにも人脈作りが難しい」

「は？　家に戻るって、せっかくオルレンドルに来たのに、なんでまた」

「都合の良い道具になるためには両方にいい顔をしておくのが大事なのさ。良い人材は引き抜いておかないと」

「引き抜きって、お前だって下っ端のくせに」

「そのうち自分の兵くらいは持たせてもらえるようになる。なにせ私はオルレンドル帝国皇帝カールとファルクラム王国貴族の子だ。どちらにとっても有用性があり、役に立つ限りは優遇される」

その言い様を寂しいと思うのはニーカだけなのか。

モーリッツは上手に表情を取り繕っていて感情が読めない。

「だからさニーカ。私がいずれ軍を持つときは、是非部下になってくれ。私ならば部下を無駄死にさせないし、命を無駄には使わせない。血の一滴まで役に立ててみせると約束する」

嫌な誘いだった。

勧誘したいならもっと言いようがあるだろうに、この少年は自身の本音を偽らないし、機嫌を取って来ようともしない。そういう相手だとはわかっていたが、頭のネジの緩み具合を再確認させられる。

ただ……まぁ……。

「………せめて救える限りは助け出す、くらいは言えないか。誘い文句が最悪だ」
「それはすまない。多分、君ならこれでいいと思った」
「うん、いまさら変に取り繕われても気持ち悪いけどさ」

しかし頭のネジが外れたのはニーカも一緒だ。あの時、二人組を殺すと決めた瞬間から、どこか理性が鈍くなった。体も応えるように身体能力が上昇した気もしている。

友人を惜しんではいるが自らの命を選んだこと、三人だけ生き残ってしまったことも、人殺しにも後悔はない。それよりも広間から救い出してくれた背中が忘れがたかった。

苦労するとわかっているのに、答えが決まりかけている。ただそれを正直に言葉にするのが癪に障り、口をへの字に曲げて言った。

「考えとく、とだけ言っておく。私が欲しいんだったら、せいぜい頑張ってその気にさせてくれ」
「ライナルト様、やはりこいつはやめておきましょう。不敬です」

すかさずモーリッツの頭を引っつかみ脇で押さえ込んだ。

「なにをする、やめろ無礼者！」
「言っておくが、高みの見物でうちにばっかり苦労をかけたバッヘムはまだ許してない」
「それは僕の責任じゃ……」
「うるさい大人しく八つ当たりされろ。私はいま、理想と現実に打ちひしがれてる最中なんだ」
「落ち込んでるならもっとそれらしく落ち込め！」

ニーカは空を見た。

やはり実地訓練前ほど純粋な気持ちではもう世界を見られない。

それでも彼らと居る限りは、まだ大口を開けて笑っていられる。

大切なものを守る意味を知った十五歳の春。夏がもうすぐ到来しようとしていた。

ヴェンデルくんの平和な一日

喉を圧迫されて目を覚ました。

ぐぇ、と醜い声が出た。目を開ければ愛猫が前足を押しつけながら鳴いてくる。

「クロ……お前さぁ、こんなの酷いよ、起こすならもっと方法を考えてくれない？」

喉を擦りながら咳をこぼす。起こしてくれるのは可愛いけれど、年々起こし方が過激になっている。はじめこそ濡れた鼻を押しつけてくる程度が、鳴き、噛み、乗り、そして今度は前足で喉を押す暴挙だ。最近の起こし方は本当にいただけない。

手を伸ばした先でちょこんと丸まっていたのはもう一匹の家族シャロだ。ヴェンデルが身を起こすと、くわぁ、と大きな欠伸《あくび》をして前足を伸ばすその頭を撫でてやる。

「久しぶり。珍しいね、クロが許したの？」

クロがヴェンデルの元に戻ってから、共寝をするのはクロの役目になった。仲の悪くない二匹だが、ヴェンデルの添い寝を巡っては、クロは鬼である。シャロはクロに追い出される形で別室に行くのだが、昨晩許しが出たらしい。

寝台は狭くなるが猫に囲まれての朝は悪くないし、鼻歌交じりに着替えて部屋を出ると、二匹も後を追ってきた。クロは習性、シャロはクロを追っての行動だ。扉にはヒルとハンフリー渾身の作品、猫専用ドアも設置されている。

降りると料理人リオがにっと笑う。

「おはようございます、坊っちゃん。今朝の焼き加減はいかがいたしましょ」

「おはよう。いつものでお願いしたいけど、すっぱくないのがいい」

「しっかり火を通して、トマトソースはなしの塩胡椒《こしょう》強め。かしこまりで〜す」

彼の気安さはさておき、使用人達は皆働いている時間だ。席に着くと同時にウェイトリーが淹れたてのお茶を置いてくれる。

家令の一杯がヴェンデルと猫たちにとってはじまりの合図だ。

「こらこら、お前のご飯はまだですよ」

ウェイトリーにじゃれるクロは賢く、彼にねだればご飯を出してくると理解している。元外猫だからか空腹には敏感だが、対して元から家猫のシャロは黙っていてもご飯が出てくると思っている。従って、こちらはただただじっとウェイトリーを見つめるのみだ。

「昨日は遅くまで遊んでいたご様子ですが、学校の準備はできておりますか」

「だいじょぶだいじょぶ、宿題はちゃんと終わらせてるよ」

庭で女性のはしゃぐ声がした。朝はチェルシーの日光浴を兼ねた遊びの時間で、手の空いている者が見守るのが決まりだ。女性陣は洗濯だろうし、ジェフとハンフリーは打ち込み稽古だから、ヒルとベン老人がお守りの役目だろう。

焼きたてのトーストにたっぷりのバターと蜂蜜を塗りたくる。一口頬張ると幸せな甘さが満ちていくが、そこにコンラート家の新しい居候マリーが姿を現した。

おはよう、と挨拶をしつつくせっ毛を揺らす美女は席に座る。

「おはよう。昨日見かけなかったけど遅かったの？」

「遅かったけど、クロードさんに付き合って食事に行ってただけよ。相手がお喋り好きでね」

「ふーん。いい人いた？」

「全然。若いのはいたけど生真面目なのばっかりだし、遊び心のありそうなのを探すのは一苦労ね」

「大変だねー。頑張って」

「その気のない応援がやる気を削ぐけど頑張るわぁ」

彼女はヴェンデルの義母カレンの親戚たる所以で知り合った。ウェイトリーが眉を顰めるあたり子供に若干悪影響があるものの、子供には正道を説き悪の道に誘う真似はしない。生活態度はいささかだらしないが仕事は真面目にこなすし、そういった部分をウェイトリーは重用し、ヴェンデルは好ましく感じている。

「ウェイトリーさん、私、今日の予定は止めにしました。暇だからチェルシーの面倒をみます」

「助かりますが、疲れているのではありませんか」

「疲れているから家で休むんです。チェルシーをみるくらいはわけないわ」

「だったらマリー、帰ったら語学を教えてよ」

「いいけど、わからない部分はちゃんと纏めてもってきてちょうだい」

そして享楽的と見せかけて面倒見も良い。

勉学もできるからヴェンデルの家庭教師代わりをこなすこともある。

そういった点を加味すると、多少問題はあれど有益な人物であるのだ。元貴族令嬢だから礼儀作法にも通じているし、社交界好きで顔が広いから噂を仕入れるのも得意ときた。クロードとも相性が良く程よい関係を築いている。

ゆったりとした朝食の時間、控えめなノックと共に交ざったのは秘書官のゾフィーだ。

彼女は大きな封筒を携えており、一同に晴れやかな笑顔を零す。

「早く来すぎてしまいましたか。マリーも早起きして珍しい」

「そんなこともあるわ。貴女こそ律儀に朝から来なくてもいいのに。カレンならまだ夢の中だし、クロードさんは犬の散歩よ。家でゆっくりしてから来なさいよ」

「そうしたいとは思うけど、子供達を見送ってから出るのが習慣になってるから。少し休むと動くのが億劫になってしまう」

「ゾフィー、貴女もお座りなさい。お茶を淹れましょう」

「……ではお言葉に甘えて」

雇われた当初こそ遠慮がちだったゾフィーも、ウェイトリーの淹れる茶の魅力には抗えない。体軀の大きな彼女が椅子にちょこんと座る姿は微笑ましかった。

「僕は学校にいってくる。ゾフィー、またね」

「良い一日を、ヴェンデル様。なにか困ったことがあったら、息子達に相談してください」

学校までの道のりは、ヴェンデルの強い要望で徒歩を継続している。学校側には馬車登校を勧められたが目立って仕方がないし、どうせ送迎がつくなら好きにさせてほしかったためだ。

「ハンフリー、僕そろそろ学校行くよー」

「準備できてますよ。ちゃんと汗も拭いてますから安心してください」

「ジェフには勝てた？」

「……それ、答える必要あります？」

いまのところハンフリーの勝率はゼロ。いつ勝てる日が来るのか、密かな賭けの対象になっている。結局カレンは起きてこなかったが、ヴェンデルは気にしない。彼女が朝に弱く、なかなか起き出してこないのは日常茶飯事だ。

だが最近はハンフリーひとりでも送迎を任されるようになったし、腕は上がっているのではないかとヴェンデルは思っている。最初は緊張のためガチガチに固まっていたけれど、いまは柔らかい顔も見せてくれるようになった。彼は頑張っていたし、認められたことが嬉しくお祝いを告げたときは、少しだけ悲しそうな表情を見せたのが印象的だ。

ハンフリーはカレンよりもヴェンデルの護衛をこなした時間が長い。そのためかお互い気心が知れていて、軽口をたたき合う機会が多かった。

「帰りもハンフリーひとりなら、本屋と串屋行きたい」

「食べ歩きくらいなら構わないですけど、どんだけ読むんですか。この間も買ってたでしょ」

「小遣いの範囲だよ。無駄遣いはしてない」

「クロードさんにこっそりもらってた分は？」

「あれも小遣いだよ」

ヴェンデルの登下校は必ず護衛がついてくる。

それがはじめ、ヴェンデルには苦痛だった。

なにせコンラートでは自由に過ごしてきたのだ。おまけにオルレンドルの市街地は治安が良く登下校くらいなら大人が付き添う必要がない。自ら当主になる道を選んだとはいえ、『普通』と違うことに納得できずひとりで帰ってやろうとしたこともあったが、血相を変えたヒル達に探し回らせてしまったので、反抗をやめた経緯があった。

学校では通りすがりの教師、クラスメイト、あるいは知らない誰か。声をかけられるのはもはや慣れっこで、ほとんど反射的に「おはよう」を繰り返す。

階段を上り、教室へ。人が途切れた一瞬に肩を摑まれる。

肩から壁に押しつけられた。不意をつかれたせいか打ち所が悪く、痛みに顔を顰めてる。

「話しかけてるのに無視してんじゃねぇよ」

なにかとヴェンデルを目の敵《かたき》にしているクラスメイト五人がつるんで囲んでいる。

「話しかけるもなにも、聞こえてない」

「話しかけたっつの！　田舎者のくせに無視しやがって！」

「わざわざ乱暴する必要はないし、田舎者は関係ない」

彼らは転校当初からヴェンデルを格下として扱い、いまも同様に考え絡んでくる迷惑な相手だ。お調子者達の集まりらしいが、一時的にヴェンデルが評判をかっさらったため敵視されてしまった。

「いや、ほんとになに。僕、教室に向かってただけなんだけど」

関わりたくない態度を露骨に表すのは良くないが、乱暴されて笑顔でいられるはずがない。ヴェンデルにしてみれば当然の対応だが、相手にとっては生意気としか映らない。たとえ親が有力者であろうと、学校という独自のコミュニティを築く世界には関係ないためだ。ヴェンデルもそれがわかっているから彼らに近寄らず大人しくしているのに、わざわざ話しかけてくる気が知れない。

「聞いたんだけど、お前、学校に指輪持ってきてるんだろ」

「はぁ？」

「だから指輪だよ。首から下げてたって聞いたんだけど、どうなんだよ」

「だったらなに。先生の許可はもらってるし、君たちに話す必要はないじゃん」

「先生の許可があったって、違反は違反じゃねーか！」

教師達にとっては慎重に対応せねばならない相手だとしても、通じない相手もいる。つまり、この子供達がそうだった。

彼らが口にした指輪の件は事実だが、先にも述べたとおり担任には説明している。かけがえがなく、たとえ一時的であっても離したくないもの。それを違反だと騒ぎ立てられる不快感は少年を苛立たせ、相手を押しのけ通ろうとすると、無理矢理押さえつけられた。

「なにするんだよ！」

「違反してるくせに生意気なんだよ！」

「違反って騒ぐんなら先生に言え、意気地無し！」

少年達はヴェンデルから首飾りを剝ぎ取った。鎖に繋がっていた指輪をまじまじと見つめ「安っぽい」とあざ笑うと、まともに顔色を変えたヴェンデルに気を良くする。

「返せよ！」

「うるせえ！　……ふん、放課後までに頭下げたら返してやるよ」

ヴェンデルを突き飛ばし、笑いながら教室に移動したのである。

尻餅をついたヴェンデルに手を差し伸べたのは、一部始終を見ていたクラスメイトだ。

「助けられなくてごめんね」

「……いや、いいよ。この間は庇ったせいで意地悪されちゃったみたいだし」

指輪があった場所を何度もまさぐるも、そこにはなにもない。

やがて教室に入ったが、そのあとのヴェンデルの表情は険しいままだ。

意地悪な少年達は余程気分が良かったらしい。悪口を言い合ってはクスクス笑い、ヴェンデルの背中にゴミを当てるゲームを始める始末だが、今回は言い返さない。俯いたまま微動だにしなかった。

動いたのはひとつめの授業が終わった直後。

次の教室に移る前に、駆け足である教室を訪ねた。

「どうしたヴェンデル。上級生の教棟に来るなんて珍しい」

相手は義理の叔父である。無論、あくまで形だけなので本人達にその意識はない。

二人が揃うと、密かに目を配る者もいた。なにせこの友人エミールがヴィルヘルミナ皇女の恋人の弟で、ヴェンデルは皇太子ライナルトの擁護を受けている。

息せき切ってヴェンデルは申し出る。

「力を貸して」といえば、エミールは二つ返事で頷いた。仔細を尋ねなかったのは、ヴェンデルの瞳の奥に宿る激しい稲妻に気付いていたためだ。

「いいけど、いつ頃だ」

「昼休みでいい。そんなに長くかからないから、お願い」

「昼くらい構わないけど……なにするんだ？」

ヴェンデルがここまで怒りを露わにするのは滅多にない。きっとまともじゃないお願いとはわかっていても、エミールはこの友人のために一肌脱ぐつもりだ。

エミールの協力を取り付けたヴェンデルは、至極真面目にある一言を述べる。

ろくでもない一言だったが、やはりエミールは鷹揚に頷いたのだった。


待ちに待った昼休み。二人は校舎裏の角に隠れて相談している。

「いかにも悪《ワル》してますーって感じだけど、そこまでじゃないな。いつ行くんだ？」

「五人いるけど、もう少ししたら一人離れるから四人になってからだね」

「詳しいな、なんでわかるんだよ」

「いつもお昼を買いに行かせてるんだ。家の力関係がどうとか聞いたことあるけど、だからその一人だけは、本気で僕に悪意があるわけじゃない」

「よく見てるなぁ」

「絡まれるのが嫌だったから、避けたくて自然にね」

「もしかしてあいつらが人気のない場所に行くのも織り込み済みだった？」

「その時は誘い出そうかなって思ってた。運が良かったよ」

ヴェンデルの指輪を奪った少年達は大声で笑い楽しそうだが、交ざりに行く同級生はいないし、見かけた途端に離れていってしまうために校舎裏は人気がなかった。最近の悪戯は目に余るし、素行からして近寄りたいと思えないのだろう。

「喧嘩っていったってどうするつもりだ。人数差があるし、こっちだって強いわけじゃないぞ」

「でも一人で行くよりは上級生で、身体の大きなエミールがいたほうが箔がつくじゃん」

「それはそうだけど、あんまり派手にするなよ。うちの兄さんは誤魔化せるけど、ウェイトリーさんの目を誤魔化せるとは思わない」

「だよねー。だから最初は穏便に行こうと思う」

「合図さえくれたらやり方は任せるけど……。その本も持っていくのか？」

「必要なんだって。……ご飯買いに行ったみたいだし、行こっか」

使いぱしりの少年が離れたのを見計らって歩き出した。

向かうのは、当然残された四人のところだ。はじめこそ談笑していた少年達も、ヴェンデルを見るなりしかめっ面になる。後ろにいる上級生の姿に驚きはしても、まだ虚勢を張る元気はあった。

「はぁ？　何だよお前、まだ昼休みなんだけど、謝罪したいんならそこで頭下げてろよ」

「上級生まで連れて何の用だよ」

「おい、こいつ多分同じ田舎から来た……」

この台詞を聞いたエミールは天を仰ぐ。

世の中には怖い物知らずがいると聞くけれど、彼らはとびきりの蛮勇の持ち主だ。確かに自分たちは田舎者だが、家の背後関係を踏まえれば子供といえど、安易に喧嘩を売っていい相手ではない。

もっとも、学校じゃそんな力自慢をしても猿山の大将だ。二人の保護者が偉いのであって自分たちの実力ではないから、そういう意味では対等で間違っていない。

ヴェンデルはひややかに同級生達を一瞥した。

「僕の指輪を返して」

「校則違反がなにか言ってやがる。俺らに謝れって言ったろ」

「学長や先生の許可をもらってるし、校則違反じゃない。違反だなんて言われる筋合いはないよ」

彼らはエミールをちらちらと確認しているが、奪った物を返すつもりはなさそうだ。エミールもだんまりを決め込むから、段々と調子づいて悪態を吐《つ》くようになる。たかが子供といえど、もし彼らの罵詈《ばり》雑言《ぞうごん》を保護者達が聞いたら、きっと顔色を変えるだろう。

「あのね、僕、すごく怒ってるんだ」

「怒ってるぅ？　うるせえ田舎者。売国奴の母親と一緒に、とっとと国に帰れよ。ここはお前みたいなヤツがいていい場所じゃないんだ」

「違うな、売国奴だから戻れないんだろ。こいつも同じだ、故郷ないんだよ」

「焼き払われちまったんだって？　どうせ親が悪さしたから燃やされたんじゃねえ？」

彼らの言葉は行き過ぎた。残った者はさっと目を泳がせたが、それも一瞬だ。

すっかり感情が抜け落ちていたヴェンデルが呟いた。

「わかった」

右手を振りかぶり、持っていた本で少年を叩きつける。

躊躇はなかったし、タイミング共に完璧だった。少年は横殴りに倒され、体ごと地面に転がった。

ひどく冷たい眼差しに対応できなかったのは残された少年達だ。

「僕、暴力は嫌いだけど、別に喧嘩苦手じゃないからね」

本を落とすと、もう一人に肉薄し、襟《えり》元を摑んで頭を振りかぶった。ごつん、では済まない鈍い音が響いて、少年がもんどり打ってひっくりかえる。額を赤くしたヴェンデルだが、鼻息荒く睨み付ける。

一人は後ろからエミールに羽交い締めにされていた。

決して彼に手を上げようとはしないエミールだが、困って転がった二人を見る。

「こいつら暴力慣れしてないよな。それだとあんまり手を上げたくないんだけど」

「いいよ、取っ組み合いで服がぐちゃぐちゃになるのが嫌なだけだったんだ」

逃げもしない最後の一人に突進すると、ひっ、と悲鳴を上げたのも無視して身体ごとぶつかった。

相手はまともに受け身すらとれなかったから痛かっただろう。

エミールが押さえていた少年は、力を緩められるなり座り込んだ。ヴェンデルと目が合うと「ごめんなさい」と謝ったのだ。

それを聞くと呻《うめ》き声をあげるリーダー格の少年に詰め寄り、襟を摑み引き寄せた。

「ねえ、あのさ、痛がるのはわかるんだよ。そうしたんだから当然なんだけどさ」

「いだ、いたいよ……。うあぁ……」

「聞いてってば」

「痛い、痛い……俺、なにもしてないのに、なんで」

バチン、と音が立った。まともに話を聞こうとしない少年に平手をうち込むと、少年は今度こそ怯えた様子でヴェンデルを見る。

けれどそれで許すヴェンデルではない。そもそもこれで心が揺さぶられるなら、喧嘩をしようとは思わないし、暴力など決意しなかった。

「盗《と》ったものはどこ。父さんと母さんの形見なんだから返して」

泣き出す少年はポケットから鎖を取り出した。指輪に雑に絡まっているけれど、それは確かにヴェンデルから奪った父母の形見だ。

指輪に傷がついていないことを確認すると襟を離した。たちまち大泣きを始めるリーダー格や、同級生達には目もくれず、エミールに協力の礼を述べたのだ。

「ありがとう、ご飯も食べなきゃだし、戻ろう」

「放っておいていいのか?」

「いいよ、仕返しにきたら今度こそ本気でぶん殴るから」

あっけなく終わった喧嘩には感想すらなく、大事そうに指輪を撫でていた。

エミールは放課後になってヴェンデルを訪ねたのだが、迎えを待つ間に二人は話をした。

やはり気になったのはいじめっ子達の報復だが、彼らは全員が戦意を喪失していたらしい。

「教室では目も合わせてこないし、休憩時間は、こっちを見るなり逃げていったよ。あの調子じゃ次から何かしてくることはないと思う」

「……告げ口されないといいな」

「言ったところでどうにもならないよ。僕の方が苛められてたって目撃証言も多いしね」

このあたりはヴェンデルの方がずる賢い。いじめっ子達が暴行を受けたと訴えても逆に叱られる側だと理解していた。表沙汰になるのを喜ぶ保護者はいないはずだ。

「わかってると思うけど暴力は悪いことだからな」

エミールは忠告するが強くはいえなかった。なぜならヴェンデルは父母の形見を大事にしていたし、万が一捨てられでもしたらコンラート家が黙っていない。家が出張るとなればいじめっ子達の親は頭を下げるどころでは済まされない事態に陥る。

「で、どこか痛いところはないか。朝も乱暴されたんだろ」

「全然大丈夫、反撃されなかったし、痛くないよ」

「余裕そうだな」

「そうかも。実はあっけなくてびっくりしたくらいなんだ。ホントはもっと殴り合いになるかもって思ってたし、苛める割に殴り返される覚悟はないって意気地ないんだね」

「ヴェンデルが強くて頼もしいけど、実を言うと心配してるのはあっちの方なんだよな。本で思い切りぶん殴られてたし、なにもなければいいな」

「大丈夫じゃないかな。音が派手だっただけでちゃんと加減したし、そんなに痛くなかったはずだもん。あれはどっちかというと叩かれたってことにびっくりして泣いてたんだよ」

そして意外かもしれないが、喧嘩沙汰はエミールよりもヴェンデルの方が慣れている。

「姉さんやウェイトリーさんが知ったら卒倒ものだろうな」

「二人は過保護なんだよ。コンラートじゃ取っ組み合いなんてよくあったんだから、弱いもの扱いもほどほどにしてほしいよね」

「それでも喧嘩なんて久しぶりなんだろ」

コンラートでは領主の実子でないだけで揶揄われることは多数あった。親の手前大人しくしていたけれど、子供達の間では取っ組み合いもしていたのだ。庭師の孫息子も同じ経緯で仲良くなったし、そういう意味でヴェンデルは慣れている。

「大事になる前に済ませたってことで許してよ」

「おう、個人的な争いで収めたのは偉かった」

補足しておくとしたら、エミールはいざとなれば喧嘩に躊躇はないが、暴力を許しているわけではない点だ。友人がかつてないまでに怒っていると知ったから喧嘩も協力したのである。

「もうさぁ、貴族ってだけでちょっかいかけられる理由がわかんないよ」

「それもあるけど、ファルクラム出身ってのもあるだろ」

「やっぱりエミールも言われてるの？」

「そりゃあ色々な。でも俺は剣を習ってるし、堂々と喧嘩売ってくるやつはいないよ」

そんな話をしていると、彼らに向かってやってくる人に気付いた。目を丸くするエミールにつられて、ヴェンデルも顔を向ける。

やってきたのは二十代ぐらいの女性だった。

「やあやあ、遅れてすまないねエミール。他の連中が忙しいから、私が代わりに来てあげたよ」

一般的な装いをしているが、立ち居振る舞いで身分の高い女性なのは明らかだ。護衛も付けず一人でやってきたのだが、ぽん、とエミールの頭に手を置いた。

「な、な……な……？」

唇をわななかせるエミールだが、女性はおかまいなし。

化粧っ気はないが、快活でうつくしい人だ。

「そちらはエミールの友達かな？」

「はい、初めまして。エミールにはずっと仲良くしてもらってます」

「そうかそうか。あんまりお友達の話をしないと聞いていたから、本当にいるのか心配してたんだ。エミールと仲良くしてくれているなら嬉しいよ。名前は何というのだろう」

「ヴェンデルです。コンラート家のヴェンデル」

エミールと親しい間柄らしい。姿勢を正し、礼儀正しいヴェンデルに気を良くした女性だが、名前を聞くと僅かに眉を寄せる。

少し、辛そうな目だ。

コンラートには様々噂があるのは知っていたから、この人も偏見の類を信じているのだろうか。ヴェンデルの瞳が暗くなる。

「違う違う。君が思っているようなものではないから安心なさい。……君のお母上が立派な人であることは聞き及んでいる。若いのに素晴らしい人だと思っているよ」

「あ、はい。ありがとうございます」

「むしろ君を存じ上げず失礼した。入学時期はエミールと一緒だったか、ファルクラムよりこちらは勉強が進みすぎている。難しいと聞いていたけれど、学校は楽しいだろうか」

「はい。覚えるのは好きですし、皆良くしてくれます」

素直なヴェンデルに、目元を細め嬉しそうに笑う。

クスリと笑う姿が魅力的だが、同時にある人物を彷彿とさせてくる。おかしいな、と内心首を傾げていたのだが、考えるより先に剣幕を立てたエミールが女性の手を取った。

「こここんなところにいないで、早く帰りましょう?」

「せっかちだなあ。たかが学校の通学路なんだし、あちこち見て帰ろうじゃないか」

「せっかちもなにもないですから！　……ヴェンデル、ごめん、またな！」

「あ、うん。またね」

「じゃあな少年。学業は大変だろうが、よく学び、よく遊んで励みなさい。それがいずれ君のためになる。応援しているよ」

　女性は去るのだが、その後姿すら見覚えがある気がする。

　初対面の人にこんな感覚は新鮮だ。誰だっけと首を捻っていると、遅れてヴェンデルの迎えが到着した。ハンフリーが待ちぼうけの主に駆け寄ったのだ。

「すすすみません！　急いできたつもりだったんですけど、待たせてしまいました！」

「気にしてないって、むしろちょうど良かったよ」

「はい？　……あ、寄り道されないんですか」

「気分が変わっちゃった。真っ直ぐ帰ろ」

　帰路ではあれこれ考えたが、殆どは猫たちのことだ。

　昼休みを終えてから、無性にクロを抱きしめたくてたまらなかった。コンラート時代から家族で可愛がっていた愛猫は父に頭を撫でられ、母に餌をねだっていた。やわらかな腹には兄の顔が埋もれ、クロは仕方ないといった様子でだらりと四肢を伸ばすのだ。

　一日の終わりにヴェンデルの布団で一緒に寝る、そんな他愛ない日常を思い出した。

「あのー……ヴェンデル坊ちゃん」

　申し訳なさそうに呼びかけるのはハンフリーだが、坊ちゃん呼びが交ざるのは癖だ。

「おでこ、赤くなってますよ」

「あ、うん。ぼうっとしてたら壁にぶつかっちゃったんだよね」

「そうですか。相手にけがは負わせませんでしたか」

　言い訳は何度もシミュレーションしたのだ。自然に繕えたはずなのに、嘘が通じない。

　バレた理由がわからなかった。静かに動揺するも、ハンフリーはすべて見抜いている様子だ。

「待って。ごめん、今の無し。あ、いや、違う。意味わかんないから。なにもしてないよ！」

「……そういうとこ、ご兄弟なんですねえ」

「きょう……？」

「そりゃスウェン様ですよ。他にいらっしゃいますか」

混乱するヴェンデルを尻目にハンフリーはひとりで納得した様子で腕を組み、何度か頷いた。

「子供の争いに口を出すのも野暮ですから、自分は何も言いません。ただ、それを師匠が見たらばれちゃいますから、帰ったら冷やすか化粧で誤魔化しましょう。ルイサかローザンネだったら協力してくれるはずですよ」

動転するヴェンデルに、ハンフリーは懐かしいものを目にしたと笑う。

「まってよハンフリー、僕、まだ何も言ってないんだけど？」

「なにもって、そんなの丸わかりだ。誰かと喧嘩したんでしょ」

「いや、それは……」

図星をつかれて口ごもった。

その姿にいっそう愛しいものを見るようにハンフリーは笑うから居心地が悪くなってしまう。

「スウェン坊ちゃんも同じ言い訳で乗り切ろうとしたんですよね」

その時のヴェンデルの顔でハンフリーはさらに笑った。

コンラートで亡くなった、少年の兄を彷彿とさせたからだ。

「しょっちゅうおでこを赤くして帰ってくるから、最終的には師匠にバレちゃって。聞いたら最初に頭突きをかませば相手は大人しくなるとか言ってたっけ。……大丈夫ですよ、自分たち全員、ちゃんと見て見ぬ振りをしてました。嫡男が喧嘩っぱやいなんて知られたら損ですからね！」

「待った、それなに、僕それ知らない！　その話なに！」

「さーて、なんでしょう。とりあえず帰って課題を終わらせてからにしましょうか」

「なんでハンフリーがそんなの知ってるのさ！」

「そりゃあ護衛しか知らない話なんてごまんとあるからですよ」

からから笑う護衛を少年が追いかける、珍妙な追いかけっこ。
少年の『平和』は今日も守られ、明日へ繋がるのであった。

本当にほしかったもの

『兄』に憧れていた。

正確には『家族』に憧れを持っていた。なぜならヴィルヘルミナの父母に理想の家族像を当てはめるのは難しいからだ。

彼女の憧れはこうだ。

たとえば冬。雪が積もった日は家族が出迎えてくれて、友達と雪玉を投げて遊んだ……なんて他愛ないお喋りをしながら温かいご飯を食べるイメージ。

決して毎日勉強詰めで、問題を一つ間違えば家庭教師から鞭が飛んでくることに怯える日常でも、娘の成長より成績を心配する母でも、『神』にしか興味のない父でもない。『皇女』にしか興味を示せない人達ではなくて、ヴィルヘルミナ個人に目を向けてくれる家族がほしかった。

当時のヴィルヘルミナの年は十と少しで、この頃は特に好奇心旺盛かつ、自身で物事を見聞きしたがった。図書館から冒険物語を持ち出すのは勿論、侍女や使用人からも話を聞きたがった。

母は娘の生活を監督したがったけれど、この点においては皇后の思惑を超え、飛び抜けてヴィルヘルミナの運が良かった。皇女の教育を担った一部の家庭教師、身の回りを世話する侍女は皇女の自由意思を尊重し、おかげで皇女は偏った思想に染まらず、ごく普通の感性を獲得できたのだから。

彼らの中でとりわけヴィルヘルミナを可愛がったのは侍女のアルマになる。

ちらちらと降り始めた冬の結晶を眺める皇女にアルマは言った。

「ミーナ、もうそろそろしたらフィスター先生がいらっしゃいますよ。衣装を整え、お出迎えの準備をいたしましょう」

「……フィスターは嫌い」

「好き嫌いはいけません。それにフィスターではなくフィスター先生でいらっしゃいます。皇后様が御自ら選ばれた先生なのですから、そのような態度はいけませんよ」

「アルマだって知ってるでしょう。あいつ、ちょっと間違っただけで鞭を飛ばしてくるじゃない」

「確かに鞭はやりすぎですが……それよりも、あいつ、なんて口の利き方はいけません」

「フィスターなんてあいつで充分。大体家庭教師の癖に出しゃばりすぎなの。侍女のあなた達にまで鞭を使うのは、イライラするからって理由だけの弱い者苛めよ」

「お勉強に集中できなかったのはわたくし共がいたらぬせいです。それにフィスター様はわたくし共と違って、名家に連なる血筋で……」

「詭弁《きべん》よ。成績が落ちたのは私の問題だし、あいつの性格が悪いのはあいつのせい。あなた達の方がよほど素敵な人じゃない」

彼女は皇女と皇后に挟まれた立場にありながら少女の健やかな精神を優先し、ヴィルヘルミナの成長に一役買った人物だ。喜ばしい行いは大いに褒め、無茶をすれば叱り、病気となればつきっきりで看護した。さながら実の母が如くヴィルヘルミナを愛した人物だ。後年、皇女が両親に似ず真っ直ぐに育ったとヘルムート侯に言わしめたのはアルマの功績が大きい。

「……その御言葉は嬉しく思いますが、皇后様の前で口にしてはなりませんよ」

「わかってる。私もそこまで馬鹿じゃない」

だが気に入らない家庭教師の授業など受けたくない。フィスターは「皇女殿下のため」と言うけれど、少女に言わせれば母が怖いだけなのだ。皇女が成績を落とせば皇后の機嫌を損ね、皇后に取り入ることで地位を買っているフィスターからは侍女達に八つ当たりが飛ぶ。

「ここしばらくはずーーっとフィスターの授業よ。他の先生方には会えないし、本当にもう最低」

「もう少し暖かくなれば他の方をお招きして演奏会もできましょう。ミーナの得意な笛も披露できるでしょうし、少しの辛抱ですよ。その頃にはお勉強よりも楽器の授業が増えます」

「笛も悪くないけど、私は剣が習いたいのだけどな」

これにはアルマも苦笑を漏らすだけだ。皇女が剣を取るなど皇后はよく思わない。武芸は武人の領域であって皇太子たるヴィルヘルミナにはふさわしくないと考えている人だ。

ヴィルヘルミナとしては母のいいなりになり続けるのも、アルマ達が苛められるのも、痛い思いをするのだって御免だ。教育用の鞭でも叩かれたら痛いし、暴力で人を従わせるのは理不尽だ。

どうにかしてあの家庭教師を懲らしめてやりたい。

渋々フィスターを迎え入れたとしても、その思いは胸に残り続けている。

授業の半分を終えたところでそっと息を吐くと、ピシャリと腕に鞭が飛んだ。

「い……っ！」

「姿勢が悪い！　皇女殿下ともあろう御方がなんてだらしのない！」

少し背中が曲がっただけでこれだ。心の備えがあればちょっとは我慢できるが、不意打ちほど痛いものはない。歯を食いしばりフィスターを睨んだが、老婆はその目つきさえも不適切だと眉を顰めた。

「その目はなりません。貴女様は未来のオルレンドルを担う皇太子なのです、たとえ姿勢一つだろうと気の緩みは許されないのだと自覚なさいませ！」

これは恐怖で人を従わせる暴力だと、父の背中を間近で見ていたから知っていた。

ああ、この老婆を採用したのが母でさえなければよかったのに……。

休憩になるや、挨拶もそこそこに外へ出た。どうせ遠くにはいけないのだから侍女達も追ってこない。忸怩《じくじ》たる思いを抱きながら歩いていたが、なにやら使用人達がこそこそと話をしている。ヴィルヘルミナには気付いておらず、物陰に身を隠すと話が聞けた。

「ほんとよほんと。侍医長達が話しているのを聞いちゃったんだってば」

「ファルクラムからお越しになった貴族としか聞いてないわよ」

「上の人が私たちにほんとのことを言うわけないじゃないの。それにここ数日の皇后様のご機嫌斜めっぷりときたら！　あの男の子は絶対に陛下の御落胤よ！」

「声が大きい！　……嘘じゃなくて本当に？」

「護送にファルクラムの軍人がついて、陛下が直々にお会いになったらしいから間違いないわ。あの綺麗なお顔は、よっぽど母親がお綺麗だった証拠よ。陛下の目に留まっててもおかしくないわ」

「……ヴィルヘルミナ様より年上なんだっけ。そうね、それなら皇后様のご機嫌の悪さは頷ける」

びっくりして身を固めていたら、いつの間にか侍女達はいなくなっている。ほんの少しの出来心だったのに、信じられない話を聞いてしまった。

「……お兄さん？」

落胤の意味は知っている。自分に兄弟がいることについても、実をいえばびっくりする話でもない。父の醜聞は知っていたし、これまでも自分と血の繋がっている子供とは会ったことがある。

ただ、誰も彼もヴィルヘルミナにはいい顔をしない。緊張するか、へりくだるか、それとも敵愾心《てきがいしん》をむき出しにするかのどれかだ。仲良くしたくとも皇后が許さないし、そもそも彼らは皇帝に認知されないからヴィルヘルミナと無関係とされている。

それにその子達の中には、いつの間にかいなくなった子もいた。アルマにあの子はどうしたの、と聞いても緊張で固まり、やがてゆっくりと顔をほころばせ、こう言いきかせてきたのだから。

「遠い、遠いところへお引っ越しされたそうです」

「遠いってどのくらい？」

「とても遠いところです。もうオルレンドルへ戻っては来ないでしょうが、元気に過ごしているといいですね」

だから驚きの意味は、自分のしらない兄弟がまだいたのだ、である。

しかも隣国から来たのなら、いままでの子達とは違うかもしれない。

このときのヴィルヘルミナは「隣国から来た見知らぬ兄」に夢を抱いて立ち上がった。いまから戻らないとフィスターに怒られるが、興味心に勝るものはない。

「フィスターはお母さまに怒られてしまえばいい」

いままで授業をサボったことがないから反抗には勇気が必要だったが、母は父の他の子が大嫌いなのだ。機を逸したらチャンスを逃してしまう。

客人を滞在させる離宮なら心当たりがある。他の人を寄せ付けたくないなら、なおさら場所を絞れるだろう。裏道を使って離宮へ移動するのは難しくなかったけれど、いざ少年を探すとなると難しい。しかも侍女達は頼れず悩んでいたときだった。

運命はヴィルヘルミナに味方した。

ちょうど金髪の男の子が姿を見せたのだ。

一目で目を奪われ、確信はないのに「この子だ」と瞬時に理解した。

もう考えてなんかいられない。勢いよく飛び出し頭から男の子に突っ込むと、想像より力強い手に支えられていた。

「……驚いた」

抑揚の少ない声だった。

顔を上げればヴィルヘルミナを見下ろす少年がいる。金髪で薄い青の目。佇まいは夢の国の王子様然としていたけれど、冷めた目つきは少女が知るどの男の子とも違っていた。

「突然飛び出してくるから驚いた。大丈夫かな」

「支えてくれたから怪我はない」

どきどきしながら口を開いた。

「ここは離宮のはずだけど、子供が入っていい場所じゃないはずだ」

「どこもなにも、私よりあな……お前みたいな子がいるべきじゃないはずだぞ。名前を名乗れ」

観劇で覚えた騎士の振る舞いを思い出していた。

母にこんな口調を使ったなんてばれたら折檻されるが、周りにはだれもいなかったし、胸を張って男の子に問うていた。相手はヴィルヘルミナをしばらく観察した後、溜息を吐く。

「ライナルト。ファルクラムから来たライナルトだ。理由があってここに数日世話になっている」

「そうか。いい名前だな！」

「……どうも。で、君は？」

「見ればわかるだろ」

「わかるはずがない。誰も彼も自分を知っていると思わない方がいい」

嬉しくなった。推測は合っていたし、相手が自分を知らず、男の子みたいに喋っても叱られないのが嬉しかった。普段は女の子らしく振る舞っているけれど、本当は凜々しく皆の前で立ちたいのだ。

「私から名乗らせるなんてありえない。だけど、お前は外のやつみたいだから許してやる」

「……それはどうも。ところで、君はひとり？」

「もちろん。他に誰もいないだろう？」

「君みたいな子がひとりでこんなところを歩いてるのが不思議だ。どうして離宮にいる」

「勉強がつまらないから抜け出してきたに決まってるだろ」

「そう、つまり自主的な脱走ということかな」

「ま、まぁそんな感じ……かな……？」

「だったら行っても構わないかな」

はぁ？　とたまらず声が出た。なぜ興味もなげに冷たく言えるのだろう。

信じられなかった。将来皇帝になる自分に対しこの口の利きよう、こんな無礼者は会ったことがない。大きな目を見開き、餌を求める金魚みたいに口を開閉させたが、少年が踵《きびす》を返すと我に返った。

「ちょちょちょっと待て！　私を置いて行こうたってそうはいかないから！」

「いや、置いていくもなにも、君が勝手に飛び出してぶつかってきただけで……」

「道に迷った女の子を放置するつもりか？」

宮廷は己にとっての庭。迷うなどあり得ないが、咄嗟に出てしまった言葉に後に引けなくなった。

「……まさか迷ったと？」

「そ、そう、そうだ。悪いか！」

「嘘だろう」

「嘘じゃない！　ほんとに迷った！　……迷ったんだから！」

面倒くさいのに当たった、と顔に書いてある。

とことん失礼な「兄」ではないか。こんなに礼儀を失する少年とは会ったことがない。

「ここはあまり人が来ないんだ。しょうがない、他の人に相談を……」

「だから！　それだと私が見つかってしまうだろ」

「帰りたいんじゃないのか」

「せっかく抜け出してきたのに、もう帰るなんて嫌だ。私はまだ探索し終えてない！」

「嫌と言われても……じゃあ一人でどうぞとしか」

「こんな可愛い女の子を一人にするつもりか、信じられん！」

「……ああ、そうなの？」

そんなに自分と話すのが嫌なのか。これまでの「きょうだい」たちの顔が重なって涙が出てきた。

地団駄を踏む勢いでヴィルヘルミナは少年を指さす。

「勝手にどこか行ってみろ、お前が誘拐犯だって騒ぎ立ててやるから！」

「……どうぞご自由」

に、と言いかけて黙り込んだ。少女は己の言葉が効いたと信じたが、実際は少年が厄介ごとを嫌ったためである。

「しばらく付き合ったら解放してやる。私みたいな高貴な人間に付添を指名されるなんて、本当はすごい名誉なんだぞ！」

「高貴というのならまずは名前を名乗って……」

「お前に名乗る名前はない！」

ここまでくると騎士の振る舞いも無茶苦茶だが、少女の人生において、誓って人に横暴を重ねたことはない。慣れない振る舞いに声がわずかに震えたが、持ち前の気丈さで押し殺した。

「私はあまり遠くに行ってはいけないんだ。だからどこに行けば君は満足する？」

「だったら、えーと……そうだな、そこら辺で構わない。ええと、じゃあそこ、そこの庭！」

とにかく人に見つからなければいいのだ。ライナルトの手を引っ張ると、そこではじめて自分が照れていると気が付いた。わけもない高揚感に身を任せると、彼と見る景色はまるで違う。見知ったつまらない庭や宮廷が華やかな色を帯びていた。

少女は目を輝かせたが、それも強風が吹くまでの間だ。

冬の冷気が少女の肌を刺し肩をふるわせる。

「ちょっと待って。上着を貸すから……」

「い、いや、それだとお前が寒いだろ、私は平気だから着ていろ」

「……年下の子をそのままにはしておけない」

ライナルトの行動は自主的に行われたが、人によってはぎこちなさを覚えただろう。それはまるで誰かに習った事項をそのまま実行している無機質さだが、ヴィルヘルミナは気付けない。

「私がこの格好で勝手に抜け出してきたんだ。だから脱ぐなって……あー、ほら、前を開けろ！」

「なにを……服を引っ張らないでくれないか。予備は持ってないんだから」

「いいから入れろ、抵抗するな！」

少年の懐に潜りこんだ。少年の腕の中にすっぽり収まり、自分の前で上着のボタンを留める。やや大きめの衣装だったのが幸いして二人でくるまるには充分だ。

雪だるまと見紛うもこもこの塊がひとつ出来上がる。

「……歩きにくい」

「じゃあ動かなきゃいいじゃないか。私はあったかいぞ、お前もそうだろう」

「あたたかいもなにも、部屋に入ればいいんだ。こんなところで立ち続けるのは効率が悪い」

「うるさいだまれ。ああいえばこういう、可愛げのないおとこめ」

ヴィルヘルミナの一声で少年は黙り込んだが、納得はしていないだろう。

しかし少年の気分に反しヴィルヘルミナはご機嫌だ。

侍女に聞いたことがあるのだ。冬の寒い日は、たとえば父母の上着の中に潜り込ませてもらったことがあったのだと。『家族』に夢を見た少女にとって、これは大いなる一歩、そして夢を叶えた瞬間だ。

「……うう、でも思ったより窮屈だな」

「この上着は二人で着るなんて想定されてない」

ライナルトは無視して背中の体温を感じた。想像よりずっと苦しいが、この温もりは嫌いではない。与えてもらえたことのない家族のぬくもりは、変則的だけれどここで叶えた。もうしばらくこのままでいたいと願ったけれど、遠くから聞こえ始めた人の声に、名残惜しげにボタンを外す。

侍女達の声がライナルトに届く前に振り返った。

少年はわけがわからなかったろう。だが、ヴィルヘルミナが何かを得たのは見て取った。

「よくわからないけど、満足した？」

「ああ、だから行くことにする」

「道は？　迷ったんじゃなかったのか」

「もう大丈夫だよ。こんなところで迷うほど間抜けなもんか」

最後に一度少年の姿を目に焼き付けて、来た道を戻っていく。自分と一緒にいるところを見つかったら大変だろうと少女なりに早い決断だったのだけれど、この考えは甘かった。

「……お母さま」

途中であえなく見つかり連行された。自室では皇后が悠々と腰掛けていたが、娘を見るなり苛立ちを露わにした。おかえりとすら言ってくれずにだ。

「ヴィルヘルミナ、貴女には失望しました」

言葉が心にずんとのし掛かった。ほんの少し、それこそちょっとだけ授業を抜け出しただけではないか。母が厳しいのは知っていたけれど、これほどまで冷たい眼差しを向けられた記憶はない。

膝をついてしくしくと泣く老婆がいる。

普段はきっちり結わえている髪を乱し、皇后に慈悲を請うているのはフィスターだ。

「皇后様、どうかお許しを……。お慈悲をくださいませ」

顔をぐしゃぐしゃにしながら懇願しているが、肩口から背中にかけて赤い一線が走っていた。老婆を取り押さえる女が手にしているのは大きな鞭で、それで背中を痛めつけていた。

「お母さま、なぜフィスターに鞭を打つのですか」

「母を失望させただけではなく、愚かな質問をするのですね。もちろん、お前の監督ができなかった無能への罰に決まっています」

「た、たしかに私はフィスターの授業中に抜け出しました。ごめんなさい。私が悪かったですけれど、鞭打ちはやりすぎではないのですか」

日頃小鞭で打たれているから痛みは知っている。けれどフィスターのようにあんな大きな鞭で、しかも血が流れるまでぶたれたことはない。

ヴィルヘルミナがフィスターを嫌っているのは事実だ。しかし怒られてしまえと思っても、傷つけたいとまでは思っていなかった。

だから焦った。母がフィスターを殺してしまうのではないかと思ったのだ。

「この期《ご》に及んで母に意見するのですか。……ああ、なんてことでしょう。教育係はいったいなにをしていたというの」

「み、みんなは関係ない！」

怒鳴って、それから失態を悟った。ここは何があろうと母に頭を下げるべき場面だ。皆のためを思うなら彼女はそうするべきだった。

ただ、この時のヴィルヘルミナは動揺していた。普段なら決して犯さぬ失態に顔が青ざめたが、すべては手遅れだったのだ。

「……これは側仕えにも問題がありそうね」

母が扇子を翻せば、控えていたアルマの肩が摑まれた。ヴィルヘルミナの喉からか細い悲鳴が漏れるも、アルマは母に逆らわず、しずしずと跪《ひざまず》き頭《こうべ》を垂れる。

「お母さま、私が授業を抜け出したことにアルマは関係ありません！」

「まったく、我が娘ながら愚かにもほどがありますね」

「愚かなんて、そんな！」

「お前は次期皇帝としてオルレンドルを率いる身。尊き者なれば、正しき行いを身につけるまで自身の考えで動くなどあってはならないのです。その自覚を持てないのであれば、非が側仕えに行くのは当然のこと」

鞭がしなり、耳を塞ぎたくなる酷い音。加工を施しているのか、鞭はアルマの背を打つなり服を破き、肌に赤い線を覗かせる。

「やめて！」

飛び出そうとしたが阻まれた。

振り返ればアルマと同じ、ヴィルヘルミナの側仕え達が必死の形相で主にしがみついている。

「離して……離しなさい！　お前達だってアルマの仲間でしょう？」

「いけません。いけませんヴィルヘルミナ皇女殿下……」

「ふざけるな！　私のアルマを……離せ？」

「後生でございます。どうか堪《こら》えてくださいまし……！」

呻くような小声に、侍女達の顔を見るなりピタリと抵抗を止めた。誰にも見られぬよう顔を伏せているが、彼女たちはいずれも苦渋に満ちている。泣きそうな己を律しながら皇女に抱きついている。

皇后は娘と側仕え達をつまらなそうに見つめているが、そこに娘に対する情は欠片もない。

侍女達と母の違いを目の当たりにし、ようやく少女は心から理解した。


母に娘の自我は必要ない。


これまでわずかでも縋《すが》っていた感情がガラガラと崩れていく。

多分、自分は世間で思われるような愛情は、ひとかけらも向けられていない。どれほど厳しい勉強を超えてきても意味がなかった。褒めて頭を撫でてくれた時も、いずれも良い成績を収め、母の願望を満たしたときだけ。幼い頃、アルマが欲しいと言った娘に寄越したのも、ペットに玩具を与えたくらいの気分で、そこに愛はない。

膝から力が抜けていた。

呆然となりかけた思考だが、背中を鞭打つ音が少女の正気をわずかに支える。

放心状態ながら、やめて、と言いかけたところで文官が母に耳打ちした。

「……なんですって？」

皇后が見せた変貌は全員を怯ませた。鞭を振るっていた者もそうだ。手を止めるとアルマの体が前のめりに倒れ、ヴィルヘルミナは反射的に飛びだした。

「アルマ、アルマ……しっかりして！」

背中には裂傷が走り、べったりと血が張りついている。揺さぶっても返事はなく、顔からは血の気が失せていた。

血に汚れるのも厭わずアルマを抱いた。考えなしに抜け出したからこんなことになった。皇后の侍女に対する扱いを甘く見ていた己のせいだった。

半泣きになったヴィルヘルミナだが、一方で皇后は娘を憎々しげに睨んだ。思わず肩が跳ねたが、母の口から出たのは意外な言葉だ。

「確かに、お前が悪さをしたのは侍女達のせいではなかったようね」

意味はわからなかったが、アルマが解放されるらしいとは理解した。自分の大事な人がこれ以上傷つく姿を見ることはない。安堵に身を委ねかけたが、次の瞬間、心臓が凍り付いた。

「あの小僧と話したのですって？」

小僧、に浮かんだのは、ついさっきあたたかな記憶をくれた少年だ。

「なんて穢《けが》らわしい。だから一時とはいえ、あのような者を宮廷に置くのは反対だったのです。普段はいい子の貴女がこんな行動をするからおかしいとは思ったわ。まったく、これはすべて陛下とあの小僧の責任ですね」

「あ、あ……ち、ちが……」

「近くに在るだけでこれだけ悪影響を及ぼすのよ。早くどこかにやってしまわなくては。いいえ、その前にお前に悪さをした罰を与えるのが先かしらね」

「なんで」

睨まれた。

殺意さえ籠もった視線にひゅ、と息を呑む。

大人しくなった皇女に皇后は興味を失した。侍女を引き連れ部屋を後にしたのである。

待って、と呟く少女は母を追おうとしたが、よれよれの足取りではまるで追いつかない。

「アルマも、ライナルトだって悪くない。私が悪いの。私が勝手に……私が……」

母達の背中は消え、足がおぼつかなくなって、廊下に座り込む。

静まりかえった宮廷で、皇女がぽつんと取り残され、呆然と涙を流している。

宮廷からある少年が姿を消したのは、それからすぐの出来事だった。


「ミーナ」と呼ばれながら体を揺さぶられていた。

「……なんだ、私はまだ眠たい」

「とはいえそろそろ昼前だ。いい加減起きて着替えをしなくては一日を無駄にしてしまう」

夕べはなかなか寝付けなくて、結局布団に入ったのは朝方になってからだ。

心配そうに見下ろしてくる男は恋人で、許可がなくとも寝室に立ち入ることを許された希有な人だ。

「アルノー、私はな、今日は夕方までごろ寝を許されてる。だからいつまで寝ていようが……」

「それじゃあ私との約束もなしになるのかい」

寝ぼけた頭が覚醒するまで時間を要した。

たっぷり考える間にアルノーは寝台に腰掛け、彼女のための水を準備する。

「……いつ約束した？」

「十日ほど前、時間ができる予定だから郊外に馬を駆けに行こうと話したね。まあ、君は公務帰りでへとへとだったから、覚えていないのは無理もない」

そういえばそんな約束をした。支度に立ち上がろうとした身をアルノーが片手で制する。

「確認しに来ただけで疲れているのなら無理はしなくていいよ、と言いに来たんだ」

「いや、しかし約束したろう」

「明日からまた面談が入ったのに、遠出するのはどうかと思うよ。時には家でゆっくり休む時間が必要じゃないかな」

「無理はしない。ここで逃したら次はいつ行けるかわからないんだ、支度する」

「私が嫌だと言っても？　元気な方の君が好きだと言ってもかい」

これにヴィルヘルミナは肩を落とした。アルノーは慣れた様子だが、約束事を失念したのは一度や二度ではない。約束を破るのはいつも彼女で、そのたびにアルノーは許してくれる。

詫びのつもりで身を寄せて頭を預けたが、普段のヴィルヘルミナ「皇女」を知る人が見たのなら驚いたに違いない。いまの彼女はただ恋人に甘える一人の人間だ。

「ごめん、忘れるつもりはなかったのは本当なんだ」

「知ってるよ。会いに来たのは責めるつもりじゃなくて、君の寝顔を見たかったからだ」

「肩を抱いてもらえるか」

……ヴィルヘルミナがただ弱かった少女の頃の夢。

過去の記憶が蘇ったのは、いよいよ長年の夢を叶えるための決着がつくからなのかもしれない。

あの時と、今の自分は大違いだ。ヘルムート侯といった諸侯を味方に引き入れ、子を傀儡《かいらい》に目論《もくろ》む皇后の手から逃れおおせた。そしていまは父の狂気から民を守るために皇帝の座を得ようとしている。

「狂気こそが王の証《あかし》なのだとしたら、私はとことん皇帝には向いてない人間だ」

「そんなことはない。狂気を払い、皆を正しい道に導くのが君の夢だ」

「……それを夢見ていまも走っているけれど、玉座が近くなるほど正道の難しさに怯えてしまう」

彼女の知る範囲の皇族は、誰も彼もが一線を越えている。現皇帝はあらゆる人々が描く空想上の人でなしを縮図にした人物だし、母は子を子と思わぬ人間だ。兄は一見「普通」と見られているが、頭のおかしさは一級品だと見抜いている。祖父母もろくでなしばかりだし、彼女が知る唯一の「平凡」がいま目の前にいる恋人なのだから笑えてくる。よりによって見つけ出したのは滅ぼした相手国だ。

「もうすぐしたらアルマさんが軽食を運んでくる」

そう、アルマ。アルマだ。

夢の続きだけれど、アルマは一命を取り留めた。たかが鞭打ちと思うかもしれないが、皇后の側近が使う鞭は特別製だ。背中を打てば皮膚を裂き、十発も受ければ痛みでショック死する。アルマは命こそ助かったけれど、あの時、皇后の気が逸れていなければ死んでいた。それに死ななかったからといって無事ではなく、背中の傷は長くアルマを苦しめた。

罰だからと魔法の治癒は許されなかった。傷は絶えず全身を苛《さいな》み、食事もまともに摂れない。痛み止めも限度があったし、傷が癒えた後も醜い疵痕《きずあと》が残ってしまった。

当時のヴィルヘルミナは泣きじゃくった。学習期間という名の監禁が終わると真っ先に彼女の元を訪ね謝った。これに対し、アルマはそれ以上の謝罪を許さなかった。

「貴女が私共を苦しめたなんてありますか。真面目で頑張りやのミーナがお勉強をサボっただけで、叱ろうなんて誰が思うの。授業を抜け出したのなら、それだけやりたいことがあった証拠です」

「アルマ。でも、でもね、私……」

「お兄様に会いたいと思う気持ちをどうして止められましょう」

それを聞くと、少女は目に涙を溜めてわあわあと泣き出した。

大好きな人に嫌われなかった安堵もあるが、もう一方で罪悪感が胸を占めていたのである。

アルマはそんな少女を抱きしめ、己を蝕む痛みを堪えながら言った。

「離宮にあらせられたお兄様はご無事だと他の者が教えてくれました」

少年はヴィルヘルミナが接触したせいで皇后の不興を買い、そのせいで鞭打ちの刑を食らった。酷い傷にはなったものの、命に別状はなかった。

殺されなかったのは利用価値があったからだ、とまではアルマは言わない。

口にしてしまえば、聡《さと》い少女はこれまで「遠くへ行った」異母兄妹達の行方を察してしまう。

ヴィルヘルミナはライナルトに謝りたくとも謝れない。次に会ってしまえば今度こそ母を怒らせるから、相手を思うのなら近寄ってはならなかった。なにより少女自身が己のせいで誰かが傷つくのを恐れてしまった。

「利発そうな御方だと伺いました。いつか、お二人でお茶を飲めたら良いですね」

子供ながらに心底ほっとしたのを覚えている。

この体験を克服するには数年の時間を要したものの、以来彼女は誓いを立てた。

——皇族の血から兄弟達を解放する。

民を救う理由を掲げる以前に自立した一番の理由は彼らの自由のためだ。

他にもいままで生き残った弟妹を知っているが、いずれも日陰の人生を歩んでいる。

その中でライナルトはとりわけ思い入れがある人物で、彼の存在がヴィルヘルミナなる人間を構築するきっかけになったといっても過言ではない。

だから彼がファルクラムを陥落させたと聞いたとき彼女は笑った。笑うしかなかった。

まさか誰よりも自由にしたかった相手が敵となってから、正式な「兄」と認められるなんて、なんて皮肉に満ちているのか。それともこれはバルデラスの呪われた血なのだろうか。

過去を振り返り、そして現在に戻ってきた彼女はぬくもりに身を委ねた。

「私はいつも言葉が足りない。結局、話したい相手と話せぬままここまで来てしまったよ」

「……私には言える言葉がないな。思い当たることが多すぎる」

「妹御のことか？」

「あの子から逃げてしまった。家族としては中途半端に終わってしまったよ」

「私の皇位が確かになれば、お前の妹も現実を見るだろう。大丈夫、これから取り返していけるよ。私にできたんだから、きっとやれる」

妹への後悔がヴィルヘルミナとの関係に繋がるのだから、人生は何が起こるかわからない。

恋人の髪を撫で、らしくもなく未来に思いを馳せた。

「なあ、子供は二人以上欲しいんだが、権力に囚われず、全員仲良しに育てられると思うか？」

なにも口にしていないのにむせたのだから器用な男だ。

「将来を相談している恋人に対してそれは失礼だろうが」

「い、いやそれは……なんというか、また、突然で……」

「突然？　私の決めた相手はお前だと言ったはずだが、その頭は鳥頭だったのか？」

「忘れてはいないのだけど……流石《さすが》に無理が……」

夢物語が過ぎると言おうとして、アルノーは失言を悟った。

「ミーナ、ミーナ待った、喧嘩はなしだ。違う、君を愛しているが、お互い身分があるし、話し合わねばならないことが！　……わかった私が悪かった、弁明する機会をくれ！」

後の彼らのちょっとした喧嘩を「またか」と言いたげに笑っていたのはアルノーの乳兄弟だ。

過去の思いはまた心の奥底に埋もれてゆく。

恋人達の優しい時間が、かつて傷ついた少女の心を緩やかに包み午睡にまどろむのであった。

バーレ家の人たち

時刻はカレンがバーレ家訪問をこなし、皇太子ライナルトと会談を終えてからになる。

オルレンドル帝国有数の軍家、バーレの現当主であるイェルハルドは、会談が終わるなり帰ろうとした男を呼び止めた。

老人が是非にといって養子に迎えたベルトランド・ロレンツィ。

コンラート家カレンの実父と噂されているが、なにかと醜聞の絶えない男だ。

「話した感想はどうだったかね、彼女はお前の娘と思うか」

「娘と思うかもなにも、それ以外なさそうだ」

「ほう、やはり覚えがあるとみえる」

「美人ならそりゃあ私の娘でしょうよ。それにあの面の皮の厚さ……失敬、イェルハルド相手でも物《もの》怖《お》じせずに堂々と振る舞えるのは、愚弟の血とは言い難い」

「あの子が褒められるお嬢さんなのは育ての親の良さであって、間違っても節操無しの血ではないな」

「もっともですな。私やあの馬鹿者が育てていたら出合い頭に小遣いをせびっていたはずだ」

ことともなげに言ってみせるが、イェルハルドは流されない。この男、双子の弟がしでかした所業を、珍しくも相当腹立ちしている。カレンの前だからこそ怒りなど微塵も見せなかったが、過酷と言われる北送りにしたのがいい証拠だ。

「覚えている、と言わなかったのは褒めてやろう。だが本当に記憶に残しているとは思わなんだ」

「ちょいと面白い巡り合わせだったんでね。ですがイェルハルド、私の色恋沙汰に興味を抱くよりも、義理の姉兄共に注意した方が良い。これで忠告は果たせましたかな」

「そうさな。あやつらへの注意はこれで済むだろう」

熾烈を極めていくバーレ家の当主争い。ここにイェルハルドが割り込むことで、目的のためならば手段を選ばない傾向にある上の二人への牽制にはなった。

「しかし、故郷の話は弟から聞かされていただろうに、よくぞ父だと名乗らなかったな」

「まともな愛情を持つ親の方が子供も幸せってもんでしょう。自分で言うのもなんですが、私は女性達の恋人としては帝都一として自負していますが、人の親としちゃ欠けるところだらけだ」

「大陸一と言わんだけ謙虚になったな」

「流石に歳ですからね、全員を相手するには身体が追いつかない」

この通りろくでもない男だが、一般常識に囚われないから逸脱した行動を取れる。そのために養子にしたのだから、慣れた様子でろくでなしの話を流した。

「自分の欠点を正確に言えるのなら良いことだ。うん、お前の判断は正しかっただろう。そのまま先方には迷惑をかけることなくやってくれ。あとは儂《わし》がうまく取り持とう」

「あんたの場合は趣味仲間を増やしたいだけでしょう」

「それの何が悪い。助ける理由が増えるのは良いことだ」

「悪いとは言ってませんが、あんなゲテモノ道楽に付き合わせるのは可哀想でしょうよ」

「失敬な。あれは演技などではない、本気で茶に喜んでいる顔だ」

この男もイェルハルドの趣味への理解は遠い。

腐った豆、魚の内臓の塩漬け、蛸の生食と、思い出すだけでもうんざりさせられる。

孫のロビンでさえ辟易しているのに、さてあの娘はどこまで付き合えるのか。もし世辞ではなく心からの同士であれば、イェルハルドのお気に入りになるのは間違いない。

「娘の話はそこまでにしておきましょう。それより私も聞きたいんですがね、イェルハルドはあの皇太子殿下とどこまで付き合うつもりです」

「そこは儂の判断するところではないから任せよう。ただ、お前から見てあの御仁はどうだね」

「危ういですな」

これにはイェルハルドも苦笑を隠しきれない。

「皇帝陛下ほど悪趣味でないのは褒められますが、大概の人間は陛下よりまともですからな。なんにせよあの御仁は頭のタガが外れている。皇帝になれば人使いは荒いでしょうよ」

「まともに話したのは初めてだが、合理的な方ではあったな。それに内に野心も秘めておられる」

「ありゃあ戦好きだ。見事に人の命に執着がないし、皇女殿下と反発し合うのも納得できる」

「いざというときに戦に躊躇がないのは良いかもしれんぞ」

「限度があるでしょうよ。私の見立て、ああいうのは長生きできない」

「そうさな。もし生き延びたとしたら国が荒れるか、もっとも栄えるかのどちらかだろう」

「現状では破滅型と見ましたが、なんにせよ両極端でしょう。関わり合いになりたい人間じゃない」

彼らは皇位争奪戦に関し、ライナルトに協力を望まれていた。

どの派閥にもつかないバーレの選択は国の行く末に大きな影響を与えるが、本来ならイェルハルドが決めるべき事項をベルトランドに委ねる不思議な光景だ。

「私としてはどちらに味方しようがやることは変わらない。なのでイェルハルドに任せようと思ったんですが、決めにゃなりませんかね」

「約束通り、やることをやってくれるのなら、儂はどちらでも構わんよ。孫娘は可愛いが、たとえ皇女陣営に付こうが、目的は違《たが》えておらん」

「なら面白そうな方にしますか」

その「面白そうな方」がどちらに該当するのかイェルハルドは問わない。老人は本当にどちらでもよかったのだ。この男を引き込んだ本当の目的を、孫娘の存在一つで変える人間ではない。

「皇太子殿下といえばだ、カレン嬢が殿下と良い仲になってしまったらどうする」

ベルトランドは眉根を寄せ、それにイェルハルドは低く喉を鳴らした。バーレとコンラート家は無縁だが、血のつながりがある父娘がいる以上、人々は無関係とみなさない。

「あの二人、男女の関係には見えなかったがイェルハルドはそうなるとお考えで？」

「あり得ん話ではないと思っとるよ。だから聞いたのだろうに」

「私にどうこう言う権利はないでしょうよ。そんなものは好きにしてくれて構わないが、いやはや物好きな娘さんもいたもんだ」

先回りが好きな男が可能性を考慮していなかったらしい。わざとなのか、無意識なのか。イェルハルドにとっては愉快だった。

「手が早い御仁らしいが、あの様子では本当になにもあるまいて。噂通り、ただの協力関係だろう」

「で、あってほしいものですな。私は引退したら恋人達を連れて避暑地で余生を送ると決まってるんです。老後まで忙しいのは真っ平御免だ」

退室するベルトランドだが、ここで入れ替わりに庭師が入室した。

顔なじみの庭師なのだが、なんと出て行く間際、ベルトランドはこの年老いた庭師に一礼している。

老婆はにこやかにイェルハルドに話しかけた。

「お嬢様は薔薇《ばら》には目もくれず、旦那様のお花や木に感激していらっしゃいましたよぅ」

「木か？　あれの花も見ていないのに興味を持ったのかね」

「ええ、ええ。とても良いものだとおっしゃってね、世話をしているあたしも嬉しいです」

海の向こうの国クレナイから大金をはたいて取り寄せた樹木だ。こちらの土と気候が合わず、大量の虫が付くので手入れも苦労する。労力に見合うだけの薄桃色の花弁を見せてくれるが、花を見ずに「良いもの」だと言う人はいない。

「旦那様、趣味が合う方は大事にしてくださいねぇ」

「なんだ突然、変な忠告をしおってからに」

「あたしにとっては、旦那様にもしものことがあったとき、あの子達を誰にお譲りするかが大事なんです。せっかく丹精してお世話してきたのに枯らすなんて御免ですよ」

「おい、なんて縁起の悪い話をするんだ」

「縁起が悪いなんてとんでもない。将来について考えてると言ってください」

庭師が当主を圧倒している。背後に控える執事もどこ吹く風で二人のやりとりを聞いていた。

実際、この二人は当主と庭師の枠を超えて友情を育んでいる。

「いいですか、上のお二人はまず木を枯らすでしょう。ベルトランドさんも園芸には興味ありませんから育て甲斐がありません。ロビン坊ちゃんは及第点でも、バーレに残るかはわかりませんからね」

「……儂にはもう決める権利がないんだが」

「理解のある人に株を分けなきゃいけないんですから、ちゃんとしてくださいよぅ」

「好きにすれば良いだろう。あれの所有者は儂だが、世話してるのは君だ。任せると言ったろう」

「そうしたいですけどね、ちょっと珍しいからって、上のお二人がぐちぐち反発するんですよ。あのお嬢様には変な注目を浴びせちゃいけないんでしょうが」

なるほど、老婆は木の行く末を案じてイェルハルドに忠告しに来たのだ。

頭痛を堪える面持ちでイェルハルドは言った。

「おい、おい、進言したいのなら儂ではなくベルトランドに言ってくれ」

「進言って、あたしはただの庭師ですよ。バーレ家の次期当主候補様にかける言葉なんて持ち合わせちゃいません」

「傭兵団の団長が馬鹿を言うんじゃない」

「誤解ですよ。結成時に名前を貸しただけで、団を大きくしてまとめ上げたのはベルトランドさんですからね。そんな権利ありません」

「前身は君の団だ。師みたいなものだろうが」

「そーんな立派なものじゃありませんよ。大体あんな可愛げのない弟子はお断りです」

ほほほ、と笑う老婆はイェルハルドの言葉をのらりくらりと躱《かわ》す。

歳に見合わぬ上腕二頭筋が服越しでも隠しきれていなかった。

「引っ込んだ年寄りが表舞台に出張っていいのは若者に泣きつかれたときだけですよぅ。とにかく、財産の類は揉めないようにちゃーんと気を配っていてくださいよ」

バタン、と扉が閉じられる。

沈黙を保っていた執事が口を開いた。

「あまり悩みすぎるとまた禿げますぞ」

「おい、やめないか。私はまだ禿げていない」

「旦那様の頭髪を案じるのも役目にございます」

ぐう、と呻いた老人は頭を抱え込む。

名家バーレの実態が無礼者の集団だと誰が知ろうか。

当主に対する無礼を無礼とも思わぬ態度、間違っても他の者には見せられない。

しかしこんな彼らだからこそ、イェルハルドのある決意にも付き合ってくれるわけであって……。

「いいか、二度と頭の話はするな」

「毎朝努力して隠しておられる御髪が薄くなってきております」

「やめい」

いつからか続く因襲も打ち壊せるだろうと信じているのだった。

後日譚

二番目の姉が婚約を決めたので

家の中はかつてないほどに荒れている。

家族全員で住んでいた時だってここまで騒がしくなかったのに、こんな大事件が発生するなんて誰が想像しただろう。

概要はこうだ。

オルレンドル帝国は帝都グノーディアに移住し、キルステンは家が傾きかけたものの、当主交代を経て難を逃れた。しかしそこで起こったのは姉カレンの誘拐事件。姉は無事とは言い難く、帰ってきてくれたが心に傷を負ってしまった。宮廷でゆっくり療養できるはずだと信じていた矢先にキルステン邸に戻ってきて、それだけでも悩ましいのに、早朝から皇帝陛下が直々にお出ましになっている。

姉について直近の記憶は、皇帝ライナルトの姿を見るなり一目散に逃げ出した後ろ姿だ。

頭痛を堪える面持ちで父が腰掛け、召使いの報告を聞いていた。

キルステンは大貴族とまでは言わないが、召使いの教育は行き届いている。その家令や老齢の侍女があからさまに狼狽《うろた》え、父に指示を仰ぐしかない状況だ。

どうやらいま、姉は図書室に逃げ込んだらしい。

「だ、旦那様。私どもはどうしたらよろしいのでしょう」

「放っておきなさい。いや、放っておくというのはよくないな。陛下のなされることだ、我々はなにもせず、必要なことがあれば手を貸して差し上げるように」

「しかしお嬢様が逃げ惑っております。陛下をお止めしなくてもよろしいのでしょうか」

「可哀想だが、いずれ話し合わねばならないのは本人もわかっている。ああ、逃げる邪魔はしないように、誰も怪我をせぬよう注意を払いなさい」

娘を取るか皇帝陛下を阻止するか。板挟みになっているのはエミールとて容易に想像できる。少年にできるのは父のため傍にいることだけだ。

本音を言えば姉を見るなり追いかけていった皇帝陛下との攻防が気になっているが、お邪魔虫にはなりたくない。

父が呟いたのを耳にした。

「次女もか……」

「次女もですね」

長女ゲルダはファルクラム国王に側室として嫁いだ。

長男アルノーはいまでこそ北の地だが、追放された元皇女と添い遂げるだろう。

今度は次女、エミールにとっては姉のカレンが、よりによってグレードを上げてきた。なんとオルレンドル皇帝陛下にその身を望まれたのだ。

「でも正直残念です。あと少しだけでも、父さんや姉さんとこの家で過ごせると思ってました」

「寂しいかね?」

「少し。……ヴェンデルには言わないでくださいよ。あいつのことも好きなんです」

「わかっているよ。姉弟で過ごしたかったのだね」

父アレクシスは最近、巷《ちまた》で子育てに成功したと囁かれているも、本人は権威のために子供達を育てたつもりがないので可哀想な話だ。むしろ本人が戸惑っているとエミールが誰よりも知っている。

「でも安心してください。俺は普通のお嫁さんを捕まえます」

「うん、好きになった人なら別に父さんは、な。いいから気にせずにいなさい。そんな事情はまだ考えなくていいんだ」

慰めにもならなかった励ましはさておいて、父はいまだにショックが抜けきらない。

この時は珍しく呆然とした様子で、当主としての側面は彼方へ追いやっていた。

「しかし陛下と親しいとは思っていたが……まさか……」

「父さんはこちらに来て短いですから知る機会が少なかったですが、姉さん、陛下といるときは雰囲気が違うんです。陛下もいつもより優しくなる感じがあったから、時間の問題だった気がします」

「エミール、その、だな」

「どうされましたか。近衛の方々が気になるのでしたら、代わりに行ってきます」

「いや、それはいまから私が向かう。ただ……すまない。父さんはね、その話はちょっと聞きたくないみたいだ」

寂しげに遠い目をする。

皇帝陛下を嫌がっているのではなく、娘を奪われる男親の反応だろう。

「寂しがるのに止めないんですね。姉さん、いまも走って逃げ回ってるっていうのに」

「では聞くが、お前は本当にカレンが陛下を嫌っていると思うかね」

この質問、エミールは首を横に振る。

少年なりに姉のことは見てきたつもりだったから自信をもって断言できる。

「姉さんは怒っていましたし、陛下を見るなり逃げましたけど、本気で嫌いな人にはもっと無関心を貫く人です。あれは……怖いんじゃないかな」

「私も同意見だ。カレンが陛下を好いているくらいはわかるつもりだよ」

「父さん……。自分で言っておいて落ち込まないでください」

「落ち込んではいない。……ただ覚悟は必要だから、それだけだ」

「これから色々ありそうですしね」

「澄ました顔をしているが、次期当主のお前も他人事では済まされないぞ」

「ゲルダ姉さんの時と一緒ですよ。慣れてます」

仲の良かった友達がよそよそしくなる瞬間をいまでも覚えている。逆に相性の悪かったクラスメイトの突然の笑顔。先生からの特別扱いに、知らない大人が気持ち悪い笑顔ですり寄ってきたこと。すべて長女ゲルダの側室入りでこれらを体験した。皇帝陛下ともなればいかほどの試練が待ち受けているのか想像に難くないが、エミールはすでに覚悟を決めている。だから安心させるつもりで笑ったのに、悲しげに視線を落とされる理由がわからなかった。

「父さん、こちらを気にするなら近衛の方と話してきた方がいいです。姉さん混乱してますし、あの様子だと陛下に物を投げるくらいやらかしそうです」

「うっ。そ、そうだな、なにも出迎えないのは問題だからな。先に謝罪しておかねばなるまい」

「でも向こうもそれどころじゃなさそうですけどね。派手な喧嘩をしそうです」

「やめなさい」

胃の付近を押さえながら出ていく父を見送ると、足元で転がっていた相棒を呼んだ。

尻尾を振って長椅子に上り、膝の上に乗る甘えん坊を撫でながら呟く。

「父さん、さりげなく自分を除外してたよな」

「ばう」と鳴く相棒。父は何も言わないが、トゥーナ公に猛烈なアタックをされているのを息子は知っている。なぜなら「偶然」の出会いで彼女と話したことがあるからだ。オルレンドル皇族とは遠縁だが、縁続きの人であるのは間違いない。

「まあいっか。ニーカさんにはまた改めて挨拶しようなー」

自分だけは平穏でいよう。

ささやかな誓いを立てたところに飛び込んできたのは家令だ。

「坊ちゃま、旦那様が！」

びっくりした少年に家令は続ける。

「いまにも倒れそうにございます。どうか旦那様を支えてあげてくださいませ！」

たったいま出て行ったばかりではないか。わずかな合間に何があったのか疑問を覚えるも、答えはすぐに判明した。

「へ……陛下がお嬢様の部屋の扉を蹴破ったと聞き、いまなお言い争いの声が聞こえると知るや、みるみるうちにお顔から血の気が失せられ……」

たしかに父には荷が重そうだ。

よいしょ、と立ち上がるエミールに、まるで救世主が現れたが如く家令は付き従う。

「父さんは心配性だな。両思いなのはわかってるんだから、そんな焦らなくていいのに」

「お言葉ですが、心配性などといった言葉で済む問題ではございません。我が家にとっては一大事に

ございますれば、旦那様の心労はいかばかりか……」

「うんうん。わかるわかる。でもたとえば姉さんが陛下を振ったところで、うちに影響はないよ。陛

下は怖い人だけど、ちゃんと見てたらそういう人だって伝わる」

「坊ちゃま！」

「ほんとのことなんだけどな」

そこにかつて弱々しかった末弟はおらず、代わりに次期当主として覚悟を備えた姿がある。

一度は当主を失ったキルステンだが、次の当主は必ずや家を盛り立てるだろう。

そんな予感を与えさせる佇まいだった。

「でもあの二人、いつになったら落ち着くんだろう」

姉はその日に結論を出せなかった。むしろ断る勢いで皇帝を帰《お》してしまったのだから驚いたくらい

だ。それから数日間、妙に情緒不安定でそわそわしているのは措くとしても、即答を避けてくれたか

ら、もうしばらく姉弟水入らずで過ごせるとほっとしていた。

しかし問題の日、エミールは学校から家に呼び戻された。

出迎えてきた使用人だけではない。家中の雰囲気が妙で、真面目だか浮かれているのかわからない中、父と向かい合う二人の姿ですべてを悟った。

「ええとね。……姉さん、陛下と婚約しようと思います」

膝に乗せた手に力を込め、顔を真っ赤にして報告する姿は、身内の贔屓目《ひいき》を抜きにしても可愛い。

長女ゲルダは勝ち気な美女で、次女は控えめそうだが清楚さが際立つ人だ。外見だけの話でも、カレンは綺麗な人だから権力者に望まれても驚かない。

自分を口説く男は富が狙いか裏があると決めつけているのが残念な部分だが、そんな恋愛音痴が好きな人と婚約できたことに、いまさらになって驚いた。皇帝からの特別扱いもあれば、陛下を好いていたから、音痴なりに頑張っていると見守っていたのだけれど。

この数日間、とりわけお洒落に力を入れていたのは彼女の隣に座る人のためだが、それでも「婚約」と形になると不思議な感覚だ。

なにせ皇帝陛下が義兄になるなんて、妄想もいいところなのだから。

「おめでとうございます。陛下、姉をどうかよろしくお願いします」

「君には苦労をかけるが、なにかあれば気兼ねなく相談してもらいたい。解決にあたり出来る限り手を貸そう」

「はい、そのときはお願いします」

いまさらだよなー、とは流石に口にしない。

エミールの中では、二人の姿を認めた瞬間から人間関係の変化が頭を過っている。これが初めてであれば「すごいすごい」とはやし立て鼻高々になったが、到底そんな気になれない。

——流石に友達関係は相談できないし。

ファルクラムとオルレンドル帝国の規模の違いは肌で理解している。人口の差をはじめとし、帝国民に染みついた皇帝を絶対とする制度、側室が廃された唯一の皇妃、内乱の果ての慶事となれば民は否が応でも盛り上がる。

「式はいつ頃を予定しているのでしょうか」

「エミール、その話はあまりにも早すぎないかね。いまはまだ二人の婚約を喜んで……」

「いや、構わない。皇室入りとなれば貴方がたにも関係のある話だ」

姉は報告に手一杯だし、この手の話は皇帝に限ると考えたのは間違いではなかった。

「一年以降を目安にしている。準備しながら様子を見る形だ」

「ありがとうございます。姉さんは身体が強くないので、無理のない早さで支度が出来れば良いと思ったんです。ゆっくりできるならほっとしました」

「そうだな。あまり無理はさせたくない」

意味深長に姉を見るも、なおさらカレンは視線を逸らしてしまう。初々しい反応や、恋する姿を気恥ずかしいと感じるのは弟ゆえだろうか。皇帝陛下が目元を和らげるほど、父アレクシスの胃の具合が気になって仕方がない。

皇帝陛下が帰った後も、キルステンは落ち着きがなかった。皆に粛々と仕事に取り組むよう言ったアレクシスとて、壁に頭をぶつける失態を見せている。

カレンは始終ぽわっと音が出そうなほどにぼやけているし、使い魔のルカが話しかけても三回に一回は返答を間違える。少女人形の地団駄をエミールは初めて見た。

「もう、もう、マスターったら浮かれすぎじゃないかしら！　あんな調子で、これから一年やっていけるのかしら！」

「流石に慣れるんじゃないかなあ。そのために恋人期間を設けたんだろうし……」

「恋愛経験がなさ過ぎるのもいいところだわー！」

「うん、まあ、それは擁護しようがない」

変わらないのは黒鳥くらいで、腹をみせつつジルの上で寝ている。

夜になるとエミールは腕を組んだ。相棒はカレンの傍にいるから、最近の夜はひとりっきりだ。

悩んでいるのは姉の義息子について。

あの弟分は、皇帝の義弟になる自分よりもっと重要な立ち位置になる。

学校側も相当慎重になるはずで、婚約が発表されればいっそう大騒ぎになるのは目に見えている。

エミールはヴェンデルほど真面目じゃない。学校を数日休むくらいなら諸手を挙げて歓迎するが、今回はそうも言っていられない。

「父さんと陛下に許可をもらって、学園長と先生には先に相談するべきだろうなぁ」

これからヴェンデルを襲う環境や友人、露骨に変化する格差は間違いなく少年を傷つける。なんでもない顔で振る舞ったとしても、じくじくと心が痛むのはエミールが経験している。

この後に皇帝ライナルトの婚約が発表されるが、その折に学園側にたいした動揺がなかったのは、裏でエミールが暗躍したおかげだ。

少年から相談を受けた学園長が方針を定めていたのだ。先生方にも根回しを行い、またエミール自身が学校内で範を示したために、ヴェンデルは穏便に学校生活へ戻っている。

将来を見据えた行動はひとりの少年を救うのだが、これは未来の話。

現在においては指折りやらねばならない事項に頭を捻っているが、その中のひとつに離ればなれとなった家族がある。

アレクシスも手紙はしたためるだろうが、エミールも長女ゲルダに手紙を書かねばならない。

もう一人送る相手がいるとしたら、それは母アンナなのだが……。

ファルクラムにいる間は過干渉が激しかった母。しかしこうやって離れてみると、寂しいと思うし、やっと首を傾げる点がいくつか出てくる。

元は穏やかだった母。エミールにだけ厳しく口を出してきたのが嫌だったが、冷静に思い返すと性格の変化はカレンの存在を喪失してからになる。

だというのに、だ。厳しく行動制限を敷き、将来に口を出してくる割には、出発の別れはあっけなかった。アレクシスが説得したから渋々了解したが、別れの挨拶時はもっとお小言が降ってくると覚悟していた。

だというのに、母は簡潔だった。

「カレンさんに迷惑をかけないようにね」

うまく言葉にできないが、この時のアンナは間違いなくカレンという人物を真っ直ぐに捉えていた。名前を出すだけでも底冷えする瞳で微笑の仮面を被っていたのに、あの差は一体何だったのか。あまりにも――そう、昔のような優しい母の面影に、若干の寂しさを覚えてしまったくらいだ。

エミールが彼女に取られる形になっても、父との離婚を呑んだのも、記憶喪失後のアンナを知っているなら信じられない行動だと息子は母を想う。

もちろん、被害に遭った姉には悪いと思っているのだ。だから両親の別れは自業自得だが、いまの母とゲルダに交流があると知りほっとしていたし、そんな風に考えられるくらいには、母はまだ家族のひとりだ。

真相はなにもかも大人達の胸中で、肝心の次女は、この件に関してはカラッとしているせいで何も摑めない。けれどもアレクシスとの会話で、母の現状を尋ねる回数が増えていた。

ペンの後ろで頭を掻く。

「家族って難しいな。なんで思うようにいかないんだろ」

それでもエミール達は彼らなりにうまくやっているし、あの姉や陛下が婚約を決めたくらいなのだから、世の中なるようにしかならなそうなのだが。

いつか帝都を訪れる甥っ子のためにも家族関係は円滑にしておくべきだが、カレンとライナルトについては、ゲルダには控えめに報告しよう。カレン単体ならともかくライナルトをよく思っていないゲルダが、彼がカレンに向ける目だけは居心地が悪くなるくらい柔らかかったとか、恥ずかしがりながら初々しく微笑むカレンが嬉しそうだったとかを知ったら、たぶん、いや確実に激昂する。手紙を破り捨てる姿も容易に想像できる。

よし、と気合いを入れてペンを持つ手に力を入れた。

姉がいて、母であった人がいて

育児というのはかくも体力を使うものなのか。

乳母に任せている部分があるといえど、初子《ういご》とあってゲルダの消耗は激しい。

「無理……」

ぐったりと長椅子に横になり、顔からクッションに埋もれた。

そんな彼女に手ずから飲み物を渡すのはほっそりとした中年の女性だ。

「子供って、あんなに小さいのに、どうしてあんなに元気なの……」

「泣くたびに様子を見に行くからそうなります。子供が気になるのもわかるけれど、少しは乳母を信用して、休むべき時間はしっかりお休みなさいな」

「しょうがないわ、だって気になってしまうのだもの」

「まったくもう、なんのための私たちなのかしらね」

「そんなことないわ、お母さまがいてくれてとても助かってる。これで一人で子育てしろなんて言われたらゾッとするもの」

父アレクシスと離縁したはずの母アンナだった。

実家に帰ったはずのアンナはいま、サブロヴァ邸の客人として娘ゲルダと孫の世話を焼いている。

四人を育ててきただけあって、子育てに通じ貫禄に満ちていた。

「お母さまはまだご実家に帰らなくても大丈夫なの？」

「戻ってもやることはないわ。孫の面倒を見させてくれるのなら、これ以上の幸せはありません」

「ん。じゃあもうしばらくお願い」

キルステンは母アンナが父を裏切ったことで家族がバラバラになった。本来アンナは誰からも見向きもされず実家に戻るはずだったが、それをゲルダが止めたのだ。

心の離れた母娘が会話を取り戻したのは、皮肉にもアンナがゲルダの浮気を咎めたのがきっかけだ。それからいくらか間があったものの、妹カレンと確執が生まれ、さらには兄と弟がオルレンドルに去った。国元に頼る人の減ったゲルダの寂しさがアンナに声をかけさせたのだ。

無論、このことを父は知っている。

もはや妻としては共にあれなくとも、彼女がゲルダの母であるのは変わりない。ゲルダには好きにして良いと告げ、母娘の付き合いを容認した。

「何を編んでらっしゃるの？」

「靴下ですよ。これから冬は厳しくなりますからね、いくらあっても困るものではありません」

「私も編んだ方がいいかしら」

「子供が小さい間は用意する機会はいくらでもあるのだから、余裕が出てきてからになさい。あれもこれもと手を出しては立ち行かなくなりますよ」

不思議だった。

こうして話す限り、いまのアンナは昔の記憶通り、優しく穏やかな母親だ。カレンを前にしたときの冷徹さは欠片もなく、父と離縁したのも嘘に感じてしまう。

彼女は本当に、半狂乱になってカレンを嫌った母なのだろうか。

いま横になっている自分を幼い少女のように夢想してしまって、つい聞いてしまっていた。

「ねえお母さま、いまでもカレンのことは嫌い？」

「嫌いではないわ」

意外だった。

目を見張るゲルダはつい身を起こすが、アンナは視線を落としたまま答える。

「え、え、まってお母さま、それじゃあの子のこと思い……」

「彼女はとても可愛らしいお嬢さんよ。利発な人だし、将来はもっと素敵な女性になると思う。初めて会ったときからそう思ってる」

この場合の「初めて」は記憶をなくした、十四歳のカレンを指している。やはり記憶は戻っていないのだと心に影を落としたが、同時に光明を見出した。

いまのアンナは平静さを失っていない。

「ねえ、どうしてお母さまはカレンに冷たく当たったの。可愛いお嬢さんと言うくらいなら冷たく当たるなんて変じゃない」

「……そうね、多分、そうなんだと思うわ」

記憶をなくしてからのアンナはいつだってカレンに優しくなかった。

子供達はもちろん使用人や使用人家族にも寛容で気遣い屋だった人。とても明るく自慢の母だったのに、カレンの件を責め立てられて以来、他人行儀のままぴくりとも笑わず、末弟にカレンが触るのも嫌がるくらいに毛嫌いした。周りが注意すればするほど頑《かたく》なさは増して、エミールに過保護になった。ゲルダにしてみれば、それが父に離縁の決意を固めさせ、エミールの母離れを加速させたのだ。

誰から見ても母アンナの変わり様は顕著だった。

だというのに、いま「可愛らしいお嬢さん」と語る表情は柔らかく、ゲルダは戸惑いを隠せない。

「私が言えた義理じゃないけど、お父様への裏切りを咎められた罪悪感から冷たく当たったの？」

「それとカレンさんの記憶についての問題は別ね。少なくとも、自分ではそう認識しています」

「では、何故？」

「なぜかしらね、私は彼女に冷たくしか当たれないの」

意味がわからない返答だった。

しかしアンナは大真面目に、娘の疑問に同意を示すのだ。

「わけがわからないし、変に思うでしょう？　けれどね、そうとしか言えないの。彼女を見ていると、私の中には怒りしか湧いてこない。平静にいようとしても、居ても立ってもいられず、頭がかっとなって怒ってしまう」

「お母さま？　あの、言葉を疑うつもりはないのだけど……やはりそれはカレン限定なの？」

もちろん、とアンナは頷き、こう付け足した。

「話を聞く限り、彼女は素敵な人よ。聡明で、先見性のある賢いお嬢さんだとも思う。なのに私は彼女と同じ屋根の下、同じ国に住んでいると思うだけで意味もなく怒ってしまうの。変よね。彼女を産んでいた以上は愛していたはずなのに、愛せるはずなのに、どうしても憎くてたまらなくなる」

「それ、お父様には言ったの？」

「真っ先に相談したわ。最初の頃が一番状態が酷くってね、アレクシスには彼女を殺してしまうかもしれないから、はやく離してとお願いしたの。信じてはもらえないでしょうけど、将来のある子供が私に殺されるのは可哀想だと思ったから」

いま思えばアンナが出ていくべきだったかもしれないが、すべては結果論だ。このときはまだ、アレクシスも、そしてアンナもすべてを諦めていなかった。

夫婦の間では、過去の裏切りよりもいまの事態の解決を優先していた。

「アレクシスも協力してくれたわ。私の話を聞いて、理解しようとしてくれた。私も彼の言葉で母としてやり直そうと思ったの。でも彼女がいるだけで、私は我を忘れてしまうから駄目だった」

その姿は醜かった、とアンナは自嘲の笑いを零し、ゲルダは驚いた。

アレクシスと交わした約束のひとつに、子供達の前では極力激昂する姿は見せないといった取り決めがあったのだ。裏でそんな事態になっているとは思いもよらなかった。

次女のために不義を過去の物とした。

それはどれほどの苦悩だったか、ゲルダには想像に余りある。

「それ……私にはよくわからないわ。怒りと言っても……」

「貴女は息子が大事かしら？」

「もちろん。私の命よ」

「私もそう。子供達はなにより大事よ。でも彼女についてはそれが当てはまらないし、なにより私の大事な子供を奪った忌まわしい存在だと感じてる」

「忌まわしいって、カレンはお母様の娘よ。何度もそう言ったじゃない」

「貴女達を疑いはしないし、証拠もたくさん見たわ。それでも、私はどうしても彼女が娘だと信じられなかったし、取られたと感じてしまった。この心は変えられなかったの」

「昔みたいに普通に話しているのに、いまも変わらないの？」

「こうしていられるのは、カレンさんが遠くへ離れたからよ。また身近に感じてしまえば、私は私がどうなってしまうのかわからない。だからその時は、私は実家に戻ります」

どうやっても改善が見込めない。

次女を見れば見るほど憎しみだけが募っていく。距離を置いて遠くから考えるだけなら「素敵な人」だと思うのに、それが身近となって「娘」と置き換えられた瞬間、アンナ本人にさえ不明な憎悪が渦巻き出す。

少女を他家に追いやった経緯も同じだ。

他人として考えれば庭師の家に追いやったのはひどい所業だと感じるのに、憎悪に包まれる彼女は庶民に落ちた少女をいい気味だと嘲笑している。

アンナは疲れたのだと告白した。

「私は私がわからない。カレンさんは愛せなくても、私が愛する人の言葉なら信じられるはずなのに、どんなに頑張ってもあの娘を許せなかった。貴女達の誰かを奪われた心が抜けないの」

「じゃあ、お父様は……」

「アレクシスは根気よく付き合ってくれたけど……もう無理だってわかったのね」

「だから黙って離縁に応じたの？」

「ちぐはぐで壊れた私がいたら、彼が壊れてしまうから。……そういう貴女は、よく私を家に招いたわね。カレンさんのこと以外にも許すはずはないと思ってたわ、周りだって止めたでしょう」

「私も大人になって考え方が変わったのよ。お父様とお母様の間でそれでいいと決めたのなら、口を出しはしない。当事者じゃない他人ならなおさらだし、聞く必要はないもの」

「……そう。ありがとう」

これならばいつかエミールと母の和解も進むだろうか。弟が許せないといえばそれまでだが、もし話をしたいと思うのならば、橋渡し役くらいにはなってあげたい。

「でもひとつだけ教えてもらいたいことがあるの」

「なにかしら？　私は自分がもう不確かだし、答えられる内容だったらいいのだけど」

「たいした質問ではないわ。ただお母さまは、カレンを愛したかったのって聞きたかった」

震える娘の声音に、アンナは寂しげに微笑む。

答えは「いいえ」だ。

こうして時が経ち、お互い別の国にいるからアンナも穏やかさを取り戻せたが、彼女の中に渦巻く憎悪はいまだ胸の奥で燻っているし、カレンに関する記憶は一切ない。愛してもいないから困っていないため、持ちうる返事はひとつしかなかったが、長女の悲しげな姿に返事を内に留めた。

わざわざ悲しませる必要はないとアンナは話題を逸らす。

「貴女こそよかったのかしら。カレンさん、オルレンドルの皇帝陛下と婚約なさったのでしょう」

あえて目を逸らしていた話題に、ぐ、とゲルダが押し黙る。愛する夫を陥れて殺した首謀者と、それに協力した妹の婚約は少なからず彼女にショックを与えている。

「もう馬鹿な考えはもっていないようだから安心したけど、許せるようになったのかしら」

「それは……複雑なんだけど」

「どうして?」

まるで少女時代に戻ってしまった心地だ。ゲルダは己の胸に手を当て、ゆっくり息を吐き出した。

「正直ね、なんであの男に協力したのって気持ちはあるの。だけどあの子の立場を考えたら、大事な人を守るためには仕方がなかったとも思うのよ」

家族といえどもそれぞれの人生だ。

血縁でも意見は違えるし、対立する。けれど血の情があるからこそ棄てきれずに想ってしまう。

「コンラート家のカレン」について考えるようになったのは肉親の情があるからこそだが、同時にやはり夫を殺されてしまって、それを許して良いのかと自身に問い続けている。

「………もっと早く連れ戻してたらよかったのかしら」

「難しいわね」

「ええ、本当に難しい。あの子が好きな人と一緒になれたのなら嬉しいのに、素直に祝ってあげられないでぐるぐるしてる自分が本当に嫌」

少しずつでも理解してあげたいと努めているが、それもまだ途中。

傷は癒えきっておらず、手紙を読み、物を贈るのだけが精一杯なのがゲルダの現状だ。

「それでも笑わねばならないわ。特に貴女の場合、オルレンドル次期総督の母として式にもお呼びがかかるでしょう。息子の顔見せも兼ねるなら参列は絶対よ」

「うう、それずっと悩んでるのよ。思い出させないで」

クッションに顔を押し当て呻く。

まだ育児があるからさほど思い悩みはしないが、時間があると鬱々としてしまう。

ゲルダを見つめてアンナは微笑んだ。

「それでいいのかもね」

「いいのかしら。顔を見たら、まともにおめでとうを言えそうにないなんて最低じゃない」

「時間でしか解決できないものだって存在する。それにお互いが歩み寄りたいと願い進む限りは、物事はちゃんと進んでいくものよ」

アンナに巣食うものはどうしようもないけれど、彼女と違い娘には未来がある。

「私と違って貴女達は時間があるでしょう」

たとえば遠い場所に追いやられた長男も、オルレンドルでキルステンの未来を担っていく末っ子も、もはや恨まぬ為に深く考えないようにしている人も。

ゲルダは躊躇した。もはや己には未来がない物言いに、うまい言葉を掛けられなかったせいだが、アンナは慰めを求めてはいない。いつもと……昔と変わらぬ調子で立ち上がると、娘に毛布を掛けて寝かしつける。

「無理をする娘に代わって、おばあちゃんが孫を見に行きましょうか」

「おばあちゃんって名乗るには、お母さまは若々しすぎるわよ」

「まあ嬉しい」

微笑を残し部屋を去って行くアンナ。

その後ろ姿には慈愛はあっても、かつて夫を裏切り、次女を追いやった影はない。

「ねえあなた、なんで家族なのに上手くいかないのかしら。それとも家族だから難しいの？」

亡き夫に問いかけるも、答えは返ってこない。

遠き地にて、末弟が似た疑問を口にしていたなど知らず目を閉じた。

笑い嗤《わら》い踊り終えたら

女が開け放しの扉をノックする。

「タビタ、勝手に入るわよぉ」

「勝手に入るなら帰って」

「やぁよぉ、なんで貴女の部屋に入るのに許可なんて必要なのよ」

「私の部屋だからに決まってるでしょ」

ずかずか侵入する女に対し、部屋の主はそっけない。頬杖をつきながら本を読んでいるが、一度も視線を向けないためだ。慣れた様子で女をいなしているのは、付き合いの長さ故でもある。

「あらぁ、それってもしかして官能小説？」

「色ボケも頭に回ると大概よ。なんで中身を見ないでそんなこと言えるのかしら」

「じゃあ何よぉ」

「新興宗教と古い宗教風刺に若者が改革を加えて纏める話」

「んん……？　そういうの、陛下が全部燃やしたんじゃなかったかしら。よく残ってたわねぇ」

馴れ馴れしくもタビタと呼んだ女の肩に肘を置く。豊満な胸が頭部や顔に押しつけられるが、タビタは動揺すらしなかった。

「いくら陛下といえど、うちの地下までは探しきれないわ。亡くなった祖母がこういうの好きだから、燃やすのは嫌だって隠し持ってたの」

「あらあら、貴女のお家って悪い人ばっかりね。こぉんなの見つかっちゃったら、今度は裸で後宮を走らされるくらいじゃ済まないわよ？」

「協力関係を破棄されたきゃ好きに密告なさい。その代わり私も貴女を売りつけるから」

「やだぁ、そーんなことされたら今度こそ殺されちゃうわ」

タビタはカップを取ると、おもむろに後ろに向かって中身を放つ。本来ならぬるい茶ごと女――パトリツィアを濡らすはずだったが、タビタの行動など読んでいたと言わんばかりに華麗に避《よ》けた。

「ごめんなさぁい。でもでも、これって懐かしい思い出じゃないかしらぁ。貴女が皇后さまに盗みの濡れ衣を着せられて、罰として後宮を裸で二周走らされたの、あたしいまでも覚えてるもの」

「人の嫌がることを嬉々として話す……流石メーラー宰相の娘は性格が悪いわ」

「んっふふ。そんなの褒め言葉にしかならないわよ？」

「知ってる。だから貴女は友達がいないのよ」

「もう、そんな拗ねなくてもいいじゃない」

「拗ねてないわ、怒ってるのよ。ええ、でもそうね。そんな私でも貴女には同情するわ。貴女こそ姦淫の疑いだけで、大勢の前で股を開かされたんですもの。たかだか裸を見られたくらいの私じゃ太刀打ちできないくらいよ」

「あれもひどかったわぁ。この後宮で男を部屋に招く隙なんてないのに、クラリッサ様ったらあたしが若くて綺麗ってだけで僻《ひが》むんだもの。助けてくださいってお願いしたのに嗤《わら》うばっかりで、ああ、この御方ってとことん心根が腐っているのだわって実感した」

「貴女と一緒で性格が悪いのよ」

「やだぁ、それをタビタが言うのぉ？」

「私は自分を守るため、必要に迫られて仕方なくです」

「それならあたしだってそうよ？　だって昔はこんなに性格悪くなかったもの。これでも夢に夢見る可愛い女の子だったんだからぁ」

「絶対うそ。貴女が可愛い女の子なんて世の中の女の子に失礼だからやめてちょうだい」

嫌味で返されるもパトリツィアは艶然としていた。

彼女達に付き纏う苦々しい過去。もはやその事実を覚えているのは昔から後宮に勤めている者だけで、当時のことを口さがなく噂する者は、己の権限をもってすべて罰した。パトリツィアなどメーラー宰相の娘であり、オルレンドル帝国皇帝の二番目の妃だったからできる力業だ。

そしてそれは三妃にあたるタビタも同様だ。

彼女もメーラー家ほどではないが、オルレンドル有数の名家生まれだし、父はカール皇帝のお気に入りだから権威を有している。

後宮では、いまでも彼女達の醜態を口にすれば厳しく罰せられる。後宮勤めになる者達はまずこのことを教え込まれ、失態を犯せば二度と勤めに戻れず、官職の親は左遷されると恐れていた。

そう、彼女達はオルレンドル帝国皇帝カールの二番目と三番目の側室で、皇后クラリッサですら追い出すことの叶わない女達だ。

「じゃあじゃあ、クラリッサ様はなんなのよぉ」

「家畜の肥やしより役に立たない女」

「やっだー！　タビタったらお口わるぅい」

「むかし貴女がそう言ったのよ」

巷では皇后クラリッサの忠実な下僕と噂されており、事実その通りに動く女達だが、真実としてはこの通りだ。

ここでタビタは違和感に顔を上げた。

あけすけに笑うパトリツィアだが、彼女はタビタ以上に濡れ衣によって恥を掻かされた話を嫌う。

時によっては髪を振り乱し、高いかかとで廊下を踏みならして他の側室を怯えさせるのに、いまは自ら過去の話をしている。

「どうしたっていうの、貴女なにか変よ？」

「やっとこっちを向くのね」

「そんなことはどうでもいい。……なにがあったの、またクラリッサ様に難癖を付けられた？」

「ま、タビタが心配してくれてる」

「馬鹿なの？　私に害が及んで欲しくないだけよ」

まかり間違っても友人とは言わないが、手を結ぶことでクラリッサの悪意から互いを守ってきたのだ。奇妙な協力関係はそろそろ二十年近くに及んでいたから、お互いの変化には敏感だった。

パトリツィアは不思議と透き通った笑顔で、嬉しそうに窓の外に目を向ける。

「今日は外が騒がしいと思わない？」

「ああ……陛下とライナルト殿下でしょう。何か進展があったの」

皇帝と元皇太子の争いは後宮にも届いている。しかしながらタビタが無関心なのは、その火種が後宮に及ぶとは考えていないためだ。

楽観的かもしれないが、どのみち側室達は許可無しに後宮を出られない。実家に戻ったのもタビタは三年も前、パトリツィアなんかは後宮に入ってから一度も家に帰っていない。

手が届かないものを心配しても仕方ない。

そんな諦観がタビタの態度に表れている。それはパトリツィアも同様のはずだったが、今日の彼女は十年は目にしていなかった輝きを宿している。

「先ほどね、あたしの侍女が宮廷の様子を確かめてきました。兵士は落ち着きがないし、ずうっとバンバンうるさかったのに、気にならなかったの？」

「全然。だって関わっても無駄でしょ」

「他の子達は怯えてるっていうのに、こんな風にのんびりしてるのは貴女くらいよ」

ほう、とため息を吐くも、やはり喜色は隠していない。

もはや不気味ささえ感じていると、パトリツィアは優雅に微笑んだ。

「第三妃タビタ、先ほどオルレンドルの主人たる御方がお亡くなりになりました」

目に見えてタビタの動きが止まった。

その姿にパトリツィアは満足げに頷き、我慢を止めた。

頬に両手を添え、まるでうら若い娘のようにはしゃぎはじめる。

「メーラー宰相は更迭されたと、親切な方が大慌てで教えにきてくれたわ。きっとお父様の拘留を解くようライナルト殿下にお願いしてって意味だったんでしょうけど、追い返しちゃった」

タビタはまだ現実を受け止め切れないのか、大きく目を見開きパトリツィアを凝視している。

「で、外に無関心な貴女のために一報よぉ。貴女のお父様は陛下と一緒に教会に逃げたけど、陛下が亡くなった後は捕まってしまったって。メーラー家と同じく、きっと処刑は免れないでしょう」

「その話、信憑性はどこに……」

「虚しい期待を煽ってあげるのはあたしも好きだけど……。タビタに対して、陛下やクラリッサ様みたいな真似、あたしがしたことあったぁ？」

二人は見合った。

やがてタビタは立ち上がり、洋服棚の戸を開く。乱暴な手つきで取り出したのは大きな鞄だ。

きょとんと目を丸めるパトリツィアの前で持っていた本や貴金属類を放り込み始めた。

「……なにやってるのぉ？」

「見ればわかるでしょ。私物と金目のものを詰めるのよ」

「んー……それってまさかぁ、後宮を出るつもりぃ？」

「金目の物を持ち出す理由なんてそれ以外になにがあるの」

「あらまあ。こわいこわいクラリッサ様が許さないわよぉ」

「だからなに？」

動きにくい豪奢なドレスを脱ぎ、髪留めを引き抜いた。手にした装飾品は皇帝から賜ったものだったと思い出すと、ぽいっと床に放り投げる。

「陛下が死んだのならあの女もいままでみたいには威張り散らせないでしょうし、父が死ぬなら、利用価値の下がった私を留め置きたい理由なんてないわよ」

「それもそうねえ。でも陛下が誰に殺されたか興味はないの？」

「ああ、そうだった。どちらが勝利されたのかしら。ヴィルヘルミナ皇女殿下が裏切った？」

「いいえ、ライナルト殿下が勝ったわ。でも陛下にとどめを刺したのはナーディアだって……なのにお咎めっぽいのは受けてないのよね。保護されたみたい」

「……ナーディア？」

初めてタビタが動揺した。その名は皇帝の真の寵愛を一心に受ける女だ。後ろ盾を持たないのに長く側室の座にいるが、彼女は別の意味で厄介だ。タビタ達は自らの権威を以て口さがない女達を黙らせるが、ナーディアはなにもできない。むしろ権力は剝奪され、女達の争いから外れるべく宮廷の一角にひっそり暮らしているが、それを悪し様に言うと数日内に後宮勤めを外される。背後にいるのは他でもない皇帝カールで、昔、クラリッサの命で彼女に嫌がらせをしたタビタ達は痛い目に遭った。誰よりも苛めに張り切っていた五番目の側室は行方不明になり、皇太后クラリッサは相当な灸を据えられ、以降ナーディアに対しては不干渉となったほどだ。

「驚きよねぇ。彼女が陛下を嫌いなのはわかってたけど、寵愛を一身に受けてたし、殺したいほど憎んでるとは思わなかった。どこで殿下と内通したのかしらぁ」

「呑気に言ってる場合かしら。それがわかったのなら、なおさら私と貴女は離れるべきでしょう。彼女を苛めてたの、命令だったなんてのは免罪符にもならないわ」

「だからもう侍女に荷造りさせてるわ。前に貴女が言ってたけど、アーベラインやライナルト殿下は話がわからない人じゃなさそう。なにより早いうちにここを抜けておけば、あたしたちが八つ当たりを食らう羽目にはならないでしょ」

「ああ、じゃあもうあの女は荒れ始めてるんだ」

「すごいらしいわよー。この間買ったばかりのお皿をもう割ってしまったんですって。皆の前であれだけ自慢げに紹介して、お前達より価値があるって言ってたのにねえ」

黙って後宮を抜けるなど、側室としてあり得ない所業だ。本人どころか実家すら罰を免れないが、そもそも彼女達は咎を恐れていない。案じるのは己の身だけで、家などすでに守る存在ではなかった。

「あんたのことだから先に他の連中に触れ回ったんでしょ。他の側室達は残りそう？」

「他に行くところなんてないのに無理じゃないかしらぁ。貴女やあたしみたいに、家に見切りを付けてる子なんていないし、みんな残るに決まってるわ」

「救いようのない馬鹿ね。こんなところに残り続けたって無駄なのに、先がないって現実を直視したくないのかしら」

「つめたいわね。十番目の……名前はなんだったかしら。あの子なんてライナルト殿下を色仕掛けで落とそうなんて意気込んでるのに、貴女は諦めがいいわね」

「やれると思うならやってきたら？」

「いやよぉ。殿下なんて絶対陛下に弄《もてあそ》ばれてきたんでしょうし、嫌いな男の側室が色仕掛けなんて笑っちゃう。そもそもぉ、あの皇子様ってなんだか嫌な感じがするもの」

「色仕掛けについてはあの女の耳に入りそう？」

「もうちょっとしてからかな。あの子だけじゃ頼りないから、他の子にも発破をかけるつもり」

それは他の側室達の今後が危うい可能性を示唆しているが、タビタはわずかも彼女達を案じない。後宮は自分を第一に、他を後回しにしないと生き残れない世界だ。その見極めができないのなら利用されて終わるだけなのだから、選択を誤った時点で助ける術はない。

「そう、頑張って後宮を惑わしていってちょうだい」

「頑張るわぁ。タビタは特別に見逃してあげるから、感謝してね」

「ありがと。なら今回だけは上手くいくよう祈っててあげる」

ライナルトに恭順する側室が現れたとなればクラリッサは荒れ狂うし、後宮は騒がしくなる。パトリツィアは他の側室を暴れさせる算段で混乱を面白がっているが、実際その通りだ。

パトリツィアは出来うる限り後宮に復讐してから去るのだとタビタは思った。

それは昔、クラリッサに姦淫の濡れ衣を着せられた恨みでもあるし、濡れ衣だとわかっていながら面白がったカールへの憎悪がある。なによりその後に授かった子供を非道な手段で駄目にされた怨恨がパトリツィアを動かす力だ。

タビタは努力の甲斐あって子供を授からなかったが、一般的に見れば充分に心を病む目には遭っている。パトリツィアと違うのは、もう皇族と関わり合いになりたくないだけだ。

「タビタってもう家には戻らないでしょ。どこにいくつもり？」

「殿下との交渉があるからしばらくは帝都にいなきゃならないけど、適当な田舎にでも引っ込むわ」

「田舎……ってわざわざ不便しにいくのね」

「馬鹿ね。ここだって物が溢れてるだけで、なにもかもずっと不便だったわよ」

実家など顧みていなかった。パトリツィアはもちろん、タビタも彼女達が一番苦しいときに手を差し伸べてくれず、あまつさえ「その程度で済んだと感謝しろ」なんてのたもうた家に興味がない。

なんとも無情だが、こんな親も側室達の間では珍しくない。

なにせカールに見初められただけの平民ならともかく、後宮に娘をねじ込める貴族で、なおかつ真っ当な感性を持っている親だったら、皇帝カールに子を差し出しはしないからだ。

タビタは思い出した。

「私、掃除ってものをしてみたかったのよね」

「本といい掃除といい、使用人の仕事をしたいなんて物好きねぇ。ナーディアに感化された？」

「そうかもね。とにかく埃取りや雑巾がけをやってみたいのよ。それに犬を飼って朝夕に散歩に連れて行ってあげたいわ」

「あたしはそんな汚いの御免だけど、犬は可愛いって聞くわ。落ち着いたら飼ってみたらぁ？」

「……そうね、考えてもいいのかもしれない」

真剣に頷くタビタに何を見出したのか、笑んだパトリツィアは踵を返す。

その背中に話しかけた。

「じゃあねパトリツィア。あんたとは二度と会いたくないわ」

「さようならタビタ。あたしもその辛気《しんき》くさい顔を見なくていいと思うとほっとするわぁ」

心からの別れの挨拶だった。

その後タビタは勝手に後宮を出た件を咎められたものの、ライナルト側と交渉し帝都を脱することができた。貴金属類は慎重に選び抜き、どさくさに紛れて持ち出したために今後も安泰だ。

これとは反対に、後宮が潰されるまで残った側室達は補償金をもらったものの、贅沢に慣れた身では今後が大変なはずだ。即行動に移したタビタの判断は間違っていなかった。

パトリツィアも宮廷を出たらしいが、その後は芳《かんば》しくない噂が耳をついた。

メーラー宰相の娘だった彼女は間もなくして暗殺されたのだ。

風の噂では、帝都に留まり続けた彼女は誰かを告発する準備をしていたのだと聞く。後年、犯人は処刑を免れた実兄であると判明するが、その時には落ちぶれていたメーラー家は、この件で完全に解体された。

パトリツィアの死を知ったタビタが思いだしたのは、彼女の荷造り発言だ。言葉の意味をよく考えれば、あれは侍女の荷造りであってパトリツィアの荷ではなかったのかもしれない。

――元から家の解体が狙いだったのかしら。

先も述べたが、三妃のタビタはついぞ命を宿さなかった。

それは彼女が子を宿さないために、ひそかに薬を飲んでいたからに他ならない。その影響で今後も子は授かれないらしいが後悔はなかった。

けれどパトリツィアは違う。

子の父親がカールであったのはともかく、お腹に宿った子を誰よりも慈しんでいた。愛していた。

二人はまるで趣味が合わないし、話も合わない。パトリツィアは居丈高《いたけだか》で鼻につく女だったけど、子供が流れた時だけは見ていられなかった。そのときだけは抜け殻になった女を心から介助し、互いの立場は置いてクラリッサの手からも守り抜いた。

……復帰した後は、やっぱり助けるんじゃなかったといくらか後悔はしたけれど、それも思い出のひとつだ。

タビタは信頼のおける召使いと帝都を出て、ある街に落ち着いた。

小さな家を購入した。宮廷の華やかさと比べれば質素だが、諦めていた夢が詰まった家はタビタに希望を与えた。自然と笑うことも増え、嫌味も減った。適度にのんびりしながら「やりたいこと」を模索するタビタは、夢だった犬をもらった帰りにある人物を見つける。

「あ」

「タビタ様、如何なさいました？」

横顔で「あれ？」と首を傾げ、凝視すると、こんな所にいるはずのない人間に気付いた。あまり良い身なりではなかったが、それは宮廷にいた頃と比べたらの話。ごく一般的な格好をした女性は清潔感にあふれていたし、苦労している風には見受けられない。

二人が向こう側からやってくる。街の住人ではないから旅のものだろうか。見たことない男と一緒にいる。

表向きは自死となっているものの、皇帝カールを害した罪で処刑されたはずの四妃がいるのだ。

――ナーディア。

声にしようとして、腕の中の子犬が動いたのに気付いて止めた。

「あら、ごめんなさいね。起きちゃったかしら」

「やはり私が抱きましょうか。犬など抱きなれていないでしょう」

「まだちっちゃいから大丈夫よ。それにこれから世話をするのだから、慣れてあげなきゃ」

向こうがタビタに気付いた。

間違いない、彼女は元四妃のナーディアだ。どうしてここにいるのか、皇帝の死の真相や新しい皇帝の真意が頭を駆け巡るも、すぐに疑問一切を捨てた。

ナーディアが緊張したのは一瞬で伝わったが、タビタは話しかけない。ナーディアにも彼女の意図が伝わったのか、瞬時に驚きの類を引っ込めた。

元二妃と四妃がすれ違う。

それぞれが笑顔を向けるのはこれから慈しむ命と、旅の同行者だ。

「この子の名前は何にしようかしら。長生きできるよういい名前をつけてあげたいわ」

「もらう三日前からそればかりでございます。悩むのは結構ですが、早く決めてあげてくださいましね、でないと誰かが適当な名前で呼び始めてしまいますよ」

「それは困るわ。だったら今日中につけないと」

ナーディアは死んだ。

パトリツィアも死んだ。

タビタは生きて新しい人生を目指している。

それで、いい。

それ以外は望まない。

女達の生存競争は皇帝の死と同時に終わりを迎えた。

過去と恨みはあの魔窟に、未来への希望は腕のぬくもりと一緒に持っていくのだから、タビタの先に置いてきた感情達は不要だ。

だから振り向かずに前へ歩く。

彼女達は知らない者としてすれ違い、そして二度と会わなかった。

宮廷記録皇妃簿Ⅰ　下し薬混入事件

彼女達はしくじった。

あってはならないミスを犯し、彼女達は侍女頭たるルブタン侍女長を筆頭に跪き、頭を垂れている。

「申し開きはあるか」

ベティーナに皇帝の尊顔を拝するなど許されない。

彼の皇帝の怒りは声でしか察《か》せないが、自分たちに後がないのは嫌というほど知っている。

「すべてわたくしの監督不行き届きでございますれば、申し開きのしようもございません」

「潔いのは結構だが、それをどう対処するか、なんと責任を取るつもりだ」

強制されてもいないのにルブタン侍女長が深く深く頭を垂れる。

「わたくしの教育が行き届かなかったのがすべてにございます。何卒、この者達には寛大なお許しをいただきたく、この通りお願い申し上げます」

「裏切り者に気付かずにおきながら、厚かましくも私に懇願するか」

こう言われてしまってはルブタン侍女長はなんとも言えない。首を差し出すとでも言えれば良いが、言ったら最後、この皇帝はためらいなく彼女の首を刎ねる。責任感が強く仕事に誇りを持つ人だから、後ろに控えるベティーナ達のためにも軽率な発言はしなかった。彼女は招集前に、なんとか部下達は守ってみせるからと言っていたのだから。

——ああ、どうしてこんなヘマをしてしまったの。

ベティーナは深く後悔している。

己が情けなくて仕方ないが、自身を含め皆の認識が甘かったのは認めるほかない。

怖くて奥歯が震えそうになるのを必死に堪える。

国民は知る由もないが、オルレンドル帝国皇帝ライナルトは前帝カールよりある意味苛烈で、血を見るのも躊躇《ためら》いがない。

家柄を問わず能力を優先する姿勢は人々に希望を持たせたが、反対に無能であれば誰でも降格させられる事実は、上流階級の繋がりを優先していた宮廷を恐慌状態に陥れていたのだ。

ベティーナ達は低い身分ながら、大変ありがたいことに仕事への勤勉さを認められた。食うや食わずだった下級貴族でありながら、皇帝陛下の伴侶になるコンラート家のカレン付きとなったのに、よりによって同僚の裏切りでこんな事態になっている。

皇帝陛下に申し開きをしたい衝動は、いまだ不機嫌な皇帝の圧によって封じられている。

こうなったのはつい昨日、今は真夜中だから今日の出来事なのだけど、昼間の事件が関係している。

次期皇妃が宮廷を訪問したのだ。

目的は宮廷の視察と、皇帝陛下との逢瀬のため。

はじめは順調だった宮廷巡り、ひととおり用事を済ませると恋人同士の時間になったが、途中からカレンが不調を訴えた。はじめは単なる体調不良かと思われたが手洗い場から動けなくなり、皇帝は決して近づけるなと懇願された。

突然の腹痛にしては様子がおかしいし、症状がひどいために侍医長が呼ばれた。

診察したところ下剤の類ではないかと判断され、彼女が口にしたものを改めたところ、飲み物から強い瀉痢《しゃり》作用を持つ薬が使われたと判明したので現場は大慌てだ。もしや皇帝にも一服盛られたのではないかと検査が入り、薬はカレンが使用したカップにのみ塗られていたと判明した。

つまり犯人の狙いは初めからひとりとなる。

この間に侍女達に事情聴取が行われ、犯人が特定されたのが夜。全員互いの無罪を訴えていたが、よりによって犯人は侍女達の、しかもベティーナ達の同僚だと知らされたときの絶望は計り知れない。

皇帝はルブタン侍女長に言いきかせるように声を発する。

「作用が強いものだったらしく、カレンは未だ部屋を出られず終いだ。侍医長の話だと他の毒性は確認されないらしいが、あれは身体が弱い。他に影響が出ないとは言い切れん」

「はい」

「幸い命に別状はなかったが、それはただの結果論だな」

「左様にございます」

そうだ、下剤だから籠もるだけで済んだが、これが毒薬だったら彼女はとっくに亡くなっており、そんな事態を皇帝ライナルトが容認できるはずがない。婚約者のためだけに後宮を廃し、法律さえ変えたのは有名だし、彼女を売った前侍医長と侍女頭は斬り伏せられた事実もある。

どちらも長く宮廷に尽くし、かつ良家の出身であったにもかかわらず、だ。

皇太后クラリッサ付きの侍女達の気持ちがはじめてわかった気がした。

「さて、これはどうしたものか。侍医長の推薦によりルブタン侍女長を採用したが、代わりを探すのもそれなりに手間なのだがな」

皇帝の呟きにルブタン侍女長の肩が震えた。

この言葉は相当堪《こた》えているはずだ。なにせこの人は身ひとつで現在の地位まで上り詰めた。

夫と実家、ふたつの後ろ盾が必要なオルレンドル宮廷侍女の世界において、そんな昇進の仕方が許せないと独身を貫いた。誰かを陥れるのは良しとせず、ベティーナといった後輩達にも良くしてくれたのに、半生を宮廷に捧げた人生が、ここにおいて躓《つまず》いたのだから。

他の者ではルブタン侍女長以上に仕えられる人はいない。

そんなベティーナ達に共感したのか前へ出る者がいた。

側近のジーベル伯だ。

「失礼ながら陛下。陛下のお怒りと、カレン様への深い愛情は我らにも伝わっております。ルブタン侍女長を処断したいとおっしゃるのも無理からぬことと存じておりますが、この方以上に侍女達を纏め上げられる人物はおりませぬ」

「ではお前は許せと言うか？」

小声ながらも、底冷えする恐ろしい響きだった。

ジーベル伯が一瞬怯むも、ここでは下がれないと頷く。

「許せとは申しませぬ。此度《こたび》の失態は釈明できるものではありませぬが、短いながらもカレン様へ献身的に尽くされたのもまた事実。カレン様もまた侍女長をよく褒めていたでございましょう」

「情が深いのがあれの良いところだが、同時に懐に入れれば甘すぎるきらいがある。ここで私が動かねば罰になるまい」

「しかしここで処断されてはカレン様がなんとおっしゃるか、想像できぬ陛下ではありますまい。ですな、サガノフ様」

ここで近衛のニーカ・サガノフに助けを求めたのは英断だったろう。とここにおいて、皇帝を止める手段はひとつしかない。本来関係のない彼女が返事をしたのは、ジーベル伯の意を汲んだためであり、彼女もまたルブタン侍女長を惜しんだためである。

「陛下。ジーベル伯のおっしゃるとおり、いますぐ決断されるのは早計かと存じます。侍女長の部下の不始末ですから連帯責任を取らせるのは結構ですが、それであの方が納得するとは思いません」

「ニーカ、お前までそちらの肩を持つか」

「事実だけを申し上げております。それでもよろしいなら私が剣を抜きますが、バッヘムや宰相閣下も進言するでしょう。二度手間と婚約者殿のお小言を承知の上なら決められるとよろしい」

皇帝の中指がコン、と机を叩く。

長いようで短い時間、まるで生きた心地がしなかったベティーナだが、ここで救いの手が入った。

「失礼する。例の侍女の尋問が終わりましてございます」

話題に上がったばかりのモーリッツ・ラルフ・バッヘムだ。

この人物は昼でも夜中であっても変わらない。相変わらず不機嫌な顔で皇帝に頭を垂れる。

「ゼーバッハが報告したいとの由、陛下に伝えに参った次第にございます」

「わかった。だがその前にお前にも意見を聞こう。ルブタン侍女長の失態をどう捉えている」

「贖《あがな》いようのない失態かと」

寸秒の迷いもないではないか。

皇帝とニーカ・サガノフを除いた一同が凍り付いた。ベティーナなど頭の中でパニック状態だが、まだ終わりではない。

「しかしながら長きにわたる宮廷の悪習、ならびに前帝陛下に乱された疵はまだ癒えておりませんな。陛下の元でたゆまぬ努力を重ね、侍女達を纏められる人材は貴重でございます」

「お前もそう言うか」

「事実でございますので。それと……」

チラリ、と視線がルブタン侍女長達に向く。

「コンラート夫人が侍女達を呼んでいる。如何されますか」

他の者がカレンの夫人呼びを避けるのは、皇帝の寵愛を一身に受ける彼女が他の男のものだった事実を連想させせないためなのに、この人は平然と夫人呼びをする。

「宮廷侍女はこれらだけではない、他の者に当たらせろ」

「すでに侍医長が同じ事を申し上げたが、侍女長達でなければ駄目だと強く言われ、部屋に入ろうとすれば叱責されるので困り果てております」

「……ならば仕方あるまい。行け」

おかげでほうほうの体《てい》で場を切り抜けられたのだ。

自らの肩を撫でるルブタン侍女長を全員が慰めるが、追って処分が下るのは間違いない。

前帝カールの御代においては良くて左遷、悪くて処刑だが、どんな未来が待ち受けているか、想像すれば震えるのは仕方ない。

しかしルブタン侍女長は仕事人だった。

「良いですか。わたくし達が贖いようのない罪を犯したのは事実です。求められもしないのに申し開きをし、泣きわめいてお心を騒がせてはいけません。誠心誠意お仕えし、仕事をなさい」

「でもルブタン侍女長、あれはルディが勝手に……」

「お黙りなさい。あの子を管轄しきれなかったわたくしと、そして一人きりにしてしまった皆の過ちはもはや拭えません。涙を拭きなさい、決して悟られてはいけません」

仲間の涙声に、ルブタン侍女長がピシャリと言い放つ。

下剤を器に塗ったのはルディという若輩者だ。若いといっても宮廷勤めは三年になるが、それでも皇妃に仕える侍女では経験が浅いと分類される。

「……ああ、わたくしの命だけで許してもらえるかしら」

ぽつりと漏らした悲しみはベティーナだけが聞いていた。

他ならぬルディを皇妃付きとして加わるのを許したのはルブタン侍女長だ。ベティーナ達は推薦をもらい宰相等のお眼鏡に適った人選だったが、ルディは皆の補助役として入ってきた娘だ。

ルディは皆によく懐いた。

夢見がちで正義感が強すぎるのは宮廷ではマイナスに働くが、有り余る明るさは皆のムードメーカーで、ルブタン侍女長もその明るさを採用した。

カレンの前に出すのはお墨付きをもらった者達だけ。まずは手習いとして裏方を基本とし、そそっかしさを直したら表に出てもらおうと話しており、本人もその話を了承していた。

いつか立派な宮廷侍女になるのだと胸を張っていたからこそ、彼女が裏切るなんて誰も思わなかったし、仕事を任せてしまったのだ。

昼間はカレンとライナルトが急遽居室を移動することになったから、使用する部屋を快適な状態にしておく必要があって、手の早いベティーナ達が走った。茶器の準備だけならルディでもできると任せてしまったら、この有様だ。せめてあと一人残していたらと後悔ばかりが押し寄せる。

——わかってる。完全に私たちの手落ちだけど、だけどどうしてルディが……。

ベティーナもどうなってしまうだろう。

父母は悲しむし、皇妃付きの侍女になるから妹の縁談もうまくいきそうだったのに、それも駄目になる。同僚達もそれぞれ未来を憂えていたが、カレンの居室の前に来ると、各々が気を引き締めた。

「カレン様、ルブタンでございます。入ってもよろしいでしょうか」

「お願い、急いで」

扉越しの声は苦しげで、なんとか声を張り上げた様子だった。

彼女達が扉を潜ると、そこは冷え冷えとした部屋だ。消えかけの暖炉の火は、開け放しの窓から流れる風にかき回されている。

そこに目的の人がいた。

銀とも見紛うほどの美しい髪、鼻梁《びりょう》から理想的な左右対称でほれぼれとする容姿を備える人だ。

彼女がにこりと笑えばいかほどの人が惹きつけられるかは想像に難くなく、皇帝の寵愛を独り占めできるのも納得できる魅力がある。肌着の下から透ける肢体は神秘的だが、いまは柳眉《りゅうび》を逆立て、苦しげな形相で前のめりに座り込んでいる。

裸足で座り込むカレンにルブタン侍女長が駆け寄った。

「服を脱がれて、そんな薄着でどうなさいました！」

「換気を、したくて。服はすぐ汚れちゃうから脱いだの。どうせすぐに痛くなるから」

「唇が枯れておられます。水は飲まれましたか」

「……ずっと痛くて……飲んだ端から流れちゃう」

「部屋を移られますか？」

「いいえ、いいえ。あんまり移動するのもつらいから、やめて。こんなの見られたくない」

腹を押さえながら恥ずかしそうに俯いた。

泣きかけの様相にはベティーナもつられそうになる。

「手足が冷たいからあたたかくしたいけど、思うように動けない。悪いけど、お風呂に入るのを手伝ってもらえる？」

ルブタン侍女長の号令が入る前に全員が動いていた。

ベティーナがカレンを抱き上げ、二人が備え付けの風呂場へ走る。

残った者が暖炉に薪を焼《く》べて部屋を暖め、着替えを用意すべく走る。汚れた服も嫌な顔ひとつせず回収して掃除をはじめた。すべて彼女の風呂が終わる前に支度を終えねばならない。

気合い一つで体を持ち上げるベティーナにカレンが囁く。

「ベティーナ、陛下は絶対に部屋に入れないでください」

「ご安心くださいませ、なんと言われようと陛下はお通ししません」

「お願いね……」

彼女の願いは人として痛いほどわかる。誰が下剤に苦しむ姿など好きな人に晒したいものか。たとえ相手が大丈夫だと言っても、そんな姿は見せたくない。まして相手が皇帝陛下となれば尚更だ。

主の名誉を守るために決意するベティーナだが、ここまで親身になれるのは、カレンが外国人で苦労してきたのもあったかもしれない。気位が高く血を重視するだけの貴族ではなく、本人のやる気と能力を重んじてくれたから、ベティーナ達はいままで軽視されずに誇って仕事をできたのだ。

侍女達はよく働いた。苦しむカレンの傍に付き、手足をあたため、なにもいわず黙々と仕事を行った。ようやく薬が効いて寝付けた頃には朝になっていて、そのとき、ようやく侍女達は額の汗を拭った。

朝陽を浴びながら、誰かが言った。

「……これが最後の務めなら、それはそれでしょうがないかもね」

逃げられはしないのだ。大人しく連帯責任の罪を贖うしかない。

全員が覚悟を決めて謹慎命令を受け入れたが、粛々と荷物をまとめていると呼び立てが入った。

良くて鞭打ちか、左遷か。悪くて同僚諸共《もろとも》命で贖うか。覚悟を決めた先で連れて行かれたのはカレンの部屋だ。

うつぶせで休むカレンの顔色は悪いが、侍女達を見ると表情を綻《ほころ》ばせる。

「うう、朝まで看てくれたのに、休んでるところにごめんね。誰かひとり、もう少しのあいだ介助してくれると助かります。動き回るのはまだつらいから不自由していて……」

「……私たちでよろしいのでしょうか」

おそるおそる尋ねるベティーナに、むしろ意外そうな顔をされた。

「あなた達以外の誰に任せろと……？」

泣き出しそうになったベティーナをカレンは不思議に感じただろう。

質問の意図をカレンが知ったのは後日になってからだ。

侍医長の処方した薬が効いて、ようやく周囲に目を向けられるようになった。回復後に行ったライナルトとの面会で物申した。

「彼女達をクビにしたら口を利きませんからね」

「……カレン」

「せっかくうまくやれているのに、またやり直せって言うんですか」

「侍女が気を配っていれば防げた事態だ」

「確かに不注意でしたけど、今後は密に連携を取れば防げるはずです。いままで彼女達の仕事ぶりを見ていますけど、二度目を許す人達ではないと思いますよ」

「数日寝込んでおいてか。まだ熱も残っている」

「もう微熱です。苦しかったけど、看病のおかげで心強かったです」

「仕事をこなしたのは罰を恐れたからだ」

「それもあるかもしれませんが、恐怖ばっかりじゃなかったんですよ。恐ろしいからだけで私のことを考えて親身にはなれません。彼女達は反省した上で自らの職務にあたっています」

「私はしばらく面会謝絶だったがな」

「憔悴《しょうすい》した私をみたら、怒りを彼女達にぶつけるでしょ。……ほら、反論できないじゃありませんか。そんな怖いお顔をしてたらすぐにわかっちゃいます」

カレンに言わせてみれば、一度失態を演じたら次に取り戻せば良いのだ。

苦しい目には遭ったけれど、かといってそれで侍女達が職無しになり、家が滅んでしまえとは思わない。これは誇張ではなくて、彼女が望めばライナルトは実行する。けれど最初に洗面所に閉じこもったとき、侍女達が心からカレンを案じる姿を覚えているのだ。

いまは謝罪だってもらっているし、隠しているが罰も致し方ないといった様子で受け入れている。それで宮廷から追い立てるほどの鬼にはなりきれない。

腕を伸ばし、皇帝の頰を押しながら言った。

「私を心配する気持ちは嬉しいです。でも犯人以外はルブタン侍女長を含め、誰も処断してはだめ。有能な人材を失ってしまうし、厳しいのは大事でも、あなたに恐怖を感じてしまいます」

「かといって無罪とはいくまい、なにかしら罰を与える必要はある」

「でしたらしばらく減俸でしょうね。モーリッツさんなんかは従来の法に照らし合わせるなら鞭打ちが妥当だと言ってきたけど、乱暴を働くのだけは絶対にやめてください」

「カレンはあれらにまだ使い道を見出せるか？」

「い・い・か・た」

恐怖で押さえつけるのでは前帝カールと変わらない。ライナルトとて常ならそんな判断は避けるはずだが、カレンは己の存在がどれほど男を変えてしまったのかを承知している。ただ、大切にされていると知っていても、無条件で譲歩してもらえる唯一とは流石に知らないが。

何か言いたげな皇帝だったが、やがて折れた。

寝そべるカレンに覆い被さりながら抱きしめれば、心配と愛情がカレンを包む。

「命に別状がないから良かったとは言わない。もし薬が違っていれば二度と抱きしめられなかった」

吐き出される感情は彼女以外聞くことのできない熱に満ちている。ライナルトの後頭部に手を回し、髪を撫でながら息をついた。

「いなくなったらって心配して怒ってくれたのね」

「肝心なときには部屋に入れず、寝込む様を見るしかない私の身にもなってくれ」

「……ごめんね」

「侍女の件があるから気を張っているが、怖かったはずだな」

体温を分け与えられる安堵に心が緩む。

声なき肯定を伝えると、己が前で強がった行為をライナルトは許した。

「無事ならいい」

抱擁が緩めば緊張が解け、いつも通りの空気が流れる。

密かに中の様子を窺っていた侍医長がヨルンに合図を送り、少年は茶の支度をはじめた。

「ところで横向きを好んでいるが、仰向けにならなくてよかったのか」

「さてはライナルト、お腹壊したことありませんね」

「そうだな、ない。あったかもしれないが、幼い頃の話だ」

「ならお願いですから聞かないで」

「しかし……」

「つぎそれを聞かれたら泣いてしまうから、お願いだから何も言わないで」

しかし、とカレンは思う。

これはしばらく毒味役を断れない。

婚約者を納得させるには必要だが、しばらく宮廷が窮屈になるのは否めないだろう。

それに彼女自身、もう少し気をつけて周囲を見ていかなくてはならない。

「練習や勉強が遠ざかるけど、これじゃ仕方ないですね」

「完治するまでは禁ずる」

考えること、なさねばならないことばかりが山積みで、気が遠くなりそうだ。

それでもひとまずは……さて、部屋に入れなかったせいで若干拗ねがちな皇帝陛下を慰めようか。

相手がなにをすれば喜んでくれるか、イマイチ摑みかねている状況で言った。

「ご飯食べられるようになったら、林檎を剝いてほしいな」

「承知した」

これで笑うのだから難しい人なのだった。

日常を彩るただ一人

寒い。

外套を掻き合わせて両肘を抱いた。吹き抜け廊下で案内を務めるのは侍女頭のひとりであるルブタン侍女長。他には私付きになる侍女達が後ろについて回っている。

「こちらの見所はなんといっても庭でございます。奥まった場所にありますが後宮ほどではなく、来る者も制限されやすいとわたくしは考えます。人の行き来も少ないですから、他に比べれば静かにございますね」

「ここからは……目の塔は見えないのね」

「はい。カレン様のご希望通りの場所かと存じます」

「庭を歩いてみて良いかしら。見える範囲にいるから供は不要です」

「心ゆくまでご覧ください。わたくし共はお部屋をあたためておきますので、つらくなったらいつでもお戻りくださいませ。じきに陛下もお出でになります」

「ありがとう」

庭を薙《な》ぐ風は冷たいが、未来の皇妃サマの真似事から解放されたので気は楽だ。

冬の季節もあって花壇は彩りに乏しいが、それでも庭師の努力があって映える作りになっている。これまで見て回った中でも広めだし、ここに決めたらもっと彩りが加わるはずだ。

飛び出た黒鳥に話しかける。

「……正門までは遠くなるけど、静かだし、広めのお庭があって、陽当たりが良いのはここね」

黒鳥は寒くもないだろうに寒い、と身をもって表現するのだが、段々と伝え方が上手になっている。次にルカが帰ってくる時には反応が楽しみだ。

ここがどこかだけど、お察しの通り宮廷だ。

式の日取りが段々と定まりつつある中で「何処に居を構えたいか決めてほしい」と懇願が入った。中々珍しい連絡だが、それというのも従来皇妃は後宮に居を構えるが、おわかりの通り閉鎖されてしまっている。側室達と住まうのが前提とされた広さとあっては私では扱いかねるし、ライナルトが通いにくいと難色を示したので後宮を開く必要はないとの結論に至った。

婚約後に噴出した問題を皇帝陛下様に相談すると、彼は言った。

「希望するなら別棟を造らせても良いが、私がいちいち通う必要もあるまい。カレンもこちら側に住めば良い」

私も理由があって後宮に入りたくない。

ライナルトも前帝が使っていた部屋を「無駄に豪華で悪趣味」だと嫌い、とっくに違う一室を自室にしている。以前看病のために入った部屋なのだが、実はまだ仮居室扱いだ。

彼は近い将来、元後宮を文官に明け渡すと告げた上で言った。

「侍医長達にもっと良い場所に移れとしつこく言われている。将来的にカレンが移ってくるのなら、宮廷に手を加えて新しく私たち専用の区画を設けさせるか」

「それって従来通りの住まい分けをせず、一緒に住むってことですか？」

「毎度時間をかけ貴方の元に通う必要もあるまい」

「さらっと言ってるけど、結構な改造計画ですよ。そんな簡単に決めて大丈夫なんでしょうか」

「人的資材なら問題ない。カレンは私と毎日顔を合わせるのは不服か？」

「そんなことないってわかってることを言わせないで。それに、場所の選定は私に任せるって言うのお見通しなんだから」

「私に任せれば情緒がない風景を毎朝窓から見ることになるが、それでもいいなら任されてもいい」

「……私が選ぶけど、文句は受け付けませんからね！」

「私は風景に拘りはない。カレンの元に帰れるならそれでいいから、自由に選ぶといい」

「だからそんなこと言ってほだそうたって……」

「どのみちカレンなら不便な場所は選ぶまい」

従来の後宮規則だと、皇帝が後宮に渡るたびに「陛下が参ります！」と知らせていたみたいだから、大幅な時間短縮が図れるのは違いない。ちなみに私はこれを聞いたとき、なんて嫌な規則なんだろうと感じてしまった。

「……まぁ、私も住む場所だし、そっちの方が暮らしやすいから引き受けますけど」

つまり、はい、端的に表現するならこれは新居探しで、これで内見三度目になる。

場所は宮廷だし変わらないじゃないかと思いきや、とにかく場所の候補がたくさんあるので、内見だけでも大変時間を食っている。

なにせ私たちの住まいの他にも、そう離れていない場所にヴェンデルのための区画も用意してもらう必要があるから、配置等々考えると難しくなってしまうのだ。

ヴェンデルについては、義息子なので当然ながら宮廷に移ってもらう。どうせ部屋数も多いし、同じ区画に住むかも尋ねたのだけど、これを本人は辞退。理由は「新婚の邪魔をしたくないから」といったもので、折衷案としてちょっと離れた場所に住まいを移してもらうことになった。

……なんというか、あの子はコンラート邸に帰る気満々だから、家が一つ増えたくらいの感覚で、内見はあまり真剣になれないみたい。

他にはヴェンデル付きにウェイトリーさんとハンフリー。私付きにジェフとリオさんと、あとは同性が欲しくて、マルティナに検討してもらっている最中だ。

で、ジェフは新設される私の近衛隊の面接に、マリーは宝石と生地類の選定に忙しい。どちらも彼らの選別の後、最終的に私が目を通す手筈となっている。

それとコンラート邸はモーリッツさんから買い取る手続きを進めている。慣れた家を出るのは寂しいけど、キルステンと合わせ、疲れたときの休息地があるなら悪くない。

このように住居決めはもちろん、宮廷で通じる礼儀作法の復習、舞踏の練習、法律の勉強、結婚式の準備、コンラート当主代理の役目とやることが目白押しだ。新しく預かる桜の木や世話人の庭師の受け入れもあるし、早くも諸々めげそうである。

「桜を植えるならここが一番良さそうよね」

いつか夢に出た桜もここにあった気がするが、もう定かじゃない。もう三株入手してコンラート家、そして市街地、魔法院区画に植えたいと考えているが、思考はすぐさま冷気に攫われた。

天候が悪化したのだ。最近はいつ雪が積もってもおかしくない天候だったから、ちらほらと降り始める粉雪を目で追いかける。雪が積もればこの庭はどんな風に表情を変えるのだろう。

強い興味が湧き景色を眺めていると、名前を呼ばれた。

目鼻立ちの整った金髪の男性はオルレンドルの皇帝陛下だ。呆れた様子を隠しもせず、来るなり持っていた肩掛けを首に巻いてくれる。

「雪が降ったのなら早く戻れ、風邪を引――」

「ね、かがんで？」

頬に唇を寄せた。

驚く理由はわかっている。彼から愛情を示される機会は多々あれど、私から行動に移すことは少ない。彼にばかり好きと言わせるのは如何なものか。たまには私からと機を窺っていた。

何も言わずとも熱々なのは最初だけ！　行動に移さないと、いずれ相手を不安にさせて愛想を尽かされてしまうかも！

なんて先日の女子会で熱弁されたのが一番の理由だけど。参加者はエレナさん、マリー、マルティナにバネッサさん、そしてリリーのところのエリーザ嬢となっている。

びっくり顔になっているライナルトがおかしいけど、慣れない行為は照れくさく、顔に血が集まるのが止められない。

「いまは誰もいないので」

愛想笑いで誤魔化そうとしたら後頭部に手が添えられ、軽めに唇が重ねられた。

これは次はもうちょっと頑張れって意思表示だろうか。精一杯努力したつもりだと抗議を込めたらジト目になってしまう。

「私がそうしたかっただけだ。カレンの行動には充分驚かされているし、満足もしている。それとも私からの口付けは不要だと？」

「……いる」

「いらないと言われたら困るところだった」

自信不足の私に、愛されている自信を持ってほしいと言われたのは、婚約が決まって間もなくだったかな。有言実行とはこのことで、私にわかりやすいよう範を示してくれている。そのためか愛情表現がないと寂しいと感じはじめたこの頃。彼の企みは間違いなく成功していて、だからこそ私も勇気が出始めている。

私もエレナさんたちをくっつきすぎ！　とは言えなくなってしまったかもしれない。

「前に比べたらかなり長く見学していたらしいが、今日はどうだった」

「良いと思う。この庭なんか特に雪が積もったら素敵だと思ってたの。あちこち見て回ったけど、結局ライナルトが提案してくれたここが一番よかったみたい」

「気に入ったか？」

「ええ、『目の塔』もうまく隠れて見えないようになってる。庭いじりも自由だし、ヴェンデルのところにも庭で繋がれるし、クーインを移動させても不自由しないと思う」

自由に選んでいいと言われつつも、内見の度に相談に乗ってくれたので、実質二人で選んだも同然だ。これでひとつ仕事が減ったと安心していたら、クーインの名に難色を示された。

「虎を置く意思は変わらないか？　あれを近くに置くのは避けたい」

「まだ諦めてないんですか。ヨーからいただいた贈りものなのに、蔑《ないがし》ろにしたらだめですよ」

「飼うのに文句はないが、番犬代わりにする理由がなかろう」

「危険だとおっしゃりたいのはわかりますが、シスのおかげでいけない行為や縄張りはきちんと理解してくれています。基本的に言えば聞いてくれるのですから最適じゃないですか」

クーインはサゥ氏族から献上された虎で、シュアンに相談してヨーにちなんだ名前を付けた。シスの助力があって、私は威嚇もされず仲良くさせてもらっている。

「カレン、獣に言葉が通じるなどと過信するべきでない」

「やーだ。私たちが大事にしていると範を示さなければ、他の人に蔑ろにされてしまいます」

わがままだけど譲る気はいっさいない。

何故ならあの気高い虎の話をするうちに、私は気付いたのだ。

ライナルトはクーインに興味を示さない。

いまは宮廷に余裕があるから好きにさせているだけで、邪魔になるか、サゥとの関係が冷めればいつ狭い檻に収監するか、それとも命を奪うか知れたものではない。いつ殺されてしまうかわからないなら、こちらで監督を引き受けると決めたのだ。

ライナルトに肩を抱き寄せられ、二人で新居予定となる場所を一瞥する。

「風が強くなってきた、一度引いた方が良い」

「はぁい。……公務は平気？」

「ジーベルに休めと追い出された。普段休まずにいるとこういうときに自由に抜け出せるな」

「それ自慢することじゃないですからね」

ニーカさんも愚痴ってたけど、本当に休息をとらないから……。

おかげで私も会いやすいけれど、そうでもしないと休まないのは心配だ。

「植栽が上手くいってるのもあるんだけど、本当に塔が見えないのね」

「完全に見えないとなればここくらいだろうな。後は何処を見ても大概目につく」

「うん、他のところがそうだった」

「気になるならば我慢する必要はあるまいに。どのみち『目の塔』は閉鎖したのだから、いまとなっては壊しても支障はない」

「壊すまでは出来ません。……だって塔がグノーディアの象徴だって思ってる人、結構多いんですよ。私が嫌だからって壊せるわけないでしょ」

「不吉な噂の元凶を潰せるのなら、私は一向に構わないが」

「だめ。だめったらだめ」

とはいいつつ『目の塔』が民の心を集めていなければ、壊したかったのも本音。

そこまでして塔が見えない場所に居を構えたかった理由は……その……。

これはなんというか、城壁外からだとまったくわからない現象なのだ。私も婚約後に知ってしまったのだが、宮廷内から見上げたとき限定で、運が悪いと見てしまうのである。

『目の塔』最上階から落ちていく人影を――。

そう、ずばり幽霊問題。私はこれが非常に怖い。

宮廷で働く人の間じゃ有名な怪談だ。皇帝カールの治世でいつからか発生するようになり、侍女や衛兵の間では、深夜に『目の塔』付近から塔を見上げてはならないとされている。窓に立つ人影まてなら問題ないが、落下する人影と目が合ったら死の国に連れて行かれると噂されているせいだ。

たかが幽霊と思うかもしれないけど、私の知る範囲の侍女達は怯えている。深夜の『目の塔』付近は絶対歩かない。通らねばならない際は、遠回りでも違う道を行く。どうしても避けられないなら、地面から目を離さないのが決まりなのだと教えてくれた。

ライナルトは『目の塔』に思い入れもないから、最低限の清掃と点検を除き塔の出入りを禁止した。最上階は物見の役目を果たせるが、ここが必要とされるときはそれこそ緊急事態なので、基本窓は内側から板が打ち付けられている。

従って『目の塔』の最上階窓は開かないのだ。だというのに「それ」が出現するときは、不思議と窓が全開になった状態で見えるのだという。

あとは思い出すだけでも気分が悪いけれど、前帝が好んで塔の上から人々を落としていたのは記憶に新しい。彼らの落下地点近辺を歩くと、なにかがべちゃっと打ち付けられた音がする、叫び声が降ってくるなど悪い噂に事欠かない。

さらに最悪なのは、この噂の信憑性を高める人物としてライナルトがいる点だ。

証人はニーカさんで、なんと噂の真偽を確かめるべく自ら深夜の『目の塔』に赴いた過去がある。事実を確かめると、彼は「ああ、あれか」と言った。

「見たことはあるが、ただ落ちているだけで害はなかった」

心臓に毛が生えている人は言うことが違う。

目の塔を視界に入れたくない理由がおわかりいただけただろう。過去の少女の件も含め、そんなものを目撃しては宮廷に住みたくなくなってしまう。ライナルトも私が怖がるのを理解してか、新居探しに親身になってくれたのだ。

余談だけど、後宮を避けた理由も一緒だ。

皇太后クラリッサと同じ場所に住みたくなかったのもあれど、後宮もこの手の噂には事欠かない。むしろ他の建物より多い。苛めを苦に自殺した侍女が出るとか、二階の角部屋から啜り泣きが聞こえるだとか、こちらは大分昔から「出る」と有名なのだそう。

なので後宮を明け渡される文官さんたちは可哀想だけど、私が入らずに済みほんっとうに安堵している。

なにせ見学だけは行ってみたのだが、昼間なのに人のいない後宮は静まりかえり不気味だった。二階から哄笑が聞こえてきたかと思えば、調べに行った侍女が青い顔をして戻ってきて、ルブタン侍女長に耳打ちしてすぐに撤収。後に聞き出すと「いるはずのないご婦人を見かけたので」と気まずそうに言われた。

思い出したら気味が悪くなってきた。たまらず腕をさすっていると、寒いと勘違いされたらしい。

「身体を冷やすような真似は感心しない」

「ちょっとやなこと思い出しただけ。それよりも……」

肩の手を取って腕を組むのも随分慣れた。というより人の目を気にしていては、いつまでたってもライナルトと語らいあえない。多少くっつき合う程度ならもう全然許容範囲だ。

「もうちょっと周辺を歩いてから戻りましょう。間取りをどんな風にしてもらうか考えたいの」

「寒くはないか？」

「歩けば解決するもの。それに最近はお出かけを控えてたからいいでしょう？」

本当は市街地を歩けたら良いけど、そうもいかないのが皇帝陛下なのだし。ライナルトも歩くのは嫌いじゃないからゆっくりとした時間を過ごせたが、部屋に落ち着いてからの問いは空気を固めた。

パチ、パチと暖炉の薪がはぜる心地よい音の中だった。

「侍女達はどうだ」

侍女達のいる前で質問したのだからわざとだ。ひりついた空気を無視して言った。

「どうだもなにもよくしてもらってるし、こっちが申し訳なくなるくらい。問題なんてありません」

「問題ないというのは、本当になにもなかった場合にのみ使う言葉になる」

「じゃああれ以降はなにもありません。彼女達も頑張ってくれてますし反省と努力は伝わってます。いなくなられたら私が困るんだから、あんまり意地悪言って怖がらせないで」

「確認しているだけだ」

「でもいまはわざと言ったでしょ？」

あんな事件があったから仕方がないけど、お付き合いするようになってライナルトの過保護ぶりは増している。気にしてくれるのは嬉しいけれど、彼は私を甘やかしすぎるきらいがあるので、言葉通り受け取り続けてはいけない。甘えはほどほどに、堕落の一途を辿らぬよう心を引き締めている。

部屋は皆の心遣いが活きて既にあたたまっていた。

暖炉はもちろんだが、一部の部屋は特別な配管が部屋を囲み、管の中を温泉が通っているのだ。これは自然の熱を生かした暖房で、他の人々が早く住む区画を決めてくれと言ってきたのも、こういった改築が必要な関係だ。

潤沢に予算があるって贅沢し放題なんだなぁ。

「ところでその不服そうなお顔はお止めください。何度も言いますけど、これは流行です」

上着を脱いでからのライナルトの反応は想定内だ。それもそのはずで、最近の私は、お出かけ時は実用よりもおしゃれを優先している。

その中でここ最近の上流階級の女性を夢中にさせている流行は、ずばり薄着。

冬だから外套の厚着は絶対だが、その下はレースや肌の透ける生地のブラウスだ。今日は首元から肩や腕が濃青の生地に透けている。首のひらひら流れるリボン結びに、彼とお揃いになった紅玉と金の飾りが美しい。

「流行だろうがあまりそういった格好は感心しない」

「外套は厚くしているから、風邪は引きません。そのあたりはちゃーんと注意してます。ライナルトはちょっと考え方が古すぎなんだから」

「貴方以外に口出しはしない」

お年を召した方などは流行を破廉恥《はれんち》だの言うが、個人的にこういうお洒落の楽しみ方はありだ。流行の元になったのがリリーなのが引っかかりはすれども、オルレンドルは自立して働く女性が多い。公爵として前線に立つ彼女に憧れて服装を取り入れたのなら、それは素敵なことだと思うのだ。好きだからという理由で、自分の思う通りの格好が出来るのは自由の証なのだから。

引っかかるのは肝心のトゥーナ公リリーだけど、彼女はこの一件で自治領の特産品はもちろん、溜め込んでいた宝飾品を大量に売りさばいている。この間も会うなり拳大ほどもある宝石の原石をくれたくらいだから、笑いが止まらないとはまさにあの様子を指す。

自分の胸に手を当てた。

絶対私は悪くないぞ、と主張するためだ。

「いいですか、私は仮にも陛下に選んでいただいた婚約者です」

「仮にもなにも、事実そのままだ」

「そういうのはいいんです！　……とにかく、皇妃です。最近やっと実感が湧いてきましたけど、あなたの……お、奥さんになります」

「知っている。何が言いたい」

侍従のヨルン君がお茶を準備していく。

最近ウェイトリーさんと仲が良いと耳にした噂は事実なのだろうか。

「そのあなたの隣に立つ女がですね、周りの女性が流行に乗ってお洒落をする中、ひとりだけ古くさい格好してたらどうするんですか。流行に疎いなんて笑いものもいいところですよ！」

「そうやっていいとこ殿とエレナに吹き込まれたな」

「吹き込まれてません。っていうかなんで知ってるの」

「最近とみに集っていると思えばやはりか」

「皆さんは悪くないですし、これが気に入ってるのは確かです。私だってお洒落心くらいあるんですから好きにさせてください。それともこの格好が似合ってないっていうなら考え直しますけど」

「……似合ってはいるし、余程でなければ貴方に似合わぬ服はない」

「褒めてくれるわりにご機嫌斜めでいらっしゃいますが」

返答を避けるライナルトに、悔しくなって相手の髪を掴んだ。弄《いじ》ってやろうと思ったのだ。

「貴方が楽しんでいるのならそれでいい。だから髪を掴むな、格好に文句はない」

「うそつき。納得してない顔してる」

「カレンが楽しみ、私のために努力していると思えば許容できる、それだけだ」

「思うところがあるなら言えばいいじゃない！」

「個人の問題だ」

これ以上は口を割りそうにない。

あまりしつこくしてもお茶が冷めるのでほどほどにするが、なんだかこの論争はこの先もずっと続く気がする。まさか服装で意見が割れるなんて思ってもみなかった。

「重ねて言うが似合っている。他の女では追随を許さぬ美しさだと、私は胸を張って言えるだろう」

「……ライナルトこそ今日も素敵です。金髪に紅玉が映えて似合ってる」

「惚れ直すか？」

「どうでしょう。いつも惚れてるから惚れ直すって感覚はわかりません」

こうやって私の機嫌の取り方が上手くなっていくのだとヴェンデルが言っていた。

そんな簡単に転がされたりしないけど、ここまで言われてしまって文句はいえない。

「私を褒めても特になにもないだろうに」

「やだ。言い続けますからね」

ライナルトにもきちんと格好良い旨を伝えているが、こちらは反応も薄く成果を感じられない。けれども恥ずかしくとも言い続けるのはやめないつもりだ。

なにせ大切な日々、大事な人がいついなくなってしまうかわからない。もう何度も経験させられたから、伝えられる間に言っておきたい。

「ライナルトの休憩時間はどのくらいありますか」

「夕方までは自由にできる」

「あら、結構長い」

「普段の分を取り戻せ、だそうだ。カレンこそ場所を決めたのなら、時間ができたのではないか」

「そうね。残りの分は見なくてもいいし、お稽古も明日になってる」

二人揃って珍しく長い時間が確保できたのだ。

悪戯心が働いて肩を引き寄せた。

「ね、横になって」

「椅子でか？」

「はい、ここで私の膝を枕にしてくださいな」

クーインではないけれど、こちらも大きな動物を扱っている気がする。

言われた通り横になるライナルトに膝枕をすれば、想像よりも重みがあって驚く。

「カレン、一体なにをしたい」

「あなたは頑張りすぎですから、いまだけでも寝てください。無理なら目を瞑るだけでも良いから」

そういって眠れる人はいないだろうから、目は手の平で塞がせてもらった。

「……される側になるのは奇妙な気分だな」

「前はシュトック城から助けてもらったあと、私があなたにしてもらったんでしたっけ。……嫌じゃなかった？」

「これはこれで悪くない。それにカレンが楽しいのであればな」

「私はライナルトに満足してほしいんですけど、全部それぱっかり」

「言っているだろう。私は貴方が楽しんでいるのならば充分だ」

色々と先が思いやられるけれど、こんなところが愛おしいのも事実なのは認めるしかない。

手の平を取ると口付けし、身を任せてくれる彼に充足感を覚え、そして願った。

——平和な日々が続きますように。

穏やかな毎日の裏側で、きな臭い噂や事件は細々と発生している。最近は銃関係で軍部内に逮捕者が出てしまったし、私の周りも騒がしくなっている。

それにこれまでの経験から、もっと大きな事件が待っているのではないかと、奇妙な胸騒ぎも止まらない。

「おやすみなさい、ライナルト」

不安は杞憂《きゆう》で終わるといいな。

好きな人と一緒に居られる幸せな時間が嬉しくて、少し泣きそうになっていた。

僕は友達をしらない

「学校に行ってもいいの？」

我慢《がまん》できずレーヴェは叫び、息子の反応に父リヒャルトは頷く。

「手続きは近々終わるだろう。数日後には通えるようになるから、その気があるなら通学しなさい」

「あ、ありがとうございます。でも、いままで学校なんて許してくれなかったのに、どうして突然お許しいただけたんですか……？」

「色々考えたのだが、お前が外の世界を見ておきたいと言ったのも一理あると思ったのだ」

「父上ぇ！」

勢い余って飛びついたら家令に慌てられてしまった。

父リヒャルトはもう六十を過ぎている。腰でもやられてしまったらなんて考えたのだろうが、息子を溺愛するリヒャルトはゆっくりと息子の背中に手を回す。

息子に見せる優しい面差しとは裏腹に、瞳には深い懊悩《おうのう》が宿っている。

「……いずれこういった機会は得ねばならなかったしな」

「父上？」

「それよりも学校にはコンラートやキルステンのご子息がいてな。コンラートというのは……」

「そのくらいしってます、皇妃様の家ですよね！　学校にはご子息と弟君が通ってらっしゃると聞いています。あ、じゃあ僕はご子息とお友達になればいいんですか？」

「いや、それはしなくていい」

え？　と父を見上げる。もはや巷では名が挙がらない日がないコンラートだ。オルレンドルフ帝国宰相リヒャルト・ブルーノ・ヴァイデンフェラーの息子として、その名を出されたからには役目を期待されてると思ったのに、父はむしろ何もするなと言う。

「あちらのご子息方は……なかなか難しい方々だと聞いているから、そのお二方には近付いてはいけないよ。お前はあまり同世代の子に慣れていないのだから、まずは学校に慣れなさい」

「で、でも父上。僕だってヴァイデンフェラーの跡取りです。学校に行かせてくれるのは、そういう目的があったからじゃないんですか」

「お前はただ学校を満喫すれば良い」

ピシャリと言い放った言葉に息子が肩を落としたのを見て取るや、リヒャルトは膝を落とし目線を合わせた。

「子供の身でヴァイデンフェラーの名など気にしなくていい。父の望みは、ただお前が健やかに育つことのみだ」

「でも……僕は、なにも父上の役に立てていません」

「何を言っている。毎日元気な顔を見せてくれるならば、私はそれだけで幸せだ」

「ですが亡くなった兄上は最期まで父上の役に立ったんでしょう。僕も兄上を見習って早く社交界に出られるようになりたいです」

「兄は兄、お前はお前だ。いまは急ぐ必要もないのだから、慌てずゆっくりと励みなさい」

宮廷で宰相を見慣れている者にとって、愛情に溢れているリヒャルトの姿は衝撃的だ。

皺の刻まれた手が息子の頬を撫で言いきかせる。

「それに父は家の継続など望んではおらぬ。お前の好きに生きられればそれでいいのだから、無理に策謀なんてものを企むなど……向いていないのだから、やめておきなさい」

「なんでですか!」

レーヴェはむくれるものの、内心では父の言うことはもっともだと知っている。

部屋に帰されてからは、憧れの学校に夢と希望の妄想を繰り広げるも、父の言葉を思い返して肩を落とす。

身体が弱いせいで、生涯のほとんどを屋敷で過ごしてきた。ずっとずっと学校に憧れてきて、思わず「友達になれば」と声にしたが、そんなことが出来るわけないのは、少年が誰よりも知っている。あがり症で、お喋りが下手で、同年代の使用人相手すらまともに話ができたためしがない。実際は不安だらけで、父リヒャルトの無言の懸念は正しかった。

少年は大勢の前に姿を現したことがない。先生に紹介してもらうも、短時間の間に全身汗をかいている。ぎくしゃくした動きで初めて受ける授業。勉強はとっくに教わっていた範囲だったが、おろしたての教科書を広げ、同世代に交じって授業を受けると胸が熱くなる。

感激に胸を震わせていたが、感動していられたのは最初だけだ。

休み時間は次の授業のため移動がある。ある少年は親切に教室の場所を教えてくれるが、会話はまったく振るわない。

「え、えっと、ほ、他に、聞きたい事が、あって……」

「あ、ああごめんね。上手く答えられる自信が無いから、先生に聞いてもらえると助かるよ」

「そ、そっか。ご、ごご、ごめんね」

「学年が上がったらもっと移動が増えるから、いまのうちに覚えておいてね」

「う、うん。ありがとう」

すべてレーヴェが至らないからか目を合わせてくれない。会話も切り上げられる。

自由時間になってもレーヴェに話しかける子はおらず、ぽつんと座るだけ。通常昼休みは学食でそのまま食べるか、パンや飲み物をもらってきて好きな場所で食べるのだが、これにも交ざれない。

いや、いるにはいた。数名、レーヴェと昼を共にしようと話しかけてくれた子はいた。

だがレーヴェが持参した弁当を見て、ちょっと顔を引きつらせる。普通学校に弁当を持ってくる子はいないし、その中身がまた豪華すぎた。数日後にはお誘いもなくなって、十日も経った頃には逃げるように外に行く。ベンチの上に弁当を広げて、ひとり寂しく口を動かすのだ。

——夢にまでみた学校が、全然楽しくない。

でも学校に行きたいと言い続けていたのは自分だ。

父の期待を裏切りたくなくて、帰ったら笑顔で学校が楽しいと言わねばならない。現実と理想のギャップ、嘘つきの自分に、心を込めて作られた弁当は味がしない。

お腹いっぱいだけれども、つい友達と食べると言ってしまったから、料理番がはりきって量を多くしてくれた愛情のこもった弁当。嘘を嘘と言えず肩を落とすが、その背中に話しかける者がいた。

「なあ、そろそろ昼休み終わりそうだけど、教室に戻らなくて良いのか？」

「ひゃ」

「ごめん。驚かせたか」

凛々しい顔立ちの少年で、ベンチの背に両腕を乗せ、不思議そうにレーヴェを見つめている。活き活きとした眼差しはキラキラと輝いていて、レーヴェの主観だったけれども、自分とは世界が違う子だと一目でわかった。

少年は弁当に視線を落とす。

「一人前にしちゃ量が多いなー。もう昼休み終わるけど、それ食べられるのか？」

「あ……ええ、と……」

「無理なんじゃないのか。残す？」

「の、残さないように頑張る」

「残さないって、いつ食べるんだ。置いてたら傷むし、量が多いからキツいだろ？」

「そ、そうなんだけど、帰る前までには、食べきれるよ。……たぶん」

「たぶん、かぁ」

きっとたくさん動くのだろう。普通なら運動系の体軀が良い相手には圧倒されるのだが、嫌味がなくはきはきとした喋りなので悪い気分にはならない。

「なぁ、もしよかったらその弁当、俺が食ってもいいかな？」

目玉が飛び出しそうなほど驚いた。相手を凝視して声をなくしていると「だめか？」と聞かれ、首が取れそうなくらいに何度も頷く。

「んじゃもらうわ。ありがとな」

隣に座ると魔法みたいなスピードで弁当を消費していくではないか。レーヴェにとっての三口を一口で咀嚼し、ごくりと喉を鳴らして腹へ落とす。

「あ、ああ、あの、の、喉つっかえない、大丈夫……？」

「ちゃんと噛んでるし大丈夫大丈夫。それよりこの野菜を肉で巻いたやつは美味いな」

「う、うん。僕もそれ、好き」

「薄味かと思ったけど香辛料で味付けも変えてるし、果物も皮を剝きやすくしてくれてる。料理上手な料理人でいいな」

「あ、あああありがとう」

食べる速度は速くとも、美味しいと言ってもらえるのは嬉しい。少年の食べっぷりに奇妙な高揚感を覚え見守れば、やがて弁当箱は空になる。律儀に片付けを手伝ってくれるから礼を言えば、あっけらかんと返された。

「学食だけじゃ足りなくて、このままじゃ夕方まで保たないと思ってた。まだ腹が減ってたからちょうど良かったんだ」

「そそ、そうなん、だ」

「うん。そうなんだ。ところでそろそろ授業の鐘が鳴るから急いだ方がいいぞ」

「も、もうそんな時間？」

「急げ急げ。授業に遅れたら一大事だ」

ぽんと肩を押されてかけ出した。手を振り見送ってくれる少年と別れ、教室に戻ってから思い出す。焦りすぎてまったく至らなかった。

——名前を聞いてなかったな。

あまりの事態に頭が追いつかず、その後の授業も身が入らない。夕餉で父にその日あった出来事を報告するときも上の空だ。

布団に入るとようやく正気に返り、もう一つの問題に頭を抱えるも後の祭りだ。

「どうして僕はお礼のひとつもちゃんと言えないんだ……」

自分の駄目さに涙が出てくる。きっと上の学年だろうが、捜しに行く勇気が果たして自分にあるのか。そもそも相手が自分を覚えているとは限らない。見当違いのお礼になるのではないか、悶々と頭を抱え悩みに悩んだのだが、翌日になるとあっさり機会を得た。

「また量が多いなー」

「うぇぁ!?」

今度はベンチに座ったらすぐにやってきた。学食でもらったらしいパンを抱えた相手は、レーヴェの広げた弁当を覗き込む。

「隣、座るな」

「あ、はい」

「座っていいか」と「座る」の違いは大きい。やはり頷くしかできずにいると、少年はパンを齧り出す。呆然としているとじっと見つめられ、慌ててフォークを持ち直した。

「あ、あの、どうして……こ、こに……」

「食べきれないならまたもらおうかなと思って」

「え」

「残した方がいいなら遠慮するけど、なんか残すの申し訳なさそうだったからさ」

「あ……うん。だ、だったら、はい、どうぞ」

「先に食べろよ、余りものでいいんだ」

「どうせ、全部残すんだ。いままで、ちょ、ちょっと無理して食べてた」

「細っこいのによく食べるとは思ってたけど、そういうことな。んじゃ遠慮なくもらうけど、食べたいのあったら言えよ」

残念ながらこの日も名前を聞きそびれてしまったのだが、いくらか会話は弾んだ。

少年はレーヴェの読み通り上の学年で、運動系の習いごとをしている。落ち着いて見れば簡素でも良い仕立ての服に身を包んでいた。レーヴェは話したことのないタイプだが、洗練された振る舞いを見せる瞬間があるし彼も貴族の子息である。

「な、なんで、僕なんかに……」

「話しかけたのかって？」

レーヴェの思考を読む魔法でも使っているのかもしれない。少年は食べるのを止めず、数口分の咀嚼を終えるあいだ、ずっと考え込んでいた。

「……最近ちょっと厄介なことがあってな。人と話すのが面倒になったから、昼は学食を止めてぶらぶらしてたんだ。そしたらレーヴェがいたから話しかけた」

「え、僕、名乗ったっけ……」

「名乗ってないけどヴァイデンフェラー宰相の息子さんが学校に通い出したって有名だぞ？」

こんな感じで昼休みの交流が始まった。交流と言っても少年が来る時間はまちまちで、休みが終わる頃の時もあったし、話せる時間は少ない。レーヴェが話を聞くのに夢中になったから相変わらず名前を聞きそびれているが、秘密の交流に胸をときめかせていたから、あえて尋ねなかった面はある。

「そういや弁当の中身、ちょっと特殊だよな。レーヴェってパンを食べないのか？」

「あ、嫌い……とはちょっと違うんだ。食感は嫌いじゃなかったけど……」

「嫌いじゃないけど食べられない？」

「そう、あんまり食べたことないんだ」

「それってわざわざ弁当持ってくる理由だったりする？」

学生は学食か用意されるパンや惣菜を食べるのが一般的で、レーヴェの弁当は特別措置だった。

「僕、昔からパンを食べると蕁麻疹《じんましん》が出て、息ができなくなるの。だから食べたくない」

そんな体質は見たことないと言われ育ったから、恥ずかしそうに俯く。

「……パンが駄目なのか？」

「たぶん、それだけじゃなくて……小麦を使った料理が全部だめ」

少しでも料理に混入すれば、すぐに呼吸困難に陥る。死にかけたことすらあった。

昔からそうだったから食べるものが特別で、弁当の中身にはありがちな料理がない。野菜のパスタ、高いステーキ肉、果物の切り盛りと手は込んでいるが、奇異と豪華が同居した弁当がクラスの子達を遠ざけ、学食のお誘いも頷けなかった。

好き嫌いが激しいのだと勘違いもされた。本当は説明したかったが、言えなかった。レーヴェの体質を知ったら命を狙うものがいるかもしれないと、きつく注意されていたから口を噤んだ。

でもこの少年には話したかった。話してもいいと思えたのだ。

けれどいざ話せば緊張で拳を握ってしまう。

「お、おかしいよね。変だって自分でもわかってるんだけど、息ができないのは苦しいから、どうしても食べられないの」

亡き母はひどくこの体質を嘆いたらしい。父もいつも気遣ってくれるが、ヴァイデンフェラーの跡取りとして情けなくて仕方ない。おかしい、変のひとことが心の傷となった少年にとって、この告白は重大な一大決心だ。もし同じことを言われてしまったらと汗を掻きはじめるが……。

「ふーん。でもまぁ、そういう体質なら仕方ないんじゃないか」

「し、し……かたない、の？」

「うん。別に変じゃないし、世の中おかしいなんてものもない。そういうこともあるんだろ」

途端、目の前で光が弾けたみたいに輝いた。

彼に同年代ゆえの無邪気な残酷さがないのが伝わったのだ。過剰に慰め同意を示してこない。本気でレーヴェを否定せず肯定しているから、この瞬間にレーヴェはひどく救われてしまった。

だから少年に懐くのは必然で、もっと仲良くなりたいと思うのは当然になる。

その転機が訪れたのは、少年がもう一人、別の男の子を連れてきてからなのだが……。

眼鏡をかけた少年は無理矢理連れて来られたのか、不機嫌にむくれている。

「悪い。今日はもう一人追加な。こっちは弁当をせがんだりしないから安心してくれ」

「なんだよ勝手に連れてきておいて、せがむって」

「いいからいいから」

「いいからじゃない。まったく、こういうのは事前に了解をとってよね」

「言ったじゃないか。昼にちょっと出るくらいだし、そんな言うなって」

「誰とは言ってないし、あと僕はそっちと違って、ちょっと外に出るのも覚悟と体力を使うんだ」

やり取りから仲の良さが窺える。

普段なら意気消沈するはずのレーヴェだが、この時はそんな場合ではない。

だらだらと汗を流し、目を回しながら逃げようとする。

「あ、あああの、ぼ、ぼぼぼ、ぼく……！」

「そんな出不精みたいなさー……ああ、ええとな、不機嫌なのはレーヴェが悪いんじゃなくて、個人の問題だから。っていうか別に怒ってないぞこれ」

「え？　あ、そ、そういうわけじゃ……」

「人見知りなんだよ。姉さんとか大人の前じゃけっこう頑張ってるけど、学校だとこんな感じ」

——そういうことじゃない。

レーヴェが何も言えずにいるのは眼鏡の子を知っていたからだ。

否、いまこの学園に在籍する者で、彼を知らぬ学生はいない。なぜなら少年こそが約束された将来の皇妃、カレン・キルステン・コンラートの義息子ヴェンデルだからだ。

「あ、あっあっあの、ああああああのね」

そして、そしてだ！

レーヴェはいま大変な状況にある。震える手がエミールを指さした。

「レーヴェ？　ヴェンデルは怖くないから大丈夫だぞ」

「ち、ち、ちが、ちがくて、あの、あなた、もしかして、キルステンの、エミール、さま？」

勇気を振り絞った一言、相手は怪訝《けげん》な表情をみせた。

いまさら？　と言いたげな様子に、盛大にしかめっ面を作ったのはヴェンデルだ。

「……わかった。エミール、またやらかしただろ」

「またってなにが？」

「名乗りもせず仲良くなった！　素性を知らない相手に何度やらかせば気が済むんだよ」

「そんなにやってたっけか？」

「誰も彼も自分を知ってるって前提で動くからそうなるって、何度言えばわかるんだよ。……君はレーヴェだっけ。知らないんだったら名前くらい聞きなよ」

「あ、はい。すみません……」

「……別に責めてないって」

「す、すみません」

父リヒャルトはコンラートとキルステンに近寄るなと言った。学校に通い出した後だって言われていたのに、約束を破ってしまったのだ。

逃げるタイミングを逃して口を動かしていると、また見知らぬ少年がヴェンデルの肩を叩く。いかにもわんぱくといった様子だが、こちらは普通の庶民の子らしい。

「ねーねー、明日のやつ、ちゃんと許可取ってくれた？」

「こっちは平気だから、そっちこそちゃんとゾフィーさんに伝えておきなよ。あとレオに遅れてくるなっていっといて」

「兄ちゃんのことまでは管理しきれないってば。んじゃ、また明日ねぇ」

レーヴェの視線に気付いたヴェンデルが補足した。

「仲の良い友達だから気にしなくていいよ」

「う、うん」

「仲の良い友達だし、いいやつらだから、変な吹聴はしないよってことだよな、ヴェンデル」

「そう、それ」

「そっちこそちゃんと最後まで言えって。そんなだと誤解されるぞ」

「誤解ってなんだよ。僕は普通に過ごしてるだけであって、なにもしてないし」

「いいけどさー。あんまりぶっきらぼうなのはだめだぞ。気付いてないかもしれないけど、ヴェンデルのことみてる女の子けっこういるんだからさ」

「そりゃ将来的に皇室関係者になるんだから注目くらい浴びるよ。気にするなっていったのエミールじゃないか」

すっかり怖じ気付いたレーヴェだが、ここで勇気を振り絞れたのはエミールがいたからだ。

「あのっ、え、エミールさまっ」

「さま付けなんかしてどうした。いつもより食ってないけどもう腹一杯か？」

「ち、違う。そうじゃなくて……」

「エミール、人の話を遮らない、最後まで聞いてあげる。悪い癖だ。……ゆっくり話して」

ヴェンデルも喋りが遅いレーヴェを嫌がらない。

苛々させがちな喋り方でも待ってくれるから、優しい人なんだと気が楽になった。

「今日、なんでヴェンデル様を、連れてきたの……？」

「ん？　嫌だったか？」

「え、ち、違うよ。そんなことない」

「嫌だったというより、びっくりしたんだろ。で、僕もなんでいきなり紹介されたか知りたい」

「そんなこと言われても、二人とも仲良くなれそうだったからなんだけど」

レーヴェは目を白黒させ、ヴェンデルが深い息を吐く。

「ここしばらく話してたんだけど、レーヴェは良い奴だぞ。絶対気が合うって保証する」

「…………うん。エミール」

いいことをしたと満足げなエミール。

ヴェンデルはそんな親友の頬を摑み、力いっぱい引っ張った。

「そういうことは、事前に話してって、言ってるだろ！」

……難しい子達とはなんだったのか。

なんとなくだが、ヴェンデルと仲良くなりたいと感じた瞬間だった。

ヴェンデルと話し始め十日も経つと、互いに普通に話せるようになっていた。一緒にレオとヴィリという兄弟とも知り合ったが、同様に友達になりたいと思える人柄だ。同学年のヴェンデルとヴィリが話しかけてくれるおかげで、クラスメイト達との仲も円滑になり始めている。

また、ヴィリはレーヴェにこんな話をした。

「思うにねー、レーヴェは家柄がすごいのもあるんだけど、見た目綺麗すぎるからみんなびっくりしてるんだと思うんだー」

「き……れい？」

「あ、もしかして自覚なかったりする？　家の人によく言われてるでしょ」

「そ、それは褒めてくれるけど、だってそれは僕が子供だからだし」

「あれぇ……ヴェンデル、これどーなってるの？」

「カレンと同じなんじゃないかなぁ」

「え、カレン、って……ヴェンデルの……え？」

家の人達はレーヴェを綺麗、可愛いと言ってくれるがお世辞だと信じている。また食に関する出来事で劣等感を抱いているから、容姿といえどずば抜けて優れているとは気付けない状況にあった。

レオが弁当の相伴に与《あずか》る傍らで、ヴィリがとうとうこの質問をした。

「パンが嫌いなの？」と。

このときエミールはいなかったが、三人にも勇気を持って説明できた。理由を聞いた全員が事情に納得して、ヴィリがヴェンデルに尋ねる。

「ヴェンデルはそういうの詳しいし、なんか知らない？」

「んー……なんか昔、母さんから聞いた覚えはあるかもしれない」

自分と同じ症例の子がいたのだろうか。レーヴェが身を乗り出す。

「ほーん、どんな話だったの？」

「なんだっけ。小麦じゃなかったけど、たしか卵が駄目な子だったかな。体質を治そうとお父さんやお母さんが頑張ったけど亡くなっちゃったみたいな。相当昔の出来事なんだよね」

「そっかぁ。レーヴェ、他になにが食べられるの？」

「ああ、ええと……小麦以外は大丈夫。大体……調べたから」

「調べたって、どうやって」

「ちょこっとずつ食べた……」

卵が駄目な子が亡くなった理由は、レーヴェにはわかる気がした。

レーヴェもそうなのだ。体質を治そうと皆が頑張ってくれた。症状が落ち着く度に色々な小麦のパンを試し過呼吸を起こしては倒れ続け、最終的にみかねた父リヒャルトが止めてくれたが、そうした毎日の中で食べられるもの、食べられないものを把握していったのだ。

だからレーヴェは、こういった影響もあり本当は食事が好きではない。

いまの弁当を食べられるのは、この弁当を作ってくれた料理人が、唯一最初から小麦を与えるのを反対してくれた人だからだ。

そういった経緯を話すと、ヴェンデルは腕を組む。

「お菓子とかもだめってなると、そういう食生活って飽きない？」

「ふかふかのケーキとかいいなって思うことはあるけど、もう慣れちゃった」

「……ちなみにさ、クレナイのお米って食べたことある？」

「ある、よ。父上が主食にできそうなのを探して、取り寄せてくれたことはあるけど……べちょべちょしてるから、なんか苦手だった……」

「あー……うん、なんかそれはわかるかも。甘みがあっておいしいとは思うけど、毎日食べたいとは思わないしなぁ」

「でもカレンさんは毎日でもいいって言ってなかった？」

「あれはカレンの味覚の幅が広すぎるだけなんだと思う」

「そっかぁ。レーヴェの体質、どうにかして良くならないかなぁ」

子供達だけで話したところで問題は解決しない。この話は進展を見せなかったが、レオの瞳がキラリと光ったことにレーヴェは気付かなかった。


その日、登校の見送りに出た父リヒャルトの様子がおかしかった。

「見送りありがとうございます！　今日はなにもないから早めに帰りますね」

「ああ……私のことは気にしなくていいから、ゆっくりしてきなさい」

「いえ、どこにも行く予定はありませんけど……」

「なんでもない。予定が生まれるかもしれないという話だ」

どことなく要領を得ない返答を不思議に感じつつ、いつも通りの授業を終えた放課後、レーヴェは拉致された。

犯人はエミール、ヴェンデル、レオ、ヴィリの四人だ。

四人に取り囲まれ瞳を輝かせながら「さぁ、行くか」と言われた。目を白黒させていると、なぜかヴァイデンフェラーの御者《ぎょしゃ》まで承知している様子で馬車を走らせる。

到着したのは小さな家だ。こんな住まいで生活できるのか疑問に感じたが、中は意外とちゃんとしている。友達の家にお邪魔するのは初めてで、周囲を見渡しているとエミールに背中を押された。

「ほい、止まってないでさっさと奥に行くぞ。もう準備終わってるんだから急がないと」

「え、え、え……な、なななななにっ」

「……なにって、親父さんからなにも聞いてないのか？」

「ち、父上？　父上はなにもいってない！」

力は完全にエミールが勝っている。

心の準備ができていないのに、中に通されるともっと緊張する羽目になった。

「ようこそ、小さなお客様」

出迎えてくれたのは女の人だ。これまでレーヴェにとって美しいとは母を指していたけれど、今日を機に少年の認識は変わる。太陽の如く眩しいエミールに加え、その女性も加わったのだ。

女性は待ち望んでいたと言わんばかりに新顔のお客様に話しかけた。

「コンラートのカレンです。宰相閣下の息子さんのお話は聞いていたけれど、弟たちから話を聞いてあなたと会ってみたかったの。どうぞよろしくね」

「はっ……！」

馬車でヴェンデルの家に行くと言っていたのを思い出した。女性は未来の皇后に違いないのに、噂の輝く白髪を見ても思い至らなかった。

いつか社交界に出たとき、立派に名乗れるよう頑張った練習を思い出し、礼の形を取った。

「お、おお、お目にかかれて光栄で、です。ヴァイデンフェラーのレーヴェ、と、申します。父からす、素敵な方だと常々話を聞いてま……聞いております」

「まあ、ご丁寧にありがとう。子供達のお客様とはいえ、私もリヒャルト様のご子息をお迎えできて嬉しく思います」

友達以外に貴い人が、レーヴェがどもっても笑わず、最後まで待ってくれたのが嬉しい。

頬が赤くなるのを止められずにいると、ほう、とカレンがため息を漏らした。

「お話には聞いてたけど、ほんっとうに綺麗な子なのね。ちょっと触って良いかしら。お肌すべすべで羨ましい。女の子みたい……」

「あ、あわ……」

「姉さん、それは男に言っちゃいけない台詞です。というか止めてください、レーヴェが困ってる」

女の人に触られるなんて滅多にない。恥ずかしいレーヴェがしどろもどろになっていると、ヴェンデルがカレンを無理矢理引き剝がした。

「ほら、挨拶終わったからカレンはあっち行って」

「もうちょっとお話ししてはだめ？　あなたが新しいお友達を連れてくるなんて滅多にないじゃない」

「いいから！　レーヴェが困ってるだろ！」

「でもでも、あんなにレーヴェ君が来るのを楽しみにしてたでしょ。仲の良い子なら、私だってお礼をさせてもらわないと……」

「黙って、やめて、僕の友達なのに出しゃばらないで」

ごねる姿はまるで姉弟だ。

なかなか去ろうとしないカレンにヴェンデルが業を煮やした。

「いいからあっちいって！　っていうか余計なこと言わないで！」

「もう……レオとヴィリもゆっくりしていってね。帰りはジェフが送っていくから！」

はーい、と声を揃える兄弟にわずかに気を良くしたカレンは退室する。

ほっとしたのもつかの間で、レーヴェの足をなにかが擦った。ふわふわでくすぐったい感触に驚きの声を上げると、レオが慌ててそれを抱き上げる。

胴体がびよん、と伸びて変な生き物だった。

「動物だめだったか？」

「あ、お、驚いただけ。……それ、って、もしかして猫？」

「ヴェンデルの飼い猫。クロっていうんだけど、めちゃくちゃ人懐っこいぞ」

いままで動物には指先でしか触れたことのないレーヴェだ。レオに文句を言いたげに鳴く姿に、興味津々で魅入られた。

「さ、さわっても、平気？」

「……うちの猫じゃないからなあ。エミール、触らせてもいいのか？」

「撫でられるの好きだから平気だろ。というかクロはきっと撫でろって催促に来たんだから撫でろ撫でろ」

初めてまともに触らせてもらった猫はうっとりする触れ心地だ。レーヴェの知る猫と違いとても懐っこく、服にたくさん毛が付着する生き物なのだと知った。

「うわぁ、ふわふわだぁ」

「気に入ったんなら、今度うちの犬触るか？」

「犬って、番犬じゃなくて？」

ヴァイデンフェラーでも犬は飼っているが、屋敷の警護目的だから気性がやや荒っぽい。及び腰になっていたら補足してくれた。

「番犬にもなってくれるけど、それよりは友達かな。ヴェンデルと一緒に拾ったやつで、大きいけど懐っこいし、ちゃんと躾《しつ》けてるから怖くないぞ」

「友達……。それなら会ってみたい、かも」

思わぬ許可をもらってしまったところで本題だ。

てっきりただのお茶会かと思っていたら、見知った料理人が登場した。なんとヴァイデンフェラーの料理人で、それもいつもレーヴェの弁当を作ってくれる使用人だ。

「え、な、なんで？」

「ご安心くださいませ。きちんと旦那様の許可をいただき、こちらに伺わせていただきました」

そう言って卓に置かれたのはたくさんの飲み物に、バター、ジャム……焼きたてのパン。これがどんな意味を指すのか、レーヴェの顔色が変わると、使用人が優しく告げた。

「ご安心くださいませ。小麦は使用していないことを、私がしっかりと確認してございます」

「使ってない……？」

「米で作ったパンです。コンラートの皆さまが材料を融通してくださいまして、料理人の方に教えていただきつつ、仕込みから焼き上げまで私が作りました」

安全を保証してくれる使用人。これにレオとヴィリが付け足した。

「小麦粉が入らないように、厨房は掃除したぞ」

「作ってもらうなら、ちゃーんと掃除しなさいって言われたからね。そりゃもうぴっかぴかにさ！」

二人は主張するが、他にもヴェンデルやエミールも掃除に加わったらしい。

「ね、ねえ。父上は知ってるの？」

「もちろんご存知でございます。お坊ちゃまの耳に入ってないのは、恥ずかしかった……のやもしれません。旦那様にも色々ありましてございます。大人の事情というわけでして、はい」

「だ、だよね。じゃないと派遣は許さないし……」

とにかく目の前のパンはレーヴェのために用意されたもので、信頼する料理人が保証してくれるなら大丈夫なはずだ。

ただ、簡単に一口を頬張れるかと言われたら難しい。これまで実験を兼ねて試食をしてきたせいで嫌な記憶が脳にこびりついており、呼吸困難の恐怖が付きまとうためだ。

皆が期待しているからパンを持つが、ここでエミールが周りに話題を振った。

「レオ、そろそろ試験だけど勉強は進んだか？」

「え……全然進んでないし宿題もわからないのが多いし色々絶望的だけどそれを聞くのか？　なに、こんなところでおれを苛《いじ》めに来てる？」

「違うって、こっちも出来がよくないから周りが気になるんだ」

エミールはおどけてみせるが、レオは胡散臭いと言わんばかりの顔を作った。

「お前はそう言ってひとりだけ独走首位付近を行くヤツなんだよ、騙《だま》されないからな」

「違うって。今回の落としたら流石にまずいんじゃないのかって言いたかったんだ」

「そんなのはわかってるけどさ……なんで軍学校に座学がいるんだよ。軍人は武を誇ってこそじゃないか。実地だけでいいだろ」

「それ、ジェフの前で言ったら怒られそうだな」

「絶対怒ると思う。兄ちゃん、バカやってよく怒られてるし」

共通の話題にヴィリが乗りだす。

「ていうかね、多分兄ちゃんよりレーヴェの方が頭良いよ。このあいだ勉強教えてもらったけど、教え方がすっごく上手だったし、なんなら兄ちゃんもレーヴェに習ったらどう？」

「それもそうだなー。レーヴェ、おれに教えるのどうよ？」

「へ？　え、あ、うん、いいけど……でも、上級生の範囲、知らない……」

「いやー……確実に上級生の範囲は超えてるって、レーヴェの教室の子達は言ってた。ヴァイデンフェラーの家庭教師はすごいねって盛り上がったよね、ヴェンデル」

「学年首位が替わるのも時間の問題だって先生も話してる」

「そ、そうなんだ……なんか、照れる」

「それは良いことを聞いたな。じゃあ今度勉強教えてくれよ、絶対だぞ！」

「提案しといてなんだけど……兄ちゃん……」

話題はあれやこれやと移り変わり、会話は和やかに、自然な笑いが零れるようになった。誰も食事を強制する雰囲気はなく、エミール達が自然に米のパンを口にする様を見て、レーヴェも同じようにパンを千切って口に運ぶ。

嚥下《えんげ》には少し時間をかけた。

「………おいしい」

もっちりして噛み応えがあるが、甘みがあって美味しいパンだ。呑み込んでも蕁麻疹は出てこない

し、呼吸も苦しくならない。驚きに目を見張る少年に、ヴァイデンフェラーの料理人は感極まった様子で口元を押さえたが、友人たちの反応は少し違う。

「美味いだろ」

よくできましたとか、よかったねとか、そんな労《ねぎら》いはない。

続きをはじめようと各々がお勧めのバターやジャムを差し出すから、レーヴェの前は大量のジャム瓶でいっぱいになる。

少年はぽかんと口を丸くして、やがて屈託のない笑みを浮かべる。

友達をしらない少年が友情を知り、宝物を得た瞬間だった。

かくして英雄は去りて

コンラート邸で女性達が向かい合っている。

「いやぁ……うん、まさか、ねぇ。こんなことになるなんて、誰が思ったかね」

なんとも言えない顔でローザンネが唸っていると、ルイサが相づちを打ちながら襟元を整えた。

「ああいうお爺さんは、たいがいしぶとく生き残るもんさ。あたしはてっきり、ウェイトリーさんの方が先に逝くと思ってたから、いまだに信じられないよ」

「わかる。そんで最後まで憎まれ口を叩くんだろ、想像できるよ」

現在のコンラート家では多忙でない人がいないのだが、合間を縫って二人は休憩している。忙しい最たる理由は当主代理カレンとオルレンドル帝国皇帝ライナルトの婚約なのだが、公式発表が成されてから家中てんやわんやだ。田舎暮らしが長かった二人にはこれだけでも大事件なのだが、笑って受け入れたのは雇い主達の人柄もある。

なにせ領主家族達は身一つの彼女らを雇ってくれたし、庭師のベンやチェルシーの件で最期まで責任を持ってくれると確信した。ベン老人の灰をいつかコンラートに撒いてくれるのなら、彼女達もいずれは……と安心できる。良くしてくれる人達の幸福を願わないほど二人は狭量ではないし、それにヴェンデルの存在が家族を亡くした彼女達に笑顔を与えてくれた。同様に彼を引き取り、当主代理を買って出たお嬢さんの門出なら、気持ち良く過ごしてもらいたいと願っている。

しかしそんな中で今回のこれだ。

「ルイサ、ヴェンデル坊ちゃんはどうしてる？」

「元気はないけど大丈夫よ。たくさん泣いたから、いずれ立ち直るさね」

「はぁ……やっと落ち着いたと思ったんだけどねえ。ベンさんに、チェルシーに、今度は……」

「だけどさ、こう言っちゃなんだけど、おかげであたしたちも落ち着いて支度ができたよね。こっちのお葬式の手配も慣れたものだったし」

「そうだねえ、この服もしまい込む前で助かったよ」

「厄《やく》いことはこれで最後さ。結婚式の準備が本格的に始まる前でよかったのかもしれない」

二人は葬式の準備を手伝っており、もう少ししたらまた隣家に行く予定だ。

リオの用意してくれた茶を飲みながらローザンネは語る。

「残念よね。次の冬までにはわんちゃん達の訓練が終わるから、犬ぞりを体験させてやるってヴェンデル坊ちゃんに約束してたの、すごく楽しみにしてたのに」

「……そのわんちゃんたちはどうなるって？」

「わからないけど、大丈夫だと思うよ。しっかりした人だったから考えてないわけなかったろうし、飼い主不在でそのままにはしないんじゃないかしら」

「ちゃんとした飼い主を見つけてあげるか、せめてそれまで面倒見てあげたいね」

「カレン様が放っておかないから問題ないさ。それよりお屋敷はどうなるか聞いた？」

「現所長さんが引き継ぐみたいだよ。ゾフィーと話してたけど、多分、そのままうちの事務所になるんじゃないかって」

バダンテール調査事務所の元所長クロード・バダンテールの訃報が飛び込んだのは二日前になる。

その日はコンラート家の人々が揃っていたのだが、挨拶もそこそこに飛び込んできたのは調査事務所の現所長だった。彼は裏路地出身だがクロードに才能を見込まれ育てられた人で、前所長をいまなお「所長」と呼び親しんでいる、クロードの良き理解者の一人だ。

普段は師の教えを忠実に守り、ふてぶてしい表情を崩さない人が汗だくになっていた。

「所長が……亡くなりました……」

カレンは呆然と口を開け、マリーは飲み物が入ったカップをひっくり返し、ゾフィーは難しげな表情で腕を組んだ。

受け入れがたい言葉だ。それよりも「あのお爺さんがまた悪ふざけを始めたのか」と訝《いぶか》しんだ。しかしながら質《たち》の悪い冗談にしては迫真の演技過ぎる。

全員が真っ当に受け止める気がないのを悟り現所長は叫んだ。

「きき、気持ちは、気持ちはわかります。たしかに、昔は死んだふりもやりましたが、いまはやりません！　年が年なのでシャレにならないので！」

嘘ではないらしいという空気が伝染しはじめると、ヴェンデルが家令に振り返る。

「ウェイトリー……？」

少年の愛する家族は友人の訃報にも平然としていた。

いつも通り給仕を行いながら会話に参加していたのだ。ぱちりと目を見開く老人を真っ先にヴェンデルが気にかけたが、やがて異常に気付く。

状況を理解できていない、と全員が気付いたのは少し置いてからになる。

「…………は？」

あのウェイトリーが、こんな一言しか発することができなかったのだからよほどの衝撃だったのだ。

事故である。

陰謀でも、暗殺でも、老人の才知を妬んだ反抗でもなかった。目撃者も多いから間違いない。

クロードはバダンテール事務所の様子を見に行った帰り、普段ならすぐ馬車に乗るところを、街を散策したいと断った。

慣れ親しんだ散歩道は順調だったが、それも途中までだ。通りかかった先で妊婦が酔っ払いにぶつかられ転んだ。賑わいのある大通りだからこそ発生した事故だが、不運なのはここからだ。

大通りは馬車が往来しており、その通り道に彼女は倒れ込んでしまった。

無論、御者は馬車を止めようと試みた。いち早く動いたクロードは老人とは思えぬ早さで婦人を引きあげたが、彼の身体は少しだけ馬にぶつかってしまった。スピードはそれほど出ていなかったが、精力的な馬と年老いた男性では力の差は明白だ。老体は背中を打ち付けると転がってしまい、頭をぶつけると意識を失った。

あたりは大騒ぎになったらしい。

騒ぎを聞きつけたバダンテール事務所の人達も介抱したらしいが、結局クロードが目覚めることはなく、間もなく息を引き取ったという。所長はクロードを看取ると状況報告を衛兵に済ませ、混乱していたのかそのままコンラートに走ってきた次第だ。

そうして訃報が飛び込んでからは皆が混乱しきりだし、予期していない死だと涙は引っ込みがちで悲しみは二の次になる。

所長に引き取られ自宅に安置されたクロードの亡骸は綺麗だった。

まるで寝ているようでもあったが、肌は白く、生命の鼓動は感じられない。

当日のうちには事務所の面々やコンラート家の人々がクロードと対面したが、ウェイトリーは対面を終えるとひとり席を外し、ヴェンデルは別れの言葉と共に冷たくなった手を握る。マリーは無言で涙を零し、ゾフィーは深々と頭を下げた。

コンラート邸の人達はそうやって別れを済ませたが、この間にも現所長は精力的に働いていた。老人はあちこちに親しい人がおり、方々に連絡が必要だったためだ。入れ替わりで人が家へやってくるから、この人が悲しむ時間を得るのは先になる。

この場合はコンラート家のカレンも同様で、悲しいかな彼女は大事な人との別れにも慣れていた。あるいは落ち込む家令のために奮起したのか、早々にやるべきことを見出すと、すぐに現所長と相談に移った。故人とは顧問と雇い主の関係以上に、近年は家族ぐるみの付き合いをしていたためだ。

ヴェンデルの部屋を訪ねると、クロを抱き続ける少年の隣で話を始めた。

「クロードさん、もう身内の方はいらっしゃらないみたい。もしもの場合は所長にすべてお任せすると話し合ってて、生前から遺言書も用意してた。葬儀もご本人の希望通りに行うそうよ」

「……カレン、もう葬式の話をしてるの？」

「誰かが進めないと、他の人が悲しむ時間がとれないから。それでね、クロードさんのお葬式はうちの名前も出して力添えしたいのだけどいいかしら」

「力添えって？」

それがねえ、とカレンは苦笑気味に笑う。

「もし自分の葬式を挙げるなら、向かいの隣人達と派手にやってくれって言ってたみたいなの」

冗談交じりに放った言葉らしいが、現所長はしっかり覚えていた。このためコンラートに合同で葬式の手配をできないか相談したのだが、当主代理と同じく次期当主の返答も一緒だった。

「なるべく、うーんと派手にしてあげてね」

かくしてバダンテール調査事務所とコンラート家共同で前所長の葬儀が執り行われたが、家は意外にも笑い声で溢れていた。一市民の葬儀にしてはあり得ないくらいに大がかりで賑やかだったから、なにも知らず通りかかった人が首を傾げたくらいだ。

たしかにクロードの亡くなり方は突然だった。老人を惜しむ声は数多《あまた》だし、まだ生きていて欲しかったと願う人は多い。けれど彼を知る人間ほど「あのお騒がせ者め」と故人へひと言物申しに来るのだが、悲しむよりは肩を怒らせて訪ねる人々が最後は笑って帰っていく。

当然その中には古なじみのウェイトリーもおり、翌朝の支度も、服装や髪型にも手抜かりは無い。むしろ普段よりもきびきび動いていまいか。心配する皆をよそに、しれっと言った。

「年功序列的にはあやつが先に死ぬのが順当ですから、こうなってはわたくしが旅立つ際には、迎えに来てもらう必要があります。そのためにもやつの希望通り華々しく見送り恩を売りませんと」

「ウェイトリーさん……あの世でもクロードさんを働かせるおつもりですか」

「もちろんです。じじいですので華はありませんが、あやつの嫌いなただ働きをさせられると思うと手を抜けません」

笑顔で言い切ると、葬式には似つかわしくない色とりどりの薔薇を手配し、腕の良い音楽家も手配しはじめた。現所長もウェイトリーの様子に元気付けられたのか、軽やかに笑った。

「よく考えたら、隠居したからって最期まで大人しいわけがなかった。いつだって無茶をして、騒動を起こしたはた迷惑な人だったから、そう思えば妊婦さんを助けて逝ったのはらしいまである」

「でしょう？　実にあやつらしく、迷惑な逝き方です。助けられた婦人が気に病んだらどうするのかまで考えてほしいものです」

「はは。そこの後始末もしないといけませんね。……ああ、ウェイトリーさん、曲目は伝統的な古典音楽でお願いします。あれで静かな音楽が好きだった」

「心得ております。なにせ厚かましくも見送りの演奏家まで指定しておりましたからな」

「いつの間にそんな……本当になんて指定してやがるんだ」

この点を踏まえると、若者の方が立ち直りが遅かった。クロードの親しい人達がやんやと支度に取りかかるから、その雰囲気を通し故人の願いを汲み取り立ち上がっている。

マリーは死化粧役を買って出ると、自慢の化粧道具を抱えて鼻を鳴らした。

「まったく、結婚式前に葬式は嫌っていったのに、私を予言者にするのやめてほしいわ！」

そうして死化粧にふんだんに金刺繡が施された衣装を纏わせてもらったクロードだが、彼の棺の傍には犬たちがいた。葬儀に参列した人達が一番涙を誘われたとしたら、飼い主の傍を片時も離れなかった犬たちの姿かもしれない。

この犬たちの今後が現所長の頭痛の種だったかもしれない。なにせ現所長は事務所の面倒や併設のアパルトメントの管理があって引っ越せない。いまの家で飼い続ける選択もあったが、家主のいない家に犬たちだけを置くのは可哀想だ。早速飼い主探しをというところで救い主は現れた。

ゾフィーが犬を全頭引き取りたいと言ったのだ。

「賢い子達なのは知っています。なんとか飼えるだけの広さもあるし、うちで引き取りますよ」

「ゾフィー、わたくしの家も一匹引き取れます。調査事務所の方々も一匹ずつですが飼えるとおっしゃってくれてるので、無理はしないでくださいね」

「ありがとうマルティナ。だけどあそこの犬たちは、うちの子供が気に入っててね。離れ離れにするよりは一緒がいいし、いずれ犬を飼いたいと話してたから、これもご縁だと思うことにするよ」

「そうですか……。お世話、手伝いが必要なときは言ってくださいね」

これを聞いて、現所長は感謝すると共に悩んだ。

「所長はわんこ達を可愛がってたしなぁ。住まいを移すのも忍びないし、コンラートの事務所として残すならゾフィーさんにこっちへ引っ越してもらえないかな。……家の管理も面倒くさいし」

などと呟いたものの、ひとまずは無事に葬式を済ませるのが先決だ。

現所長はクロードの遺言書通りに葬儀を実行した。

いかにも貧しい身分の人々が訪ね、上流階級の人が眉を顰《ひそ》めていても、喪主達は彼らを尊重し受け入れた。弔問客の身分は多岐にわたり、彼らが故人を悼んだ理由をクロードは最期まで語らなかったが、現所長は知っている。調査事務所は初めから繁盛していたわけではなかった。冷や飯を食いながら過ごしていた日々もあったのに、収支がマイナスになっても受けた仕事があったのだ。

不思議な話なのだが、この日の街は酒場にひとりで飲みに来る老人が多かった。二杯分の酒を頼み、飲む相手のいない器に向かって杯を掲げる人が多数目撃されたと噂されている。

またオルレンドル帝国皇帝の婚約者、コンラート家のカレンがいたため、警護も相当なものになった。絶えない弔問客を迎える演奏は類を見ない葬儀の形だったが、これに最後の華を添えたのは皇帝だ。皇帝直々の弔文が使者より届けられたため、人々はさらに驚かされたのだ。

これにより歴史に埋もれていたクロードの過去が明らかになった。かつてあったファルクラム王国とオルレンドル帝国の戦争を止めた立役者。その無茶な英雄譚は人々の話の種になるには充分で、この後に皆が彼の活躍を面白おかしく語りはじめることになる。

さらに現所長はクロードが助けた婦人や馬車の御者の肩を抱いて迎えた。

状況は事故だ。結果として亡くなってしまったが、老人の行動はまさしく人助けだった。これで彼らを訴えてはバダンテールの名が泣くと語り、親しい人達には彼らを責めてはならないと訴えた。

「まあご婦人にぶつかったっていう酔っ払いは、実は素面《しらふ》でわざとだったみたいな話も聞くし、逃げた野郎については我々に任せてくださいな」

慌ただしい葬儀を迎えたその日の夜、コンラート家は一同が集まって杯を掲げる。

「最期まで格好良かった、私のもう一人のお師匠様に」

「派手で節操なしの金の亡者、尊敬するわたくしの親友に」

「僕の年上の悪友に」

それぞれが敬愛した故人へ想いを掲げ、献杯を捧げる。

かつて小国を救い知られざる活躍をした人、あるいは誰かにとっての小さな英雄。

彼の墓には絶えず誰かによって供えられ続けた花が揺れている。

ただ自分らしくあるだけで

ミハエルがその御方を助けたのは偶然だ。なんのことはない、出かけた先で偶然にも心臓を押さえ苦しそうに悶《もだ》える男性がいたから手を差し伸べた。

どうして助けたのか、と問われたら答えは簡単だ。目の前で大変そうな人がいたら見て見ぬ振りはできないし、無視して通り過ぎるのは後になって気に病む。良心の呵責に苛まれるくらいなら、はじめっから助けた方がつらくならずに済むではないか。

男性は医者に連れて行きたかったが、薬があると言うので宿まで肩を貸した。具合が良くなるまで看護し続けたら、お礼をしたいと言われ断った。

お礼目的で助けたつもりはない。そう告げたらいたく感激されてしまったが、それが原因で職場には遅刻し、友人には叱られてしまった。

「お前はそんなだから金をむしり取られ続ける側になっちまうんだ。いい加減あの連中から愛されようなんて思わず、家を出て独り立ちしろ」

「そうかもしれないけど僕がいないとみんなが……」

親しい友人はミハエルに呆れるが、長く友人付き合いを続けてくれるひとりだ。

確かに成人になってすら稼ぎは全部両親に持って行かれる。自分の金はないも同然だが、ミハエルが家族を支えているも同然だ。自分がいなくなったら、家族はどうなってしまうかわからない。

そう言ったら友人は怒り悲しみながら言う。

「その連中がお前のこと可愛がってくれたことあるか？」

「ない、ね。うん、わかってはいるんだ」

「そう言えるようになっただけ、昔よりは進歩があったけどよ」

ミハエルは両親に目をかけてもらった覚えがない。友人が総出で先生や両親を説得してくれなかったら、学校を卒業できたかもわからない。卒業までのお金だって、恩師や友人達が工面してくれたもので、いまも彼らにわずかながら返済中だ。

痛い所を突かれるたびに口ごもってしまうミハエルに、友人は痛ましげに目を閉じる。

「お前なりの事情があるのはわかってる。けどさ、それってお前が悪いわけじゃないし、もっと自分のことを考えたっていいと思うぜ」

「でもほら、いつかは……」

「本当にそう思ってるなら、いまの職場もやめろよ。よりによって金貸しの下っ端なんてお前には合わないよ。もっといい働き口があるだろ」

「いやぁ、でもあそこは給料が良いから……下手をしなければ怒られないし、ちょっとは時間の融通も利くし、思うほど悪いところじゃないんだよ」

「出勤が遅れて怒られたのはなんなんだ」

「それはほら、その日は朝からお客さんが来る日だったから、雑用とか色々あってさ」

実際悪い職場ではない。貧民街近くに事務所を備えた金貸しで評判は悪く、一日に十回は怒号が響いても、一緒に働く人たちは悪い人じゃない。たしかに顔はいかつく気は短い。ミハエルの家族状況を知るなり「親を飛ばしてやろうか」と真顔で聞く怖い人たちだが、たまにご飯を奢《おご》ってくれるし、ミハエルが人に騙されかけるときは止めて叱ってくれる。

それにこれは友人には言えないが、職場はとあるパン屋に金を貸していて、その利息の一部として売れ残りをたくさんもらえるのだ。このパンがいまの生命線で、痩せ細っていた青年をふくふくしい姿に変えてくれた。家族には隠し金があると部屋を荒らされたが、そんなものは出はしない。

……殴られたのはちょっと痛かったが、それも最初だけだったのだから。

「……まあ、何かあったら言えよ」

「うん、ありがとう。君こそ僕ばっかり気にしてないで、お嫁さんを大事にしてあげなよ。もうお腹も大きくなり始めたんだし、旦那さんがついててあげなきゃだめなんだから」

「馬鹿、その嫁さんがお前に気を配ってやれって尻を蹴っ飛ばしてきたんだよ。いいか、困ったら家に来いよ。いまならお前を匿《かくま》うくらいわけないんだから！」

「ははは、大丈夫だよ。僕だってうまくやれるようになってきたし、君の家に迷惑はかけられない」

友人とは笑顔で別れたが、帰路を辿るにつれて表情が暗くなっていく。なぜなら今朝は両親と妹の機嫌が悪かった。殴られる前に家を出たから、経験則から帰ったら殴られるのは目に見えている。最近はミハエルの上司の言葉が堪えたのか、見える場所は青あざを作らなくなったが、それ以外の箇所はまだ内出血を起こしている。

一時的に耐えれば済む話でも、痛いのは嫌だし避けたい。残業があれば喜んで残ったが、今日はなかった。

「迷惑はかけられないもんな……」

友人の誘いは涙が出るほど嬉しいができない相談だ。何故ならミハエルは一度彼らが結婚する前に助けてもらっている。その時はガリガリに痩せていたミハエルをお風呂に入れ、めいっぱい食べさせてくれたが、両親や妹が押しかけて彼を罵倒し手をあげた。植木鉢を壊し、近所中騒いでいったあの日は忘れがたい。ミハエルにできたのは謝り倒すことだけで、それ以来親切な人たちを頼ってはいけないと思っている。なによりも妊娠中の奥さんになにかあっては、たとえ死んで謝っても謝りきれない。

すべてはミハエルが愚鈍なせいなのだろうか。

とぼとぼと家に戻ったが、今日ばかりは目を見張る羽目になった。

「なんだ、あれ」

家の前に馬車がいた。それだけならただ駐車に使われただけと思うが、近隣の人ならば家族に文句を言われると知っているから、まず停めはしない。

貧しい人たちが住まうところではひどく場違いな馬車だ。

玄関で家族が誰かを待っている。その『誰か』が自分だと気付いたのは、満面の笑みの父が息子を出迎えてからだ。

「おおミハエル！　まったくお前というヤツはどこにいってたんだ！　帰りが遅いじゃないか！」

「ご、ごめんなさい。あ、ああ、えと、仕事が詰まって……」

「そうかそうか、いつもご苦労様だな。働き者の息子を持って俺も鼻が高いよ。ほら、疲れてるだろうから早く入れ」

「お兄ちゃん、おかえりなさい！　ご飯できてるから、こっちに座って」

気味が悪かった。

父が笑顔でミハエルを出迎えてくれた記憶は一度もない。兄を「デブ」や「お前」呼ばわりする妹が自分を「お兄ちゃん」と呼ぶのは居心地が悪いを通り越して不気味だ。ビクビクと震えながら家に入ると、さらに目を疑う光景が待ち構えていた。

「お待ちしておりました、ミハエル殿」

間抜け面を晒して立ちすくんだ。

なぜなら家に不釣り合いなほどの立派な風体の騎士が佇んでいて、自分を見るなり恭《うやうや》しく頭を下げたからだ。これはいったい何の夢か、声も出ないミハエルに騎士は微笑む。

「このような時間に急に押しかけてしまったこと、深くお詫びいたします。私はヴァルター・クルト

・リューベック。オルレンドル帝国騎士の者です」
自分には縁のない遠い世界の人だが、このオルレンドルに住んでいて彼らを知らない人などいない。オルレンドル帝国騎士といったら、少年少女が一度は憧れる花形だ。国を守る大役を担うのはもちろん、安定した給料に勤め続けた年数に応じた退職金、国内での生活における様々な恩恵を受けられる。リューベックと名乗った人は特に身分が高いのか、身に纏う外套の生地や留め具に剣帯の立派さといったら、それだけでミハエルの給料何年分を必要とするか知れやしない。

貴族の登場に母はうっとりと瞳を潤ませ、十年以上前に買ったカラフルな服に身を包んでいる。

「なにをぼうっとしているんだい。リューベック様がお越しくださったんだから、早くお礼を……」

「それには及ばない。礼を申し上げねばならないのは私の方だ」

リューベックはミハエルの前に跪いた。

こんな貴族に礼を言われる覚えがないが、リューベックなる騎士はミハエルの普段の善行を述べると称えあげた。困っている人の手助けはもちろん、給料日は孤児院に差し入れしていることまでバラされた。

給料額を偽っているのがばれた。この後に待っているのは死かもしれないと青ざめる青年に渡されたのは真っ白な封筒だ。

生きた心地がせず開封するのだが、はじめは書かれた意味を理解できなかった。

記載された名前を見てまともにひっくりかえったのである。

「こ、こここ、こ、こう……？」

「はい。今度行われる皇帝陛下の誕生祭。その前祝いへの招待状になります」

「な、なっなっなっな」

「無論、陛下からのご厚意にございますれば、ミハエル殿には是非とも出席いただきたい」

家族全員がひっくりかえった。たとえ市民の参加が許されている皇帝陛下の誕生祭でも、彼らみたいに貧しい者には無縁の催しになる。

その上、リューベックは一生掛かっても稼ぎきれない大金を渡してきた。

自らの従士を紹介しこう言ったのだ。

「誕生祭に向け支度を整えてもらいたいが、失礼ながらこういった準備には不慣れであるとお見受けしています。彼は私の従士だが、困ったことがあればなんでも彼に相談していただきたい。必要な物はすべて整えてくれる」

「あ、ああ、は、ひ、ひゃ、ひゃい」

呂律の回らないミハエルを微笑ましく見つめるリューベックは、少々の注意を告げると帰っていった。馬車は紹介された従士のものだったらしく、帰路は徒歩だ。

見回りがてらと微笑んでいたが、貧しい者が集うこの周辺では、貴族が街路を練り歩けば敵意を買う。それでも堂々たる態度で去る姿は畏敬の念を覚えさせた。

まだ事態を理解できていないミハエルだが、青年を正気に戻したのはリューベックの従士だ。

家族が袋を開封し、宝石や金貨の山を前に顔を輝かせていると言った。

「そちらの支度金は皇帝陛下より下賜されたミハエル様の資産にございますれば、ご家族におかれましては勝手に触れぬようお願い申し上げる」

両親達は露骨に顔をむっとさせるが、相手は従士といえ格上。しかも剣を下げているとなれば逆らうわけにもいかず、不満は息子に向く。

「お前がどうにかしろ」と告げている。しかしミハエルが発する前に従士は先手を打った。

「ミハエル様、これも陛下の命を受けたリューベック様のご意思なれば、支度に関してはわたくしに一任していただきたい」

「で、でも、ですね」

「お言葉ですが、貴殿は宮廷に参上できるだけの衣類を整える仕立屋をご存知だろうか」

「いえ、知らない、です……」

「そういった手続きを兼ねてわたくしにお任せいただきたいと申し上げている。無論、資産に関しては帳簿にしてお渡しする。不正はないよう管理させていただくが如何か」

「じゃ、じゃあ、はい。お願いします……」

「承った。ではひとまずは相談したき話もありますので、わたくしに付いてきていただきたい」

「は、はひっ」

眼鏡越しの眼光に逆らうなどできやしない。たとえ家族が目の前にいようとも、皇帝陛下の名前にはなにもかもが霞《かす》む。大体その家族だって強い者に逆らう勇気はないし、だったらミハエルが逆らえる道理なんてありはしないではないか。

宝石の詰まった袋を持ち出す従士。彼を恨めしげに見る家族を背にするのはわけもなく恐ろしい。言われるまま馬車に乗り込むと、馬が走り始めたところで従士は大きく息を吐いた。

「な、なんでしょうかっ」

「そうびくびくされずともよろしい。わたくしはリューベック様に命じられた仕事をするだけであって、貴殿に含むものなどない」

「は、はぁ……それは、すみませんでした」

「だが、貴殿のご家族はいささか問題がありますな。陛下が誰に支度金を譲渡したのか早くも忘れてしまい、あのように手を付けるとは流石に驚いた」

「すみません……」

「貴殿の責任ではない。謝られても困る」

大きな身体を小さくするミハエルに、従士はまた息をつく。

それきり会話は途切れてしまい、馬車が停止するまで唇を固く閉ざすしかなかった。

連れて来られたのはある集合住宅だ。

「ここが当面の貴殿の家になる。三階の角部屋を用意させてもらった」

またもや吃驚《びっくり》しすぎて声を忘れた。今日はどれだけ寿命を縮めたら良いのだろう。

「勝手ながらわたくしが手配した家です。単身者用の住宅だが、治安は良く住み心地も悪くないはず。周辺状況についてはご自身で確認いただきたい」

「えあ」

「資産については帝国公庫に預けるゆえ、当面の必要分だけをお渡しする。手続きについてはいずれお教えするので覚えてもらいたいが、大金を引き出す際は必ず連絡いただきたい」

もはや従士に付いていくことしかできない。

宣言通り部屋は三階の角部屋。寝室と居間の二部屋のみだが、広いバルコニーに家具まで備わっている。おまけに一階には住人専用の風呂設備があると言われた。

「管理人にミハエル様のことはお伝えしています。日常生活で不備があれば相談を」

「こ、ここ、賃貸料高いんじゃ……ぼ、僕払えませんが」

「ミハエル様がお持ちの資産であれば、無駄に浪費せねばつつがなく生活可能です。ひとまずの仮住宅ですので、気に入らなければまた別の所を契約していただければよろしいかと」

「そ、そうですね。はい。それであの、相談したい話とは……」

「ああ、それはまた今度にいたしましょう」

「へ」

さらにどんな試練が待ち構えているのか緊張で凝り固まっていたのに、ミハエルの気持ちなど無視して従士は踵を返す。

「まずは皇帝陛下より賜ったこの招待状の意味をよくお考えになることが先決かと存じ上げる。今日はひとまず、こちらの新しい住まいでゆっくり休まれると良い」

「え、あ、ま、待ってください！」

「……なにか？」

「名前を……。あの、僕はミハエルといってそれはご存知なのでしょうが、貴方の名前を知らないので、教えてもらえないでしょうか」

「スィセル、と申し上げる」

「スィセルさん。あ、ありがとうございます。それと……まだなにもわかっていないのですが、よろしくお願いします。そう言わないといけない気がしました」

「……どうも」

頭を下げるもスィセルはたいした反応を示さない。ぶっきらぼうな一言だけを残し引き上げてしまったが、そんなことすら気にならなかった。

「な、なんなんだこれは。僕は夢を見ているのか………痛いっ」

現実なのかと頬をつねったら、しっかり痛い。

果物やパンが積まれたテーブルを見て気付いた。部屋の鍵も置かれていたのだが、その下には紙が一枚敷かれている。

紙には諸注意が記されており、今後の連絡方法や金の預け先までしっかり記されている。他にも細かい注意書きまであって、そこではじめてスィセルの意図に気付いた。

「もしかしてあの人、僕をあの家から逃がしてくれたのか」

これが花嫁と出会う一月前の出来事だ。

帝都《ていと》動乱《どうらん》の末、新皇帝陛下が擁立され、ミハエルが婿入りしたときには環境がすっかり変わっている。

「ミハエル、ちょっとミハエルどこなの！」

遠くから聞こえる女性の叫び声で目を覚ました。

ちょっと高めの頭に響く声だが、逆に気付きやすくて良い。

「ここだよー、ミシャ、僕はここだぁ」

大声を張り上げると、侍女を引き連れた女性がやってくる。特徴的なのは厚化粧と、視力が悪いので分厚い眼鏡。ただでさえ怖いと言われる顔つきなのに、まなじりをきっとつり上げたその人は、ドレスにもかかわらず大股でやってきた。

「あたくしに何も言わず姿を消すなんてどういう了見なの？　あなた自分の立場をわか……」

新人侍女が女性――ミシャのキンキン声にぎゅっと目をつむっている。

ミハエルは慣れてしまったので平気だが、こういうときのミシャは宥《なだ》めても逆効果だ。言いたいことを終えるまで待つと、威勢の良かった声が段々とトーンを下げ始める。

「…………深夜に姿を消したと思ったら、図書室でなにをしていらしたのかしら」

「ごめんね。調べ物をしていたら、いつの間にか寝ちゃってたみたいだ」

机に俯せになって寝ていた青年の頬には、くっきりと本の跡が残っている。涎《よだれ》に気付いて頬を拭い、誤魔化して笑うミハエルに、ミシャはなんとも言えず口を噤んだ。

「……袖で拭うのはおよしなさい」

ハンカチを取り出すと、自ら彼の頬を拭う。目尻にこびりつく目やに、短時間で積み上がった本に、彼が常に持ち歩く手帳にびっしり書き足された文字を見て、彼女は落ち着きを取り戻した。

「……あ、そ。本当に勉強しに出ていらしたのね。それならそれで……いえ、よろしくないわ。それならあたくしに一言言って然るべきではないかしら」

「あー……ごめん、気持ちよさそうに寝てたから、起こすのが忍びなくて」

ぐっと拳を握りしめ背中を向ける相手に、ミハエルは申し訳なく思う。耳まで赤くするほど激怒している。深夜に抜け出した挙げ句、奥さんに心配をかけるのは良くなかったと反省した。

「……朝食の準備が整うわ。早くその間抜け面を直していらっしゃい」

「うん、捜してくれてありがとうね」

後ろ姿が気落ちしている風に見えたのは気のせいか。

「やっぱり僕が至らないからなんだろうけど、まだまだ勉強は追いつかないしなぁ」

「ひとまず黙って部屋を抜け出さなければ、あのようにお怒りにはならなかったかと」

「あ……いたんですか。はい、そうですね、言わなきゃとは思ったんですが、前に詰め込みすぎはよくないと叱られたので……」

「通常業務に加え深夜まで詰めていれば当然かと。それよりお急ぎくださいませ」

いつの間にか傍にいた家令に促され顔を洗いに行く。この家令は周囲の人曰く、他の家々と違い愛想が足りない人らしいが、仕事をきっちりこなすしっかり者だ。

こうなった経緯としては前帝カールが関連している。

婿入りしたのは誕生祭を終えてすぐだった。カール皇帝の「オルレンドルの未来を担う人間を作る」計画に巻き込まれた青年は、図らずも『目の塔』から皇帝に突き落とされる少女を目撃し、オルレンドル皇帝に纏わるうわさの真実の一端を知った。

選ばれたミハエルの役目は、彼の皇帝が選んだ相手と婚姻関係を結ぶこと。

とんでもない事態に巻き込まれたが、時の皇帝に逆らう勇気はない。

紹介されたのは貴族ランメルツの長女ミシャ。ちょうど婿を探しており、皇帝命令ですぐに縁組が整った。

初めは苦労した。なにせ相手にしてみれば逆らえない縁談だ。本来釣り合うはずのない貧民が入り込んだから彼女の両親は難色を示し、ミハエルの居場所はないも同然。ミシャだけは「夫だから」と力添えしてくれたが、彼女とてそれまでに四度離婚していなければ彼を迎え入れはしなかったろう。

実家の時と変わらず疎んじられていたミハエルだが、転機が訪れたのはカール前帝陛下が死去してからだ。

ランメルツ家は皇帝派で、なおかつライナルト皇太子反対派だった。

親しくしている貴族も皇帝の腰巾着《こしぎんちゃく》だったため、新皇帝が即位後から状況が変わった。縁故ゆえに保てていた商売から切り離されたのだ。口を利いてもらえていた貴族も汚職で捕まり、そこからランメルツは立ち行かなくなった。義両親は心労であっという間に倒れ、義父は若くして痴呆の傾向が見られ始めた。

幸いミシャが家を継ぐべく学んでいたから、ある事業の端っこに加えてもらえたがそれだけだ。ミハエルが妻を補佐しているのが現状だが、肝心の知識が皆無のため空回りも多い。ミシャの苦労を二倍にしているため奮起している最中だ。

「あれ。でも本当にって、ミシャは何を疑ってたんだろう」

朝食の席は夫婦二人きりで、ミシャの両親が遠方に離れてからは大分過ごしやすくなった。以前はひっきりなしに訪ねていた客人もめっぽう減ったから、朝から支度に時間をかける必要もない。

周囲はこれを落ち目貴族というらしいが、ミハエルには理解できない感覚だ。

「やっぱり朝ご飯は美味しいねぇ」

もし義両親がいたのなら、朝食の品数が減ったと雰囲気を暗くしていた。ミハエルにしてみれば、毎朝食べきれない量の食事を並べる方がもったいないので、現状に満足している。美味しい焼きたてのパンにとろとろの卵、新鮮な野菜にハムがあるだけでも充分だ。絞りたてのオレンジジュースが好物になってしまったのが贅沢すぎて悩んでいる。

毎朝が幸せだ。

笑顔で食卓を囲んでいたミハエルだが、ミシャの皿を見てあることに気付いた。

「ミシャ、今朝はチョコレートを食べないの?」

彼女は昨今出回り始めた甘いお菓子を気に入っている。貴族御用達の製菓店で買い入れたチョコレートを毎朝摘まむのが日課だったのに、今朝の皿にはそれがない。もしかしたら昨日もなかったかもしれない。

夫の問いに、ミシャはさらりと答える。

「飽きたのよ」

「そうなの？　毎日少しずつ食べてたし、飽きるなんてないと思ってた」

「そういうこともあるの。……なに、文句がおあり？」

「文句なんてないけど……」

口ごもるミハエルにミシャは苛立った。ハキハキとした答えを好む彼女にとって、実はミハエルみたいにうだつの上がらない男は好みではない。見た目も地味でつまらない人だから、些細な会話で声を尖らせるのは日常茶飯事だ。

おまけにミシャが叫ぶごとに怖《おじ》気《け》付くからなおさらだ。いまも視線に促されて落ち込み……。

「君がチョコレートを美味しそうに食べるところが好きだったからさ、次にそんな風に食べられるお菓子が見つかるといいなって思って」

意気が挫《くじ》かれる。

ミシャは努めて冷静に、息を鎮めてお茶で喉を潤した。

これまでの夫達と違う人間性がどうも苦手だ。女らしい顔立ちと無縁の彼女がチョコレートを好きだといえば、陰で笑っていた夫達。好きだと言ってくれたのは最初だけ。顔の良さを鼻にかけ、可愛い侍女を連れだし浮気三昧だった男共に比べ、五度目の地味夫はまったく尻尾を出そうとしない。おまけに奇妙にミシャの心を騒がせる。

「……あ、飽きるのはどうせ一時のものよ。新作が出たらまた買うわ」

「そっかそっか。それとさ、僕の服だけど、これ以上の新調はしなくていいよ」

「……なにをいってるの？」

「一定期間着たから買い換えるなんてしないでほしいんだ。たとえば擦り切れたり、鍚かけしてもどうにもならないなら新しくしたいけど、そうじゃない限りはいまあるのを着続けるよ」

彼女にとっては資産が目減りする頭痛の原因の一つだ。貴族の資本は見た目からと父に教え込まれたため止められない慣習だったが、それを夫は止めると言った。

「仕立て屋を呼んで作るのもお金も掛かっちゃうし、それならランメルツの顔である君の衣装や家の中のことに使っていこう。僕のジュースもさ、毎日じゃなくてたまに出してくれると嬉しい」

ミハエルのお気に入りだから、毎日欠かさず仕入れさせているオレンジだ。

「……好きだったじゃないの」

「好きだから楽しみにしたいんだ。なんていうのかな、頑張ったご褒美が数日おきに待ってると、嬉しくて楽しみにならない？」

「あたくしにはわからない感覚ですね。でも、貴方がそう言うのならそれで構わないわ」

内心でほっとした。甘味重視のオレンジを集めていると毎朝の朝食代だって馬鹿にならない。これらの浮いたお金でチョコレートを買っても、金額的には黒字になる。

本来はチョコレート自体も……本当に惜しいがこのまま止めても良いのだが、ミハエルが「好き」といった笑顔がミシャの判断を鈍らせる。

朝食を食べ終えると、今後についての事業相談がまず始まる。そこでミハエルは切り出した。

「ずっと考えてたんだけど、ランメルツが事業に加えてもらいにくいのは前皇帝陛下に近かったのが原因のひとつじゃないかって感じるんだ」

「……そうね、それは認めざるを得ないわ。ランメルツ家はもとより、婿の貴方も前帝陛下の紹介だったから」

「うん。だけどいまはミシャが頑張って、その印象は覆されかけてるはずと思うんだ」

新皇帝即位に伴う勢力の変化は著しい。ランメルツ家はミシャが仕事好きだったおかげで代行できているが、実は父が商売下手で、横繋がりだけで成り立っていたのを知った。綱渡りは変わらないままで、潰れていく周りの貴族を見ては焦りを募らせる毎日だ。

「収入源確保もだけど、ランメルツ家に対する世間の印象も変えていきたい。手っ取り早いのはライナルト皇帝陛下に忠義を尽くすって印象を与えればいいと思うんだけど」

「それができていたら苦労していないわ。うちが前帝陛下派だったせいで、どこもかしこも渋い顔をするんだから……」

「……もしかしたら、できるかもっていったらどうする？」

その場にいた全員が目を剝いたが、注目を浴びたミハエルは慌てて訂正する。

「あ。ま、まだ方法があるかもってだけで確実性はないんだよ？」

狼狽えるが、機会があるのならば藁にでも縋りたいのがランメルツ家の現状だ。ミシャの了解がでると、ミハエルはすぐに手紙をしたためた。

数日後に返信をもらえた際には家中が喜びに沸き立った。ミシャは皆に気を引き締めるよう申し伝えるも動悸は激しくなる一方。当日は全員の期待を背負って夫婦は馬車に乗り込んだ。

「こういうご縁が繫がるなんて、人生何が起こるかわからないなぁ」

ミハエルは緊張が足りないから、がちがちに固まっていたのはミシャの方だった。指定された場所はグノーディアの中心地。彼は複雑な心地で建物を見上げ、妻は久方ぶりの宮廷に、懐かしさと不安を抱え胸を押さえた。

案内されたのは宮廷でも奥まった区画にある場所だ。旧皇帝時代は貴族達が秘密の会合に参加するのに集っていたが、いまは人気も引いて静謐さが漂っている。

ある一室でミハエル達は、いつ来るかもわからない相手を待ち続けた。忙しい合間に時間を取ってもらったから、夫妻に時刻を選ぶ権利はない。

もしかしたら来ないかもしれないが、だとしても文句は言えない。祈るように待っていると、夕方付近になってその人は来た。

「待たせてごめんなさい」

少し息をあげてやってきたのは銀と見紛う白髪を流す可憐な人だ。人を選ぶレースの衣装も難なく着こなし、一級品の貴金属を身につけるこの女性こそ、新皇帝の恋人であるコンラート家のカレンになる。彼《か》の人物が皇太子になる以前より力を尽くし仕えた結果、その寵愛を一身に受けることに成功した。いまや時の人であり面会を取るのも一苦労で、ミハエルの立場では数日で手紙の返信をもらえる相手ではない。しかし相手はミハエルを見るなりそっと笑った。

「元気でやっていらしているとは聞いていたけれど、気になっていました。元気そうで良かった」

「覚えていてくださって嬉しく思います。それと……あの時はありがとうございました」

突然お礼など、何を言ったのかと思われるだろう。けれども彼女はお礼の意味を正確に汲み上げた。

「それはこちらの言葉です。あなたが体を張ってくださったから、カール帝の注目が逸れて彼女を連れて行けました。……あのときの女の子、エリーザも、あなたが無事か気にしていましたよ」

「ありがとうございます。だけど、僕はこの通り元気ですから。それよりも、本日もお忙しいのに時間を取っていただきありがとうございました」

「大丈夫ですよ。あとは陛下に会うだけだったから、時間はゆっくりとれます」

こともなげに言ってのけるが、無視して良い発言ではない。

夫婦は内心で長引かせてはならないと決めた。

「あれから時間が経ちましたね。私は時折、あの瞬間を昨日のことのように感じる時があります」

「……はい。忘れたくとも、忘れがたい記憶でございます」

皇帝陛下の朝食会。もしあの時、カール皇帝の言葉を鵜呑みにして『目の塔』の最上階部屋に足を踏み込んでいたら、ミハエルも突き落とされていたかもしれない。カレンは騎士達の目がありながら、彼を引き留めてくれた恩人だ。

そのお礼にもなりはしなかったけれど、ミハエルも彼女達を逃がすためにわざと皿を落として注目を集めた。カール皇帝には粗忽者《そこつもの》と笑われたが、無事逃げたらしいと聞いてほっとしたものだ。

その時の縁を利用して対面しているが、相手はいまや未来のオルレンドルの皇妃だ。

「ええと……あれから僕はランメルツ家にご縁を頂きました。紹介します、妻のミシャです」

ミシャは丁寧な挨拶を交わすも、カレンは少し複雑そうな笑みだ。

ミハエルは努めて明るく笑った。

「不安に感じられている部分はわかるつもりです。ですからお伝えしたいのですが、奇縁ではありましたものの、彼女は僕に良くしてくれています。悪いようにはなっていないんです」

「……一度、陛下にはあの件に絡んだ方々について確認をしてもらいました。あなたの場合は特に問題はなさそうだと伺っていましたから、大丈夫だとは思っていたのですが……」

これには驚いた。なぜならあの時は不安で堪らず、この世の終わりを感じていたのだ。自分を気にかけてくれる人がいたと知り、不覚にも泣きそうになった。

「ミハエルさんは、ランメルツ家にご縁付いて良かったということですね」

「はい。彼女はこんな僕でもちゃんと夫として立ててくれます。その、ちゃんと幸せです」

ミシャは『目の塔』での一件を知らない。これはミハエルにとってもトラウマになっているため切り出せなかったせいだが、予想だにしなかった夫とカレンの親しさに一抹の不安を覚えつつも、平静を装って膝に手を置いていた。

「奥様はミシャさんでしたか、たしか療養されているご両親の代わりをされているとか」

「はい、両親に代わり、未熟ながら代行させていただいております」

「代行という点では私と似ているかもしれませんね。今日はその件について相談したいとありましたが、どういったご用件でしょうか」

ミハエルはランメルツ家の現状を素直に明かした。

義父が前帝陛下派だったために商売が上手くいっていないこと、ミシャの手によりなんとか家を保っているが、このままでは家を支えきれなくなることとすべてだ。

「ランメルツ家は右も左も立ち行かなくなってきています。ご助力賜れそうな方ももはや見当たらず、身の程もわきまえず、お恥ずかしながら、少しでもお縋りできないかと相談に参った次第です」

「具体的には、どういった支援をお求めですか？」

「できましたら、中央の商売に明るい方に一度ご紹介いただけたのならと……」

穏やかだったカレンの微笑だが、ミハエルの話を聞くうちに、その表情は政《まつりごと》に携わるにふさわしい人のものに変化していった。ただ衆目を魅了するだけの嫋《たお》やかな雰囲気が一変したので、彼女の噂を聞いていたミシャは評価を一変させる。

単なる器量良しならにこにこ笑い、ミハエルの話しぶりに同情するだけだ。だがコンラート家のカレンは彼の話の内容をしかと吟味し、協力して良いかを判断している。

安易な返事はなかった。

緊張に固まるミハエルを差し置き、カレンはミシャに顔を向ける。

「ミシャさんがランメルツ家の舵取りを行っているのは理解できました。ですからそのミシャさんにお尋ねしたいのですが……」

「どうぞ、なんなりとお尋ねください」

「ご両親が前帝陛下擁護派だったために上手く行かない点があるということですが、ミシャさんからみて、たとえばどういった部分が妨げになっているとお思いですか？」

ミシャは内心で頷いた。

これは巷で揶揄されているだけの色女ではない。ミハエルの言葉を鵜呑《うの》みにせず、ランメルツ家の現在……つまりミシャ自身に問題はないか、彼女達の手腕に不手際がないかを確認しようとしている。

同情心だけで力添えすれば皇妃の名を貶めるのだから正しい判断だ。内心で冷や汗を流す反面、カレンに力添えをもらえるのなら確かだと確信を得た。

驕《おご》りすぎない第三者からの視点が必要だ。ミシャはランメルツ家の有利点を強調し、彼女達を紹介する利点や、二度と父が当主に戻ることはないとも述べた。頼りたい人が引退したのは不運だが、後継ぎたるミシャやカレンに縁のあるミハエルは皇帝夫妻に敵意はないと強調できたのだ。

話を聞き終えたカレンはしばし考えに耽《ふけ》った。

「そうですね。紹介状を、とのことですし、私の名前を出すとなれば即答はできかねます。一度持ち帰らせてもらいたいのですが、それでもよろしい？」

「もちろんにございます。本日お目にかかれただけでも有り余る幸運でございました」

本音はいますぐにでも返事をもらいたいが、下手にがっついて心証を悪くしたくない。

こうして話は終わるかと思われたが、ここでミハエルが身を乗り出した。

「あの、僭越《せんえつ》ながら……もう一つお願いがあるのですが！」

今度は額にだらだらと汗を流し、いつになく焦りを隠せない様子だ。

話を聞き終えたカレンは苦笑し、帰りの馬車ではミシャがかんかんに怒るのだが、ミハエルに後悔の二文字はない。

半月後、ミハエルはとある民家の前にいた。

帝都でも外れにある農家だ。

戸を叩くと疲れた顔の男が姿を見せたが、ミハエルの訪問にいたく驚いた。

「貴方様は……」

「お久しぶりです、スィセルさん」

いまは亡きオルレンドル帝国騎士団第一隊副隊長リューベックの元従士スィセルだ。

「退団されてからご実家に身を寄せたと聞いていました。お元気そうでなによりです」

「何しに来られたのでしょう」

彼は気まずそうに目を逸らすが、それも無理のない話だ。

なにせスィセルは帝国騎士団を退団させられた。熱心な親カール皇帝派であるリューベックの従士だったために、新皇帝への謀反の意を疑われ、残るに残れない環境に追い込まれたせいだ。

二人の立場は逆転している。あの時は立派な騎士の風体だったスィセルがくたびれた服装で、ミハエルが貴族らしい出で立ちだ。

「お話をしたくて。中、よろしいでしょうか」

無言で入れてくれた。あまり良い生活は送っていないのか、必要最低限といった趣だ。物珍しそうに見渡すミハエルに、スィセルは自嘲気味に笑った。

「思ったより貧しいでしょう?」

「いいえ、そんなことは……」

「いいのです。元はご覧の通り貧しい農民ですから、わたくし……私には元手になるものがなにひとつなかった。貴族の方々と付き合うには服に貴金属……様々必要でしたからね。そういったものに消えてしまった」

「それだけじゃないですよね。スィセルさん、病気の御家族の薬代に……」

「おや、そんなことまでお調べに」

痩せているのは苦労が多いせいか。だが彼は明るく笑って肩をすくめる。付き合いはミハエルがランメルツ家に婿入りするまでの間だったが、まるで見せたことのない屈託のない笑いだった。

「リューベック様に付いたおかげで良い医者を紹介してもらえたのです。おかげで兄は快癒し、いまは楽しく鍬《くわ》を振っている。後悔はありませんよ」

出されたお茶は普段飲むものより安っぽい。だが、どこか懐かしい。

「それでどういった御用向きでお訪ねでしょうか。憲兵隊には話しましたが、私は従士の中でも地位が低かった。あの方の活動について、重要な部分はほとんど何も……」

「僕の所で働きませんか」

遮るように言ったのは、単に焦ってしまったせいだ。

ランメルツ家に婿入りしてから落ち着いたはずだが、肝心なときにはまだ焦る。意表を突かれたスィセルに早口で捲《まく》し立てた。

「ランメルツ家はいま色々大変な事になってまして、人材を募集してます。ス、スィセルさんはリューベック氏の従士でしたから、色々手際が良いだろうなあって」

彼は皇帝に賜ったミハエルの資産管理を行っていたが、帳簿の記帳はわかりやすく正確だった。間近で見ていた彼のマメな性格と、なにより先回りで気遣いできる能力をミハエルは買ったのだ。

スィセルは躊躇した。

否、申し出は嬉しい。本来剣を振るう騎士勤めだった男が農民にまで落ちたのだ。仕事を勤め上げただけとはいえ、己の仕事を買って訪ねた心意気や、また能力を活かせるのかと思えば涙が出るほど嬉しい。

だが、申し出を受けられない理由もある。

「申し訳ありませんが、私はリューベック様の従士でした。その私を子飼いにする意味を考えた方がよろしい。人の噂とはおそろしいものです」

「それなら大丈夫です！　コ、コンラートのカレン様にご許可をいただいていますから！」

「……いま、なんと？」

「き、許可は言い過ぎました。いいよと言ってもらったわけではないのですが、スィセルさんを雇ったからと冷遇はしないとのお言葉はもらってるんです」

「申し訳ない、もう少し、仔細をお伺いしたいのですが」

急《せ》き過ぎてしまった。ミハエルは順を追って話す。

ランメルツ家は一時的に厳しい状況だったが、いまは日の目が見えている状態だと。

「思い切ってコンラート家のカレン様にお目通りを願ったんです。ランメルツ家に、他の商家への紹介状をもらえないかとお願いしたんですが……」

「厳しいでしょうね。貴家はほとんど前帝陛下の恩恵を賜って成長している。義父上が降りたとはいえ、ライナルト陛下を敵視した相手を許すなどと、堂々と掲げさせるには周りが認めがたい」

「はい、残念ながら紹介状は書けないと言われてしまいました」

皆気落ちしたが、カレンは断りの手紙だけを寄越したのではない。ランメルツ家にある渡りを付けてくれた。

「トゥーナのある貴金属商を紹介してくださったんです。あまり大きな規模ではありませんが、これまでに比べたら確実で、ずば抜けていい条件で細工品を卸してもらえる契約を交わしました」

それはトゥーナ公リリー・イングリット・トゥーナの元で侍女をしているエリーザの実家と、彼女の婚約者が計らってくれた商談だ。実質カレンが紹介したのと変わらないが、文面にはしていないし、表立つのは別人だ。彼らはコンラートが懇意にしているリリーの傘下だから、下手をしなければ今後も上昇が見込める。調べるところが調べれば仔細も明らかになるから、ランメルツと仕事をしたいと言ってくれる相手も出てくる見込みだ。

「それにずっと、もっと物事を俯瞰的に見られる人が欲しいと思ってたんです。僕はスィセルさんが思い浮かんでて、今回やっと機会を得ました」

それでカレンに尋ねていた。かつてオルレンドル帝国騎士団第一隊で働いていたものがいたとして、その人が企み事にまったく無関係だった場合、仮にその人を雇ったとしたら罰せられるだろうかと。そのことが原因で将来が閉ざされ、新しい職にも就けずにいるとしたら手をさしのべたいとミハエルは語ったのだ。

カレンは沈思の後に答えた。

「第一隊が前帝陛下への忠誠に厚かったのは事実ですが、かといって全員に罪があったとは考えていません。もし新しい仕事に就くとしても、それを妨げる権利は私にはないのです。ミハエルさんが求められる能力を有しているとしたら、あなたがお雇いになるのは自由ではないでしょうか」

もちろんその場だけの発言だ。ミシャは鵜呑みにしてはならないと忠告し、ミハエルも昔と違って、完全に信じてはならないと覚えている。

だがそれでも、彼はどうしてもスィセルに報いたかった。

「……どうしてそれほどに私を買ってくれるのでしょう。たしかに私はリューベック様の元でやっていけるだけの知識は蓄えました。礼儀作法も自信がありますし、剣も使えますから護衛もできる。ですが突出した能力はありませんし、商売はわかりません」

「スィセルさんなら仕事はすぐに覚えます」

なぜならミハエルを第一に変えてくれたのはスィセルだからだ。

あの日、リューベックがミハエルを訪ねた日以降、彼は青年を家族から守ってくれた。誰に命じられたわけでもないのに金、金、金と集《たか》ろうとする亡者達の前に立ち蹴散らしてくれた。

おまけにランメルツ入りする前には、こんな言葉をくれている。

「人は変わろうと思えばいくらでも変われるのです。貴方も遅いということはない、いまからいくらでもやり直しなさい」

この言葉をもらったから、ミハエルはランメルツ家でやっていけた。弱虫で後ろ向きの、逃げるという選択すら選べなかった弱い己を変えるだけの、自分らしくあるためのコツを教えてくれた。

前の自分だったら怖がるだけで、決して相容れなかったミシャをひとりの人間として見つめることができたのも、これが切っ掛け。ゆえにミハエルはスィセルに報いたい。誰かに報い続けることで、最終的には彼に良くしてくれた友人や仕事仲間達に、何らかの形でもっともっと恩返しをしたい。

ランメルツ家を大きくして、彼らが良い仕事にありつけるよう変えていきたいのだ。

そのための一歩として彼が必要だ。

「僕と一緒に働いてください。ランメルツ家のミハエルにはスィセルさんが必要です」

しばらくの沈黙を置いて、スィセルは一粒だけ涙を落とした。

眼鏡を外し、乱暴に目元を拭うと呼吸を整える。

「私は遠慮しませんよ。厳しいと噂の奥方同様に、物事ははっきり言わせて頂きます」

「望むところです。それにミシャは噂ほど怖くありません」

「ほう、たとえばどのように？」

ランメルツ家のミシャといえば歴代の夫達を追い出した烈女で有名だ。それも相当な癇癪《かんしゃく》持ちで、夫は父親似の女性らしくない顔立ちがコンプレックス。それについて口に出しただけで侍女はクビ、夫は相当の怪我をさせられて追放と噂には事欠かない。ミハエルは三日も持たず離縁かもと予想していたが、これが長く続いている。

「賢いばっかりの顔をして……実際僕の何倍も賢いのですが、可愛い一面もあるといいますか」

不思議そうに首を傾げるからスィセルはおかしくなってしまった。

なんとなしに話を聞き出すのだが、ミハエルは苦労していると言った。

「縁談からの婚姻ですから、彼女が無理をして僕を立ててくれているのは知ってるんです。だからせめて役に立ちたいのですが、いつも迷惑ばかりかけて……」

「……ミハエル様は、奥方様がお好きなのだろうか」

「え？　はい、当然なのでは」

何を当たり前な、みたいな顔をされるが、珍妙な顔になったのはスィセルの方だ。

「ただ僕が近づきすぎると、いつも怒って警戒されてしまうので……」

といって例を話してくれる。それを聞くとますますスィセルは奇怪な顔を作った。

「奥方の好きな水菓子があったから、買って帰れば真っ赤になって逃げられたと……」

「仕方ないのでひとりで食べたのですが、あとからなぜ一人で食べたと怒られて」

「一人で街に繰り出し、香水を買って帰れば物を投げられたと」

「せめて彼女の好きな香りにするべきだったと反省しています。しばらく口を利いてくれなくて、泣きそうになりました」

数日後、なぜか申し訳なさそうに話しかけてきたのだが、ミハエルは原因がわかっていない。実際は御者から真相を聞いたミシャが勘違いに気落ちしたせいだ。

「……まぁ、それもあるでしょうが、香水店に寄ったのだとすれば、貴方様が女物の香りを纏っていれば、それは……」

もしや、とスィセルは天を仰ぐ。

「……奥方殿は、ご夫君が大好きすぎるようで」

「え？　それはないんじゃないかなぁ」

沈黙を携えて瞑目した。

これは……もしかしたら、彼がこれから主とする人は、大変にやっかいな人物かもしれない。先が思いやられる気がしたが、同時に新しい明日へ高鳴る期待に胸を押さえた。

スィセルは自身が農民に落ちたのは罰だと思っていた。

下っ端であったとしても、主であるリューベックが人格的に問題があったと知っていたからだ。だが自らのために知らぬ振りをしていた。正しい裁きであれば仕方ないと……言いきかせていたのに、こうして希望がもたらされる。

縁が繋いでくれた、あたたかい未来に生きる活力がみなぎりだす。

彼のためにもう一度筆と剣を握ろう――ひとりの騎士が決意を固めた瞬間だった。

ある女公爵の恋の行方

キルステン家当主アレクシスは覚悟を決めたつもりだった。

長女の側室入りの折に忙しいのは知っていた。

だからこそ次女の婚約も同等の、いやそれ以上の覚悟を持ち、今後はいっそう混迷を極めるはずだから、決して取り乱さぬよう娘を送りださねばならないと胸に誓った。

……つもりなのだが、どうも己の見積もりは甘かったのだと、いまとなっては認めざるを得ない。花嫁、つまりは未来の皇妃の父として、今日も眉間を親指で揉み解《ほぐ》す。

「旦那様、こちらを温めてございますので、目元にお当てくださいませ」

「助かる」

家令から受け取ったタオルは絞りたてで温かい。当てた箇所からじんわりと熱が伝わり、疲れが癒えていく。思わず漏れ出た声は疲労が滲んでいた。

執務室にいるのはファルクラムから連れてきた、長年の付き合いがある家令だ。気心が知れているために、取り繕う必要もなく自然体でいられた。

「お年でございますから、もう少し目を労《いたわ》ってもよろしいのではないでしょうか」

「もう休むが、これだけは片付けておきたい」

机の上に置かれたのは、ある輸送指示書だ。荷の目録をちらりと見た家令は、なるほどと頷いた。

「坊ちゃまへ送る荷物でございますね」

「最終確認だけはしておきたい。向こうは思った以上に厳しいようだから、せめて食の苦労があってはならない。それが解消されるだけでも気が楽に過ごせるはずだ」

「寒冷地とは我々の想像以上に厳しい地でございますな。……鹿の毛皮を追加してもよろしいのではないでしょうか。加工すれば防寒具になります」

「手に入れられるか？」

「市場を探せば可能でございましょう。すぐに手配いたします」

目配せすれば待機していた執事見習いが部屋を後にする。

荷はヴィルヘルミナ皇女共々、北の地へ追放された長男アルノーへ送る品々だ。中身は雑貨もあるが、殆どは食料品である。北の現状は長男の乳兄弟から聞いていたから、予定していた倍の量になっていた。

「しかしよろしいのですか。その分だけ輸送費もかかりましょうに、あまり敗北した皇女側に気を割いては周囲との亀裂を生みますまいか」

普通の家令ならこんな釘を刺すが、この家令はアルノーが幼い頃から可愛がっていたし、アレクシスの親心も理解している。反対などするはずもなく、主人の気の済むままに見守っていた。

「しかし参ったな。あの時はほとんど聞く余裕がなかったが、ヴィルヘルミナの好物を確認していればよかった。飴や蜂蜜、チョコレートで間に合うだろうか」

「あって困るものではございません。坊ちゃまも旦那様の気遣いに喜ばれるでしょう」

そして義理の娘になる相手にもこの悩みよう、家令はほっそりと笑った。

「坊ちゃまついでにございますが……旦那様、アヒムに一言釘を刺しておいても構いませぬか」

「アヒムに？　どんな忠告だね」

「金の管理でございます。母親の分だといって貯蓄を旦那様に預けられましたが、しっかりと自身で管理させなければなりません」

「——ふむ？　余った分は自分で使うと言ってたが……」

「あのひねくれ者の言葉を真に受けてはいけません。どうせあやつは自分のためには使いませぬ、有耶無耶《うやむや》にしてキルステンの懐に捻じ込むのですから、そのような浅知恵を許してはなりませんぞ」

おかしな話だった。家令の言葉が正しければ、黙っているだけでキルステンに金が回るというのに、それを許すなと進言している。

アレクシスは可愛がっているな、と内心呟き唇の端を持ち上げた。

「言わねばならないかな？」

「なりません。親子共々ファルクラムには血縁者がおりませぬ。金を持っていて困ることなどないのですから、自覚させねばなりますまい」

「アヒムもいずれ所帯を持てば家族に使うと思うのだが……ああ、いや、私よりもお前の方があの子の面倒を見てきたのだし、そう思うのなら任せる。きつく言ってあげておくれ」

アヒムから預かった金貨はオルレンドル皇帝より下賜された正当な報酬だ。大金は旅の邪魔になるからと管理を任されていた。

冷めたタオルを外すと、思い出したかのように家令に問う。

「エミールの方は異常ないかな」

この問いには様々な意味が込められているが、伊達に長い付き合いではない。

アレクシスを安心させるためにしかと頷いた。

「普段通りでございます。つつがなく、学校生活を楽しんでございますよ」

「無理をしている様子は？　時々帰りが遅いようだが……」

「帰りが遅い日はご友人と遊んでいるだけかと」

「うん、そうか……ヴァイデンフェラーのご子息と仲良くなったから心配していたけど、変わらないなら問題はないか」

「旦那様」

家令の視線がなぜか冷たく感じた。

「こういってはなんですが、エミール様は旦那様より肝が据わってございますので、心配する必要はないかと存じます。それより御身をご自愛くださいませ」

「しかしだな、一人目に続いて二人目も……だぞ。しかも今度は側室どころの騒ぎではない」

「心得てございます。オルレンドル帝国皇帝陛下のご寵愛を一身に受ける存在でございます」

次女カレンが皇妃になるのだ。

国の規模も、立場も、そしていまに至る騒動までもがすべてを上回っている。

アレクシスも――よりによってあの皇帝陛下の――考えるに恐ろしいが、義父になるのだ。その変化の遂げようといったら、祖国ファルクラムの比ではない。

なにせ普段は綺麗に整っているアレクシスの机が汚い。整理整頓の行き届かないままに手紙や各種書類が広げられ、髪もわずかにほつれている。

これらはエミールが帰宅する頃にはすべて片付けられるものの、日に日に厄介さは増していた。

特にある一角に集められた手紙を摑むと、差出人達の名に辟易《へきえき》した様子で吐き捨てる。

「アルノーがヴィルヘルミナに付き添い続けると知ればすぐに切り捨てたのに、カレンが皇妃になるとわかった途端手の平返しだ」

くしゃくしゃに纏めるとゴミ箱に投げ捨てた。

「私とてできた人間ではないが、せめて貴族としての誇りはあるつもりだ。なのに連中ときたらどうだ、まったく嘆かわしい。こういうのは好きになれない」

「ではすべてはね除けますか」

「冗談はよせ。私はともかく子供達の心証を悪くしたくない。余程でない限りは当たり障りのない返事にするさ」

息子の前では決して吐けない愚痴だ。

立場が変われば関係も変わる。上流社会では頻繁に起こりえる現象かもしれないが、元々キルステンは中流に留まれれば良い程度で、権謀術数とはほぼほぼ無縁の貴族だった。欲望が入り混じる世界で奔走する日々はアレクシスの心に疲労を溜めるが、いずれ息子に当主を譲るため目を背けずにいる。

「コンラートの家令殿に相談し、幾人か人手を相談しております。それにバーレも気にかけてくださっていますので、もう少しすればいくらか楽になるかと」

「うん、うん、ありがたい話だな。彼らにはいくら礼を言っても言い足りない。ベルトランドにも改めて礼を言っておかないと」

バーレ家当主とは複雑な関係だが、アレクシスは平然と彼《か》の家とも付き合っている。周囲は懐の広い当主と捉えているが、その実、彼が何を考えているのかを知るのは家令のみだ。

「ところで、お疲れのところ申し訳ありませんが、本日のご予定はまだ終わっておりません」

「……忘れてはいない。約束は守らねばなるまいよ」

「であれば御髪を整えくださいませ。愚痴の時間は終わりでございます」

容赦のない家令だが、彼に助けられているのもまた事実。

諦めて支度を整えたアレクシスだが、その〝約束〟の相手を前にしたとき、まるで悪魔に差し出された殉教者の如く悟りを開いていた。

対して悪魔ことリリー・イングリット・トゥーナは初恋を前にした少女みたいにはしゃいでいる。

「まあまあアレクシス、お忙しいところにありがとう。お会いできてとっても嬉しくてよ」

「約束を先延ばしにして申し訳ないね、リリー」

「気になさらないで、貴方はいまをときめく未来の皇后のお父上だもの。ご苦労もおおいことでしょう？　何日も先延ばしされたくらいで怒るあたくしではなくてよ」

「心遣い痛み入るよ」

巷では色恋多き女公爵も、アレクシスと向かい合っていれば、ただただ可愛らしい女の人だ。しかしながらこの人はトゥーナ公、それだけではないのをアレクシスは知っている。

「今夜はとても良いお酒を用意したの、きっと貴方も気に入ってよ」

一瞬といえど、その瞳が女豹の如く煌めいた。

娘カレンがどうにかして避けさせようとしたアレクシスとリリーの接触だが、娘の努力も虚しく、抜け目のない女公爵はとうに「夕餉を二人きりで共に」の約束を取り付けている。従って今日の食事は非公式であり、娘は何も知らない。

贅の凝らされたトゥーナ公との夕餉は食事よりも会話が弾んだ。

「陛下のご威光をもってしても、我が家がオルレンドル貴族に迎え入れられるには難しい点が多々あった。すべては貴女が口を利いてくれたおかげだ、本当に感謝している」

「いやね、キルステンはもとよりコンラートに手を貸すのは当然でしてよ。だってあたくし、貴方の娘さんの後見人なんだもの」

「だとしても外国からきた貴族の仲介を取り持つのは難しかったはずだ。貴女ほどではないが、私も国仕えは長かったので、少しは苦労もわかるつもりだ」

「ふふ、そう言っていただけるのなら、頑張った甲斐はあったわ。でも気になさらないで、あたくしもそれなりの見返りを求めての行動ですからね」

「もちろん、いざというときはトゥーナ公の力になるとお約束する」

娘の後見人だからこそ無下にはできなかったが、こうしてトゥーナ公と向かい合っていると不思議な気持ちにもなる。長女が嫁ぐまでのファルクラム貴族時代、自身は冴えない中流貴族の当主として終わると信じていた。それがいまやオルレンドル貴族の仲間入りまで果たした。有能ではないが無能でもない彼は、いずれ要職が与えられるのも決まっている。大貴族の仲間入りまで秒読みなのに、思い出すのは子供達が幼かった頃の思い出だ。

一瞬だけ平和であった頃を懐かしみ、目の前の相手を思いだした。

リリーはアレクシスに気を遣わせすぎないように振る舞っている。

食事においては余計な気は出さないのは、アレクシスの苦手意識も理解していたのかもしれない。

このままトゥーナ公として在ってくれればよかったものの、やはりといおうか、帰り際に彼女は牙を剝き出しにした。

思ったより時間を取られた帰り、馬車に乗ろうとしたアレクシスは引き留められた。至近距離で下から顔を覗き込み、アレクシスの胸をつついたのだ。

ぷっくりと蠱惑《こわく》的な赤い唇に、大胆に開いた胸元には異性同性問わず視線を取られる。彼女はいままでそうして男を魅了してきたのだろうが、アレクシスは困り果てた様子で目を背け、手の平でそっと彼女を押し返した。

「すまないが……私は貴女にそういった気は起こせない」

「あら、どうして？　もしかして娘さんが気にかかってるなら、あたくし、絶対に口外しない自信がありましてよ」

アレクシスはいまだに悩んでいる。何故なら平凡な断り文句なら散々口にしてきた。約束をこの日まで先延ばししたのも、結局良い方便が浮かばなかったせいだ。

そもそも、彼は恋愛経験豊富な男ではない。

前妻アンナとは恋愛の末に婚約したが、それとて周囲のお膳立てがあって付き合った。

バーレ家当主みたいにしなやかに女性を躱《かわ》せる技術はないし、教えを乞うたとて実行できる人間ではない。いままで彼なりに素知らぬふりで過ごしていたのは、ひとえに子供達に父親以外の側面を見せたくなかったためである。

「申し訳ない、そういう問題ではない」

「ではどういう問題？」

ぐいぐい来るではないか。腕を掴まれているが、決して強くはない力だ。振りほどくのは簡単だし、今宵逃げ切る点においてだけは簡単だ。けれどもこの女豹は一度断られた程度で引く性格ではなく、アレクシスとしては、ここで終わらせておきたい一念がある。

目線が下に落ちないよう注意していると、不自然に目が宙を彷徨《さまよ》う。

口調は不自然に固くなる。

「貴女は、多分、魅力的な人ではあるのだろうと思う」

「そういってもらえるのは嬉しいわ。だってアレクシスったらこちらに見向きもしてくださらないのだもの、女として自信をなくしかけていたところよ」

「それは……申し訳ない。魅力がないとは言いたくないのだが、しかし私は二回り近くも年下の女性と関係を持つつもりはないんだ」

「……あたくし、貴方にとって子供かしら？」

「年の差に鑑みればそう考えるのが普通ではないだろうか」

いままで当たり障りのない言葉で誘いを断っていたが、今回は違う。二人きりなのもあって、素直な語り口から入った。普通はここまで言えば理解してくれるし、態度で示したからリリーもアレクシスの拒絶を理解した。表情には暗い影を落としたが、やはり彼女はトゥーナ公だ。

落ち込んだのはものの数秒だった。

「だとしたら、ここはあたくしの腕の見せ所なのでしょうね。子供を子供と思わないだけの時間をお約束しますわ。ですからどうか、少しだけで良いの。年下のリリーではなくて、あたくしという人間に目を向けてくださらない？」

一夜の誘いだからただ振り向いてくれ、というのが小憎らしい演出だと感じるのは、アレクシスに恋愛経験が不足しているからだろうか。

どうしてこうもオルレンドル貴族女性は積極的なのだろう。

オルレンドル貴族に対する偏見を抱きつつ、両目を閉じたアレクシスの腕に胸が押し当てられる。

妻と別れた独身男性にとっては、はっきり述べると大変毒なのだが、状況に流されては息子娘のために生きる誓いが無駄になる。

「リリー」

「なぁに？　アレクシス」

声は甘い。それに優しく男を包み込むだけの包容力もある。

気付かぬうちに己を蝕む茨《いばら》みたいだ、となんとなし感想を抱き、はっきり告げた。

「私は別れた妻を愛している。だからこそ貴女は受け入れられないし、関係を持つ気がない。わかってくれないだろうか」

それは子供達を傷つけてしまうかもしれないから、絶対に声にしなかった本音だ。誰にも話すつもりはなかったが、美女の誘惑に対抗するにはこのカードを切るしかない。

アレクシスの告白に、リリーは悲しげに目尻を下げた。演技ではない。トゥーナ公としてではなく、私人としての彼女の貌に、わずかにだけアレクシスの罪悪感が揺らいだ。

「……貴方を傷つけた方ですのに？」

リリーもキルステン家で発生した醜聞を耳にしている。そのため知らぬはずはなかった。

「そうだ」

「裏切られてもまだ、愛してらっしゃる？」

「その通り。愚かにも、まだ愛は途絶えていない」

こんな告白は、裏切られておきながら馬鹿だといわれても仕方のない代物だ。

しかしながらも、これがアレクシスの偽らざる心になる。

キルステン家当主アレクシスは、未だ前妻アンナを誰よりも深く愛している。

「どうしてかしら。……気を悪くなさらないで？　奥様を悪く言うつもりはないけど、貴方はとても傷ついたのではないのかしら。それなのにまだ愛することができるの？」

「裏切られ、悲しみはした。だが過ごした日々は偽りではない。彼女が私の傍にあってくれた事実は覆らないし、私たちの愛に偽りはなかった」

「恨まないの？」

「恨みたいとは思った。だが、恨むだけには私たちは共に在りすぎた」

別れたのはけじめと、子供達のため。

もはや表立って愛を謳うつもりはないが、心の内で誰を愛するかは自由だ。いっそ憎めたら楽だったのだろうか、彼はもう憎み悲しむだけで周りを見失う愚行は犯したくない。かつて娘を追い出してしまった後悔を、アレクシスは忘れられない。

きっと他の誰も理解できはしまい。これらは元夫婦だった男女にしかわからない感情の告白。彼の在り方をリリーが嗤ってくれたのなら、アレクシスは完全に彼女を拒絶できただろう。

しかし彼女は悩ましげにため息を吐いただけだ。

「そう、あたくしにはわからない感情ですが、当の本人たる貴方がおっしゃるなら、そういう愛の形もあるのでしょうね」

寂しげに微笑むとそうっと腕を放し、名残惜しげに指先を置いていた。

「アレクシス、それでもあたくしは貴方をお慕いしておりますの」

「申し訳ないが……お付き合いできない理由はもう申し上げている」

悲しげな所作に言葉。演技ではないと信じたい。かなり振り払いにくい言葉だ。けれどこれで諦めてくれたに違いない。傷つけるばかりの申し訳なさで、最後にいくらばかりかは補足した。

「貴女は美しい人だ。きっと十年二十年経っても、気高さが失われることのない人だろうから、私みたいな中年に目を向ける必要はな……」

「あ、それだわ」

打って変わって明るい声音だ。先ほどまでの悲しげな面差しはない。

「う、ん……？」

「それでしてよ、アレクシス。流石はあたくしの見込んだ御方、冴えない一言だって秘策を授けてくれるのだから、やっぱりこれは運命なのよ」

「待ってもらえるかな、話がよくみえない」

なぜそこで元気を取り戻せる。アレクシスが戸惑う間に、リリーは想い人の両手を掴み、表情を輝かせながら迫った。

「いまのあたくしでは振り向いていただくだけの魅力はなくても、十年二十年後ではその限りではないわよね」

「は？」

「だってそれだけ経ったらアレクシスはおじいちゃんだし、あたくしもいい年をしたおばさんだもの。少なくとも見た目で年の差は関係なくなるわ」

先ほどまで流れていた悲壮な空気はどこに行ったのだろう。

リリーは変わらず喜色満面で語りかける。

「他ならぬアレクシスが、あたくしの気高さが失われることはないと信じてくださるのよ。でしたらあたくし、このまま素敵なおばさんになると約束するわ」

「いや、そういうことでは……私は、前の妻を……」

「誰をどう想っても自由よ。前の奥様に愛を誓っていても結構。でもそれ以上にあたくしを想えるだけになればいいと思いません？」

このとき、アレクシスは自らの失言を悟った。

迂闊《うかつ》にも放った慰めの一言が彼女の気持ちに火を点けた。いやしかし長期計画ではあるし、いつか諦めてくれると思うのは……。

「三十年後には、一緒に卓を囲んでお茶を飲みましょうね、アレクシス」

浅はかなのかも、しれない。


その日の夜、帰宅したアレクシスを息子は出迎えた。美女の香水は纏っていなかったものの、疲労困憊の様を隠せない父にエミールは問うた。

もしかしたらリリーが義母になるかもしれなかったので、聞かざるを得なかったのだ。

「それで、父さんはなんて返事したんですか」

「……………三十年後なら、茶くらいは、まあ……と……」

去りゆく父の背中にエミールは天をあおぐ。

ひとまず成人までの間にトゥーナ公が義母になる道が途絶えただけ良しとしよう。父に甘い飲み物を出してもらうべく家令に振り向くと、とっくに「用意しています」の顔で頷かれた。

「にしても三十年後か。本命を追い詰めるにはそのくらいの気概が必要なのかな」

感心するところが違う上に、変な部分を見習っている気もするが、賢い家令は口を挟まない。父を慰めるべく追いかけ始めたエミールを見送った。

今宵もまた、キルステン家は平和だ。

遅き彷徨《ほうこう》の訪れ

朝からお洒落に励むカレンを見て妙に苛立った。

いままで寝起きは着の身着のまま、寝衣に上着を羽織るか、適当にローテーションを組んだと思しきの装いだったのに、この日は朝から洗面台に向かって髪を整えている。

浮かれっぱなしだからこういう日の予定は聞かずともわかる。

恋人《ライナルト》に会いに行く日なんだろうな、だ。

「あなた、もしかしなくても背が伸びた？」

はしゃいでいると思ったら、目の前で身長を比べ始めてくるので呆れてしまった。

「え、なに。いまさら気付いたの？」

「あ……ごめん、大きくなったなーとは思ってたけど、改めてみたら大きくなったなって」

「そりゃあ僕だって成長してるからね」

毎日顔を合わせているのに、いまさら過ぎる問いだ。やや苛立ちを含んだ答えになったのは虫の居所が悪かったせい。ぶっきらぼうな答えを反省したのは学校に到着し、昼休みを過ぎてからの話だ。

瞳に星をきらめかせた少年が無邪気に問いかけてきていた。

「ヴェンデルって毎日何食べてるのかな。どうやったら大きくなれるの？」

ヴァイデンフェラー家のレーヴェは、慣れてみるとかなり人懐こい少年だ。

人懐っこいを通り越して時折不安になるくらいだが、ともあれ指折りの上流階級の子息としては異例の素直さになる。平民の子に囲まれても嫌な顔ひとつせず、むしろ楽しげに学校生活を送るのだから、周囲の人々は相当驚かされた。

本人はそれをヴェンデルを始めとしてエミール達がいるからこそだと言う。いまも人見知りは発揮するが、どもり気味だった喋りは随分鳴りを潜めた。アレルギー体質で食には苦労していたが、周囲の努力の甲斐もあり、食事もしっかり摂れるようになったおかげで、儚《はかな》げな美少年からとびきり可愛らしい美少年にランクアップだ。しっかりファンを獲得して、本人の知らぬところで囲いが生まれつつある。そんな彼らに文句も言われず付き合えるのは、ひとえにヴェンデルが『皇帝の義息子』にあたるためだろう。

従来であれば再婚の連れ子は良い顔をされないパターンが多い。民衆などは特にゴシップに熱心だからその手の噂に耳を傾けがちだが、少年の場合は冷遇よりも厚遇の類の噂ばかりだ。すなわち皇帝との関係は良好であり、可愛がられていると考えれば決して下手な手出しはできない。

なぜ良好であることが広まっているのか、ヴェンデルとしては大変不服だが、とにかく互いに嫌い合ってはいない。むしろどこかずれた変な人だとは思っているが、巷で囁かれているよりは良い王様なんじゃないかとも思う。

「何食べてるのかはエミールに聞いた方が早くない？」

「エミールはなんでも食べるんだもん。量だってとんでもないし、聞いても参考にならない」

本人がいないから聞けるのだ。レーヴェがエミールに憧れを抱いているために、こうして彼に近付こうとするのは涙ぐましい努力の証になる。

ぷう、と頬を膨らませる所作に違和感がないのが恐ろしい。

「でもさぁ、それって僕に聞いても仕方なくない？」

「ちょっと前まではヴェンデルも小さかったんでしょ。あんまり背も高くなくて、ひょろひょろだったってエミールが言ってた」

「そうだけどさぁ……ひょろひょろはあんまりじゃない？」

しかしレーヴェは小麦粉が食べられない体質だ。好きなように食べられないし、やはり根本的な違いは大きいのではないか。けれどそんなことを声にしても相手は傷つくし、ありきたりな回答になってしまう。

「僕も昔は好き嫌い多かったけど、いまは食べられるようになった。そのあたりじゃないかな」

「や、やっぱりそれかぁ……ちなみに、いまは食べられるようになったのってなに？」

「野菜だけどあとは……肉」

「お肉って珍しいねぇ。嫌いだったの？」

「嫌いってわけじゃないけど、一時期肉の塊みたいなのは食べなかったんだよね。しっかり食べるようになったのは帝都に来てからだから、やっぱりそこで体力は付いたと思うよ」

そのあたりはコンラート領の崩壊が関わっているから説明を避けた。しっかり焼いたステーキ肉を避けていた時期、あれはカレンほど長くはなかったが、ヴェンデルの心にも傷は与えている。

「お肉かぁ。僕も量を増やしてもらおうかなあ」

「エミールは偏らせ過ぎずに色々食べてるから、肉だけっていうのも微妙じゃないかな。それにレーヴェも身長伸びてるし、これからでしょ」

「そうかなぁ……僕はもっと大きくなりたいよ」

「悩むよりちゃんと食べておけば……」

悩み続けるレーヴェが一瞬カレンと重なり、なぜか無性に苛立った。

最後に意図せずぶっきらぼうな物言いになりかけ、はっと口を噤む。

「……焦らずにいけば大丈夫だよ。いまは食べられる量も増えてきたし、校門まで走っても大丈夫になったのを喜ぼうよ。急ぎすぎて皆に心配をかけるよりずっといいんじゃない？」

「うん、そうだよね。がんばるよ」

「レーヴェは頑張ってるから、ちゃんと報われるよ」

頑張れば報われるわけではない……と思ってしまうのは、コンラートの崩壊を経験した故か。亡き母が患者を相手にしていた姿を思い出し、傷つかない言い方に変えていく。頭の片隅で冷たい考えを抱いてしまうも、友人の頑張りが報われないのは悲しいから慰めた。ただ憧れの人に追いつきたい友人に当たり散らすのは申し訳なかったし、同時に朝の会話を思い出した。家族であるカレンに対して言い方が悪くなってしまったのが自分でも不思議でならない。

幸いだったのはレーヴェがヴェンデルの態度に気を悪くしなかった点だ。

頬を紅潮させ身を乗り出して聞いていた。

「ね、ね、ところでさ」

「んー？」

「ヴェンデルさ、このあいだ女の子に告白されたって本当？」

「ぶっ」

「わぁ！　こぼした？」

ちょうど茶を飲んだタイミングだったのがいけない。噴いた量はわずかで、余所《よそ》を向いていたからよかったが、これがレーヴェに向いていたら悲惨な事態になっていた。

「ご、ごごめんね！　だいじょうぶだった？」

「い、いや、うん、平気だけど、どこでそれを……」

「え？　ゆ、有名だよ。下の学年の女の子が告白して振られたって……」

思い当たりがありすぎる。それかぁ、としかめっ面で尋ねた。

「その分だと変な噂がついて回ってたんじゃない」

「え？　そ、そそそんなこと……」

「わかりやすっ。……隠さなくていいって、どうせ聞いたんだろ」

「う、うん。身分違いがあるから断られたって」

しかめっ面になったのは女子の姦《かしま》しさに嫌気が差したからに他ならない。

なにが身分違いだ。話したことすらない女の子だったから断ったのに「やっぱり庶民だから」と勝手に誤解され、しくしく泣かれたのは記憶に新しい。

女の子を泣かす趣味はなかった。だが相手は何を言っても聞く耳を持たないのだ。やっかいそうな子だと思い、さっさと逃げたらこれだ。もっとひそやかに、かつ穏やかに学校生活を送りたいヴェンデルとしては、そんな噂であっても注目される事実が面倒だ。

「面倒すぎる。これだから同年代の女の子は嫌なんだ」

それも偏見だが、ヴェンデルがそう感じてしまうのにも理由がある。コンラート時代は女の子達と遊んでいても、昔から顔を付き合わせる気心知れた関係だった。いまの環境は年上の女性ばかりだが、噂を好んでも節度は心得ている。従って同年代特有の落ち着きのなさは、どうやっても目に付いてしまうから好めない。

「僕が陛下の義息子予定じゃなかったら見向きもしないのはわかってるんだ、みんな勝手すぎる」

最近はレーヴェもヴェンデルの望みを知りつつある。そもそも少年自身、騒がしいよりも静かな環境が好きだから、ヴェンデルに対しては一定の理解があった。

「ヴェ、ヴェンデルって、けっこう地味なのが好きだよね」

「……もともと得意じゃないんだよ。みんな皇帝陛下の威光だけに目を取られてるけど、僕、元々田舎の次男坊だし、森で好きに駆け回ってただけだからね」

「森……って、駆け回ってなにするの？」

「色々。適当に木の実取って、花の蜜吸って、秘密基地作ってお菓子持ち込んで……そういうの」

「おお……」

きらきらと憧れの目で見られるのは何故なのか。

都会の子が抱く感想としては逆そうだが、こういうところがレーヴェは素直で、守らなきゃと思わせてくる。

「でも、田舎にいたっていうならなおさらヴェンデルはすごいよね。誕生日の社交界お披露目も、陛下や外国のお客様を迎えて大成功だったたって有名だし……僕もうまくいくかなぁ」

「あれは周りのお膳立てがうまくいったんだよ。それこそいまのレーヴェなら絶対大丈夫だよ。僕とエミールも出席するからさ……招待状くれるよね？」

「もちろんだよ！　絶対送るし、レオとヴィリにも出すよ！」

レーヴェは正式な社交界デビューを果たしていないため、そろそろ……と噂が立ち始めている。実際、レーヴェの父リヒャルトも大々的な催しを計画しているから、一部生徒はもしも、を狙って浮き足立っている。

余談になるが今代の学園長は帝都でもっとも幸運なひとりとして数えられている。

なぜならこの人は皇帝陛下の義息子、未来の皇妃の弟、宰相閣下の愛息子を守る重責はあれど、社交界への招待が約束されているのだ。ヴェンデルの誕生会の折、同じように招待された学年主任。一介の市民であるこの人が緊張のあまり前日倒れた話は生徒の間で有名だが、本来はそれほどまでに皇帝陛下の存在は重い。

ヴェンデルとレーヴェの交友関係はもはや周知の事実となりつつあるが、一部の大人が良く思ってないのは知っている。特に皇帝ライナルトは少年が親族になるにあたり忠告している。

「どれほど善良な者を友にしても、その主が奸悪なら無意味だ」と。

まるで自己紹介のような注意にニーカ・サガノフなどは呆れたが、彼の忠告はたしかにヴェンデルに根付いている。

そういう意味では宰相の息子とは付き合いを控えねばならないが、たぶん、ヴェンデルはレーヴェを突き放せない。

「そんなので友止めするわけないし、陛下は全然わかってないからそんなこといえるんだ」

それにライナルトの言うことを聞きたくない理由はもうひとつある。

家に帰ってからだ。

肘をついてカレンを見ていたら目が合った。

今日も無事デートを終えたらしいが、新しく作ったシャロの首輪を持ってひとりではしゃいでいる。

「なぁに、どうしたのー？」

「幸せそうだなって思っただけ」

「だってー。今日ね、ライナルトがクロとシャロはかわいいって褒めてくれたのよ。ね、ね、やっぱりうちの子はいちばん可愛いわよね？」

「二匹とも可愛いのは前から知ってる」

「そうよね。帝都中探したってあの子たちほどかわいい子はいないわ」

「親馬鹿」

「あなただって人のことといえないじゃない。四六時中クロとべたべたしてるくせに」

「クロが僕のこと好きなんだから当たり前じゃん」

これは決して他の人に言えないのだが、どうにも最近の己は目が肥えてきている。

カレンやその婚約者たる皇帝に、友人、お隣さんにしたって一定ラインを超えた顔面力を見せつけてくるから、多少世間様で顔が良いといわれている人を見ても、どうしたって相手が平均以下に見えてしまう。

顔と性格は別だ。ヴェンデルだって平均的な顔立ちだし、顔で相手を判断してはならないと心得ている。そんなことを声にすれば友人達はたちまちヴェンデルを叱るか、説得するか、困惑する。彼らとは仲良くやっていきたいし、亡き父に顔向けできない人間にはならないぞ、と決めたから努力しているが、それはそれだ。

そう、どうやったってそれはそれ、なのである。

周囲の顔面偏差値が高すぎる苦悩を、きっとカレンやライナルトはわからない。反対に護衛のハンフリーや使用人のルイサやローザンネの方が同じ危惧を抱いている有様だ。

「僕に彼女が出来なかったらカレン達のせいだ」

「彼女？」

「はー……まったくさ、そうやって脳天気にしてるけど、少しは僕の苦労もわかってよね」

「え、え、ちょっと待って、ねえもしかして好きな子いるの？」

「いないし！　なんでいまの話でそうなるんだよ」

「なるでしょ普通！」

「ならないだろ馬鹿じゃないか！」

友人とのやり取りを経て反省していたつもりなのに、またキツい口調になった。こんなくだらないことで何故だろう。わけもない苛立ちがヴェンデルを襲い、意味もなく頭を掻きむしる。カレンを困らせたいわけではないのに、どうしてこうなるのだ。

「なんでもない、気にしないで」

「なんでもないって、そんなわけないでしょ。な、悩みがあるなら相談に乗るから……」

「大丈夫だから！」

シャロがピンと耳を立てる。クロが顔を上げたのを目に留めて抱き上げた。

自分から言いだしたのに、これ以上踏み込まれるのは気分が悪い。部屋に戻るべく廊下に出たら、ちょうどヒルと出くわした。隻腕になりほぼ庭師に転向してからしばらく、その姿はかなり様になっている。

何事かと目を丸くしているのだが、どうにも気まずくて目をそらした。

聞かれていたとしたら叱られるかも。

そんな思いと裏腹に、ヒルはにっこり微笑んだ。

「ヴェンデル様、後ほど、よろしければ庭の手伝いをしてもらえますか。新しい苗を植えたいのですが、一番摘まれる方に相談したいのです」

「あー……うん、わかった。着替えてからいくよ」

「それでは後で、お待ちしております」

絶対聞こえていたはずなのに、なぜか見守る眼差しが居心地悪い。いそいそと自室に戻ってクロを置くと、毛むくじゃらの背に顔を埋める。

「……なんなんだよこれぇ」

ごろごろと喉を鳴らすクロの振動を感じ取る。

ヴェンデルは頑張っているのに、最近どうも心の具合がよろしくない。

死んだ父と母と兄の名を汚さぬように生きねばならない。

次期コンラート当主として正しく在れるように、皇帝の義息子として良くあらねばならないのに、最近は苛々に負けてしまう。感情に流される自分が嫌でまた嫌悪感が増す悪循環だ。

そしてヴェンデルは自分が無理せず制御できていると信じていたから、ことさら限界に気付けない。

平和が訪れ、遅れてやってきた少年の反抗期に家人達が相談を始めるも、その反抗期すら潜んでしまう事件の、数ヶ月前のある一幕だった。

書き下ろし短篇

プロポーズ前の裏側で

カレン・キルステン・コンラートを皇帝の伴侶とするべく、オルレンドル帝国皇帝ライナルトが直筆のサインを求めたのは四名の貴族達だ。
東の大領主、皇家とも繋がりのあるリリー・イングリット・トゥーナ
帝国の金庫番バッヘムの宗主となったモーリッツ・ラルフ・バッヘム
返り咲きの宰相リヒャルト・ブルーノ・ヴァイデンフェラー
軍家の名門バーレの当主ベルトランド・バーレ
翌日までにはペンを取った三名をのぞき、唯一モーリッツ・ラルフ・バッヘムだけが後見人に難色を示した。
要請を受けてはや二日。文官に指示を飛ばすモーリッツを訪ねたのはヘリングだ。コンラートに恩があり、モーリッツとも知り合いとなれば妥当な人選だが、この時はもう一人意外な人物がいた。
頭髪の寂しくなりかけた男性はくしゃりと笑いながら語りかける。
ライナルトの忠実な秘書官ジーベル伯は、最近特に肥大化したと噂の腹を揺らした。
「いやはや、モーリッツ殿におかれましては久方ぶり……というわけでもございませんな。数日おきに顔を合わせておりますゆえ、むしろ会わない方が珍しいと申しますか」
「まさか貴殿が来るとはな」

「はじめはサガノフ様が来ようとされたのですが、陛下がお止めになりましてな。こうしてヘリング殿と参った次第です」

「それに私だけだと追い返されてしまうでしょうからとね」

肩をすくめるヘリングに、モーリッツは冷たい視線を投げる。

「正解だ。突然の訪問、ジーベル伯ならともかく、貴殿を受け入れる理由がない」

「であれば陛下の読みは正解でしたね」

「それで、何をしに来た。私は見ての通り忙しい」

「この期に及んでそんなことを聞かれますか」

ここまで頑《かたく》なだと呆れも隠せないが、この程度は予想の範囲内だ。なにせこの男は今回の要請を頑なに受け入れたくないが為に主の元へ出向せず、執政館に籠もっている。

ヘリングはジーベルに目配せし説得を委ねた。

「陛下がコンラート夫人を迎えるために、彼女にバッヘム家の後見を望まれております。つきましては、どうか陛下の御心をご理解いただきとうございます」

頭を垂れるジーベルに対し、モーリッツは素っ気ない。仮にも皇帝の使いに茶を出そうともせず、つまらないと言わんばかりの態度だ。

「陛下との付き合いの長さは卿以上であり、そのお心は重々承知している。だから婚姻については口出しはせぬとお約束させていただいた」

「それでは不十分だと陛下はお考えにございます」

「すでに三家が味方しているのに足りぬと申されるか」

「貴方様ならご存知でございましょう。コンラート夫人は外国出身であり、かつ身分が不足した寡婦であらせられる。三家がついてなお、足りぬとは言えずとも十全ではないことを」

ライナルトが望むのはカレンの立場を完璧にするためのものだ。それこそオルレンドル内外を問わず有象無象に文句を言わさぬための力を望んでいるのだが、これにモーリッツは異を唱える。

「夫人はすでに商業、政治、軍事に明るい者を味方につけている。これにバッヘムが加わることは難しくないが、ひとところに権力が集中するのは如何なものか」

「決して集中しているとは……。それに陛下にお並びになるほどのお立場ならば、それ相応の御方であると世に知らしめるのは必要です」

「卿とは意見の相違があるな。私には陛下に仇なす力をコンラート夫人に集めているとしか見えぬ。一時的な情愛で権力の集中化は如何なものか。卿もコンラートとバーレの繋がりは知っていよう」

一歩間違えば反逆と取られる思想は、モーリッツ以外の者が口にすれば不敬罪として扱われる。バッヘム家宗主だから許される発言だが、聞く側としては冷や汗どころでは済まされない。彼を咎めるか、或いは聞かなかったこととして逃げるのが正解だが、ジーベルはそのどれも選ばなかった。

「無論、存じております。バーレ家のご当主とコンラート夫人は血縁関係にあらせられる。加えて当主ベルトランド殿はキルステンご当主とも関係が良好とも」

苦笑しながら同意を示した。ジーベルとて宮仕えが長い官僚だ。ライナルトの意を知った多くの者はカレンへの愛情の深さに怯えたが、彼のような男はモーリッツと同じ危惧を抱いた。

「コンラート夫人は若い。宮廷が夫人を変えぬ保証はなく、佞言《ねいげん》に惑わされないと断言できるか」

モーリッツが危惧しているのはライナルトに謀反する可能性だ。常に主の身のみを優先し考える男にとって、愛は不確定要素の塊でしかなく信頼に値しない。

「ですがモーリッツ殿、その陛下がお認めになった方なのですから、それを補佐しお助けするのが我々の責務ではないでしょうか」

「だから反対はしていないといっている。その証拠にこうして陛下が急かされている法の改定を一手に引き受けているではないか。これで私の心を疑われるとなれば心外というもの」

「疑ってはおりませぬ。かような急な法の整備など、貴方様の力添えがなければできぬものでしょうから」

「内容自体は難しくないが、私自らこうして手を加えている事実が周囲への示しになっている」

周囲がライナルト帝の本気を測った事由のもうひとつがこれだ。

四家を味方につけようとしている他、後宮を廃する法案を数日で通すよう申しつけ、皇帝ですら一夫一妻である定めは逃れられないと声にした。この働きを知って慌てたのは、前帝に習い第二第三の妻を囲っていた貴族だが、バーレや宰相の名に慄《おのの》いて何も言えなくなった。加えて宰相ではなく、あえてバッヘム家当主が黙って改定に着手しているとなれば、彼らは勝手に察するだろう。いまさらサインの必要はない、とモーリッツは無言で語っている。

しかしながら事実ではなく形が欲しいのがジーベルだ。

「モーリッツ殿の陛下への忠節は疑う余地もありません。しかし、しかしながらですぞ。これまで帝国の命運を左右する伴侶に興味を示されなかった陛下にございます。この機を逃しては、到底あの方に世継ぎが望めるとは想いませぬ」

「その言い様では、卿はコンラート夫人に不満がないと見える」

「不満ではなく不安はありましょうが、陛下が自らお選びになった貴き人なれば、それを支える覚悟はございます」

不安は彼女が若すぎる故のものだが、帝国の将来を思えば、皇妃が若いに越したことはない。彼らは常にオルレンドルの存続について考えねばならない立場だからこそ、ジーベルのように皇帝ライナルトの気性を見抜いた者は、血の正しさより世継ぎの誕生を優先している。

それに、とジーベルはもっともらしく頷いた。

「モーリッツ殿はなにゆえ陛下のご婚約に反対でございましょうか」

「何度も言わせるな、私は反対とは言っていない。今後を憂えているゆえ、オルレンドルの未来のために承認できぬと言っている」

このあたりでヘリングは呆れていた。

——要はカレン嬢が気に入らないし、陛下が婚約するのが嫌だから反対だと言えば良いのに、よくもまぁこれだけややこしい言い回しをできるもんだ。

彼もニーカほどではないが、金貨五千枚を発端とするモーリッツのカレンへの苦手意識は知っている。

言っていることはバッヘム家宗主視点とすれば納得できそうな理由ばかりだ。ジーベルが同意を示すくらいだから政治屋たちの思惑には頭が下がる。

しかしヘリングはコンラートのカレンと付き合いがあって、なおかつ大怪我の治療を助けてもらった恩がある。さらにライナルトは長く己を重用してくれた上司であって、個人的見解で述べるなら、ただ純粋に恋愛婚を応援したい側だ。

そろそろジーベル任せも気が引けて、応援のため口を挟んだ。

「だったらせめてバッヘムとしては名前は書けないが、個人としてはお祝いすると陛下に申し上げたらどうだろう」

「お前は馬鹿か？　陛下が文書への記名を求めた時点で祝い言葉など無意味だ」

なんだよ、わかってるじゃないか……とは口にしない。

そうだ、モーリッツをライナルトの前に連れて行ったが最後、説得されるのは目に見えている。だから彼は籠もっているし、ニーカを連れてくるのも渋った。彼女は婚約賛成派だから、今回に関しては完全にモーリッツと折り合いが悪い。気心知れている仲だからこそ何が起こるかわからない上に、ただでさえ文官達が大わらわ状態なのだ。万が一にも口論となり、モーリッツの気が変わって法案改定に支障を来《きた》たしては困る。たった数日で国内の法を変えろとは、それほどの慎重さを必要としている。

「……そんなにコンラート夫人が陛下の隣に立つのが嫌かな」

「まるで私が個人的感情でものをいってるかのように言うのはやめてもらいたい」

「だって屁理屈捏ねて嫌って言ってるようにしか見えない」

ヘリング殿、とジーベルが窘《たしな》めるが手遅れだった。彼の発言は完全にモーリッツの機嫌を損ねたが、ヘリングは断言してしまう。

「いや無理ですよジーベル伯。これは完全に拗ねてます」

モーリッツの額に青筋が浮かんだ。

「話に聞いたとおりだ。これはもう我々には対処できない。説得しようとはしたんですから、これだけやれば示しは付きますよ」

「いや、しかしだね……！」

「それにこの結果はわかってたじゃないですか。大体、力が集まるのが気に入らないならなおさらバッヘムは組み込まれるべきなんですよ。そうじゃないと何かあったとき対処できる人物がいない」

「そ、それも一理あるがね」

「私は降ります」

それはあまりにも早計すぎる。まだ説得らしい説得もしていないのに、ヘリングは思い切りが良すぎではないか。焦るジーベルだが、モーリッツは別件で物申したいらしく口を挟んだ。

「帰るなら勝手に帰りたまえ。ただし、私が私情にてコンラート夫人に反対しているなどと、陛下に報告してくれるなよ」

「は？　私は私の所感でしか話せませんよ。誤解だって言いたきゃ私にもそれらしい説明をしてもらえませんかね」

挑発的な物言いにジーベルは「嗚呼《ああ》」と嘆いた。一体ヘリングはどうしてしまった。なにか虫の居所が悪かったのか。皇帝に説得を任される男がモーリッツの気性を知らぬはずがない。こんな見え見えの挑発なんてすぐに無視されるのがオチだろうに、なぜわざとらしい喧嘩を売る。

ライナルト帝にしては珍しく人選を誤ったか。

主に失態をどう補うか、薄い頭髪の内部を駆け巡ったとき、異変が起きた。

「誤解も何もない、そのまま伝えろと言っている」

モーリッツが言い返した。

ここは無視される場面だったと思い込んでいたが、額には青筋どころかいくつもの血管を作り出している。

もしやもしや、この御方は我々が想像している以上に陛下への情が厚い方だったのか……そう思わずにはいられない有様だ。

買い言葉を引き出す事に成功したヘリングはどっかりと椅子に座り込む。

不敵に口角をつり上げて足まで組む始末だった。

「陛下からの要請を断って申し開きから逃げているのに、拗ねてなーいなんて強気な人の気持ちを伝えたところで意味ありませんよ」

見えない圧力が部屋中に降り注いだ。

静かに息を吐くジーベルは、ヘリングにならってこっそりと隣の席に着く。

これでようやく説得という名の舞台に立てた形か。

正直な話、皇帝陛下はなぜ、モーリッツの天敵だが屁理屈は回るトゥーナ公や、説得の引き出しを多数持つ宰相に頼まないのか疑問だった。ニーカ・サガノフではなくヘリングを付けると言われたとき、不安だったのが本音だが、彼はモーリッツの気性を己などより知っている。

出発間際の皇帝の言葉を思い出した。

——最悪疲れさせるだけでもいいから、あれから言葉を引き出してくれるか。あとは私でも対処できよう。

言葉の意味を測りかねていたが、なるほど主の言葉の意味をようやく知った。

となれば、彼の仕事はモーリッツの仕事を遅らせない程度に、しかし確実に精神疲労状態に追い詰めることだ。

ジーベルは特別できる男ではないが、悪《あく》の坩堝《るつぼ》で生き残り続けた分だけ浅知恵は回るつもりだ。誠実な説得ではなく相手を疲労させるだけで良いのなら、むしろ本領発揮と断言できる。

内心で本日一の爽やかな笑みを湛《たた》えながら言った。

「よし、始めますかな」

モーリッツのさらなる受難が始まった。

宮廷記録皇妃簿II　皇帝陛下行方不明事件

読書をするライナルトによりかかり船を漕いでいたときだった。

「退屈だな」

その一言で眠気は一瞬で覚めた。

何故ならその時は二人だけの時間だ。宮廷にあるライナルトの執政室隣の個室。遊びに来る私を彼が出迎えるのは決まりになっていて、大体は仕事中だからこの個室を使わせてもらっている。ふかふかの長椅子は通常より横に長く、くつろいで足を伸ばしてもまだ余る。布地は細かい部分まで惜しみなく金糸が使われ、木目調が美しい長机は脚まで細工彫りが施されていた。誰が見ても逸品だとひと目でわかる。

窓は大きく取られ、開かれた窓から流れ込む風がレースのカーテンを揺らす。

婚約が決まって数ヶ月も経った頃には侍女や文官も慣れ、呼ばれない限りは入ってこない。二人だけの空間が保たれているからこそ私はぎくりとした。

「……つまらないでしょうか？」

なんて反応を返したものだろう。

二人きりの時間を自ら否定するのも複雑だ。たしかに盤上ゲームは負け続けで陽の目を見ないし、ライナルトと遊ぶと教えられる側になるばかり。ゲームを避けがちになったから、最近は遊ぶ項目が一つ減った。

それでも一緒に居るのは心地良いから不都合はなかったけど、彼は正反対の意見なのかもしれない。婚約者として不甲斐ない気持ちでいると、怪訝そうな青い目と視線が交差した。

「……カレン」

頭痛を堪《こら》える面持ちで、かなり表情が豊かになったと実感する。それをこの間エレナさんに伝えたら、もの凄く微妙な顔をされたけども。

それよりも不服げな表情で私の勘違いらしいと気付いた。

申し訳なくなって、向かい合わせに座り直す。

「まずこれを大前提として伝えたいのだが、根本的な問題として、貴方と過ごす時間を私はつまらないと考えることはない。また興味の湧かない相手に対し、無駄に時間を浪費するのを好まない私が、立ち去りもせず時間を共有する意味を考えたことはあるか」

「はい、ごめんなさい」

「謝るのならば、先ほどなにを考えたか言ってほしい」

「ライナルトが私に飽きたのかと……」

彼の人となりはよーく知っている。お付き合いを始めてからこのかた、さしもの私が慣れ始めたくらいには「愛している」の言葉をくれるし、有言実行とばかりに態度で示す。他の女性には目もくれず、昔の女性関係でごたつかないよう、色々やっているとも風の噂で聞いている。私も少しずつ自信を持ちはじめた頃だが、でもそれはそれ。幸福すぎる時間と恋心は簡単に人の心を狂わせる。この関係を維持できるか、飽きて捨てられないかの葛藤も胸の底に燻っている。不安が現実になった気がして、また私が密かに懸念を抱いていたのもばれてしまい、気まずくて縮こまった。

……結婚を申し込まれたときはライナルトの気持ちを疑う瞬間が来るなんて思いもしなかったのに、恋愛ってなんて厄介なのだろう。

「いまはこの身の何気ない言葉が、貴方を揺らす存在に至れたのは喜ぶべきなのかな」

親指が頬を撫でる感触がくすぐったい。苦笑じみた微笑を湛《たた》え引き寄せられた。胸に頭を強く押しつけられると、服に薫《た》きしめた香と落ち着ける匂いが鼻腔をくすぐる。こんな風に抱きしめてもらえるのも自分だけなのが嬉しくて、背中に両手を回す。

「うう……ご苦労おかけします」

「その点だけは心配しなくてもいいのだから、貴方は心の傷を癒やすことと、式の準備に専念していればいい」

「気をつけてはいるんだけど、時々自分の心がゴチャゴチャになっちゃうんです」

「……私はどこにも行かないから、不安になった時は声にすればいい、いくらでも受け止める」

ライナルトの懸念で気付いた。私はまだコンラートやエルの一件を引きずっているのか。

「自分が面倒くさいぃ」

「そうやって声にできるようになっただけ進歩がある。以前ならば黙って抱えるだけだった」

彼は本当にひとの良いところを見つけるのが上手い。

誰もいないからライナルトの時間は使いたい放題。思うままに抱きついて休息を取れば、ざわついていた心は落ち着いた。

「あれ、でも退屈って言ったのはどういうこと？」

「最近やることがなくなってきたと言いたかった。読書、髪結い、散策に……一通りはこなしたろう。ゆっくり休むことを悪いとは言わないが、宮廷でできることには限度がある」

「うーん……でも私が公務中にお邪魔してるだけだし、本格的に外に出るとなると予定を組まないわけにはいきません。観劇とか、それとも皆さんの練習試合でも組んでもらいます？」

提案してはみたが、どうにも乗り気になれない様子。私も言ってみただけだし、いまは心惹かれる演目もない。大体そちらに関しては次の月に組んでもらってるし……。

つまるところデートに行こう！　と提案して気軽にできるものじゃないのが私たちの大変な部分。この辺り覚悟していたのでいまさら嘆きはしないが、ライナルトの意見は違うらしい。

「カレンさえ良ければ外に行くか」

「どこに行くんですか」

元々行動制限されるのを嫌うひとだから驚かなかったが、次の要求には驚いた。

「カレン、私にも認識阻害の魔法は使えるか」

「……やる気です？」

「たまにはよかろう。私とて好きに行動したいときくらいある」

護衛も付けずお出かけするつもりらしい。一瞬止めるべきか迷ったが、すぐに提案に乗った。なにせ彼の瞳は悪戯っぽく輝いているし、私だって二人だけで出かけられるならそうしたい。

「怒られるときは一緒ですからね」

「構わん。ニーカなどは周りの苦労を考えろと言うが、そんなものばかりに気を取られていては心も病もう」

一番病みそうにない人がなにかいってる。

それに、とライナルトは愉快げに口角をつり上げた。

「カレン、私は連中に気を遣ってやるために皇帝になったのではない」

「ま、怖いお言葉。きっと皆さんやきもきしちゃうでしょうね」

立ち上がると二人分の認識阻害の魔法を唱えた。以前ならライナルトに魔法をかけるのはシスだったけど、いまや私の役目になりつつある。

ただ、魔法をかけ終わった後も問題はある。

「扉は閉じちゃってるし見張りがいますよ、どうやって外に出ましょう」

ライナルトの目線が窓に移り、階下を確認する間に重苦しい外套を脱ぎ始める。

「カレンは使い魔を操れば降りられるな」

「ライナルトはどうするんですか」

「下は芝生だ、この程度の高さなら問題ない」

窓枠を手で掴むと躊躇なく飛び降りた。

出っ張りなんかにうまく足を引っかけているから器用なものだが、怪我もなく降りられるのは羨ましいのひと言に尽きる。彼の合図を待ち、大きくした黒鳥の背に乗り抜け出せば、この瞬間から私たちは脱走者だ。

ライナルトに導かれるままに向かうのは正門方面。てっきり人気の少ない道を行くと思ったから、あまりの堂々たる態度には笑いがこぼれてしまう。誰にも見つからず宮廷を脱すると、大声ではしゃいでいた。

「魔法院にはもう少し宮廷内の強化を命じるべきかな」

「ご自分でやっておきながらあんまりですこと」

「だがこれでは外部からの侵入を容易《たやす》く許すことになる。放置できる状況ではないな」

「そこまで綿密にされると、今後お出かけするときに私の魔法が効かなくなってしまうかも」

「カレンの魔法だけ感知されないようにさせれば良い」

こう言ってしまえるのも皇帝陛下だからなのかしら。

突然の脱走になったけど、これは紛れもなく一般的な恋人同士の時間だ。監視の目や行動に発言を気兼ねする必要がなくなる状況、私は意図せず嬉しかったらしい。彼が歩きにくくなるのも構わず、普段より二割増しくらいの力でライナルトの腕にしがみ付いている。

「いつもこの辺りは馬車でしか通らないから不思議な感じ」

「あまり見ることはないだろうな。それで、カレンはどこに行きたい？」

「せっかくだから大通りに行ってみませんか」

「人が多いと見つかる可能性も高くなる。それでも構わないか？」

「そうなったら大人しく迎えを待つか、逃げましょう。騒ぎになるかもしれませんが、こんな機会はもうないかもしれない。だったらライナルトと一緒に街を歩きたいです」

「では視察がてら行くとしようか」

あとから絶対怒られる案件だけど、振り切ってしまえば不思議と楽しくなってくる。最初は家々が並ぶだけの景色が続くけど、お喋りしながら歩けば時間の経過はあっという間だ。もうしばらく頑張れば大通りに到着できる……ところで問題が発生した。

「痛い……」

靴に限界が来た。

普段の履物は歩きやすさを重視していたが、ライナルトに会うときはお洒落を優先するから靴も例外に漏れない。しかも今回はおろしたてのヒールが高い靴で、早くも靴擦れが発生して段々と歩行が辛くなった。宮廷だけでも距離があるのに、市街地でも相当歩いたのだ。はじめは我慢できたけど、足に掛かる負荷が生半可《なまはんか》でなく、とうとう足を庇わずにいられなくなり、途中の公園で休まざるを得なくなった。

ライナルトが足の状態を看ると戻るよう伝えた。

「皮剝けと水疱がひどいな。これ以上歩くと潰れて悪化するから無理はしない方がいい」

「嫌。まだ帰りません」

休めば治るものではないけど、二人だけの外出デートを逃したくなかった。いま戻ったらお説教の果てにライナルトは公務に戻るし、以後の監視が厳しくなるからこんな機会は滅多に得られない。彼は戻るべきだと判断しているが、理由を話せば一応納得してくれた。

「ならば大通りは諦めてここで休むか、魔法で治して改めて向かうかだ」

「魔法でといいたいところですけど、姿を隠しながら同時に治すなんてできなくて……いったん魔法を解かないといけないから難しいです」

人気の少ない場所に移ったとはいえ、ライナルトの容姿だと見つかった瞬間に存在が強烈に印象づけられる。認識阻害はあくまで感覚を鈍くさせるだけの魔法だから、目撃後に上書きはできない。シスやルカだったら可能かもしれないけど、私にそこまでの腕前はなかった。

「私もカレンとの時間をここで終わらせるのは惜しい」

「でしょう？　だから足は耐えてみるから、大通りの方に……」

「そちらは諦めてほしい。途中で問題が発生したらそれこそ身動きが取れなくなる」

「せっかくのお出かけだったのに……」

もっと歩きやすい靴を履けば良かったと後悔が押し寄せる。

「カレンはなぜ大通りに拘りが？」

「こだわり……ってほどでもないけど……だけどそういうの、すごく〝らしい〟から一緒に歩けたら思い出になるかなって」

言って気付いた。大通りに行きたいのは私だけだから、これ以上は困らせるだけだなと。

「いえ、やっぱり無茶はいけませんね。少し休息したら帰りましょう」

「落ち込まなくて良い、次は計画的に脱出する」

「綿密に準備をしましょう。水筒とお弁当も用意して、こっそり食べるのがいいかもしれません」

「ならばいっそ郊外の方が良いかもしれないな……気付くのが遅れてすまなかった」

「嬉しかったんだから謝らないで。そもそもライナルトより楽しんでたのは私ですよ？」

残念だけど、今日は散策ができただけ良しとしよう。

次……があるかはどちらでもいいのだ。叶うはずがなくても、現実的じゃない約束でもよかった。

大事なのはあのライナルトが私のために時間を割いてくれると声にしてくれた事実で、それだけで充実感に満ちている。

あとは帰るだけだから休むだけ。

ライナルトが腰を落ち着けると、私も周りを見渡す余裕が生まれた。

なんとなく足を向けた場所だけど、街中にもかかわらず植栽が多くて目隠し代わりになる木々が多く、同じように休憩している人々を見受けられる。距離があるから会話を聞かれる心配もない。

「久しぶりに街を散策された感想はどうです?」

「やはり実物を見る価値はあるな、もう少々区画整理できる余地がある」

「ごちゃごちゃした街並みもオルレンドルの歴史が感じられて好きですけどね」

公務が頭から離れないのがライナルトらしいけど、そこを愛おしいとも可愛いとも感じる。ただ可愛いを伝えてしまうと機嫌を損ねるので、声にはできない。

大通りには敵わないけれど、遠くから聞こえるざわめきは宮廷とは違う心地良さがある。馬車や荷車の行き交う音に交じるのは、はしゃぐ子供を叱るお母さんに、友達同士で笑い合う日常生活の声たちだ。オルレンドルの平和を凝縮した形がここに集まっているのだと思えば、それを維持してくれているライナルトが誇らしい。

「楽しいか?」

「この音があなたの治世の証だと思えばとても楽しい。みんなも幸せだなって嬉しく思います」

「だとすればそれは私の功績ではない。他ならぬ貴方がいるからこその結果だろうな」

仕方ないとはいえ、民衆はライナルトを認めているのに淡泊な反応だ。

長期計画とはいえ、どうやって他人に目を向けてもらったら良いのか……肩に頭を預けていたら違和感に気付いた。

公園に見覚えのある子が入ってきたのだ。

それも毎日顔を合わせている馴染みのある顔だ。おまけに可愛い弟とそのお友達まで揃っていて、はじめは目の錯覚かと疑ったが、幻覚達はいつまで経っても消える気配がない。眼鏡をかけた男の子が何気なくこちらを見やると向きを戻したが……今度はすごい勢いで振り返った。満点を上げたいくらい、素晴らしく綺麗な二度見だ。

「あら、やっぱり幻覚じゃなかった」

なんて幸運な偶然。

やっほー、と手を振れば、凝視して固まる眼鏡の男の子、ヴェンデルにお友達が話しかける。やがて視線の先に気が付くと、その子達も順次動きを止めていった。

そうよね、こんなところに私たちがいるなんて誰も想像しない。

ヴェンデルの場合は日常生活の一端として私を認識したが、知っているからこそ〝いるはずのない人物〟を強く知覚してしまったのだと思う。私の魔法もまだまだ未熟だ。

駆け寄ってきた義息子と弟は血相を変えていた。

この子にしてはらしくなく動揺気味で、おまけに会うなり私が本物かを確かめた。

「偽者じゃない？」

「もちろん本物です。ふたりこそライナルト様にご挨拶を……」

「姉さん護衛はどこですか？」

ライナルトと顔を見合わせた。

説明すれば長くなるし、笑って誤魔化すと、ヴェンデルはかっと目を見開いて後ろを振り返る。

「レーヴェ、こっち来て！　エミールはカレン隠して！」

驚きで固まっていた少年は、お友達でありコンラート家秘書官ゾフィーの息子レオとヴィリに背中を押されてやってくる。

女の子と見紛うばかりの美少年は大判のストールを巻いていたが、ヴェンデルはそれをひったくるように奪い取り私の頭に被せた。

ちょっと、とはずそうとすればライナルトがストールの上に手を置き妨害する。

「貴方の髪は目立つ。認識阻害が解けたいま、ヴェンデルの指示に従った方が賢明だ」

「ああ、そういう……言ってくれたら良かったのに」

「馬鹿なの？」

髪を隠しつつ、ヴェンデルには叱られた。

とにかく落ち着きがなく、焦りすぎて声が上手く出ないのでエミールに宥《なだ》められる始末だ。そのエミールだって呆れる様子を隠さない。

「もうですね、言いたいことはすっごく、それこそとてもあるのですが、とりあえず姉さん」

「はい」

「それから……陛下」

なぜ存在を認めたくなさげに口ごもるのか。

苦虫を嚙みつぶした表情で渋くなるエミールは再度問うた。

「お二人が本物だとは嫌というほどわかりました。それで、護衛はどこなんですか」

「いません」

「いないって、どういうことでしょう。すみませんが俺の頭でもわかるように説明をお願いします」

「周りの目を盗んで、ライナルト様と宮廷を抜け出して来ちゃった」

ぐっと奥歯を嚙んで心臓付近の服を握りしめるのはどういった心境か。ヴェンデルに至っては両手を戦慄《わなな》かせ叫び出しそうだけど、理性で堪えたのは偉かった。

ただこのままだと二人はともかく、お友達が気の毒だ。

ライナルトの服を引いて、お友達に目を向けるよう目線で伝えた。

「こちらの子達、宰相閣下のご子息のレーヴェ君に、うちの秘書官のゾフィーのご子息です。レオとヴィリも、みんなヴェンデルと仲良くしてくれてるんですよ」

他人に興味がないライナルトでも、親の名を聞けば反応が違う。

「リヒャルトの息子か」

ひゃい、と舌っ足らずな返事をしたレーヴェ少年は、本当に本当に……見惚れるほどに可愛らしい男の子だ。宰相閣下が掌中《しょうちゅう》の珠《たま》と大事にするのは晩年に授かった子だからと思っていたが、これは溺愛も納得できる愛らしさ。アレルギーを抱える子だけど、最近は食事も改善され、よく運動するようになったと聞いている。

「あれの息子ともなれば掛かる負担も大きかろうが、父の背を追い励むがいい」

「は……いぃ……」

「固くならずとも良い。私たちは黙って出てきているのでな、子供に礼を取られるなど目立ってかなわん」

あなたの場合は容姿がすでに目立っておりますし、レーヴェくんは元から緊張しやすい子なのだけど、あえて黙っておくとする。

けれどこんなところで皇帝陛下と相まみえるなんて想像の範疇外なので、レーヴェくんの反応も仕方ないといえる。レオとヴィリの兄弟も同様で、ゾフィーさんの子供だけあって察するのも早かったが、オルレンドル帝を前にしては勝手が違う。かちこちに固まって直立不動。レオは額に汗を流し、ヴィリに至ってはいまだ混乱の最中だが、幸いにもライナルトは礼儀を問う人ではない。

「母親は皇太子になる以前からよく仕えてくれた。武勇に優れるだけでなく、機転の利く人材が退役したのは残念だったが、コンラートでならば今後も才能を活かせよう」

と、ゾフィーさんを褒め称えてくれたので、兄弟ふたりは俄然目を輝かせた。大切なお母さんが皇帝陛下に名前を覚えられている上に、認められているのは嬉しいものね。

この間にヴェンデルとエミールは幾分冷静になったらしく、モーリッツさんみたいな渋面を作りながらも落ち着きを取り戻している。

「ところであなたたち、学校はどうしたの？」

「今日は午前で終わりだったんだよ。僕たちは……遊んでうろついてた途中」

「あら、じゃあハンフリーはいないの？」

「いるよ。エミールとレーヴェの護衛も、離れたところで待ってもらってる。こっちの姿を確認してるだろうから、絶対ハンフリーが死にそうになってるね」

「……あらまぁ」

「あらまぁ、じゃない。カレンも陛下も、脱走しておいてのんびりし過ぎだから」

となれば、ハンフリーから情報共有がなされて、誰かが宮廷に走っていてもおかしくない。

エミールたちもまだ疑問があったらしく、私の方が質問攻めにあう始末だ。

「姉さんたちは脱走したのはともかく、公園で何してたんですか」

「本当は大通りまで行こうかしらって話してたんだけど……」

「カレンが足を痛めて断念した。休んだら戻るつもりだったが、お前たちと遭遇したといったところだな」

「あ……ほんとだ、靴擦れ痛そう」

ぽそっと呟くレーヴェくんは感受性が強く、我がことのように痛ましげになってくれるのだが、可愛い少年とは反対にうちの子たちは厳しい。

「脱走は褒められたものじゃないけど、そんなの出る前にわかってた結果じゃん」

「計画性がないからそんなことになるんですよ」

「二人とも……陛下がいるのに口が悪くない？」

「たぶんニーカさんやジェフの方がいまごろ悪態ついていると思うよ」

嫌な現実を突きつけてくるなぁ。

宮廷から馬車が走ってくるとしたらあとどのくらい時間が残ってるだろう。せっかくだから子供たちに話を聞くとして、ヴィリが良い匂いのする袋を持っているのに気が付いた。

「ヴィリ、それって何を持ってるの？」

「え？　あー……みんなで食べようって買ったお菓子だ……です」

見せてもらうと、球状の菓子が鈴なりに連なる串が十本ほど詰められている。揚げたてなのか、甘さの中にできたてのパンケーキの香りが漂う。

「ねえ、それ一本もらっていい？」

「うぇ？　え、い、いいですけど食べるの？」

姉さん、とエミールが咎めたが、私の口はもう甘味に惹かれている。私とエミールに挟まれて困り果てるヴィリの手元から一本串を取り出すと、指にべったり油がついた。

子供たちが買い求める品だからお手頃価格なのは間違いない。普段食すのは手の込んだ手作りか高級菓子店で購入したもの、あるいは宮廷からの下げ渡しばかりだから、いわゆる屋台食が懐かしい。

「昔は私も学校帰りにこういうの食べてたのよねー、懐かしい」

「カ、カレン様もこういうの食べていらっしゃったんですか？」

驚きに目を見開くレーヴェくん。

「食べてましたよ。だってコンラートに嫁ぐ前はただの学生だったし、安いからこういうので夜ご飯を済ませちゃうことも多かったんだから」

串に連なっているのは五個。なんで串にしているかは不明だけど見た目の面白さ重視かな？

一口齧れば、ちょっと安っぽい油と砂糖の味が口内に広がる。なかなかの甘さだけど、噛みしめれば生地に包まれた果物が追いついた。一つ目は酸味のある林檎入りで、二つ目は乾燥葡萄のシナモン砂糖漬けが混ざっていた。長らくこういったお菓子を食べていないから胸焼けするかもしれないが、止められない美味しさだ。

……それにしてもこれを食べて夜ご飯に挑むんだから、子供たちの胃の底が計り知れない。

「ライナルト、これ食べてみません？」

興味深げにしていたから声をかけたら、子供たちにぎょっとされた。

皇帝陛下は庶民の食べ物を食べないと思ってるのだろうか。むしろ食のこだわりがないから大概のものは食べるんだけど、今回は興味が勝ったらしい。

甘すぎるお菓子が苦手なのは知っているから一個を分けるが、さしもの私でも皇帝陛下の手を油で汚すのは気が引ける。行儀が悪いけど口元に串を持っていけば囓ってくれた。で、想像できていたと思うけど、数口も噛まないうちに眉間にぎゅっと皺を寄せる。

「甘い」

「でもこれ中身はお芋ですよね、一番甘くないと思うんですけど……」

もう食べなそうなので残りを囓ったら、ねっとりした口当たりの芋の甘煮が入っていた。食感で一番近いとしたら……里芋だっけ？　慣れたつもりだけど、元日本人感覚では理解不能な食事があるのが屋台食だ。

四つ目は腸詰め肉で甘塩《あまじょ》っぱいが、ライナルト的にはこれが一番食べやすいらしい。五つ目が林檎入りに戻る串菓子は上品とは言えないけど、簡単で大雑把な味を欲したときには最高だ。

こういうのを買い食いできるんだから学生って羨ましい。

「だけど一本でけっこう満足かも。ヴェンデルは食べ過ぎないようにね」

「食べるのはほとんどエミールとレオだから」

「胸なんか押さえて、どうしたの？」

「胸焼けしただけだから気にしないで」

食べてもいないのに不思議なことを言う。まだ緊張しているのか、赤ら顔のレーヴェくんが濡らしてきたハンカチを渡してくれる。油で汚れた手を拭くには助かったが、これはちゃんと洗ってお返しするとしよう。

子供たちに学校の話を聞くあいだに、公園近くには馬車が停まっていた。行き交う市民の数も増え

たが、この人たちが軍人なのは間違いない。制服姿で押し寄せてこないだけ彼らも冷静になったのだろうが、皆の苦労を思うより「終わっちゃったなぁ」と残念な気持ちが隠せない。

恋人期間が欲しいとお願いしたとはいえ、相手は皇帝陛下。並のお付き合いはできない覚悟をしていたつもりなんだけど、私はもっと恋人らしい思い出を作りたかったらしい。

「カレン。また、と約束したろう」

肩を押されて、逃避行の終わりを告げられた。

「みんな、またどこかで会いましょうね。少しの時間だったけどありがとう」

子供達にお礼を言うと立ち上がるも、かかとや足先に痛みを感じる。これは治療してから戻るべきか、迷った一瞬の間に体をすくい上げられた。

「えちょ、ライナルト?」

「どうせ馬車までだ。運んだ方が早い」

横向きに抱えられている。こちらの意見はお構いなしに歩き出すのだから堪ったものではない。

「ここ市街地ですよ、魔法で治してからいくつもりだったのに！」

「そうやって魔法で治す癖がつくのは好ましくない。すぐ治療できるからと無茶をしがちになる」

逃走を提案した本人なのにあんまりじゃない？

公園はすべて隠されてるわけではない。いくら目立たないようにしていてもお姫様抱っこは目につくし、立ち止まった人々を見つけてしまうと途端に恥ずかしくなって、なんとか気を逸らそうと子供達に叫んだ。

「ヴェ、ヴェンデル、エミール、遅くならないように帰ってきなさいね！」

「はいはい、いーから早く説教されてきて」

義息子が冷たい。

馬車内には誰もいなかったが、ライナルトが御者に向かってノックをすれば動き出した。

宮廷に戻ってから待っていたのは……地獄絵図。

「無事でようございました」と端的に済ませた宰相リヒャルトだけならまだいい。

広間に到着するなりニーカさんの皮肉が飛んだ。

「これはこれは、我らの苦労を差し置いて随分のんびりしてきたようだ」

他にも普段はお怒りの姿などみせないはずのルブタン侍女長、宮廷中の捜索に駆られたオルレンドル帝国騎士団第一隊隊長マイゼンブーク卿、急遽市街地の捜索にあたった憲兵隊隊長ゼーバッハ氏に、別働隊を指揮したヘリングさん。他にも無言で両手を組んでいるジェフと、それはそれはもう……私たちが不在と知った彼らがどれほど大変だったかをニーカさんが語り聞かせる。

「お前達がいないことに気付いた侍女がどれだけ肝を冷やしたか、気持ちはわかるか」

彼女が筆頭になっても文句が出ないのは、ライナルトに堂々と文句を言える豪胆さと信頼関係があり、なにより昼寝を阻害されてぶち切れているためだ。

「ライナルトだけならともかく、カレン嬢がいないと知った近衛やルブタン侍女長、侍医長がどれほど慌てたかわかるか？」

仁王立ちでお怒りのニーカさんの迫力たるや恐ろしく、こんなに迫力のある人だったのかと思い知らされる。

「窓を開けた気配はある。だが庭はおろか建物にも姿がない。お前達を捜し出すのに急遽捜索隊を組まねばならず、おまけに誘拐の線を視野に入れなければならなかった者の不安はわかるか」

この間に侍女が足にできた水疱に針を刺して水を抜き、靴擦れの場所に薬を塗って布を当てているが、心なしか足を摑む力が強い気がするのは、私の心の問題か。

「無事だったからよかったものを、可哀想に入り口を見張っていた近衛や庭の衛兵はしばらく謹慎処分だ。ライナルト、お前これをどう思う」

「謹慎は解いてやれ。減給処分をしたならそれもなしだ。それにニーカ」

「その様子だと反省してないなこの野郎」

「次もやる。早く見つけたいならば早急に捜索隊を組めるようにしておけ」

「馬鹿か貴様は！」

素直なのは美点だけど、この場合はニーカさんが怒髪天を衝くだけだ。

「私は！　こういう愚かな真似は二度とするなと言ってるんだ！　皇太子時代ならまだ大目に見よう。だがオルレンドルの頂点たる王と、その伴侶になる者が護衛もつけずに宮廷を抜け出すなどあって良いはずがない！」

「それを決めるのは私だ。いなくなったのなら捜せ、それがお前達の仕事だ」

が、一向に反省のないライナルト。次もやると宣言するのは徹底している。

ニーカさんも彼のこういった気質は知っている。むしろ私より詳しいくらいだから、眉間を揉み解《ほぐ》していると、別の方面から攻めることにしたらしかった。

「そういえば理由を聞いていなかった。どうせこれは陛下の提案でしょうが、人の迷惑を考えない陛下ならともかく、貴女がいながら何故こんな愚かな真似を許したのかお聞かせ願えないだろうか」

ここで一瞬嘘をつくか悩んだが、彼女相手に偽っても仕方ないと素直に吐いた。

「一緒に街中を歩く。……恋人らしいことしたいと思ってたので止めませんでした」

ああ、変な沈黙が痛い。

「……な、るほど……同性としてお気持ちは察してあげたいが、それは皇帝を伴侶とする時点で諦めてもらいたい。暇つぶしがいるなら必要なものは揃えるつもりだ。極力貴女方の時間を邪魔しないよう努めているのだから、どうかそれで納得してもらいたい」

「抑圧させすぎもどうかと思うがな」

一言多い皇帝陛下はぎろりと睨まれるが、どこ吹く風。

私も頭を下げた。

「心配かけてごめんなさい。でもきっと次もしますが、危険な目には遭わないようにします」

「お前達の都合で動くのは性《しょう》に合わないな。諦めろニーカ」

二人揃って反省してません次も脱走します宣言、なんとも言えない沈黙を室内にもたらしたが、意外にもこれを肯定した人物がいた。

「陛下のおっしゃるとおりだろう。陛下が前帝より冠を奪うに至ったのは、ひとえにこのご気性あってゆえのもの。行いは褒められないが、我ら如きが制限できるものでもない」

モーリッツさんだ。いつからやってきたのか、音もなく一行の間に割り込んでいた。

思わぬライナルトの援護にニーカさんは反発した。

「ここで陛下の擁護をしてどうなる。どれだけの人数が苦労をかけさせられたと思ってるんだ。公務だって予定を組んで執り行っているんだぞ」

「先々を見通すよう努められているのが陛下が陛下たる所以なのだから、いまさら数日程度で滞《とどこお》るものはない。それに日常的に勝手をしているならともかく、たまの気晴らしならば対応したらどうだ。お前達とて普段は手が空いているのだし、役目というものだ」

真面目に職務に就いている人に対し「お前ら暇だろ」と言われて青筋を立てない人はいない。

ニーカさんの標的はモーリッツさんに移った。ひとまずお説教は短くて済んだが、他に怪我がなかったかを入念に確認されてしまった。

これはかなり後に知ったのだけど、私たち二人の失踪は、想像以上に皆を混乱させていたらしい。なにせライナルトが黙って宮廷を脱していたのは皇太子時代で、皇帝になってからは初めてだった。ニーカさんからライナルトの脱走癖を聞くと、皆は耳を疑っていたらしい。

そしてニーカさんやヘリングさんにとっては不運なことに、私が当てにならないと判明した。彼らは警備体制の見直し等を視野に入れざるを得なくなったのだ。

今回の出来事、肝心のライナルトが「そのくらい対応してくれなければ困る」な人なので、教訓として記録に残されたと聞いた。どういう記録になったかは不明だけど、あんまり変な残し方はしないでほしいなと思っている。

私はといえば、周りを騒がせた申し訳なさはあるが、ささやかな願いを叶えてくれたあのお誘いが嬉しくて、帰ってからのお説教もあまり耳に入らなかった。

次……もしあるとしたら、その時は皆との追いかけっこになるのかな。

手を繫いで宮廷を抜け出した瞬間を何度も思い返しながら、その日の晩は良い夢心地でぐっすり眠りについたのだった。

電子書籍特典イラストギャラリー

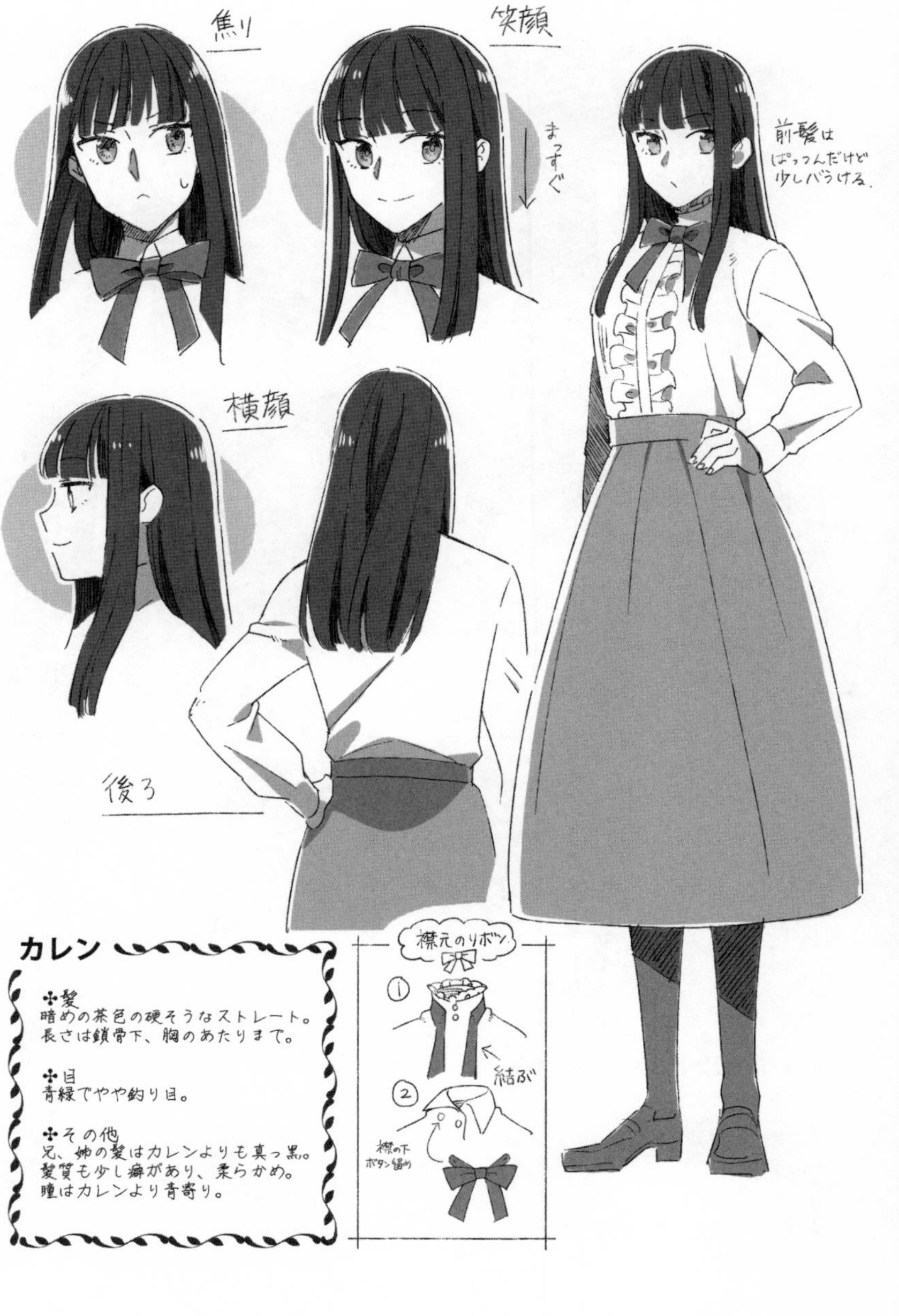
焦り
笑顔
まっすぐ
前髪は
ぱっつんだけど
少しバラける。
横顔
後ろ
カレン
✣髪
暗めの茶色の硬そうなストレート。
長さは鎖骨下、胸のあたりまで。
✣目
青緑でやや釣り目。
✣その他
兄、姉の髪はカレンよりも真っ黒。
髪質も少し癖があり、柔らかめ。
瞳はカレンより青寄り。
襟元のリボン
①
結ぶ
②
襟の下
ボタン留め

マント
うしろ。
ハネ
カレンが
肩くらい
見下し
緩く結んで
前へ流したりする
外向け
笑顔
ライナルト
✣髪
柔らかい長い金髪。
腰上くらいまでの長さ。
✣目
薄い青。

コンラート辺境伯
恋人(婚約)
スウェン(15)
実子
エマ(40代)
薬師・平民
内縁の妻
ニコ
使用人
ヴェンデル(10くらい)
養子
(エマの身内の子)
ヘンリック夫人
(リズ)
使用人の顔役
ウェイトリー(家令)
元外交官補佐.
コンラート伯
カミル(63)
先妻(死亡)
息子(死亡)
カレン付きの使用人
夫
昔は兄弟のように
仲が良かった
ファルクラム王家
第一王子
ダヴィット
(30代)
第二王子
ジェミヤン
ファルクラム王
(50くらい)
正妃
ローデンヴァルト家
兄
弟
(異父兄弟)
ザハール(30頃)
☆当主
ライナルト(20代)
妻
カレン(16)
次女(第3子)
第二妃
サブロヴァ夫人
ゲルダ
長女(第2子)
ライナルト配下(帝国)
配下であり友
しね
しね
上司
部下
転生仲間・友だち
モーリッツ
モーリッツ・アーベライン
モーリッツ・ラルフ・バッヘム
金貨5千枚の人.
ニーカ・サガノフ
上司・先輩
部下・後輩
シクストゥス
(シス)
魔法使い
しね
長男(第1子)
アルノー(20代)
主
従
エミール(13)
次男
(末っ子)
ヘリング
エレナ・ココシュカ
エルネスタ(16)
(エル)
アヒム(20代)
アルノーの乳兄弟(平民)
父
☆当主
母
キルステン家
分家
不倫
ダンスト家
兄
妹
ドミニク(20代)
☆当主
マリー
本家
カレン
実父
(平民)
転生令嬢と
数奇な人生を
人物関係図

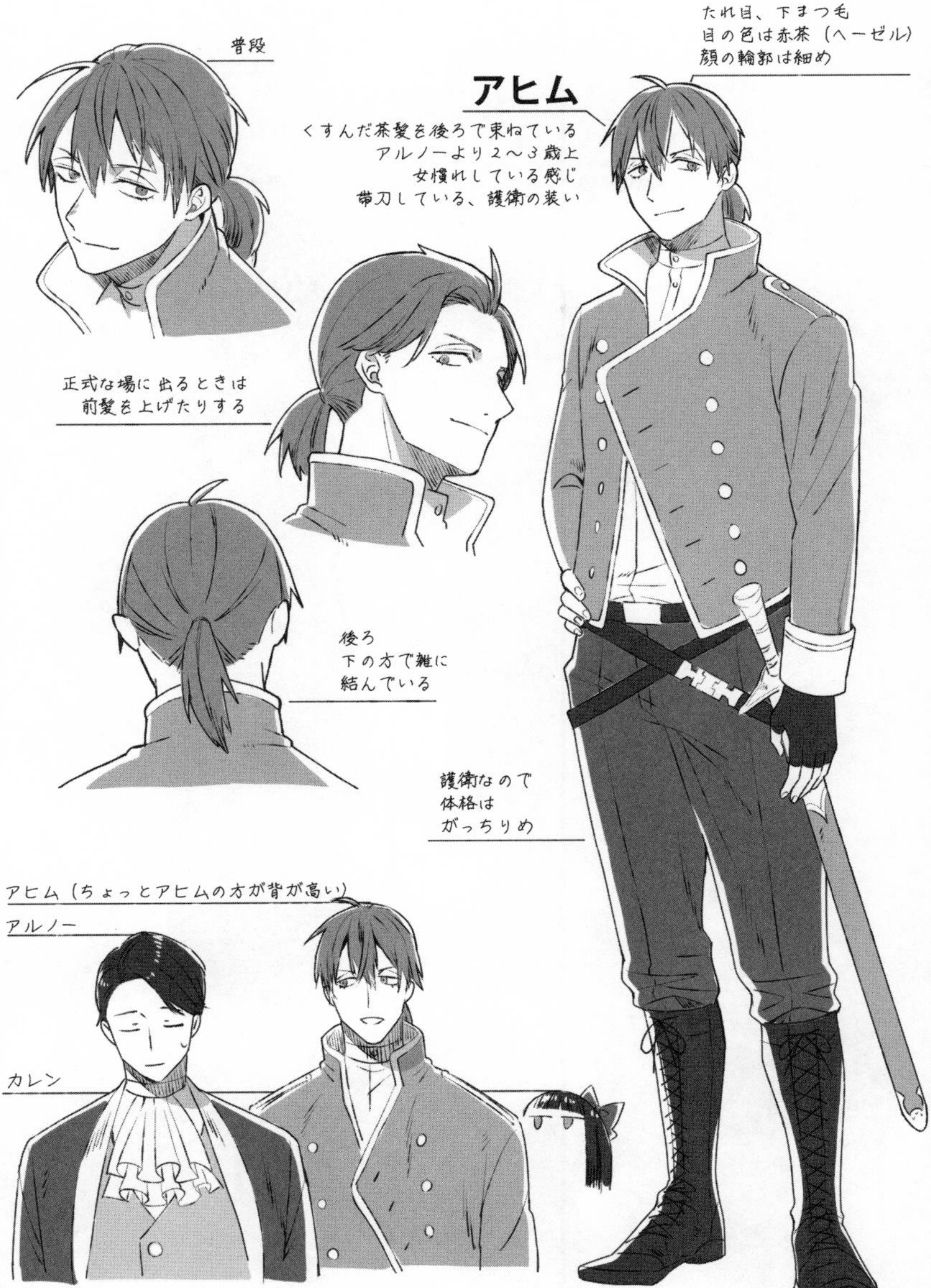
アヒム
たれ目、下まつ毛
目の色は赤茶（ヘーゼル）
顔の輪郭は細め
くすんだ茶髪を後ろで束ねている
アルノーより2〜3歳上
女慣れしている感じ
帯刀している、護衛の装い
普段
正式な場に出るときは
前髪を上げたりする
後ろ
下の方で雑に
結んでいる
護衛なので
体格は
がっちりめ
アヒム（ちょっとアヒムの方が背が高い）
アルノー
カレン

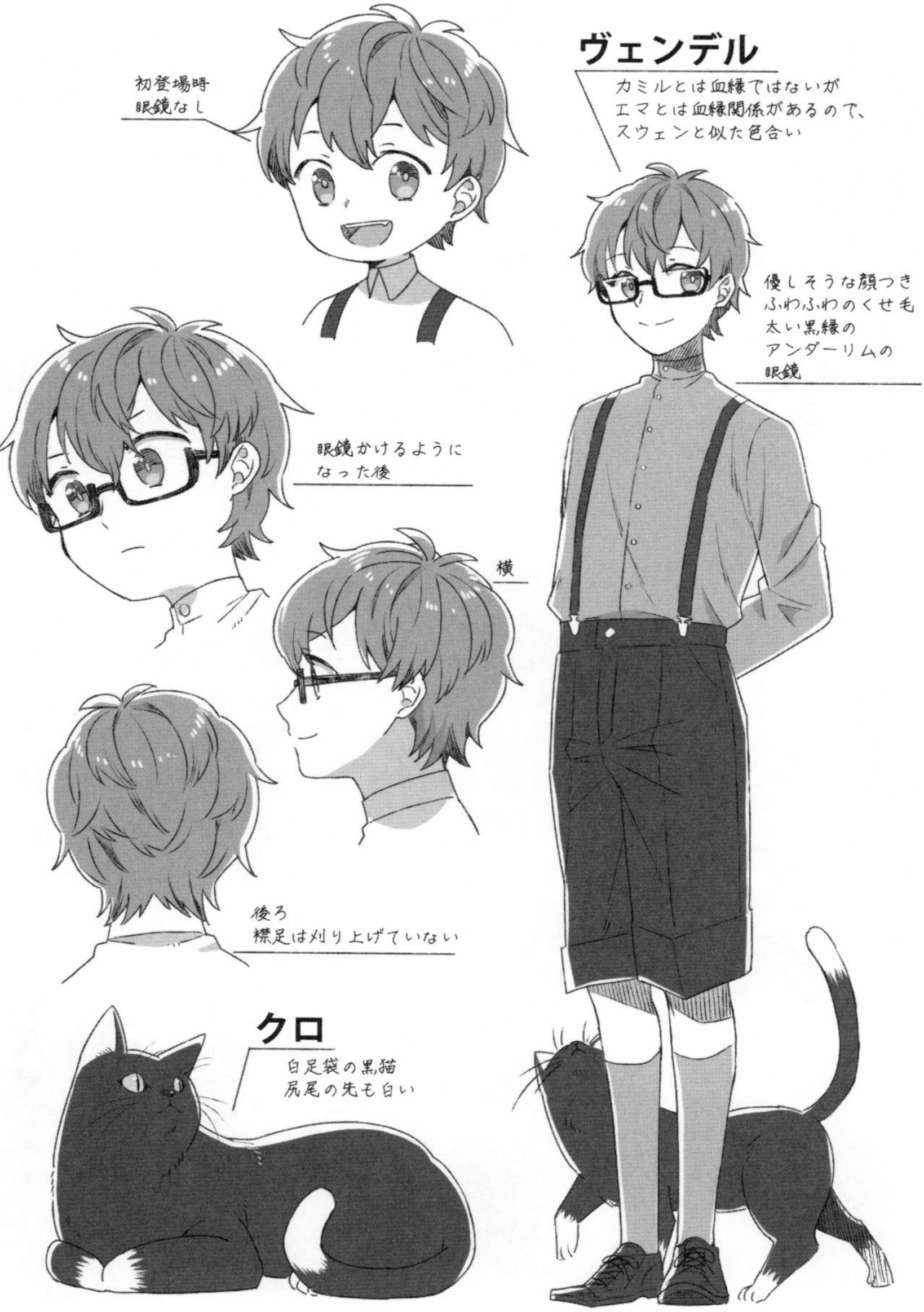
ヴェンデル
カミルとは血縁ではないが
エマとは血縁関係があるので、
スウェンと似た色合い
初登場時
眼鏡なし
優しそうな顔つき
ふわふわのくせ毛
太い黒縁の
アンダーリムの
眼鏡
眼鏡かけるように
なった後
横
後ろ
襟足は刈り上げていない
クロ
白足袋の黒猫
尻尾の先も白い

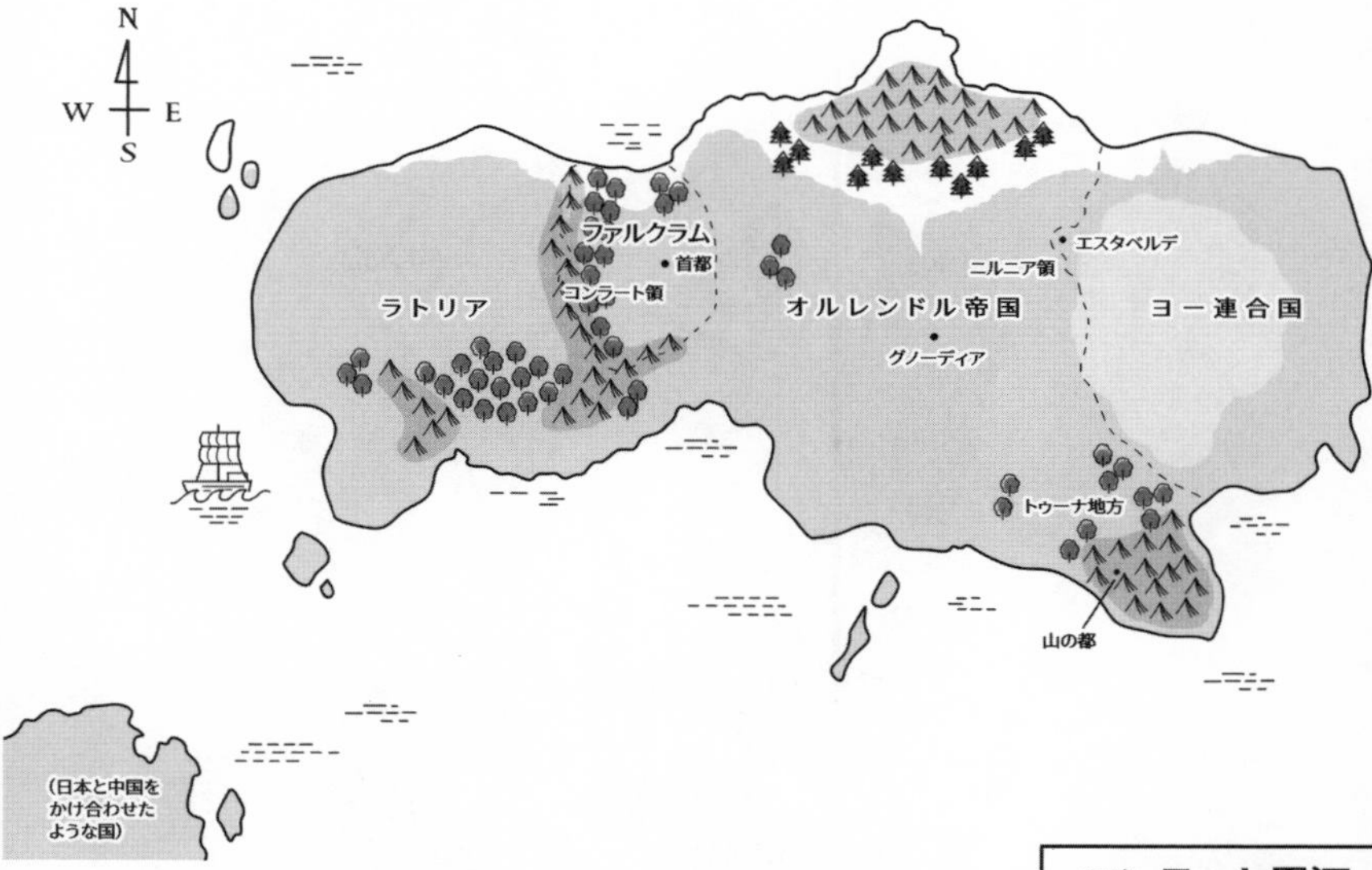
N
W
E
S
ファルクラム
首都
コンラート領
ラトリア
オルレンドル帝国
グノーディア
エスタベルデ
ニルニア領
ヨー連合国
トゥーナ地方
山の都
(日本と中国をかけ合わせたような国)

大陸全体

コンラート周辺

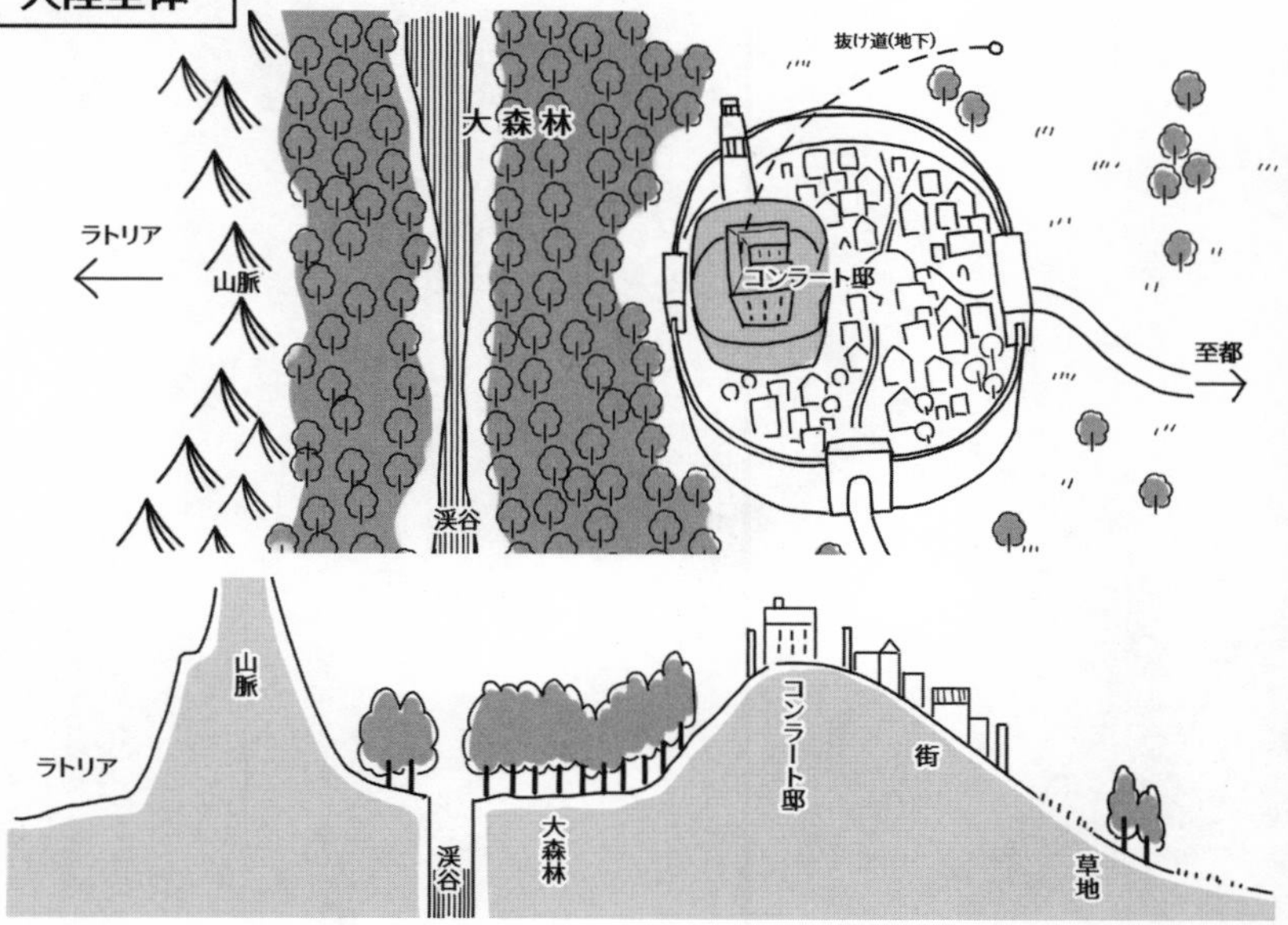
抜け道(地下)
大森林
ラトリア
山脈
コンラート邸
至都
渓谷
山脈
ラトリア
渓谷
大森林
コンラート邸
街
草地

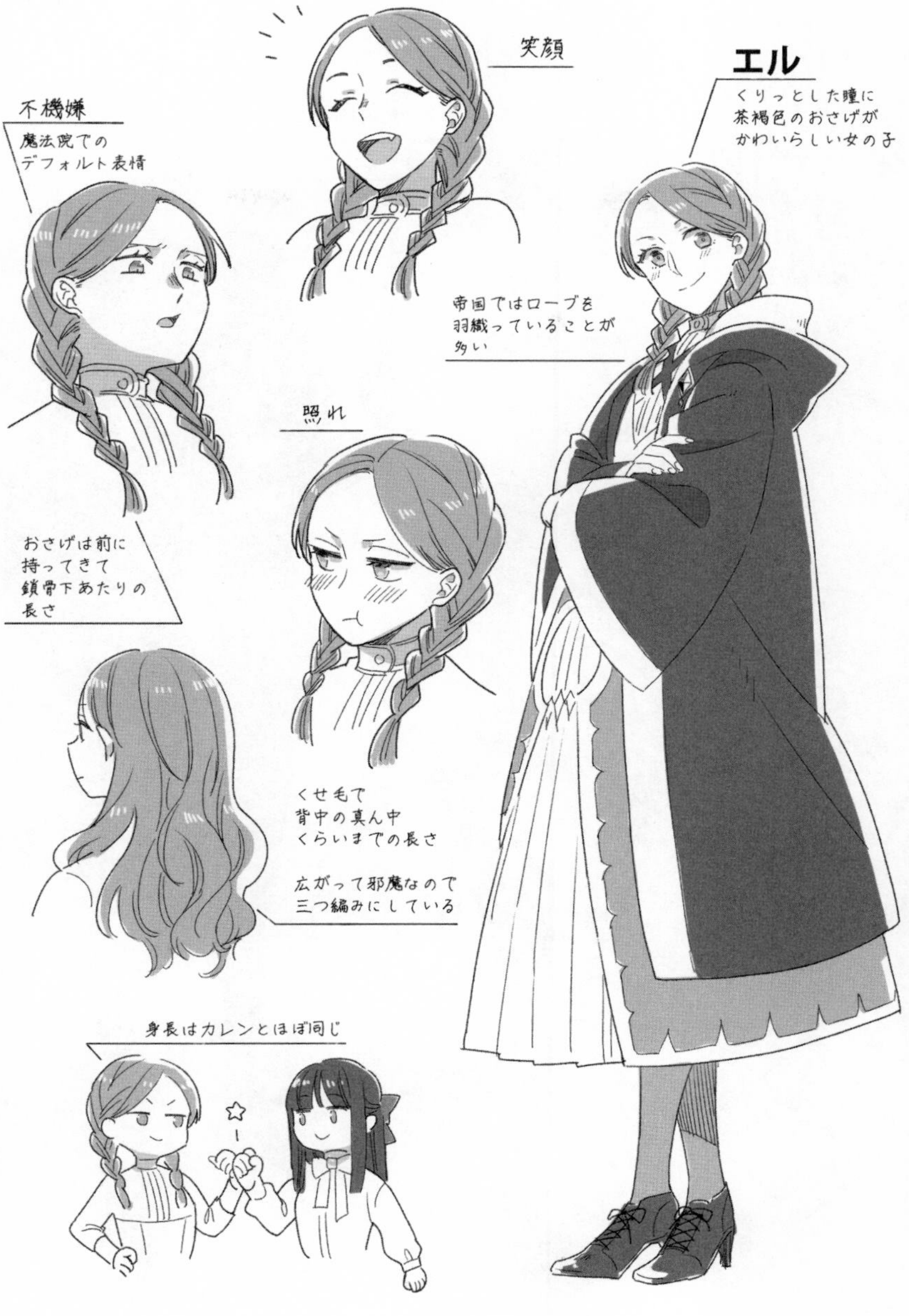
エル
くりっとした瞳に
茶褐色のおさげが
かわいらしい女の子
笑顔
不機嫌
魔法院での
デフォルト表情
帝国ではローブを
羽織っていることが
多い
照れ
おさげは前に
持ってきて
鎖骨下あたりの
長さ
くせ毛で
背中の真ん中
くらいまでの長さ
広がって邪魔なので
三つ編みにしている
身長はカレンとほぼ同じ

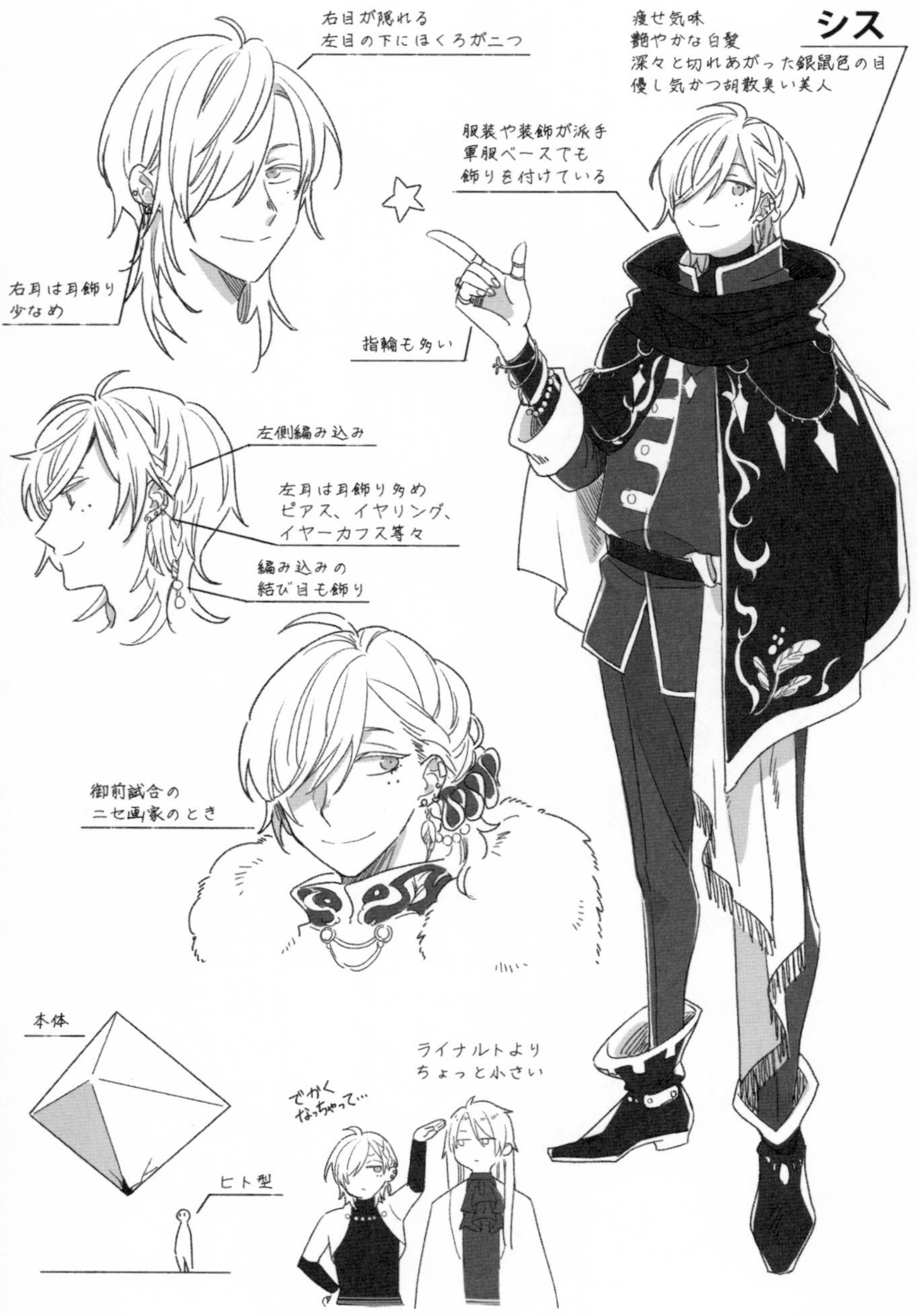
シス
痩せ気味
艶やかな白髪
深々と切れあがった銀鼠色の目
優し気かつ胡散臭い美人
右目が隠れる
左目の下にほくろが二つ
服装や装飾が派手
軍服ベースでも
飾りを付けている
右耳は耳飾り
少なめ
指輪も多い
左側編み込み
左耳は耳飾り多め
ピアス、イヤリング、
イヤーカフス等々
編み込みの
結び目も飾り
御前試合の
ニセ画家のとき
本体
ヒト型
ライナルトより
ちょっと小さい
でかく
なっちゃって…

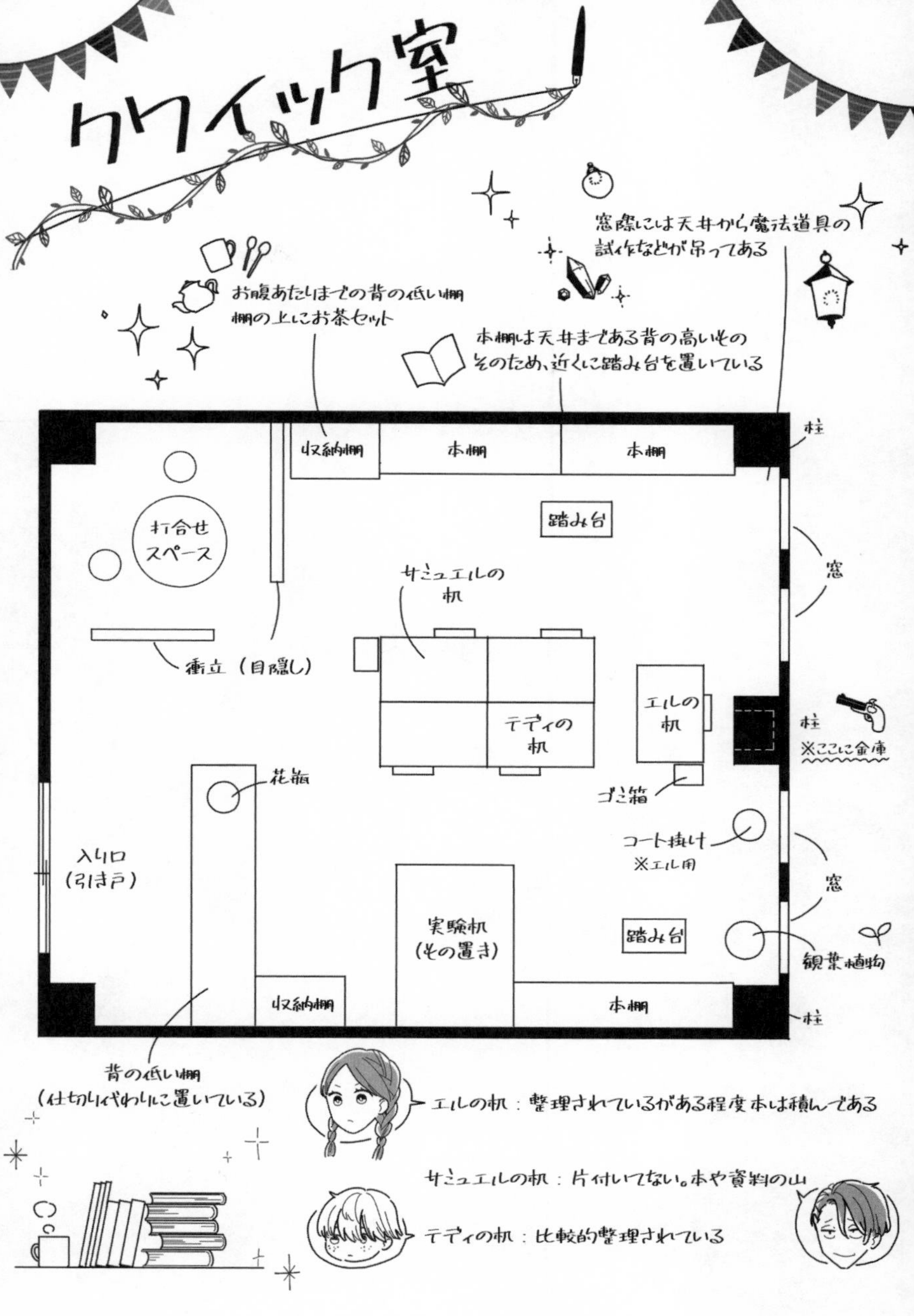
クワイック室
窓際には天井から魔法道具の
試作などが吊ってある
お腹あたりまでの背の低い棚
棚の上にお茶セット
本棚は天井まである背の高いもの
そのため、近くに踏み台を置いている
収納棚
本棚
本棚
柱
踏み台
打合せ
スペース
窓
サミュエルの
机
衝立（目隠し）
エルの
机
テディの
机
柱
※ここに金庫
花瓶
ゴミ箱
コート掛け
※エル用
入り口
（引き戸）
窓
実験机
（その置き）
踏み台
観葉植物
収納棚
本棚
柱
背の低い棚
（仕切り代わりに置いている）
エルの机：整理されているがある程度本は積んである
サミュエルの机：片付いてない。本や資料の山
テディの机：比較的整理されている

リューベック

オルレンドル帝国皇帝カールの騎士にして崇拝者。
内包する狂気をあるがまま受け入れてくれた
カールを誰よりも敬愛している。

かつて愛すべき兄を、その愛情ゆえに
当主という穢れた座に据えたくない思いで
殺した経験がある。

カレンには兄と同じか、それ以上の偏執的な
感情を抱き、笑顔とは裏腹に絶対に手に入れると
誓っている。

涼やかな風貌が見とれて
しまいそうな美丈夫
（本文より）

下まつ毛ばっちりの二重に
癖の強い綺麗な金髪

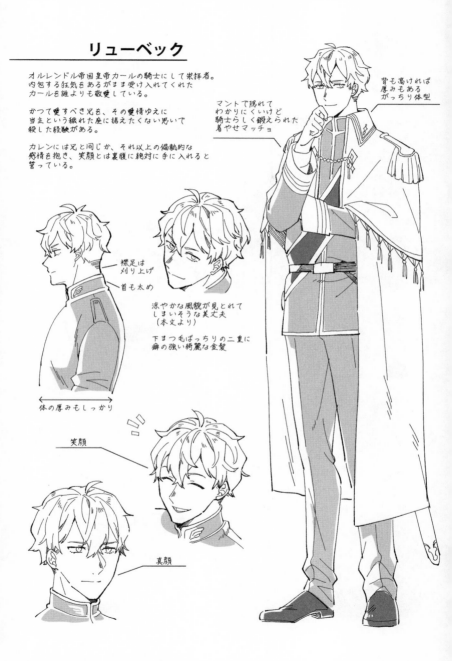

6〜8歳くらいのイメージ
（小学校低学年）

ルカ

エルの用意した遺産。

製作者（エルネスタ）に誇りを持っている。
製作者をもっと知りたいと考えているが、製作者は目的しか与えてくれなかったため、カレンを通して人、ひいては製作者を理解しようと務めている。

本来ルカがカレンを守る側でありルカも自負しているが、カレンが彼女を子供として扱う場面が増えたことから、子供じみた振る舞いをするのは否めない。

なお本質的には悪だが宿主（カレン）の意に反する真似はしない。

黒鳥に自我はないと考えているが……？

少し釣り目気味で
生意気で自信家っぽい
雰囲気
おませさん

肩くらいの長さの
くせ毛

黒鳥とは同じ株から
生まれたので姉妹？

レースやリボンが
たくさんついた
かわいらしいドレス

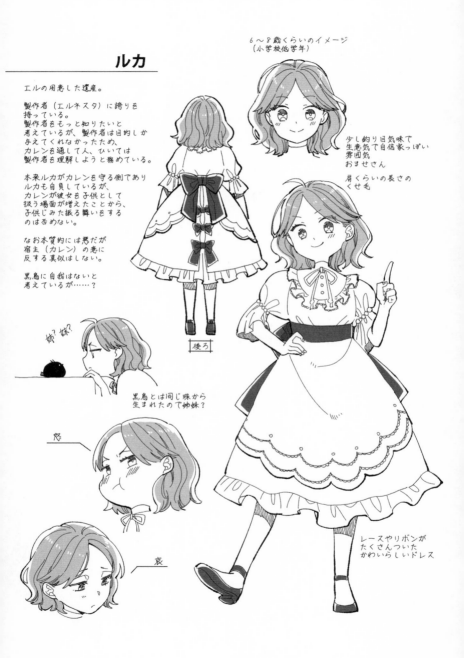

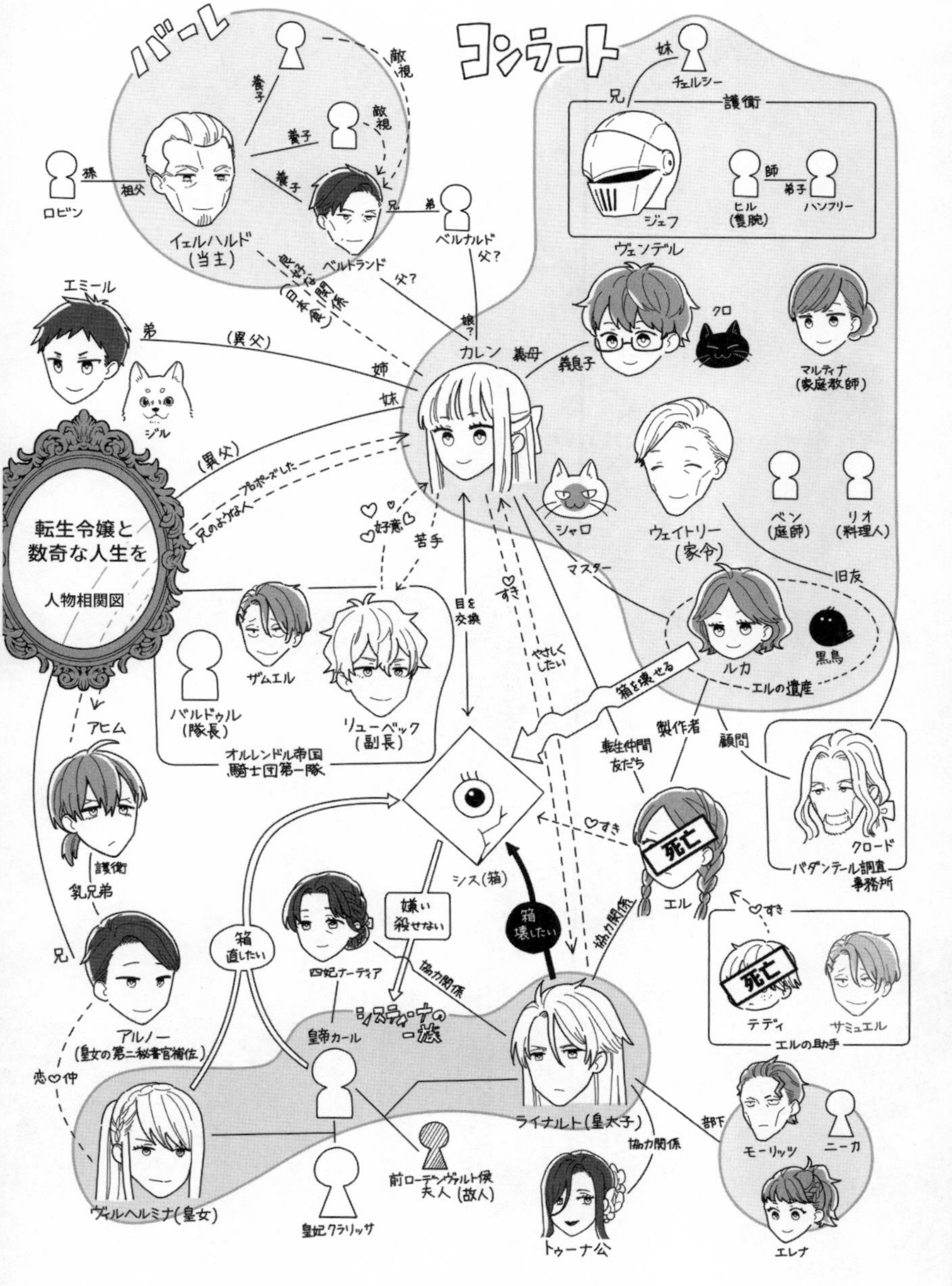
転生令嬢と数奇な人生を
人物相関図
バール
コンラート
敵視
養子
養子
養子
敵視
孫
祖父
ロビン
兄
弟
イェルハルド(当主)
ベルトランド
ベルナルド
父?
父?
良好な関係(日本食)
娘?
妹
チェルシー
兄
護衛
師
弟子
ヒル(隻腕)
ハンフリー
ジェフ
ヴェンデル
クロ
カレン
義母
義息子
マルティナ(家庭教師)
エミール
弟
(異父)
姉
妹
ジル
(異父)
プロポーズした
兄のような人
好意
苦手
シャロ
ウェイトリー(家令)
ベン(庭師)
リオ(料理人)
マスター
旧友
目を交換
すき
やさしくしたい
ルカ
黒鳥
箱を壊せる
エルの遺産
ザムエル
バルドゥル(隊長)
リューベック(副長)
オルレンドル帝国騎士団第一隊
アヒム
製作者
転生仲間友だち
顧問
クロード
バダンテール調査事務所
すき
死亡
エル
シス(箱)
護衛
乳兄弟
嫌い殺せない
箱壊したい
箱直したい
四妃ナーディア
協力関係
協力関係
システィーナの一族
皇帝カール
兄
アルノー(皇女の第二秘書官補佐)
恋♡仲
すき
死亡
テディ
サミュエル
エルの助手
ライナルト(皇太子)
部下
協力関係
モーリッツ
ニーカ
エレナ
前ローデンヴァルト侯夫人(故人)
ヴィルヘルミナ(皇女)
皇妃クラリッサ
トゥーナ公

モーリッツ

うしろ

疲れ顔の20代
口角や眉尻のシワはありません

ライナルトの副官であり友であることを
誰よりも誇りにしている。

同じく友人であるニーカにも心を許すことが多い。

甘い物が癖になっており茶には無意識に砂糖を投入するので、補佐官が定期的に砂糖を控えさせている。

天敵はカレン。

金貨五千枚の支払いは彼の人生における恥ずべき失態。

扱いが難しいため冷たくするものの、懐かれる度に眉間の皺を濃くしている。

捨てられた動物を頻繁に拾ってくるので、彼の家の者は里親捜しに慣れてしまった。

リリー＋エリーザ

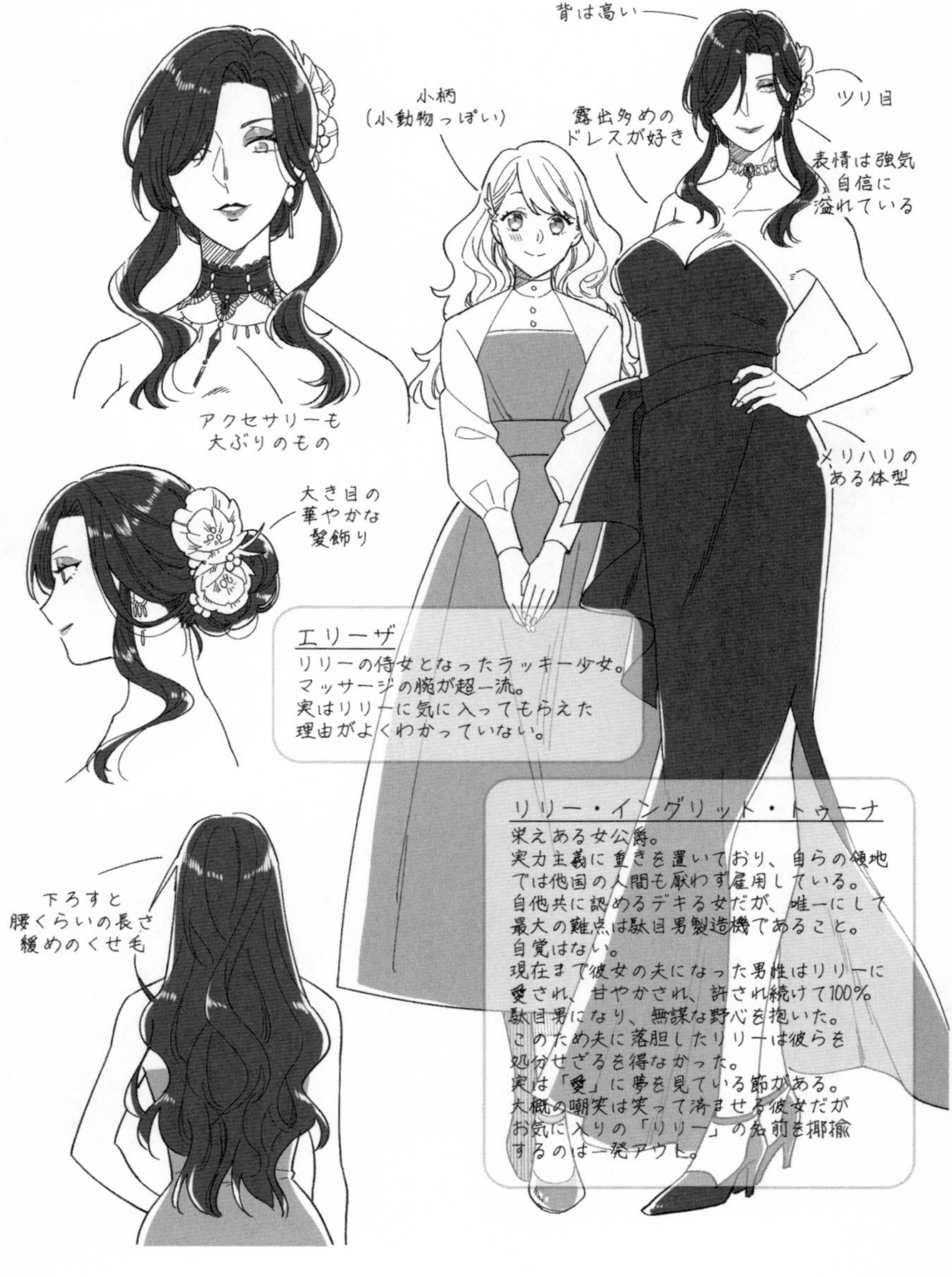
背は高い
小柄
（小動物っぽい）
露出多めの
ドレスが好き
ツリ目
表情は強気
自信に
溢れている
アクセサリーも
大ぶりのもの
メリハリの
ある体型
大き目の
華やかな
髪飾り
下ろすと
腰くらいの長さ
緩めのくせ毛
エリーザ
リリーの侍女となったラッキー少女。
マッサージの腕が超一流。
実はリリーに気に入ってもらえた
理由がよくわかっていない。
リリー・イングリッド・トゥーナ
栄えある女公爵。
実力主義に重きを置いており、自らの領地
では他国の人間も厭わず雇用している。
自他共に認めるデキる女だが、唯一にして
最大の難点は駄目男製造機であること。
自覚はない。
現在まで彼女の夫になった男性はリリーに
愛され、甘やかされ、許され続けて100%
駄目男になり、無謀な野心を抱いた。
このため夫に落胆したリリーは彼らを
処分せざるを得なかった。
実は「愛」に夢を見ている節がある。
大概の嘲笑は笑って済ませる彼女だが
お気に入りの「リリー」の名前を揶揄
するのは一発アウト。

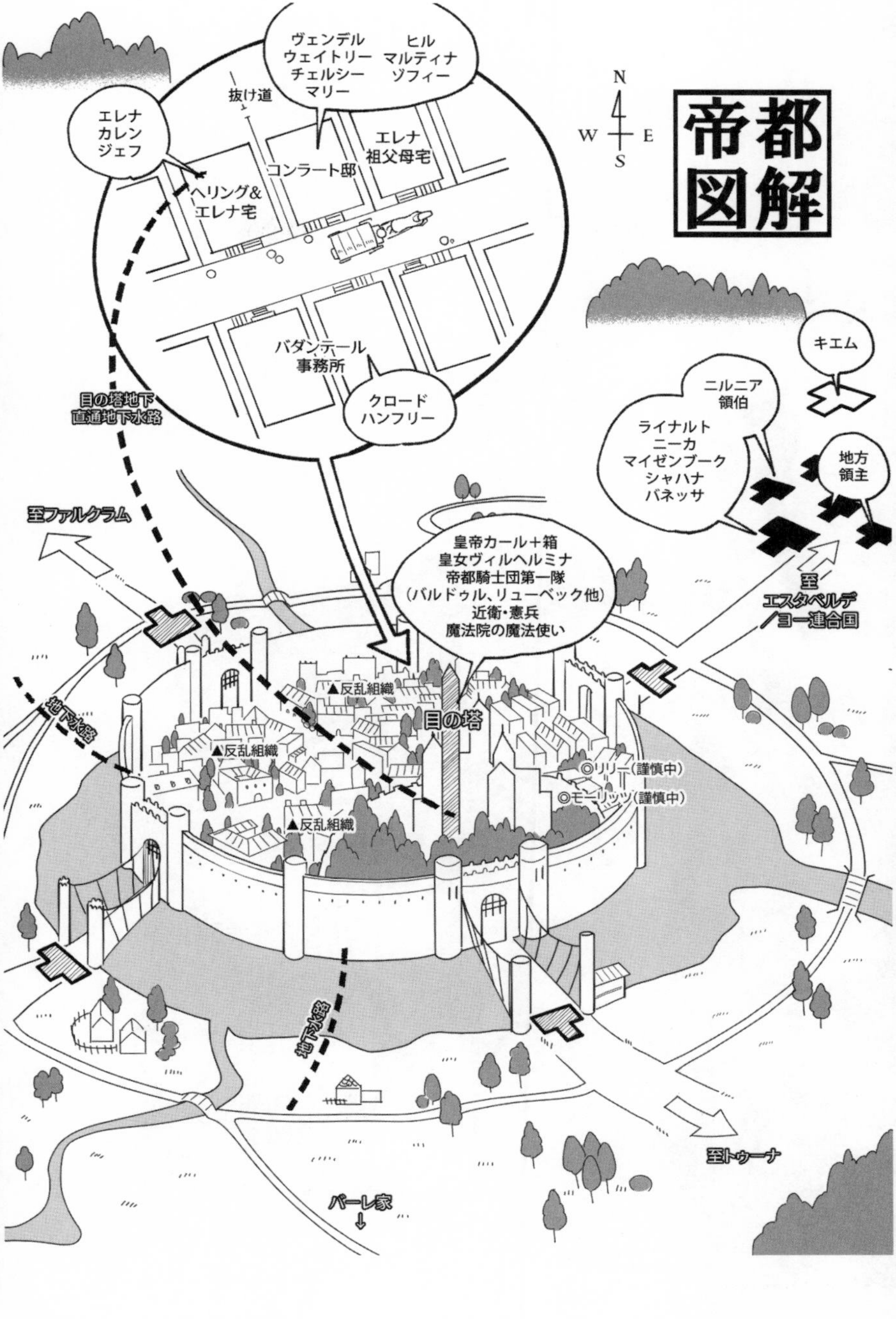
帝都図解
N
W
E
S
ヴェンデル
ウェイトリー
チェルシー
マリー
ヒル
マルティナ
ゾフィー
抜け道
エレナ
カレン
ジェフ
エレナ
祖父母宅
コンラート邸
ヘリング&
エレナ宅
バダンテール
事務所
クロード
ハンフリー
目の塔地下
直通地下水路
キエム
ニルニア
領伯
ライナルト
ニーカ
マイゼンブーク
シャハナ
バネッサ
地方
領主
至ファルクラム
皇帝カール＋箱
皇女ヴィルヘルミナ
帝都騎士団第一隊
（バルドゥル、リューベック他）
近衛・憲兵
魔法院の魔法使い
至
エスタベルデ
／ヨー連合国
▲反乱組織
目の塔
地下水路
▲反乱組織
◎リリー（謹慎中）
◎モーリッツ（謹慎中）
▲反乱組織
地下水路
至トゥーナ
バーレ家
↓

キエム

ドゥクサス族の父を持つため他の兄弟に
蔑まれて育ったが反骨精神で族長に登り詰めた。
サゥを盛り立てることが優先で、妹シュアンには
冷たい人と見られているが、家族への情は厚く、
内心ではシュアンの悩みにも一定の理解を示している。
ただし長の立場から強くは言えないので、せめて今後も
支援を続ける方針。
信仰にあついのは己以外に頼れる先がないから。
誰でも受け入れてくれる信仰が心の拠り所となり
キエムを強くした。

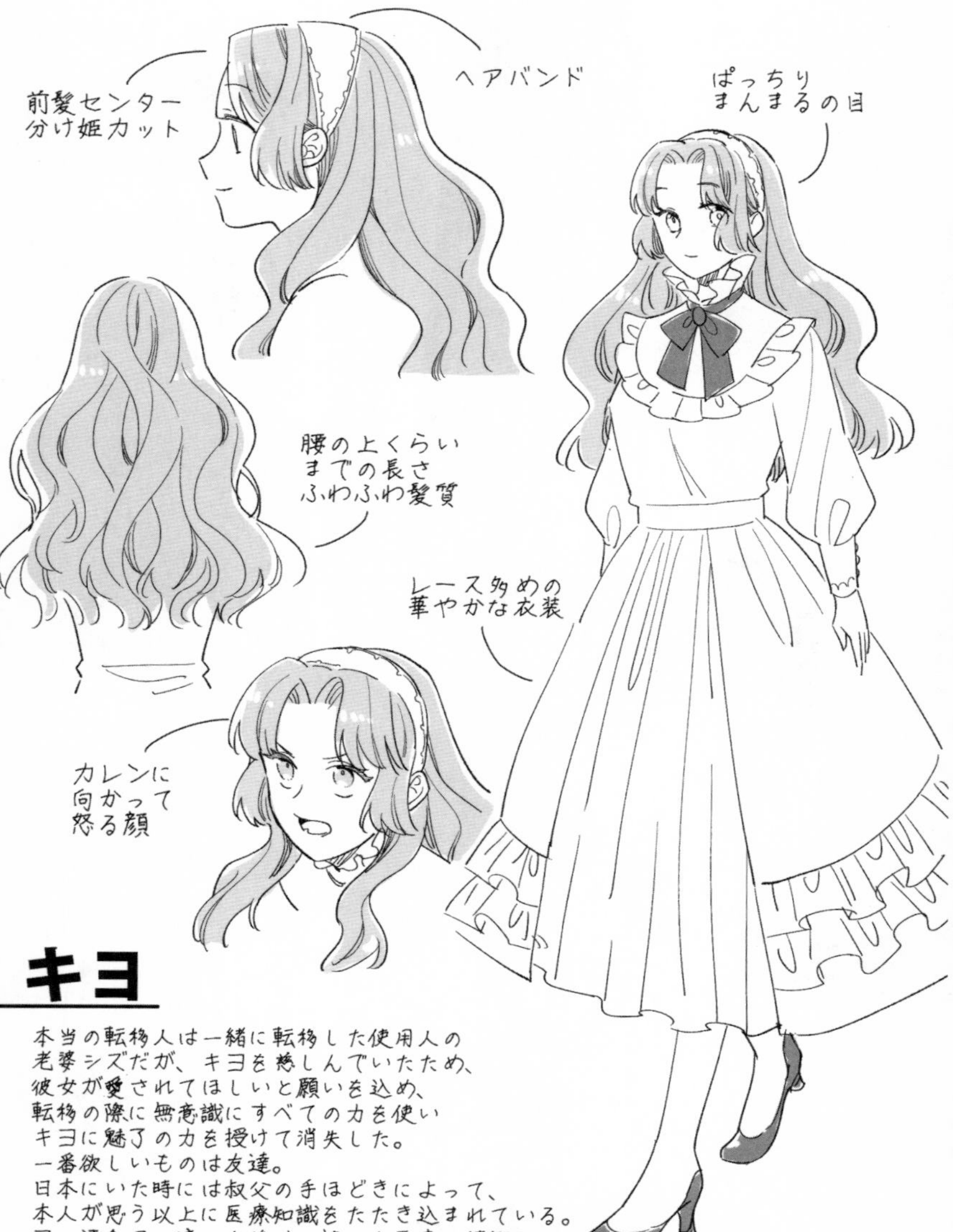

キヨ

本当の転移人は一緒に転移した使用人の
老婆シズだが、キヨを慈しんでいたため、
彼女が愛されてほしいと願いを込め、
転移の際に無意識にすべての力を使い
キヨに魅了の力を授けて消失した。
一番欲しいものは友達。
日本にいた時には叔父の手ほどきによって、
本人が思う以上に医療知識をたたき込まれている。
ヨー連合国に渡った後は、誤った医療に憤慨し、
間違った知識にメスを入れるべく医者軍団と
対決することになる。

服装事情

オルレンドル

スカートの後ろ側が膨らむバッスルスタイルが
主流なものの、流行の最先端を目指す人も多いため、
ドレスのスタイルも豊富で新作も受け入れられやすい。
たとえばリリーみたいに透け感・肌の露出も狙うため、
これからまた流行は変わっていく。
アクセサリー類は大粒小粒を織り混ぜ繊細さと意匠を
アピールする（細工にお金がかかる分、富の象徴として）。

ファルクラム

大粒宝石、ドレス系はスカート全体が
膨らんでいるタイプ。
割合古めかしい考え方で、肌の露出控えめ。
ただ近年はオルレンドル文化の影響や
観光客の流入もあって服装に関する考え方は
おおらか。

本篇の女性はスカート姿が多いが、これらは
上流階級視点が主体だから服装がしっかりしている
だけで、貧民層や市井だとズボン類や短パンに
軽装の人も多い。
帝都はそれだけ治安が良い証拠でもある。
温泉大好きな国民性のため大陸一の綺麗好き。

ヨー

男性女性問わず肌の露出が多い。
宝石より金が人気。
体型を明らかにすることで美しさを
競っているし、人も財産的な考えがあるので、
自身の価値を示すための意味もある。
逆に嫁いだ後はふくよかになり布をたくさん
使った服を纏うのが豊か、といった民族もいる。
なお大陸一虫歯が少ない。

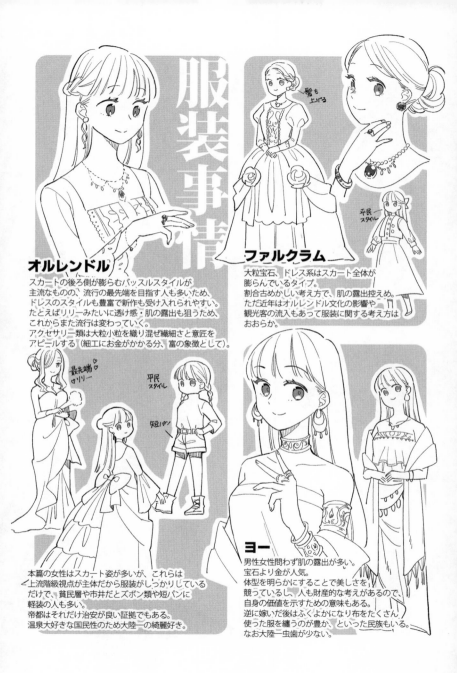

あとがき

まさか出せるとは思ってなかった短篇集が発売となりました。

書いてて良かった閑話《かんわ》と番外篇アレコレ。

再びこのあとがきでお目にかかれて光栄です、な作者です。

本篇の合間や六巻後の話が多く、これまでとは打って変わって甘い話が多くなっています。作者はちょっと心配になりましたが、暗躍していたキャラ等の活動が本になってくれて喜んでいます。

一巻からお付き合いいただいている方は、表紙のヴェンデルを見比べてみてください。男の子が少年に成長し、また服装をご覧いただくとしろ46さんのこだわりが感じられます。

今回は原稿を作るにあたり、編集さんにエミールが最多出演と聞いて驚きました。ヴェンデルに出番を取られるせいか、あんまり出してあげられていないのでエミール視点でやろう！　と思っていたらいつの間にかあちらこちらで顔を出していました。

他には、短篇集発売までにはボイスブック版も配信となりました。ナレーションをしてくださっている東城日沙子さんの声が本当にカレンに合っています。声つきってすごいなとしみじみ実感しつつ続篇を書き進めている現在、いまは続篇前半が終わったところで、こちらはこちらでカレンが大変な目に遭っていますが、ある懐かしいキャラクター達が活躍するなど騒動が巻き起こっています。

短篇ではまだ書いていませんが、色々決着をつけたいキャラクターはいます。それはエルの元部下でマリーに片思い中のサミュエルだったり、一巻で登場し、すでに忘れられた某キャラだったり……。特にサミュエルはお気に入りのキャラです。コンラート側に付いた後はマイゼンブークにこき使われていますが、マイゼンブークおじさんも皇帝の裏切りを経てからは柔軟性が身についています。主に家族や同僚に「なんだか変わった」とたくさん言われるくらいに。皇位簒奪ではエスタベルデ城塞都市を取り戻したニルニア領伯の息子さんが帝都に来てますが、この人の面倒を見ているのもマイゼンブークおじさんです。裏切られてからの方が横の繋がりの形成が上手です。

さてさて、改めまして六巻発売の後はファンレターやＳＮＳでの感想発信をありがとうございました。発売後はすぐに入院しておりまして、入院生活中は感想等が特に励みになっていた次第です。

ネタバレよりもまずは知ってもらいたいのが筆者の気持ちですので、皆さまのおかげで作品が広まっていること、深く感謝申し上げます。

作者や出版社側で、まだまだ色々なお知らせも控えています。

よろしければファンタジーさが増した続篇でもお付き合いくださいませ。

二〇二三年　七月

かみはら

短篇集
おめでとうございます
特典をまとめて読めるの、最高ですね！
電子書籍特典のイラストも入るそうなので
楽しんでいただければ！
2023.8. しろ46
カレンちゃんの髪を黒で
描くのが久しぶりで新鮮
でした

本書は、『転生令嬢と数奇な人生を』1～6巻の書店限定特典SSペーパーとして配布された掌篇と電子書籍限定特典イラスト、さらに「小説家になろう」サイトに掲載された書籍未収録の中短篇を大幅に加筆修正し、書き下ろし短篇二篇を加えたものです。

転生《てんせい》令嬢《れいじょう》と数奇《すうき》な人生《じんせい》を
短篇集《たんぺんしゅう》

二〇二三年八月十日　印刷
二〇二三年八月十五日　発行

著者　かみはら
発行者　早川　浩
発行所　株式会社　早川書房
郵便番号　一〇一 - 〇〇四六
東京都千代田区神田多町二ノ二
電話　〇三 - 三二五二 - 三一一一
振替　〇〇一六〇 - 三 - 四七七九九
https://www.hayakawa-online.co.jp

印刷・株式会社精興社　製本・株式会社フォーネット社

ISBN978-4-15-210261-4 C0093